中公文庫

波　紋

警視庁失踪課・高城賢吾

堂場瞬一

中央公論新社

目次

登場人物紹介

高城賢吾《たかしろけんご》……………失踪人捜査課三方面分室の刑事
阿比留真弓《あびるまゆみ》…………失踪人捜査課三方面分室室長
明 神愛美《みょうじんめぐみ》 …………失踪人捜査課三方面分室の刑事
醍醐塁《だいごるい》………………同上
森田 純 一《もりたじゅんいち》 …………同上
六 条 舞《ろくじょうまい》 ……………同上
小杉公子《こすぎきみこ》……………失踪人捜査課三方面分室庶務担当
石垣 徹《いしがきとおる》 ……………失踪人捜査課課長
法月大智《のりづきだいち》……………渋谷中央署警務課

野崎健生《のざきたけお》……………５年前行方不明になったロボット工学者
野崎詩織《しおり》……………野崎の妻
野崎満佐子《まさこ》…………野崎の母
野崎武博《たけひろ》……………ビートテク社創立者
野崎清吾《せいご》……………大日本技術総研会長。武博《たけひろ》の兄
新井琢郎《あらいたくろう》……………野崎の同僚。ビートテク社勤務
住田貴章《すみだたかあき》……………住田製薬前会長。現相談役
日吉徳雄《ひよしとくお》……………老人ホーム「桜園」の住人
灰田《はいだ》…………………ビートテク社のライバル企業ハイダ社長
篠《しの》……………………高度自立システム研究所総務部長

長野 威《ながのたけし》 ……………警視庁捜査一課の刑事
田口英樹《たぐちひでき》……………警視庁交通部警部補
光村弘道《みつむらひろみち》……………警視庁刑事部参事官

波紋

警視庁失踪課・高城賢吾

1

制服は魔法だ、と思う。毎日顔を合わせている人間が制服を着ただけで、まるで別人のように見える。

法月大智《のりづきだいち》も、それまで私が知っていた刑事の表情を失っていた。そんなに急に顔つきが変わるはずもないのに……しかし制服の影響は絶大であり、今夜の法月はすっかり「街のお巡りさん」という感じになっている。もちろん、渋谷中央《しぶやちゅうおう》署警務課に異動した彼が、パトロールに出ることはないのだが。仕事場はほとんど署内に限られる。要は、署員の面倒を見る雑用係だ。

「似合うじゃないですか、オヤジさん」どこか不自然さを感じながらも、私は一応褒《ほ》めた。

「からかうなよ、高城《たかしろ》。何だか照れる」法月がすっかり白くなった髪を掻《か》きあげた。「しばらくぶりで制服を着ると、肩が凝るねえ」

「すぐに慣れますよ」

「そうかもしれんが、どうもな……」法月が寂しそうな笑みを浮かべる。

刑事としての自分にこだわり続け、心臓の持病を押してまで無理に勤務を続けた法月も、公務員なら避《さ》けて通れない人事の壁には勝てなかった。定年までわずかな時間を残し、渋谷中央署警務課へ異動になったのが今日、三月一日。これは嫌がらせでも何でもなく、定年を間近に控《ひか》えて楽な部署へ異動させるのは、警察では珍しくない人事だ。「お疲れさん人事」とも「リハビリ」とも言われている。法月は強硬《きょうこう》にこの異動に抵抗し、同じ渋谷中央署に間借りしている失踪人《しっそうにん》捜査課三方面分室への居残りを画策したのだが、最後は首を縦に振るしかなかった。

この件に関して私は、室長の阿比留真弓《あびるまゆみ》に対する不満を未《いま》だに抱えている。彼女も、法月の働きぶりは十分評価していたはずだ。三方面分室の重鎮として、その人脈と情報網が、今までどれだけ私たちを助けてくれたか……その気になれば、定年まで三方面分室に居続けられるよう、上を説得できたはずだ。そもそも彼女は、庁内外交で上層部とのコネを作っていたのだから。

いや、最近、彼女の動きは止まっている。ほんの数か月前までは、日中は本庁で愛想を振りまき、勤務時間が終わってからは宴席を設けて部内接待をしながら情報収集をしていたのだが、今は一日の大部分を室長室に閉じ籠《こも》って書類仕事に費やし、定時にはさっさと帰ってしまう。私は何度も法月を引き止めるよう進言したのだが、彼女はとうとう耳を貸さなかった。その結果、私と彼女の関係は悪化の一途をたどっている。しかも底がどれだけ深いところにあるかは、まだ見えていない。

「今日は？　もう皆いなくなったのか」

「最近はずっとこんな感じじゃないですか」私はカウンターの向こうにいる法月に向かって肩をすくめた。昨日までは机を並べて仕事をしていた相手が、今は部屋の外にいる——その事実が、少しだけ悲しかった。

「醍醐《だいご》は子どもの迎えか」

「ええ」四人の子持ちの醍醐は、子どもの世話に追われている。妻は専業主婦なのだが、まだ小さい四人の子どもの面倒を一人でみるのは大変だ。何もなければ、醍醐は必ず定時に帰る。

「六条《ろくじょう》と森田《もりた》は？」

「合コンらしいですね」

「相変わらずか」法月が鼻を鳴らした。「残って愚図愚図《ぐずぐず》してるのはお前さんだけ、仕事してるのは明神《みょうじん》だけというわけだな」

「ええ。あいつは今日、中野《なかの》に行ってます」

「ああ、例の高校生の一件ね。頑張ってるんだな」

法月が顔を綻《ほころ》ばせながら、素早くうなずく。そういえば中野の件は、そもそも昨日法月が相談を受けたのだった。高校生の単純な家出と思われたが、携帯電話を置いていってしまったのが怪しい。最近は、財布を持たなくても携帯電話は忘れない、という人が多いようだ。しかも携帯電話には、この高校生を脅迫するような留守番電話のメッセージが残されていた。明らかに事件性の高い一件の相談を法月が受けたのは、昨日の夕方。話を聴いただけでタイムリミットになり、その後を愛美《めぐみ》に引き継いだのである。

「お前さんは行かなくていいのか」

「所轄《しょかつ》の少年係が協力してくれてますからね。それにこれぐらい、あいつ一人で十分やれますよ」

「まあ、いいことだな」法月が顎《あご》を撫《な》でた。「所轄と一緒に仕事をすれば、失踪課の存在をアピールできるんじゃないか」

「どうでしょうね」私はまた肩をすくめた。「相変わらずのお荷物部署ですから。そんなに簡単に認識は変わらないでしょう」

「そういえば、俺の後任はどうしたんだ？　まだ顔は出してないのか」法月が失踪課の中を見回した。

「ええ」

「変な話だよな。リストラでもない限り、入れ違いで引き継ぎをするものだけど。俺も、こんなのは初めてだよ」

私も彼と同じ疑問を抱いていた。

「次に来る人、オヤジさんの知ってる人じゃないんですか？」

「いや、さすがに俺も交通部の人間のことまでは知らない。警視庁に、職員が何万人いると思ってるんだ？」

法月の後釜《あとがま》に入る人間は、交通規制課の警部補だった。刑事部の一部署である失踪課に、他部署から人が来るのは初めて――所轄からの異動を除いてだが――らしい。しかも下っ端ではなく、私より年長の警部補。どうもやりにくい予感がしていたし、何よりどういう人間なのか、情報がないのが痛かった。刑事部の人間なら、それなりにいろいろな話が入ってくるのだが。

「まあ、うまくやってくれ。お前さんの、ここのナンバーツーという立場に変わりはないんだしな。それより今日は、土産《みやげ》があるんだよ」

「土産？」

「異動したばかりだし、置き土産と言った方が正確かな。本当は昨日渡そうと思ってたんだが、例の高校生の一件でばたばたして、渡せなかった」法月が、カウンターの上にぼろぼろになった書類袋を置いた。分厚く膨《ふく》れ上がり、皺《しわ》が寄って角が破れかけていることから、彼が長い間持ち歩いていたものだと分かる。

「何ですか？」

「資料だ。ほとんどコピーだけどな」

「事件ですか」

「古い話だよ。ケース一〇二c」

失踪課本来の業務の一つに、行方《ゆくえ》不明者のデータベース化と統計作業がある。十万人の失踪人がいれば十万通りの動機があるはずなのに、データベース化するために、失踪後の経過によって強引に分類しているのだ。「一〇二」は行方不明期間が長引いている状態で、その中でも「c」は半年以上が経過していることを示す。

「俺が知ってる案件ですか？」

「知らないんじゃないかな。発生は、お前さんがここへ来る前だから」

ということは、少なくとも二年以上前になる。自分が失踪課に異動になってから既《すで》に二年経《た》つのだと意識し、私は軽い衝撃を覚えた。警視庁内のお荷物部署と言われる失踪課へ来てから、自分は何をしてきたか……少なくとも以前よりも深く、人の不幸を見つめるようにはなった。

「見ていいですか」私は書類袋に手をかけた。

「こんなところで広げるなよ」法月が苦笑いする。「自分の席で見ろ。どうせ今夜も長いんだろう？」

「まあ……そうですね」私もつき合って苦笑した。離婚して、武蔵境《むさしさかい》の狭くテレビもないマンションに一人暮らし。帰れば酒を呑《の》むしかなく、しかも毎回必ず痛飲する。二日酔いの苦しみを呑むことで忘れるために、毎日同じことを繰り返《くりかえ》しているのが今の私だ。少しでも酒量を減らそうと、用もないのに失踪課の部屋で夜中まで時間を潰《つぶ》していることも少なくない。もちろん、暇なせいもある。事件に振り回されている時には、こんなことはしない。

「俺はずっと引っかかってて、自分で調べてみようと思って資料を持ち歩いていたんだが……結局、時間がなくなっちまってな。ほとんどゼロからスタートということになる。まあ、暇潰しにはちょうどいいんじゃないか？　酒の量も減るだろう」

「ありがたくいただきます」

私は書類袋を押し頂き、頭を下げた。顔を上げると、法月がそれまでの笑顔から、一転して真面目な表情を浮かべていた。

「頑張れよ」

「オヤジさん……」

「自分がここの戦力になっていたとは思わないけど、最近の失踪課の様子はちょっと、な。これから苦労することになるだろうな」

「もう苦労してますよ」

倦怠感《けんたいかん》、とでもいうのだろうか。あるいは不信感。互いに何を考えているか分からず、かといってはっきりと本音《ほんね》を確かめもせず、慎重に顔色ばかり窺《うかが》っている。仕事が忙しければ、下らない人間関係の摩擦など気にしている余裕もないのだが、悪いことにここ数か月間、事件らしい事件はなかった。相談に来る人たちの話を淡々と聴き、データに落とし、整理する。そこに事件の臭いを嗅《か》ぎつけ、実際に外へ出て捜査することなど、久しくなかった。愛美が、中野の件で喜んで飛び出して行ったのも当然である。

この悪い雰囲気《ふんいき》の原因が、分室の責任者たる真弓にあるのは明らかだった。数か月前に彼女を襲ったトラブルは、本来持っていた鬱陶《うっとう》しいぐらいのやる気を削《そ》ぎ、失踪課にどんよりと暗い雰囲気を根づかせてしまった。私は何とかしたいと思ってはいたが、上手《うま》い手を思いつかないまま、時間だけが過ぎていった。いっそ、日常が全て消え去るような大きな事件でも起きないだろうか、と偶然を祈る日々が続いている。

「こいつを何とかすれば、失踪課の雰囲気も変わるかもしれないぞ」私の心を見透《みす》かしたように法月が言った。

「事件になると思ってるんですか？」

「それは何とも言えないな」法月が首を振った。「有名な高城の勘に期待するよ……じゃあ、頑張ってくれ。この嫌な雰囲気を変えるために手助けしてやれないのは申し訳ないが、あとはお前さん次第だぞ」

穏やかな笑みを浮かべてうなずき、法月が去って行った。今日辞令が出て、久しぶりに――おそらく数十年ぶりに仕事で制服を着たはずなのに、既に刑事時代の忙しさを忘れたように、のんびりした気配を漂わせている。憑《つ》き物《もの》が落ちたようだ、と私は思った。それが羨《うらや》ましいわけではなかったが。それよりも法月が、刑事の看板を下ろしたことにさしてショックを感じていないことの方が驚きだった。

自席に戻り、人が消えた分室の中を見渡す。まるでゴーストタウンだ。ガラス張りで外から丸見えなので「金魚鉢」と呼ばれている室長室の灯《あか》りは消え、今は部屋の一角に暗い穴が開いたように見える。自分のデスク以外は全て、綺麗《きれい》に片づけられていた。デスクが並んだ背後にはソファ。時折帰宅するのが面倒臭くなってここに泊まりこんでしまう私のベッド代わりだ。朝方、鼾《いびき》をかいて寝ているのを見つけると、愛美はぶつぶつと文句を言う。

一つ溜息《ためいき》をつき、袋を開けた。ああ、この件か……古い事件を引っ張り出して整理していた時に見た記憶はある。私はそのままスルーしていたが、法月はどこに引っかかっていたのだろう。

そもそもこの案件の発生は五年前である。

早朝の首都高で、車五台が絡んだ多重追突事故が発生したのが一月十二日。そのうち一台が炎上し、救急車に加えて消防車も出動する騒ぎになったのだが、その最中、現場から一人の男が姿を消した。

事故では三人が犠牲《ぎせい》になり、多数の怪我《けが》人が出たが、一人だけ、手当ても受けずに立ち去った男がいたのだ。顔の特徴などから、前日に勤務先と家族から捜索願が出されていた野崎健生《のざきたけお》だということは判明したのだが、当時、捜査はそれ以上進まなかった。今ならすぐに私たちが乗り出したであろう事案だが、当時はこの事故捜査の直接の担当が、高速隊と交通捜査課だったせいもあり、まず現場での捜査が最優先され、野崎の存在はほとんど無視されていたのだ。失踪の届出を受けた所轄でも腰が重く、失踪と事故の関連性についても、ほとんど捜査されなかったようである。

野崎はロボット工学者で、民間企業「ビートテク」で研究に従事していた。二足歩行制御技術の研究では世界トップレベルにあると評価されていた人物で、そもそもどうして失踪したのか、当時は理由がまったく分からなかったようだ。それほどの人物が行方不明になれば、もっと大騒ぎになっていてもおかしくないのだが……。

資料には、後から法月がつけ足したビートテクの会社資料も添付されていた。とはいっても、会社のホームページをプリントアウトしただけのものである。創業は一九九〇年。工業用ロボット技術の開発を目的としてスタートした会社だが、二〇〇〇年頃からは、次第に介護分野にシフトしてきたようだ。

介護ビジネスは成長分野だが、現場の実態は激しい肉体労働である。体の自由が利かない人を助けるための介助作業は、純粋に力とコツを必要とするのだ。ここで機械の力を利用すれば現場の苦労は減る、というのが「介護用ロボット」の発想らしい。

会社の資料では、二〇〇〇年以降の記述が特に詳細だった。例えば、腕の動きをサポートする装着型のロボット。空気圧やモーターを利用したものまで、様々な製品を開発し、その一部は既に実用化されて現場で使われていた。写真を見ると、一種異様な光景である。外骨格とでもいおうか、配線むき出しのパーツを背中と腕に装着した姿は、ロボット物のアニメでしか見られないようなものだった。筋肉の動きを先読みして補助するというものらしいが、重さ十キロというのは、装着することで逆に負担になってしまうのではないだろうか。空気圧を利用して筋肉の動きを再現するロボットの場合はもう少し軽いようだが、腰に装着したコンプレッサーがごつごつして、いかにも邪魔な感じである。

人間の体というのは実に合理的かつ精密にできているのだな、と私は妙に感心した。結局ロボットというのは、今の段階では人間の動きにまったく敵《かな》わないのかもしれない。それにどれだけ動きがスムーズになっても、それこそ重さ百グラム程度で邪魔にならないような動力源が開発されない限り、使用者は「無理に着用している」という違和感を消せないだろう。

法月が赤いサインペンで大きく丸をつけているページがあった。「歩行アシストシステム」。これは介助者用ではなく、足が不自由な人の歩行をサポートする狙《ねら》いのようだった。既に実験段階から実用段階に入りつつあるようだが、やはり足の外側につける第二の骨格とでも言うべき外観だった。足に沿って細い二本のパイプが伸び、膝《ひざ》の部分が関節のように曲がる仕組みになっている。動力源は腰の窪《くぼ》みにはまるよう、曲線を多用してデザインされたバッテリーで、介護用のロボットに比べればだいぶ洗練された印象を受ける。素足に装着し、ゆったりしたズボンをはけば、外から見る限りでは分からないかもしれない。

この歩行アシストシステムの開発を担当していたのが、行方不明になった野崎だった。

彼の経歴に目を通してから、失踪当時の状況をじっくり頭に叩《たた》きこむ。

一月十日、いつも通り午前九時に家を出て、九時半に千駄《せんだ》ヶ谷《や》にある会社に出勤。その日の午後まで普通に仕事をしていたのは、同僚の証言で確認されている。ただ、午後三時に何も言わずに外出してしまった。基本的に会社に籠りきりの生活をしていた野崎は、食事や各種の実験以外で外出することは稀《まれ》だったのである。いや、食事さえ自分のデスクで済ませてしまうことも珍しくなかった。

しかしこの日、野崎は同僚に何も告げず、会社を抜け出した。夕方の打ち合わせに顔を見せないので「どこへ行った」という話になり、徐々に騒ぎが広がっていった。

その日の夜、家族も異変に気づいた。野崎は妻と幼い——当時三歳——息子《むすこ》、母親との四人暮らしだったのだが、家に何の連絡も入れなかったのである。没頭すると時間の流れを忘れてしまう性格らしく、帰宅が夜中になるのはしばしばで、泊まりこみも珍しくはなかったが、そういう時も電話連絡だけは忘れないタイプだった。

その日は夜中になっても何の連絡もなく、とうとう帰宅しなかったことで、妻の詩織《しおり》の不安は頂点に達した。翌朝、会社に電話を入れると、昨日の午後から行方が分からなくなっているという。その時点で詩織は激怒した。何故《なぜ》連絡を入れてくれなかったのか、一言言ってくれれば何か対策の立てようもあったのに、と。

会社は詩織の剣幕に押され、家族と一緒に捜索願を出すことに同意した。捜索願のコピーを見ると、届け出たのは詩織。ただしメモが挟みこんであり、会社の同僚の新井琢郎《あらいたくろう》という男が同行していたことが分かった。新井に関する記録を見る限り、上司ではなく、同い年の同僚だったようだ。普通は直属の上司か人事部の人間が来るものだが……。

一日姿を消しただけで捜索願か……いい大人がいなくなっても、家族は普通体面を気にして、少しは様子を見ようとするものである。だが失踪前からトラブルに巻きこまれていて、誰かに拉致《らち》された可能性があるとでも考えれば、できるだけ早く届け出てくるだろう。

野崎の場合、ビートテク社にとって極めて重要な頭脳であったが故に、比較的早く届出がされたようだ。会社の有能な人材を危ない目に遭《あ》わせるわけにはいかない——そういう判断だったのだろうが、そうだとしたら、会社側の動きはむしろ遅かったのではないだろうか。一夜明けた後、家族の相談を受けてから動き出した事実を、どう判断すべきか。

煙草《たばこ》が吸いたくなった。私は一度資料を伏せて立ち上がり、駐車場の隅にある喫煙所に向かった。ペンキ缶に水を満たした灰皿があるだけだが、次第に少なくなっている署内の喫煙者にとっては、憩《いこ》いの空間であると同時に、肩身の狭い仲間同士、愚痴《ぐち》をぶつけ合う場所でもある。今日も刑事課の若い刑事が、煙草の値上げについてぶつぶつ文句を言ってきた。小遣いが増えるわけもなく、必然的に本数を減らさざるを得なくなって、きつい煙草に代えようかと思っている、と。ニコチンやタールの含有量が多い煙草ならば、結果として本数を減らせるのではないか、という甘い考えのようだった。私が「慣れたらどうせまた元の本数に戻るさ」と指摘すると、若い刑事はうなだれ、本気で禁煙しようか、と零《こぼ》し始めた。若いのにだらしない。俺たちは積極的に税金を納めているんだから、誰に文句を言われることもないんだと励《はげ》ましながら、私は煙草を二本、灰にした。迫害される喫煙者同士の普遍的なトーク。

失踪課に戻ると、戻って来ていた愛美が書類の整理中だった。

「中野の件、どうなった」

「渋谷の悪い連中に捕まっているみたいですね」書類から顔も上げずに答える。

「大丈夫なのか?」

「所在は確認できましたから、後は所轄の少年係に任せました。大したことはないですよ。ぼこぼこにされているかもしれませんけど、命までは取られないでしょう」

「ご苦労さん」

椅子《いす》に浅く腰かけてだらしなく足を投げ出し、私は天井を見上げた。渋谷中央署は当直の時間帯に入っているので暖房は少し弱められ、肌寒い。法月が渡してくれた書類にちらりと視線を落とした。よく分からない事件だが、彼が期待する通り、現在のだれた状況を打破するためのカンフル剤になるかもしれない。横の席に座る愛美も、つまらなそうにしているではないか。仕事がないと、人は活力を失うものだ。腕も錆《さ》びる。

「じゃあ、中野の件は、失踪課的には一件落着ということでいいんだな？」

「いいと思います」愛美がさっと髪を掻きあげる。艶々《つやつや》した黒髪が、蛍光灯の光を受けて鈍《にぶ》く光った。少し疲れて、艶が失われているか？　そうかもしれない。アイドリングが長く続くと、エンジンは疲弊《ひへい》するものだ。娘がいなくなってから失踪課に赴任するまでの七年間、私がずっとそうであったように。

　愛美がパソコンに向かう。データベース入力用のソフトを立ち上げ、デスクに溜まっていた書類を引き寄せ、溜息をついた。

「入力作業、まだ終わってないのか？」

「全部私の方に皺寄せがくるんですよ……法月さんがいなくなったの、痛いですね」愛美が書類を持ち上げ、どさりとデスクに落とす。

「面白そうな話があるんだけど、聞きたくないか？」

　愛美が顔を上げ、椅子を回して私に向き直った。濃紺のジャケットに白のブラウス、黒いパンツという、彼女にとってはほとんど制服と言っていい格好である。

「何か届出でもあったんですか?」

「いや、古い事件だ」

「ひっくり返したんですか」

「オヤジさんの置き土産だ」

愛美がすっと目を見開いた。この話をどう判断していいか分からない様子で、無言で私の顔を見詰め、答えを求めてくる。

「オヤジさんが自分で調べようとして、資料を集めていたらしい。それが異動になって……俺に回ってきたわけだ」

私は野崎の一件の概略を説明した。愛美の目が次第に輝き出す。

「相当面倒な案件みたいですね」面倒な案件を面白がる性格は、刑事として正しいのかどうか。

「だと思う。何しろ五年も前の話だから、関係者の記憶も薄れているだろうしな。それに、当時の聞き取りも甘い感じがする」

「自分たちなら上手くやれたって言うんですか?」

「こっちは一応、プロだぜ」

愛美が鼻を鳴らした。拳《こぶし》を固めて右目を擦《こす》り、欠伸《あくび》を嚙《か》み殺《ころ》す。

「プロ、ですか」

「プロだよ」

「自分でそういうこと、言わない方がいいですよ」

「卑下《ひげ》することもない」

「自意識過剰です、高城さん」

「そうかな」

「そうですよ……資料、貸して下さい」

　私は法月の資料を丸ごと彼女の方に押しやった。自分はパソコンを立ち上げ、ビートテクのホームページを捜す。内容は法月の資料でほとんどカバーされているはずだが、何か新しい情報が更新されているかもしれない。

　あった。「五月の国際福祉機器フェアに出品」が最新情報である。確認すると、歩行アシストシステムの最新版が、横浜で開かれる展示会に出品されるらしい。これはほぼ市販レベルになっており、最終的なお披露目の意味もあるようだ。五年前に行方不明になった野崎は、このシステムの開発責任者だったというが、彼がいなくなってから、開発の進行状況に変化はあったのだろうか。責任者がいなくなって滞り、製品化に五年もかかってしまったのか、あるいは誰がやっても同じだったのか。

「これ……意味不明ですね」

　愛美の声に、顔を上げる。彼女は、考えこんでいる時の癖で、拳を形のいい顎に当てていた。左手に持った資料を凝視しているので、怒っているように目が細くなっている。

「失踪当時の状況？」

「いえ、二日後の事故です。事故に巻きこまれて、車を放置して逃げるなんて、どう考えてもおかしいですよ。意味が分かりません。この人は怪我してなかったんですかね」

「してないだろうな。目撃者の証言だと、非常用の出口から普通に下へ下りて行ったらしい」

「その目撃者の証言も、信用できるかどうか分からないですね」愛美が首を捻《ひね》る。「これだけ大きい事故現場だったら、相当パニック状態になっていたはずですよ。冷静に観察していた人がいたとは思えません」

「そうかもしれない」

目撃者の名前は調書に記してある。まずこの人間を訪ねてみるのが第一歩だ、と私は決めた。

「野崎さん、手当ても受けずに立ち去った、とありますよ」愛美が指摘した。「この書き方だと、怪我していたように読めるんですけど」

「だとしても、大した怪我じゃないと思う。その後で病院に手配が回ったそうだけど、該当する人間が駆けこんだ記録はなかった」

「よほど急いでいたんですかね」

「たぶん、な」

「空白の時間が三十九時間あるんですね……」愛美の声が頼りなく宙に溶けた。

野崎が一月十日午後三時に研究所を出たのは、記録——ICカードで管理されている——で分かっている。その後は一度も、研究所に足を踏みいれていない。首都高で事故が起きたのは十二日午前六時。空白の時間が三十九時間というのは、いかにも長い。その間、彼はどこで何をしていたのだろう。

「すぐにできることがいくつかありますね」愛美が資料をまとめて立ち上がった。「まず現場を見てみませんか？」

「ああ。それと、事故の目撃者には話が聴けるだろう」

「じゃあ、行きましょう」

愛美の声に、いつもの勢いが戻っていた。彼女も無聊《ぶりょう》をかこっていたのだ、と悟る。元々愛美は、失踪課ではなく捜査一課に異動する予定になっていたのだが、若い刑事が拳《けん》銃《じゅう》自殺したことで予定が狂ってしまい、玉突き状態で弾《はじ》き出《だ》されたのだ。刑事部の——あるいは警視庁のお荷物と言われる失踪課に配属になった当初は、被害者然とした態度を崩そうとせず、ここの仕事を馬鹿にしていたが、今はそれなりに張り合いを見つけているようだ。それが、ここしばらくは打ちこめる事案もなく、傍目《はため》にもかりかりしているのが明らかだ。

「覆面パトを使おう。首都高で停めておくには、サイレンが要るからな」

「そうですね」

コートを右手に引っかけ、ハンドバッグを左手に持って、愛美がさっさと部屋を出て行こうとした。こんな餌《えさ》で、ここまで気合が入るのか……苦笑しながら、私は彼女の後を追った。


事故現場は、首都高三号線下りの渋谷出口付近。退避スペースに覆面パトカーのスカイラインを停め、私たちは途切れない車の流れに神経を使いながら、事故現場の様子を観察した。強い風が吹き抜け、排ガスと冷たいアスファルトの臭いが鼻を突く。

「事故の最初は、パンクだったんですね」愛美が風に負けないように怒鳴った。

「そういうこと」

一台の車がパンクし、慌《あわ》ててこの待避所に入ろうとした。しかし急ハンドルを切ったために後続の車が避けきれず、追突。追突した車はスピンし、そこに後続の車が次々と突っこんで大事故になった。交通捜査課などの検分によると、野崎の車は、巻きこまれた五台のうち四台目だったようである。現場の写真を見た限り、横に滑って、助手席側に後続の車が突っこんでいた。中央分離帯の壁に張りつく直前で停まったために、何とか脱出できたようだった。

「中央分離帯からここまで来て、非常口から逃げたんですね」愛美が右から左へさっと手を動かした。事故で交通の流れが遮断されていたとはいえ、二車線の道路を横切るのは結構勇気が必要だったのではないか。まして怪我をしていたとなれば。

「非常口からは、簡単に下りられるんですか」

「階段がある。怪我がひどくなければ、大したことはないんじゃないかな。あるいは、高所恐怖症でなければ」高所恐怖症でなくても相当難儀するかもしれないが。三号線のこの辺《あた》りは、高さはどれだけあるだろう。常に強い風が吹きつけているはずだし、下は交通量の多い国道二四六号線だ。

「それだけ急いでいたのはどうして――」風に負け、愛美の声が途中で途切れた。

私は防音壁に手をつけ、眼前を通り過ぎる車の流れを見詰めた。夕方の帰宅ラッシュの名残がまだあり、交通量は多い。ただし、平日の午前六時なら、下り線はさほど混んでいないはずだ。どの車も相当スピードを出していたのは当然で、事故の規模が拡大したのは理解できる。

交通事故に遭うと、普通の人間は呆然《ぼうぜん》自失の状態になる。即座に行動を起こせる人などほとんどいない。そのことを愛美に告げる。

「確かに、怪我してたなら、満足に動けないはずですよね」

「怪我してなくても、だよ」私は嫌な記憶を引っ張り出していた。何年前だろうか、酔っぱらって帰宅する時にタクシーを使ったのだが、そのタクシーが自宅近くで事故を起こした。交差点で無理に右折しようとして、直進で突っこんできたバイクと衝突したのである。バイクは直前で横滑りするように倒れ、車の下に潜りこんだ。タクシーはバイクに乗り上げる形で停止したために衝撃も大きく、私はしばらく後部座席で動けなかった。一瞬で酔いが引いたのだが、本当なら自分で救急車を呼ぶべきだったのに何もできず、気づいた時には、近所の人の通報で救急車とパトカーが周辺を取り囲んでいた。刑事としてみっともないと恥じたものだが、今では、仕方がないと自分で納得している。自分が被害を受けたわけでもないのに、あの衝撃。ましてや自分でハンドルを握っていたとすれば、ショックが大き過ぎて動き出せなくなるのは理解できる。

だが野崎は逃げた。いや、逃げたというのは正確ではないかもしれない。何か目的があって、先を急いでいたのではないだろうか。彼は事故の当事者ではあっても、一当——事故に一義的な責任がある第一当事者——ではなく巻きこまれただけなのだから、責任追及を恐れる必要はなかったはずだ。しかし彼には、おそらく時間がなかったのだろう。現場検証や署での事情聴取を避けねばならなかった事情とは何なのか。

もしかしたら、警察とかかわり合いになりたくなかったのか。例えば違法薬物を運んでいたとしたら——。

「非常口から逃げた後はどうしたんですかね」愛美が大声で訊《たず》ねた。

「その先は分からない。目撃者がいないんだ。そもそも真面目に目撃者を捜したかどうかも分からないけど」

「今さら捜すのは無理でしょうね」愛美が肩をすくめる。

「ああ。だから難しい事件なんだ」

どんな事件でも、時間が経つに連れ、解決は遠のく。手がかりは失われ、人の記憶は薄れる。未解決事件が、しばしばそのまま過去に埋《う》もれてしまうのはそのためだ。

五年は長い。

だが、愛美は諦《あきら》めてはいないようだった。車に乗りこみ、ハンドルを握る手には力がみなぎり、両目はきらきらと輝いている。いつの間にかすっかり刑事らしい顔つきになったな、と私は密《ひそ》かに満足した。

翻《ひるがえ》って、自分はどうだろう。このところずっと、だらけた日々を満喫していたのではないか？　何もなく、毎日ずるずる酒を呑む日課を楽しんでいたのではないか？　二日酔いで苦しいというのは、酒呑みの自慢のようなものである。二日酔いを気にせず呑めるのは素晴らしい、ということだ。

それは真理なのだが、酒を呑まない人間は鼻で笑う。

「どうしますか？」

「今夜のうちに、目撃者に話を聴いておこう。電話してみるから、とにかくそっちへ向かってくれ」

「了解です」

愛美が乱暴にアクセルを踏みこみ、車の流れに乗った。七時。これから川崎《かわさき》に住む目撃者に会って話を聴けば、今夜は遅くなるだろう。その分酒量は減るはずだ。私の健康のためにも愛美の精神状態のためにも、ちゃんとした仕事があるのが一番だな、と私は皮肉に思った。

2

五年前の事故の目撃者、竹下《たけした》は、まだ仕事中だった。自宅の一部を改装した雑貨店の営業は、看板によると八時まで。いかにも東南アジア産らしいデザインの、原色を派手に使った食器やリネン類が展示されて、店全体が色見本のようになっている。客は一人もおらず、私たちは店の一角にあるカフェに案内された。当然のように禁煙。胸ポケットに入れた煙草に触れて気持ちを落ち着かせ、竹下の着席を待つ。愛美は、落ち着かなげに、椅子の上で体を揺らしていた。

「どうかしたか？」

「あの、臭いが……」

　かすかにハーブの香りが漂っている。壁に飾られたドライハーブから流れ出しているのだろうが、私は特に気にならない。こういう香りはむしろ、好む人の方が多いのではないか。

「こういうの、苦手なのか」

「何となく」愛美が肩をすくめてから、私を一睨《ひとにら》みした。「すいませんね、女子力が低くて」

「別にそんなこと、言ってないぜ」

「いや、言いたそうでしたよ」

「俺は別に……」

「どうも、お待たせしました」竹下が愛想のいい笑みを浮かべ、右手にトレイ、左手にノートパソコンを持って現れた。まずノートパソコンを慎重に下ろし、それからトレイに乗ったティーカップを私たちの前に置いた。中身はごく薄い黄色の液体。ハーブティーなのだろうが、中身が何なのかは分からない。私は水を大量に加えた水割り——あれはウィスキーに対する冒瀆《ぼうとく》だ——を連想していた。しかし漂う香りはほのかなもので、愛美が顔をしかめることもない。

「カモミールティーです。お口に合うかどうか」

「いただきます」

相手の厚意を無にしないために、一口飲んでみた。ほとんど味はない。口の中、どこか奥の方で、スペアミントのガムのような香りが漂うだけだった。愛美は用心しているのか、手をつけようともしない。気持ちが前のめりになっているのか、竹下が腰を落ち着ける暇もなく、話を始めた。

「五年前の事故について、お話を伺《うかが》いに来ました」

「ええ、はい」前置き抜きだったせいか、竹下が驚いたように目を見開く。まだ若い。三十代半《なか》ばというところだろうか。細い体にぴたりと合ったチェックのシャツに、程よくダメージの効いたジーンズ、腰から膝までを覆う茶色いエプロンという格好だった。もみあげからつながる長い髭《ひげ》が特徴で、それだけ見ていると、雑貨店の店主には見えない。洒落《しゃれ》たバーでカクテルでも作っている方がお似合いだった。

「五年前、首都高三号線で起きた事故のことです。あなたは現場を通りかかって、ある男性が逃げ出すのを目撃されましたね？」畳《たた》みかけるように愛美が質問した。

竹下がにわかに緊張し、眉《まゆ》をきゅっと寄せた。両肩をすぼめて体を縮め、困惑した視線を愛美に投げつける。

「その時の様子を詳しく教えて下さい。現場から逃げ出した男性を捜しているんです」

「今になってですか？」疑わしげに竹下が言った。

「まだ見つかっていませんから、今さらということはありません。見つかるまでは捜します」愛美が宣言した。

「そうですか。警察も凄《すご》いですね」

「その男性がどんな様子だったか、聴かせてもらえますか」

竹下が切り出した雑談を無視し、愛美が手帳を取り出してボールペンを構える。竹下は苦笑してそれを無視し、並んで座った私たちがパソコンを見られるように動かした。「Enter」ボタンを人差し指でぽん、と叩き、「実際にご覧いただいた方が分かりやすいと思います」と告げた。

「それは――」

「まあ、ちょっと見てみよう」愛美の言葉を遮《さえぎ》り、私は十七インチの画面に視線を注いだ。再生された動画は、あの事故直後の物だとすぐに分かった。

画面は激しく揺れていた。前方では、数台の車が、あり得ない角度で停まっている。竹下は事故を見て慌てて車を停め、ビデオを持って飛び出したのだろう。ようやく揺れが収まると、事故の惨状が明らかになった。大破した車のドアががたがたと揺れている。中に閉じこめられた人がドアを蹴飛《けと》ばしているのだろう。救助に向かった人が手を貸しているが、ドアは一向に開かない。そのうち、ぽん、と軽い爆発音が聞こえ、続いて画面の奥の方で突然炎が噴き上がった。多重衝突に続いて、火災が発生した瞬間である。黒い煙に混じった炎が、赤い舌のように朝の空気を舐《な》める。

「おい、ヤバい!」

「一一〇番、一一〇番」

「誰かいるのか!」

声が飛び交い、画面がまた激しく揺れた。だが次の瞬間、私は画面の隅の方で人影が動くのを見逃さなかった。カメラがぶれまくる画面ではっきり確認するのは困難だったが、中央分離帯付近で停まっていた車から男が飛び出し、フレームの中を右から左へ過《よぎ》った。幸運なことに、竹下のカメラはたまたまその男の動きを追っていた。かすかに足を引きずっているのが分かるが、走れないほどの怪我ではないようだ。

映っているのはずっと背中で、顔は確認できない。濃紺のウールのコート、白っぽいズボン、足下は茶色い靴という以外には分からなかった。非常口に辿《たど》り着《つ》く前、事故現場の様子を記憶に収めようとでもいうように、一瞬だけ振り向く。激しく揺れる画面の中でも、その顔が捜索願に添付されていた野崎の顔写真と一致するのが分かった。それにしても当時の捜査担当者は、よくこの一瞬を逃さず、野崎を割り出したものだ。それだけは褒められる。

ほどなく竹下は落ち着きを取り戻したのか、燃え上がる車両にレンズを向けた。黒煙が空を汚し、ほどなく、燃え出した車に食いこんだ車にも炎が燃え移った。今度は爆発するような勢いで、一瞬、画面が真っ赤に染まる。直後、誰かが「馬鹿野郎！」と叫んだ。ビデオ撮影していた竹下に向けられた罵声《ばせい》だったのだろう。怖《お》じ気《け》づいたのか、竹下はぐっと下がって現場から遠ざかり、すぐに映像は途切れた。

私は息を凝らしていたのに気づき、思わず吐息を漏《も》らした。

「危なかったですね」

「炎って、すごいですよね」その時の恐怖を思い出したのか、竹下の目が真剣味を帯びる。「結構離れていたつもりだったんですけど、顔を炙《あぶ》られるみたいに熱くて……それに、誰かに怒鳴られましてね。とっさにビデオを回したんですけど、さすがにああいう場所では不謹慎だったということなんでしょう」

「このビデオ、警察には提出したんですよね？」愛美が訊ねる。

「ええ。これはコピーなんです」

「マスコミには渡さなかったんですか？」

「渡してません」竹下の顔が暗くなった。「ちょっと反省しましてね。やっぱり、ビデオなんか回さない方がよかったですよ。たまたま持っていたんで、これは、と思ったんですけど……そんなことをしている暇があったら、助けに行けばよかったんです」

「今さらそれを言っても始まりません」

愛美が冷たく言い放ったので、竹下はますます肩を丸めて縮こまってしまった。相変わらず容赦《ようしゃ》がない……時に愛美は、物事をはっきり言い過ぎて相手を追いこんでしまうことがある。私は少し表情を緩めて、話を引き取った。

「マスコミには提供した方がよかったかもしれませんね。そうすれば、もっと情報が入っていたかもしれません。いずれにせよ、あなたのビデオがあったからこそ、我々が捜していた人が事故に巻きこまれていたと確認できたんですよ」せめてもの慰め。五年経ってもショックが尾を引いているのは意外だった。

「そうなんですけど、やっぱり今でも寝覚めが悪いです」

「分かります……同情しますけど、もう一度現場の様子を思い出してもらえませんか？この男性がどんな様子だったのか、それが分かれば手がかりになるかもしれない」

「といっても、自分の目ではっきり見ていたわけじゃないんです。たまたまフレームに入ってきただけで、こっちの意識は燃えてる車の方にいってましたからね。後でビデオを見て気がついたくらいで……すいません、はっきりしなくて」竹下が頭を振った。

「とんでもない」言いながら、私はかすかな失望を感じていた。事故現場が相当混乱していたことは想像に難くない。この男も、レンズ越しではなく直接自分の目で見ていれば、また印象も記憶も違ったはずなのに。

「本当に、何も覚えていないんですか」愛美がしつこく突っこんだ。「実際に、視界には入っていたんですよね」

「ええ、そうなんですけど、何ぶん五年も前の話ですし……まったく悪夢の記憶ですよ」

竹下の目から光が消える。

「そういえば、あんな朝早い時間に、どうしてあそこにいたんですか？　ここも結構離れてますよね」私は首を捻りながら訊ねた。

「ああ、家に帰る途中だったんです」

「朝の六時に？」

「彼女……今の女房の家にいたんですよ。埼玉《さいたま》だったんですけどね」照れたように竹下が打ち明ける。「店を開ける準備があったから、ほとんど徹夜のまま向こうを出てきたんです」

「そういうことですか」

「この店をオープンしたばかりだったんです。まあ、あの事故も、私にとっては悪いことではなかったけど……あれがきっかけになって、結婚できたみたいなものだから。事故の後、結構落ちこみましてね。救護活動が全然できなくて、ビデオなんか回していた自分に嫌気がさしたんです。それを女房が慰めてくれて。あんなことがなければ、プロポーズしてなかったかもしれません」

「そうですか」のろけ話にうんざりした内心を押し隠すように、愛美が深く溜息をついた。

「ところでこのビデオは、警察のどこに提出したんですか？」

「高速隊です。事故直後の様子は分からないかって聴かれたんで、すぐに」

「その後で連絡……というか、事情聴取はなかったんですか」

「二度ほど呼ばれました。現場の様子の確認だったんですけど、結構細かく聴かれるんですね」

　それはそうだ、と私は思った。一対一での正面衝突のような単純な事故でも、完璧《かんぺき》に現場を再現するのは難しい。ましてや五台も車が絡んでいた場合、どこまで正確に事故の様子を把握《はあく》できるだろう。しかしそこをはっきりさせないと、責任が誰にあるのか分からなくなる。高速隊が、関係者への事情聴取に心を砕いたのは間違いない。事故そのものの捜査は入念に行われたはずだ。

「分かりました。どうもお手数をおかけして……このビデオ、コピーはいただけますか」

「そう言われると思って、用意してあります」竹下がようやく緊張を解き、シャツの胸ポケットからＵＳＢメモリを取り出した。

「準備がいいですね」

「さっきお電話をいただいてから、考えたんですよ。あの件、私の中ではまだ終わっていないんじゃないかって。もしかしたら、現場から逃げ出した人、何か事情があったのかもしれませんよね。そう考え出すと、何となく喉《のど》に棘《とげ》が刺さったような気分になって」

それは我々も同じだ。そう言う代わりに私はうなずき、礼を言ってその場を辞去した。

愛美は結局、ハーブティーに手をつけなかった。

帰りの車中、助手席に座った愛美は、USBメモリをお守りのようにずっと握り締めていた。

「そこから何か分かると思うなよ」私は警告した。「さっき見た以上のことは出てこないだろう」

「分かりませんよ。何度も見れば、何か別の物が見えてくるかもしれません」

「そういうこともあるけど、あまり期待しない方がいい」

「分かってます。ちなみに、野崎さんが乗っていた車は自分の物だったんですか？」

「レンタカーだな」私は記憶を辿った。「失踪翌日の夜、新宿《しんじゅく》にある営業所で借り出した車だということは分かっている。予約は二日」

「だったら完全に空白の三十九時間だったわけじゃないですね」

「だけど、それ以上のことは分かっていない。今から調べ直しても無駄だろう」

「でしょうね」愛美が大きく溜息をついた。「分かってますけど……」

「君はもう少し見切りが速いタイプかと思ってたけど」

「私もです」

奇妙な答えに、私は思わず横を向いて、助手席の彼女の顔を確認した。実年齢よりも幼く見える顔は、街灯の光を浴びて白く光っている。

「この頃、何だか調子が狂ってます」

「そうか」

「失踪課全体が、やる気がないですよね。法月さんもいなくなっちゃうし」

「それは人事だから仕方がない」

「室長も冷たいと思いませんか？　法月さんは大事な戦力なんだし、本人も失踪課に残りたがっていたのに……室長がちゃんと動いてくれれば、制服を着るような羽目にならなくて済んだかもしれないのに」

「そうだな……でも室長も、自分のことで手一杯だろうから」愛美も私と同じようなことを考えていたのか。

「部下の面倒を見るのも室長の仕事じゃないですか」愛美が子どものように頰《ほお》を膨らませた。

「あの人は、落ちた」私はハンドルを握る手にかすかに力をこめた。「ぎりぎりでこちら側に踏ん張っていたはずだけど、もう無理なんだと思う。本人がそれを意識し出したら、まともな仕事なんかできないさ」

「それは無責任過ぎます」愛美がきっぱりと言い切った。「上に立つ人は、自分のことなんか犠牲にしても、部下を守ってくれないと。それが上司でしょう？」

「そんな上司ばかりだったら、ビジネス書がこんなに売れるわけがない」

「高城さん」愛美が冷たい声で言い放った。「室長を庇《かば》わないで下さい。だいたいこの件、高城さんにも責任があるんですよ」

「分かってるよ。俺だって、室長に対してはすっきりした気持ちでいるわけじゃない」

数か月前、真弓が隠し続けてきた過去が、ある事件を通じて明らかになった。事件を解決するために娘を利用したこと。家族がばらばらになり、実質的に離婚状態になっていたにもかかわらず、その事実を必死に秘匿《ひとく》していたこと。どちらも自らの出世のためであり、彼女のイメージは地に落ちた。具体的な制裁を食らうことはなかったが、彼女の望み――刑事部のメインストリームである捜査一課に返り咲くこと――はほぼ不可能になっただろう。今後は三方面分室の責任者として塩漬けになるか、他の分室に回されるぐらいしか考えられない。

その時私は、真弓に同情を覚えなかった。自分の野心のために家族を利用した真弓のやり方が、どうしても許せなかったせいもある。私には、利用しようにも家族がいないのだ。自分が失ってしまった家族がいるのに、彼女は……。

「とにかく、室長のことは高城さんが何とかして下さいよ」

「俺が言って何とかなるようだったら、とっくに言ってるさ」完全に逃げているな、と意識しながら言った。

「このままだと、三方面分室は空中分解しますよ」

愛美の懸念《けねん》はもっともだ。私も日々、その危険を肌で感じている。だが真弓を励まして和解し、分室の立て直しのために二人で頑張るイメージが、どうしても湧《わ》かない。私たちは全員、失踪課に一時的に籍を置いているだけなのだ。誰もこんなところで一生を終えたいとは考えない。もっとも私の場合、他に行くべき場所があるとも思えなかったが。

「飯でも食うか」

「結構です」

「食べてないいんだろう？」

「食べてないけど、結構です」

愛美はやけに頑《かたく》なだった。ほんの少し前までは、よく皆で食事に行ったものだが……失踪課の雰囲気を悪化させているのは愛美本人かもしれない。そしてそれを諫《いさ》め、指導できない私。中途半端な管理職になどなるものではない、とつくづく悔やんだ。


学生が多い武蔵境の街は、夜遅くまで開いている店が少なくない。五百円で消化剤が必要になるほど食べられる定食屋や、バケツかと思うほど巨大な器を使っているラーメン屋に四十七歳の男が入るのは、さすがに気恥ずかしくもあるのだが、一人暮らしの男には何かと優しい街である。

何となく食欲も湧かず、ただ夕食をとっておかなければならないという義務感から、私は家の一番近くにある定食屋に足を運んだ。焼き魚定食を頼み、テレビをぼんやり眺めながら時間を潰す。酒はなし。私は基本的にアルコール依存症ではないと確信している。呑まないで済ませることも少なくはないのだ。特に一人で外食する時は、まず酒を頼まない。何となく侘《わび》しくなるのだ。仲間が一緒の時は構わないのだが、最近は失踪課の面々と呑みに行く機会も減った。

テレビを眺めるのにも飽きて、雑誌を手に取った。店主の好みが理解できないが、初心者向けの科学雑誌のバックナンバーが揃《そろ》っている。さすがに定食屋でこんな本を読む人間はほとんどいないようで、綺麗なままだった。どうでもいい、ただの暇潰しだと思い、「宇宙の始まりと終わり」という特集が載った一冊を摑《つか》んで席に戻る。

何が書いてあるのかさっぱり分からないが、「ビッグリップ」という言葉が何故か目に飛びこんできた。あらゆる物理的構造がばらばらになってしまう状態――素粒子だけが残り、互いに永遠に遠ざかっていく。イメージが摑みにくいが、手を伸ばしても誰にも触れることができず、やがて声も聞こえなくなり、たった一人、自分だけしか認識できなくなる――まるで今、失踪課が辿っている道そのものではないか。求心力を失った組織は、結局空中分解するしかないのだ。

室長が駄目なら、ナンバーツーである自分が軸になるべきだ——理屈では分かっている。しかしどうしてもその気になれなかった。自分では力不足だと感じると同時に、管理職ではなく一人の刑事でいたいと願う気持ちもある。

酒でも呑まないとやっていられない。

定食が出来上がる前、私はほぼ無意識のうちに、ビールを頼んでいた。


翌朝、愛美と、ビートテクの本社に近い千駄ヶ谷駅で落ち合った。三月にしては寒い朝で、愛美はウールのコートを着こみ、駅前交番の脇に立っていた。

「悪い、遅れた」

謝ると、愛美が途端に顔をしかめた後、無言でスポーツドリンクのペットボトルを差し出した。

「行くのは、それを飲んでからにして下さい」そっぽを向いたまま言う。

「何で」

「予想通り酒臭いです……っていうか、どうして私がこういうものを用意してこないといけないんですか？」

「まあ、相棒だし」そもそも彼女は、どうして私が二日酔いだと分かったのだろう。毎日のことだから当たり前か、と理解して苦笑する。

「相棒じゃありませんから」

心地よい突っつき合いではなく、本気の怒り。まるで失踪課に異動してきた直後の彼女のようだ。あの頃の愛美は、何者も寄せつけない固い壁を周囲に巡《めぐ》らせていた。

信号待ちをする間、喉に染みるほど冷たいスポーツドリンクを、ボトル半分ほど一気に流しこむ。それでようやく目が覚めた感じになり、冷えたボトルを頰に押しつけてさらに意識を尖《とが》らせた。信号が変わって歩き出した時には、だいぶ足取りが軽くなっていた。歩きながら残りのスポーツドリンクを飲み干し、周囲を見回しながら、愛美に少し遅れて歩いて行く。千駄ヶ谷といえば東京体育館と国立競技場に代表されるスポーツの街だが、明《め》治《じ》通りに近い方は住宅街になっている。ビートテクの本社は、東京体育館の裏側、外《がい》苑《えん》西《にし》通り沿いにある六階建てのビルだった。

「連絡は入れてないんですよね」立ち止まった愛美が、ビルを見上げながら訊ねる。

「ああ。この事件を受け取ったのが昨日の夕方だから」私も彼女の横に立ち、ビルを観察した。全面ガラス張りの直方体の建物で、弱い春の陽射しを増幅して、私たちの前のアスファルトを温めているようだった。照り返しの陽光がもろに目に入るので、思わず手でひさしを作る。

「五年前のこと、いきなり持ち出して大丈夫ですかね。前もって準備しておいてもらった方がよかったんじゃないですか」愛美が疑問を口にした。

「それだと、半日無駄になる。取《と》り敢《あ》えず関係者と会って顔をつないでおく方が大事だろう」

愛美が無言で肩をすくめた。これも、最近はあまり見せなくなった仕草である。かつては白けた時に、露骨にこういう態度を示したものだ。

受付で事情を話すと、しばらく待たされた。五年前に会社側で対応していた総務部長の名前を告げたのだが、既に退職しているという。現在の担当が誰なのか——そもそもいない可能性もある——調べるだけで、受付の女性二人が電話にかかりきりになった。仕方なくその場を離れ、広いロビーをぶらぶらする。陽光が遠慮なく降り注ぐ作りで、夏はさぞ暑いだろうと思わせた。

一角に製品の展示スペースがあったので、そちらに足を運ぶ。愛美があまり乗り気でない様子で付いて来た。ホームページで見た製品が、ずらりと並べられている。「食事支援ロボット」。これは腕が不自由な人向けだろう。マネキンの二の腕から手首にかけて装着された肌色のマシンは、腕の動きをトレースし、皿から口へと箸《はし》やスプーンを運ぶ助けをするらしい。かなりごつごつした装置だが、食事の時だけ使うものと考えれば、それほど負担にはならないだろう。

まさにロボットのような、総合介護支援システムもあった。腕、両足を含めて体全体に装着するもので、「介護スーツ」と命名されている。複数のセンサーが技術的なポイントで、体を動かそうとする時に皮膚《ひふ》に走る生体電流を感知するセンサーが、腕の動きを予《あらかじ》め予想してアシストする。また足についた重心センサーは、歩き出す方向を察知して、歩行をサポートするものだった。つまりこのスーツを着用すれば、被介護者を軽々と両腕に抱え、移動できるということらしい。自分で体を動かせない被介護者を移動させる場合、同じ重さのサンドバッグを動かすよりも大変だ、と聞いたことがある。現場にこのスーツが導入されれば、力を必要とする介護にとっては、大きな助けになるだろう。ただしこのスーツは、実用化までにはまだ時間がかかるらしい。何しろ、人間の体の動きをほぼ完全に再現しなければならないのだ。

野崎が開発していたであろう歩行アシストシステム「WA」シリーズは、三体が展示されていた。いずれも介護支援スーツの下半身部分だけを独立させたような形で、バージョンが上がるに連れてデザインが洗練されていったのが分かる。逆に言えば初期モデル「WA1」などは、アルミの骨格むき出しの無骨なデザインで、これを装着したら、かえって痛くて歩けないのではないかと思えるほどだった。

背後でぱたぱたと走る音がする。振り向くと、受付の女性がこちらに向かって来るところだった。大声で「警視庁の」と呼びかけるのが憚《はばか》られたのだろう。そう考え、こちらも彼女に向かって歩き出す。

「お待たせしました」耳に心地よい、高い声。「やはり総務部長が対応いたしますので、そちらでお待ちいただけますか？　すぐに伺うと申しております」

彼女が指差しているのは、商談スペースのようだった。大き目のテーブルに椅子が四脚で一セット。椅子は全て色が違うのに、不思議な統一感が生じていた。それぞれのテーブルの間はかなり距離が取られており、そこそこ大きな声で話をしていても、隣が気になることはなさそうである。

椅子の座り心地も上等だった。座面は適当に固く、背中部分がメッシュなので、長い間腰かけていても疲れそうにない。

「この椅子、悪くないな」

「そうですね」どこか上の空で、書類に視線を落としながら愛美が相槌《あいづち》を打った。

「うちの面談室も、こういう椅子に代えてみるか」真弓の趣味で、失踪課の面談室には、警察の備品らしくないパステルカラーの什器《じゅうき》が置かれている。相談に訪れた人たちを少しでもリラックスさせようという狙いなのだが、そこはやはり警察のやることで、どことなく野暮《やぼ》ったい雰囲気になっている。

「今さら無理じゃないですか」他人事《ひとごと》のように愛美が言った。「そんな予算、決裁が下りないと思いますよ。それに今の室長は、そんなことをする気もないでしょう」

「そうだな」

「高城さんがやるなら、私は別に反対はしませんけど」

しかし賛成もしないわけか。いい加減、機嫌を直して普通に仕事をして欲しい。だが彼女の不機嫌さは、何か明確な原因があるわけではないが故に、簡単には元に戻りそうになかった。

「どうも、お待たせしまして」

慌てた声に顔を上げると、一人の中年の男が目の前にいた。ほっそりとした顔つきに濃い髭のせいで、非常に彫りが深く見える。ワイシャツの袖《そで》をめくり上げ、毛深い前腕を露《あらわ》にしていた。よほど慌てたのか、額には汗が浮かんでいる。

私は立ち上がり、バッジを示した後で名刺を渡した。

「失踪課さん……ですか」総務部長が名刺と私の顔を交互に見ながら言った。どこか疑わしげな視線である。

「そうです。五年前、こちらの主任研究員の野崎健生さんが行方不明になられた件でお話を伺いに来ました」

「野崎ですか……ええ、はい。了解しています」

あまり了解していない様子で言って腰を下ろしかけ、慌ててまた立ち上がって名刺を差し出した。日向東吾《ひゅうがとうご》の名前を確認し、右手を差し伸べて座るよう促す。日向が音を立てて椅子を引き、慌てて腰を下ろした。どうやら野崎の一件は、この会社ではすっかり風化しているようだ、と私は悟った。

「古い話で恐縮ですけど、時々こんな具合に昔の事案を見直しているんですよ」

「そうなんですか」日向の頭ががくがくと上下した。

「ええ。見方を変えてやり直すと、案外新しい事実が分かるものですから」

「かといって、弊社《へいしゃ》としては……」体を捻ってズボンのポケットからハンカチを取り出し、日向が額を拭《ぬぐ》った。地肌がガラス越しの陽光を浴びてきらきらと光り、ひどく汗をかいているのが分かる。

「分かりますよ。なにぶん、話が古いですからね」私は訳知り顔の笑みを浮かべ、両手を組み合わせてうなずいた。「でも、取り敢えず順を追ってお話を聴かせて下さい」

言いながら、新しい情報は何も出てこないだろう、と私は既に諦め始めていた。時が流れて担当者が代わってしまい、社内でも次第に記憶が薄れる。特に目の前のこの男は、野崎と親しかったわけでもなさそうだし、こちらの資料に残っている以上の事実を教えてくれるとは思えなかった。

「まず、失踪当時の状況なんですが、午後三時頃まで仕事をしていたのが急にいなくなった、という話でしたね」

日向が慌てて、閉じこまれた書類をめくる。必要なページを何とか探し出し、指で字を追って答えを探した。

「はい、その通りですね」

「出て行く時、何か同僚の人に言い残したりしていなかったんですか」

「ええ。まったく急にいなくなったようです。退出したのは、カードの記録で分かっていますが」

「そんな風に、周りに何も言わずに外へ出るようなことは、よくあったんですか」

「ないです……ない、とここには書いてありますね」日向が書類に視線を落とした。

「当時の同僚の人たちの話ですね？」

私は書類を覗《のぞ》きこんだ。ワープロ打ちもされていない、手書きのメモ。字はきちんとしていて読みやすいが、これだけのメモを残すのは大変だったのではないだろうか。

「そうなんです。すいません、私は当時この件にタッチしていませんで、引き継ぎを受けただけなんです」

「古い話ですからね」話を合わせながら、心の中で私は舌打ちをした。この会社では、野崎は既に過去の存在になっているのではないか。

「そうなんです」日向ががくがくと首を振った。「ですから申し訳ないんですけど、当時のことをこうやってお話しするくらいしかできないんですよ」

「構いません」本当は、全て調書に書いてあるはずだ。ただし、当時の所轄が会社側からきちんと事情聴取をし、必要な情報を得ていたとは限らない。成人の失踪の場合、未成年に比べてどうしても警察側の熱意は下がりがちだ。自分で責任を取れる年齢の人間が家を捨てて逃げようが、そんなものは自分の勝手《かって》に過ぎない——という無言の了解である。もちろん、明らかに事件性を感じさせるケースは別だ。そこを嗅ぎ分けるのは、明白な物的証拠の他には、刑事の勘しかない。

「仕事中に職場を抜け出すようなことはほとんどなかった、という理解でいいんですね」

「そうですね。野崎さんは基本的に、一日中ラボに籠ったまま仕事をしていたようですから。一日十八時間ぐらい会社にいるのも普通だったし、泊まりこむこともしばしばだったようですね。専用のソファベッドが用意してあったぐらいですから」

私と同じか……研究者や技術者は、しばしば時間を忘れて自分の研究に没頭してしまう、とよく聞く。そういえば私の学生時代も、理系の学部の学生たちはいつも疲れた蒼《あお》い顔をし、身なりにもこだわっていなかった。

「外で仕事をするようなことはなかったんですか」

「基本的にはラボでの仕事が多いんですが、多摩《たま》にある開発室へ行ったり、他のメーカーの製品を視察したりすることはありました」

「だけど、この時——一月十日は違った」

「そういうことのようです」自信なさげに日向が首を捻った。「申し訳ないですが、これ以上のことは、私には分かりかねます。資料がないんですよ」

「そうですか」知らないということもあるだろうが、そもそも喋《しゃべ》りたくない様子だ。面倒なことが今になってまた注目を浴びてしまった。どうやって上手く逃げようか、と悩んで頭が一杯になっているのだろう。

しかし私はその後も、調書の内容について日向に質問を浴びせかけた。いくつか、調書に載っていない情報を知ることができたが、失踪の原因に直接結びつきそうなものはなかった。

「失踪前、野崎さんは歩行アシストシステムの開発を進めていたそうですね」

「ええ、ＷＡシリーズです。そこにありますけど……」

「野崎さんがかかわっていたのは、時期的に一号機ですか?」順番に並べられた歩行アシストシステムのうち、「ＷＡ１」が五年前に発表されたものだったと思い出す。それは野崎の失踪前か、後か。

「そうです、ＷＡ１ですね。あれは野崎が直接開発にかかわったものです。もっとも、ＷＡ２以降のものも、基礎を作ったのは野崎です」

「ＷＡ１はずいぶん無骨……というか、本当にロボットみたいですね」

「そうですね」日向の表情がようやくわずかに緩んだ。「あれは本当にプロトタイプですから。当社のＷＡシリーズは、全て野崎の基礎研究をベースにしたものなんです。原理は、最新のＷＡ４まで変わっていません。素材を柔らかいものにしたり、バッテリーの容量やモーションセンサーの感度を上げるような進化をさせているんです。要するに全体に洗練させているだけで、基本は野崎の設計のままですから」

「ということは、野崎さんの研究はかなり先端を行っていたんですね？　五年前の技術が今も生かされているわけですから」

「そうですね。野崎は元々、生体工学の専門家なんです。人の動きを予想できれば、筋肉の自然な補助ができますので」

「そこに展示してあるのは、WA3までですけど、WA4があるはずですよね？　それはどうなっているんですか」

突然愛美が突っこむ。日向が、困ったように顔をしかめた。

「WA4は、これから発表予定の最新モデルです。本格的に介護施設や病院で使ってもらう予定で、レンタルの形になると思いますが」

そのお披露目が、五月の国際福祉機器フェアということか。

「販売はできないんですか？」何故か納得できない様子で愛美が訊ねた。

「ええ、今の段階ではあまり値段も下げられないので……センサーが大変な精密部品でして、そこに金がかかるんです。当面、月額十万円程度でのレンタルになると思います」

年間百万円以上か。ということは、実際に販売する時には価格はどの程度になるのだろう。足の不自由な人にとっての夢の機械は、まだ夢の域を出ないようだ。

「これからしばらく、野崎さんの件を調べていきます。こちらにも何度か来ることになると思いますけど、よろしくお願いしますね」私はできるだけ愛想よく言って、立ち上がった。日向が困惑した顔を向けてくる。

「そうはいっても、今さら何かできるとは思えないんですが……いろいろ事情もありまして」

弱気なその言葉が、愛美の怒りに火を点《つ》けた。

「野崎さんを捜したくないいんですか？　見つかると困ることでもあるんですか？」

「そういうわけじゃ……」日向が言葉を濁《にご》す。

「明神」

私は彼女に警告を送り、立つように促した。愛美が渋々立ち上がり、日向を一睨みしてからさっさと歩き出した。ビルの外へ出たところで追いつき、説教しようとしたところで、横槍《よこやり》が入った。

「野崎を捜しているんですよね？」

質問ではなく確認だった。横を見ると、小柄な男性が険しい表情を浮かべて私にきつい視線を送っている。

3

男はビートテクの技術三課に属する研究主任、新井と名乗った。まさに五年前、家族と一緒に捜索願を出しに来た男である。すぐにも話したそうにしているのだが、そわそわと落ち着かない態度を見せたので、会社の中では喋りにくいのだ、と悟る。どこか近くでお茶を飲める場所がないかと訊ねると、新井は我が意を得たりとばかりに大きくうなずき、さっさと歩き出してしまった。私と愛美は少し遅れて続く。

「何かやばそうな話があるみたいですね」愛美はどこか嬉《うれ》しそうだった。消化不良に終わった日向との面談によって生じたストレスをここで解消できるのでは、とでも思っている様子である。

「少し大人しくしていてくれ」私が小声で釘《くぎ》を刺すと、彼女は子どものように頬を膨らませた。

駅前の喫茶店に落ち着くと、新井がきょろきょろと周囲を見回す。会社の人間もよく利用している店なのだろう。やがて納得したのか、小さく溜息をついてから煙草を取り出した。

「いいですか」

「どうぞ」

私も煙草を一本引き抜き、ついでに火を点けてやった。ショートホープ。今時珍しい、きつい煙草だった。新井が首をがくりと後ろに倒して煙を吹き上げると、しきりに目を擦った。よく見るとひどく充血しており、目の下には隈《くま》もできている。

「お疲れのようですね」

「昨夜《ゆうべ》泊まりこみで……四十を越えるときついですね」

「何歳なんですか」

「四十一。要するに野崎と同い年です」

「同期入社？」

「私は他の会社から来たんで、二年遅れです」

「ヘッドハンティングですか？」

「そんな上等なものじゃないですよ」新井が唇を歪《ゆが》めるように笑った。

「どうして我々が野崎さんを捜している――御社に伺ったことが分かったんですか」

「ああ、総務部長が、うちの部に電話を入れてきたんですよ。警察が来ているけど、誰か呼んだのかって。何を勘違いしてるんですかね。というか、慌てる必要なんかないと思いますけど」また唇を歪める。何事に対しても冷笑的な素顔が垣間見えるようだったが、もしかしたらこのようにしか笑えないのかもしれない。「それでどうでした？　会社の方は、まともに話をしてくれましたか？」

「正直言って、あまり役にたつ話は出てこなかったですね」

「でしょうね」

「というと？」

私の質問に、新井はすぐには答えなかった。無言で煙草をふかし、アイスコーヒーをブラックのまま啜《すす》る。沈黙の時間を利用して、私は新井を観察した。身長は百六十センチぐらいだが、体つきはがっしりしており、肩幅も広い。小柄だが頑丈で俊敏——ラグビーでいえばスクラムハーフというところか。体格に見合った小さな顔だが、顎の大きさが目を引く。瘤《こぶ》ができたように丸くなっており、それが意志の強さ——頑固さをイメージさせた。白いTシャツの上に襟《えり》ぐりが大きく開いたトレーナー、ジーンズという格好で、会社勤めをしている人間には見えない。

「会社はもう、野崎を捜すつもりはないんですよ」

「どういうことですか」

新井が無言で、煙草を灰皿に押しつけた。すぐに新しい煙草に火を点け、大きく肺に貯めてから吹き出す。私は、彼が貧乏揺すりをしているのに気づいた。

「古い話だからですか？　担当者も代わってしまったし」

「そんなことは関係ないですよ」怒ったように吐《は》き出《だ》す。

「野崎さんが見つかるとまずい事情でもあるんですか？」何か妙だ。

「たぶん、そうなんじゃないですか」曖昧《あいまい》な言い方だったが、不思議と確信めいた口調にも聞こえた。

「よく分からないんですけど……五年前は、あなたも会社代表でご家族と一緒に捜索願を出しに来たでしょう」

「私が無理矢理付いて行ったんですよ。会社の方では、そこまでする必要はない、家族に任せればいい、という空気だったんですけど、そんなの、許されないでしょう」

「まあ……そうですね」私は曖昧に答えた。「でも、会社だって心配していたわけだから、あなたが同行したんでしょう？　それから事情が変わったんですか？」

「たぶん、ね」

「その事情は何なんですか」新井のわざとぼかしたような口調に苛立《いらだ》ちが募《つの》る。

　新井が、煙草の煙越しに私の顔を凝視した。それぐらい察してくれ、と言いたげだったが、こんな少ない情報では判断しようもない。

「例の事故の件ですか？」失踪から三十九時間後に起こった首都高の事故を持ち出す。

「あれで空気が変わったんです。何て言うか、取り敢えずその時点ではあいつが生きていることが分かったんだから、いいんじゃないかっていう感じに」

　そんなものだろうか。生きているとはいっても、野崎の存在は、わずかに点として現れただけである。私は話を切り替えた。

「わざわざ我々と会おうとしたんだから、言いたいことがあるんでしょう？　教えて下さい。それが野崎さんを見つける手がかりになるかもしれない」

「今さらできるんですか」新井が鼻を鳴らした。「五年も経ってるんですよ。そんな昔の話を今になって持ち出して、どうにかなるんですか？　こんなことをするのも、警察のアリバイ作りじゃないんですか？」

「アリバイを作るために、わざわざこんなところまで来ませんよ。それこそ税金の無駄遣いだ」むっとして私は言い返した。「五年前とは事情が違っているんです」

「何ですか、それ」

「当時は、我々がいませんでした」愛美が割って入る。私はその場の説得を彼女に任せることにした。落ち着いた状態――あるいはその振りをしている時の彼女の声は穏やかで、相手を安心させる効果を持つ。

「どういうことですか」新井が目を細めた。

「五年前には失踪課ができたばかりで、ノウハウもありませんでした。それに私たちもいませんでした」

「あなたたちはちゃんとやってくれるんですか」新井が笑いながら訊ねる。

「もちろんです」愛美はまったく挑発に乗らなかった。「人捜しを専門にやっていますから」

「五年前は、事件性がないと考えていたから、ちゃんと捜さなかったんですか？　あいつ、事故の現場から歩いて立ち去ったんですよ。どう考えてもおかしいでしょう。何かあったと考えるのが自然じゃないですか」

「横の連携も上手く取れてなかったんでしょうね」私は低い声で認めた。

「無責任な……」新井がぎりぎりと歯を嚙み締める。「そんな、お役所的な仕事しかしてないんですか」

「残念ながら、警察はまさにお役所なんです。ただ、我々はそういう過去の事情とは関係なく動きますから……それで、どうなんですか？　会社は、野崎さんに対してどういう態度なんですか」

「最初は慌てたんですよ」急に新井の態度が変わった。ぴしりと背筋が伸び、声は低く落ち着いている。今までは私たちを試していただけかもしれない。「あいつは、うちのエースだったんです」

「エース？」

「開発陣のエース。今、歩行アシストシステムに力を入れているんですが――」

「ＷＡシリーズですね」

「そうです」新井がうなずき、コーヒーで喉を湿《しめ》らせてから続ける。「あれは、夢の技術なんですよ。事故や高齢で歩けなくなった人にもう一度歩いてもらうための、魔法の杖《つえ》。その全ての基礎を作ったのはあいつです」

「そう聞いています」うなずき、先を促す。彼の口調がやけに熱を帯びているのは気になったが。教祖を褒め称える信徒、という感じである。

「うちの会社が他社をリードしているのは、野崎のお陰なんです」

「だったら、会社にとっても大事な人材だったんですよね。必死になって捜すのは当然だと思いますが……」

「最初は、ね」

新井が新しい煙草に火を点ける。短い時間に立て続けに三本目だ。私は人差し指と中指で煙草を挟んだままだったのに気づき、ようやく口にくわえてライターの火を近づけた。考えてみると、今日初めての一本である。吸い忘れていたわけではなく、ひどい二日酔いで吸う気になれなかったのだ。愛美がスポーツドリンクを用意してくれていなかったら、こんな風に普通に話もできていないだろう。

「会社の頭脳が行方不明になったら、それは慌てますよ。ただ、あいつが見つからないまま、しばらくすると空気が微妙に変わってきて……」

「どんな風にですか？」

「責任放棄《ほうき》だって」新井が唇を噛み締める。「重要な開発を任されていた人間が急にいなくなって、言ってみれば会社は大損害を被《こうむ》ったわけです。ちょうど、ＷＡ１を発表する直前で、全社上げてＰＲ作戦を展開しようとしていた矢先に、責任者が失踪ですからね。予定されていた発表会は半年延期になって、金銭的にもかなりの損害が出たんです」

「延期になっただけでしょう？　そんなに大変なことには思えませんけど」

私の指摘を、新井が無言で首を振って否定した。煙草の先を灰皿で軽く擦るようにして灰を落とす。

「イメージの問題ですよ。重大な発表がある時って、今はネットを使ったりして事前にある程度情報をリークするんです。その結果、憶測も含めてそれなりに話題になる。そうやって広がった情報が全部嘘《うそ》だった、ということになりますから、イメージダウンは甚だしいんですよ。痛くもない腹も探られますし……そういうのって、金を使っても取り返せないことだから。開発責任者が失踪したって発表するわけにもいかないから、会社としては泣き寝入りみたいなものですよ」

「なるほど」

「だから、しばらくするとあいつに対する恨み節が出てくるようになりましてね」

「そうですか。ところで野崎さんは、どういうタイプだったんですか？　無責任なところのある人？」

「あなた……」新井が、テーブルに置いた私の名刺に視線を落とす。「高城さん、マッドサイエンティストって、どういうイメージがありますか？」

「はい？」

「マッドサイエンティストですよ。映画なんかでよく出てくるでしょう」じれたように新井が言った。

「汚れた白衣を着て、頭はもじゃもじゃで、怪しげな薬を調合しては爆発させたりしてる？」私の頭にあったのは『バック・トゥ・ザ・フューチャー』だった。

「そうそう」新井が唇の片側だけを持ち上げるようにして笑った。「もちろんあいつは、そういう格好をしていたわけじゃないけど、頭の中はまさにマッドサイエンティストだったんですよ。そもそも、自分は天才だって公言してましたからね。五十になるまでにノーベル賞を取るって公言してたんです。冗談じゃなくて本気ですよ？　足の不自由な人を助けるシステムを作っているんだから、医学賞を狙えるはずだって」

「それはちょっと……どうなんでしょう」私は心の中で一歩引いていた。冗談でそういうことを言う人間はいるだろうが、本気だとすると、周囲の人間が扱いに困るのは理解できる。

「確かにあいつは、間違いなく天才でした。それは認めざるを得ない。ただし、会社の中では友人も少なかったし、変わり者で通っていました。あれだけの才能がなければ、会社だって飼っておきたいとは思わなかったでしょうね。それが失踪以来、一気に逆の評価に転じたんですよ。要するに単なる無責任な男じゃないかって。発表会が延期になったことに対する損害賠償を要求すべきじゃないか、なんて声も出てたぐらいですからね」

「それは冗談でしょう？」

「冗談でも、そういう風に考えられてしまうことが問題なんです」新井の目は真剣だった。

「それで、どうなんですか？　見つけ出せるんですか」

「適当なことを言って、あなたを納得させるつもりはありません。着手したばかりですから、何とも言えないんです」

「それはまたずいぶん、ご謙遜《けんそん》ですね」新井の唇の片側が、また痙攣《けいれん》するように動いた。

「会社は当てにしない方がいいですよ。むしろ家族じゃないですか」

「これから会うつもりです」

「会えば、あいつが本当はマッドサイエンティストなんかじゃないってことが分かりますよ。何のためにあんなに研究に打ちこんでいたのか、はっきりします。会社員としての顔と、一人の家庭人としての顔は違いますから」

「あなたは知ってるんですよね？　だったらここで教えてくれてもいいじゃないですか」かすかな苛立ちを覚えながら私は言った。どうも新井は、もったいぶる癖があるようだ。

「自分の目でご覧になった方がいい」新井がわずかに目を背《そむ》ける。微妙な態度だな、と私は思った。知っていて言いたくない……何かあるのは間違いないのだが、少し芝居がかっている感じもした。

「あなたは今でも、野崎さんのことを心配しているんですよね?」

「当たり前です」大変な侮辱でも受けたかのように、新井の顔から一気に血の気が引いた。「俺はあいつの友だちだから。もしかしたら、会社の中ではたった一人の友だちかもしれない。だから、お願いです。本気で捜して下さい。どうしてもそれだけを言いたかったんです」


先に店を出るから、しばらくここで時間を潰していてくれ、という新井の懇願《こんがん》を、私たちは素直に受け入れた。やはり、刑事と一緒にいるところを人に見られたくないらしい。私は二杯目のコーヒーを頼み、それで頭痛薬を流しこんだ。二日酔いは相変わらず頭の芯《しん》に染みつき、心臓の鼓動とリズムを合わせて痛みを送りこんでくる。愛美が白い目でこちらを見ていた。

「これで全快するから」思わず言い訳を口にした。

「知りませんよ、高城さんの体調なんて。自業自得じゃないですか」

「もう少し思いやりのある言葉は出ないのかね」

「そういう言葉を高城さんのために使うのは勿体《もったい》ないです」

「出し惜しみしてると、肝心な時に使えなくなっちまうぜ」

「別にどうでもいいです、そんなこと」そっぽを向いて、愛美が溜息をつく。気を取り直したように肩を上下させると、私に視線を戻した。「それよりどう思いました？　新井さんの発言」

「わざわざ追いかけて来るほど本気で心配している人間がいると分かって、ほっとしたよ」

「会社側の態度とは、ずいぶん温度差がある感じでしたね」

「しかし、会社側が怒るのももっともだと思う」

「責任者は、責任を取らないと駄目ですよね」

愛美の言葉に、ここにいない誰かに対する皮肉がこめられているのを私は察知した。一緒になって真弓の悪口を言うこともできるし、たしなめることもできたのだが、敢えて何も言わなかった。そういう会話は何も生み出さない。そして今は――二日酔いに悩まされている時は、非生産的なことをする気にはなれない。

「最初は慌てて届け出てきたけど、そのうち問題視するようになった……会社としては自然ですよね」

「すぐに出てくれれば問題はなかったんだろうけどな」

「これは、当時捜査していた人間の怠慢ですよ」愛美がばっさりと切り捨てた。「失踪しただけじゃなくて、あの事故現場から逃げ出したのは異常です。その時におかしいと思って、もう少しちゃんと調べていれば、何か分かったはずですよ」

「昔の不手際を責めても仕方ない」

「まあ、そうですけど」愛美がコーヒーを飲み干す。不満そうに目は細くなったままだった。「どうしますか？　すぐに野崎さんの自宅へ行ってみますか？」

「いや、ちょっと周辺を固めよう。銀行とカード会社と携帯電話……その辺がどうなっているか、まず調べてみないと」

「そうですね。手順通りにいきますか」愛美がまた溜息をついた。

「あのさ、若いんだから、一々溜息をつくなよ。その分、年を取るんだぜ」

「どうもすいませんね」むっとして愛美が言い返したが、喧嘩腰《けんかごし》の態度はあっという間に萎《しぼ》んでしまった。「こういうの、法月さんがあっという間に調べてくれたんですよね」

「そうだけど、もうオヤジさんに頼るわけにはいかないんだから」

「分かってます」

愛美がさっさと立ち上がる。私の二杯目のコーヒーはまだほとんど残っていたが、こうなってはのんびり腰を落ち着けて、二日酔いに対するカフェイン攻撃を続けているわけにはいかない。仕方なく彼女の後を追う。掌《てのひら》を口に当てて、自分の息を嗅いでみた。特にアルコール臭くはないが、完全な酔っぱらいは、自分が酔っぱらっているとは意識できないものだ。

銀行、カード会社、電話会社、全て手がかりはなかった。野崎は失踪以来、銀行から金を引き出していなかったし、クレジットカードが使われた形跡もない。携帯は通話記録もなく、ただ基本料金だけが銀行の口座から引き落とされ続けていた。いずれも解約されてはいないが、使われていないということか……結局何の手がかりもないまま、私たちは野崎の自宅へ向かわざるを得なかった。

「また、ずいぶん大きな家ですね」

「無駄に大きい、って感じかな」愛美に合わせて私も感想を漏らした。その後変化がなければ、この家に住んでいるのは三人だけのはずだ。四人でも持て余すだろう。外から見る限り、小さなマンションぐらいは建てられそうな敷地の広さが確認できた。

建物は、全面がコンクリート打ちっ放しの三階建てだった。道路に向いた一階正面は、幅から見て車が二台は楽に駐車できるガレージで、その上に半円形に部屋が張り出している。窓は分厚い曇《くも》りガラスなので中の様子は窺えないが、あの出っ張り部分がリビングルームだとしたら、最低でも二十畳はあるのではないか。私の部屋なら、丸々二つが入ってしまう。建物自体は三階建てで、家というより小型のビルの印象が強かった。

ガレージ脇のポーチにつけられたインタフォンを鳴らすと、すぐに女性の声で返事があった。声の調子からして、野崎の妻ではなく母親だろうと推測する。警察だと名乗ると、沈黙の中に戸惑いが感じられたが、長いアプローチの奥にあるドアの方で、かちりと音がした。それでロックが解除されたのだろうと判断し、ポーチからドアに向かう。アプローチそのものは砂利敷きだが、中央部分は平らなコンクリート製の通路になっている。それもかなり幅広い。

その理由はすぐに明らかになった。ドアの前に立ったものの開く気配がないので、思い切って開けてみると、車椅子に乗った女性が丁寧《ていねい》に頭を下げてくる。ここは自分の出番だとばかりに、愛美が私の脇をすり抜けて進み出た。

「警視庁失踪課の明神と言います。野崎さんの……お母さんでいらっしゃいますか?」

「どうもすいません、こんな格好で」母親は再び丁寧に頭を下げた。車椅子に乗っているのは予想外だったが、思ったよりも若々しい雰囲気である。上半身は、毛足の長い薄茶色の半袖のカットソー。下半身の様子はブラックウォッチの毛布に包まれていて、分からなかった。一瞬間が空くと、自分の体を抱きしめて身を震わせる。

「すいません、寒かったですね」私は愛美の背中を押して玄関の中に入り、慌ててドアを閉めた。家の中はほどよく暖まっており、半袖でちょうどいいぐらいなのだが、外の風はまだ冷たい。体調に悪影響を与えないといいのだが、と心配になった。

「申し訳ありません。今、誰もいないので……」本当に済まなそうに言って、母親が頭を下げる。私は彼女の名前が満佐子《まさこ》だと思い出した。

「野崎満佐子さんですね？」

「はい」私の問いかけに、満佐子が不思議そうな表情を浮かべる。

「息子さんのことでお話を伺いに来ました」

「まさか……」満佐子が息を呑む。毛布の上に置いた両手をきつく握り締めた。「まさか、息子が……」

「状況に変化はありません」愛美が慌ててつけ加える。「再調査に取りかかりましたので、またお話を伺いに来たんです」

「そうですか」自分を落ち着かせるような深い溜息。それで体の力が抜けてしまったようで、満佐子はがっくりとうなだれた。「どうぞ、お上がり下さい」

促され、私たちは電動車椅子の背後を追いかけた。玄関は相当広いが、半分ほどのスペースは車椅子のための傾斜路になっている。廊下に上がってすぐ左側にドアがあるのに気づいた。こちらはガレージに通じているのではないか、と私は想像した。一旦外へ出なくても、すぐに車に乗りこめるような作り。この家は、全て母親のために設計されているのではないだろうか。

満佐子は廊下の奥にあるエレベーターを使おうとした。困ったような表情を浮かべて振り返り、「私一人が乗ると一杯なんです」と告げた。

「構いませんよ」私はできるだけ愛想良く見えるようにと笑みを浮かべ、「階段で行きますから」と答えた。満佐子が微笑《ほほえ》み返し、エレベーターに消えて行った。

「ホームエレベーターですか」愛美がほとんど聞こえない声でつぶやく。

「かなり金がかかってるな」

「ちょっと変じゃないですか」愛美が指摘した。「野崎さん、研究者としては優秀だったかもしれないけど、そんなにお金を稼げたものなんですかね。この家、普通のサラリーマンには絶対無理ですよ」

「確かに……理系の地獄って話はよく聞くよな。時給換算すると、ラーメン屋でバイトするよりも儲《もう》からないらしい」同調しながら、私も心の中にその疑問を刻みこんだ。もしかしたらここは元々の実家かもしれないし、妻が金持ちということも考えられる。あれだけ忙しい技術者だと、会社の金を誤魔化して不正蓄財するような余裕もないだろう。

階段を上り切ったところで、ちょうどエレベーターのドアが開いた。バックで出てくるのは大変だろうと手を貸そうと思ったが、満佐子はやはりにこやかな表情を浮かべたまま振り返り、「慣れてますから」と断った。

車椅子の後について、広いリビングルームに入る。外から見て想像していた通り、半円形の部分だった。ただし、二十畳という予想ははずれた。もっとずっと広い上に、家具が少ないので、小規模な体育館という感じである。満佐子は私たちを窓際にあるソファに案内し、自分はどこかに立ち去ろうとした。お茶を用意しようとしているのだと思い、「おかまいなく」と声をかける。

「お茶ぐらい、何でもないいんですけど」少し寂しそうに満佐子が言ったが、私は「公務中ですので」の一言で片づけた。満佐子が小さく肩をすくめ、車椅子を進めて私たちの正面に位置する。

最初に事情を説明し、五年前の不手際を詫《わ》びた。満佐子は私たちの謝罪に驚いた様子だったが、それでも目には希望の光が点《とも》っていた。どうやら五年前にこの件に取り組んだ人間は、家族に対してほとんどまともな対応をしていなかったようである。かすかな怒りを感じながら、私は質問をぶつけていった。

「息子さんは、ずいぶんお忙しかったんですね」

「ええ、あの頃は特に大変な時期だったようです。研究が大詰めで」

私は密かに首を捻った。会社の話は家に持ち帰らない人間も多い。妻には打ち明けるかもしれないが、母親にまで話すのは少しばかり意外だった。

「よくご存じなんですね」

「そうですね」満佐子が毛布の上から腿《もも》の辺りをさすった。「こんなことを言うのは口幅ったいんですが、息子があういう研究を始めたのは私のためなんです」

「その足は……」

「交通事故です。脊椎《せきつい》をやられました。もう、三十年もこんな感じなんです」

「それは大変ですね」

自分の言葉が上滑りするのを感じながら、私は相槌を打った。同情の言葉、説明を求めるための質問、全てが白けた空気を生むだろう。だが、満佐子にとってはすっかり慣れた質問だったようで、淡々とした口調で事情を話してくれた。

「感覚は残っているんですが……ずっと車椅子で、私はもう不便も感じないんですけど、息子はそうは思わなかったようです。何とかもう一度自分の足で歩かせてやりたいって、いつも言ってました」

「そうですか……」

「だから、おかしいんです」にわかに満佐子が真剣な口調になった。「元々は私のためだったかもしれないけど、息子の研究は、私のように足が不自由な人にとっては大事なものなんですよ。それももう少しで実現できそうなところまできていたのに、どうして失踪しなくちゃいけないんでしょうね」

最後の言葉は、質問というよりは悲嘆の声でしかなかった。私は顎を引き、唇を嚙み締めて答えを留保した。それこそ、私たちが知りたいことなのだから。ただ、向こうが先に口にしてしまったので、少し間を置かなくてはならない。

「研究は、順調に進んでいたんですね」革がぱんと張った座り心地のいいソファの上で、私は背筋を伸ばした。惰眠《だみん》を貪《むさぼ》るにもちょうどいい感じである。失踪課のソファを入れ替えられないだろうか、と夢想した。「今日の午前中、ビートテク社に伺いました。そこで実物を見せてもらいました」

「そうですか」満佐子の目つきが少しだけ和んだ。「でも、息子が完成させたのは、まだ実用に耐える段階の物ではありませんでしたけどね。私もつけてみたんですけど、膝が痛くて……うまく足の動きをサポートしてくれなかったんです。でも、その辺は解決できる、と自信を持っていたんですよ。足の動きには、一人一人癖がありますし、障害の程度も様々です。機械の方でそれを学習して、きちんと体と一体化するロボットは作れる、と言っていました」

「まさにそこが問題なんです」いつまでも本題を避けてはいられない。私は意を決して切りこんだ。「それだけ研究が順調に進んでいたのに、失踪するような悩みがあったんでしょうか。あるいは会社の方ではなく、家族の問題とか――」

「ないです」私の質問の語尾に被《かぶ》せるようにして、満佐子が断言する。「研究は大変でしたけど、やりがいのある仕事です。そういう時、人は頑張れるものですよね。息子もそうでした。家族の間でも、何も問題はありません」

「仕事とご家族以外のことではどうですか？　失踪しようとする人は、必ず大きな問題を抱えているものですよ」

「少なくとも私は知りません」ふいに自分の言葉が持つ寂しさに気づいたのか、満佐子が目を伏せた。一気に元気をなくして繰り返した。「少なくとも、私は」

「奥さんは——詩織さんはどうでしょう」

「それは、詩織さんに聞いてもらわないと」

「家にはいらっしゃらないんですか」

「ええ、平日は働いていますから」

「どちらで?」

「大学で米文学を教えています」

「どこの大学ですか」

「港学園《みなとがくえん》大学」

私は慌てて愛美の顔を見た。彼女が手帳に走らせていたボールペンの動きはぴたりと停まっており、困惑した表情を向けてくる。港学園とは、一年半ほど前にある事件を通じて関係ができたのだが、あまり思い出したい事件ではない。捜査を通じて知り合った人間もいるが、今回はネタ元には使えないだろう。

警視庁失踪人捜査課三方面分室は——少なくとも私は、港学園大学では不人気なのだ。

「どうかされましたか?」満佐子が首を傾《かし》げる。

「いや、何でもありません。訪ねていっても大丈夫でしょうか」

「そうですね……」満佐子が器用に車椅子を動かして、近くのテーブルまで進んだ。置いてあったiPadを取り上げ、さっと画面を操作する。「今日の会議は、三時半に終わる予定ですね。他に予定はありませんから、そのまままっすぐ帰って来るはずです。四時半ぐらいになるでしょうか」

「分かりました」まだ時間はある。大学へ行ってみよう、と私は決めた。家で話を聴くとなると、詩織は満佐子に遠慮してしまうかもしれない。あるいは満佐子が詩織に。本音を引き出すには二人を引き離しておいた方がいい。

「iPad、お使いなんですね」愛美が賞賛の眼差《まなざ》しを向ける。本気で感心している様子だった。

「ああ、歩けないと、パソコンだけが外の世界との接点なんです。これも便利ですね。軽いからどこへでも持ち歩けるし。セッティングは詩織さんがしてくれたんですけど、これで予定でも何でも分かるから」

「私も買おうかと思ってるんですけど、踏み切れないんです」

「結構遊べますよ」満佐子が悪戯《いたずら》っぽい笑みを浮かべる。「お若いんだから、こんなもの、すぐに使いこなせるでしょう」

「基本的に機械は苦手なんです」

「そんなことないでしょう。ちょっと触ってみたら」

愛美が遠慮がちに立ち上がり、車椅子の脇に行った。膝立ちの格好になり、横からiPadを覗きこむ。あれこれ説明する満佐子の表情は、喜びに溢《あふ》れていた。さすがだ、と私は内心舌を巻いていた。愛美は、失踪課にいる時はあまり笑顔を見せないが、必要とあらば愛嬌を振りまくこともできる。こういう時は、相手との信頼関係を築くために、彼女の愛嬌が大きな武器になるのだ。

手帳にあれこれと書きつけつつ、愛美と満佐子のやり取りを視界の隅で捉える。愛美は、福祉施設などで働いても、それなりに能力を発揮するだろう。静岡で二人とも教員をやっている両親は、彼女が刑事を続けていることにいい顔をしていない。危ない仕事は辞めて戻って来ないかと執拗《しつよう》に誘っているのも、娘の適性を考えてのことかもしれない。愛美の方では真面目に受け取っていないようだが、簡単にシャットアウトしてしまうようなことでもないだろう。いずれ彼女にも、刑事を辞めることを真面目に検討する時期がくるのではないか、と私は思った。

思った途端に、ひどく暗い気分に襲われた。

4

「まさか、港学園とは思いませんでしたね」助手席で愛美が深々と溜息をつく。「あまりいい想い出がないんですけど」

「右に同じく、だ。だけど、変だな。五年前の調書では、奥さんは『専業主婦』になっていたはずだぜ」

「野崎さんが失踪してから勤め始めたのかもしれません。収入がなければ……」

「だとすると、前からコネがあったのかね。大学の先生は、やりたいって手を挙げればなれるものでもないだろう」

「そうですね」もう一度溜息。愛美は頬杖をついて、ぼんやりと外を見た。できれば行かずに済ませたいと思っているかもしれないが、詩織はどうしても話を聴かなければならない相手である。

「気にするなよ。大学のメンバーも相当変わってる」私は勇気づけるように言った。あの事件では、事務方の人間の関与があり、その後の幹部クラスの首のすげ替えは激しかったらしい。私たちが当時関係した人間は、ほとんど残っていないはずである。「それに今日は、事務の人間に会う必要はないだろう。直接研究室を訪ねればいいだけなんだから」

「分かってますけど、あそこ、私にとっては鬼門なんですよ」

「それは俺も同じだ。とにかく、さっさと用事を済ませよう。二回目の事情聴取が必要なら、今度は自宅ですればいい」

久々に訪れた港学園大の様子は、以前とほとんど変わっていなかった。季節だけが違う。あの時は夏、今は春の始まり……試験休みから春休みの時期で、学生の姿はほとんどなかった。初めて来た時、駐車場がキャンパスの一番端にあり、正門まで行くのに中を突っ切ってかなり歩かなければならなかったのを思い出し、今日は正門近くにあるコイン式の駐車場に車を停める。

キャンパスに足を踏み入れると、愛美の表情が少しだけ和らいだ。あれほど嫌がっていたのに……やはり、基本的には大学の雰囲気が好きなのだろう。あの時私たちは、世間の常識とかけ離れた大学関係者のエゴに辟易《へきえき》させられただけで、大学そのものに罪はない。

「人が少ないキャンパスって、静かでいいですね」落ち着いた声で愛美が言った。

「この前来た時も、夏休みで人は少なかった」

「今日は陽気もいいじゃないですか」

「まあな」

本部棟に顔を出してあれこれ交渉していると、間違いなく厄介なことになる。無断で直接訪ねて行った方が話が早い。私たちは、キャンパスの案内板に目を通し、文学部の建物を確認した。本部棟の裏側。おそらく、各教授の部屋も建物の中にあるはずだと判断し、迷わずそちらへ向かう。

案の定、詩織の部屋は文学部棟の四階にあった。ただし准教授なので、部屋は共同。しかし最悪、どこかへ連れ出せば話はできるだろう——そう判断し、ドアをノックする。すぐに学生らしい若い声で返事があったので開けると、私たちを出迎えたのは落ち着いた中年の女性だった。室内にはデスクが四つ、壁を四分するような形で置かれ、女性は左側の奥の席に着いていた。黒い縁取《ふちど》りが入った灰色のジャケットに膝丈のスカート、ヒールの低いパンプスという格好で、髪は辛うじて耳が隠れる程度の長さにカットされていた。眼鏡《めがね》の奥の目は涼しげで、全体に落ち着いた雰囲気を醸《かも》し出《だ》している。

「高城さんに……明神さんですね」

「ええ」満佐子が先回りして連絡したのだろう。この二人を完全に分断するのは難しいかもしれない。

「どうぞ」眼鏡を外し、素早く鼻梁《びりょう》を揉《も》んで、部屋の中央にある腎臓《じんぞう》型のテーブルに手を差し伸べる。「今日は、ここには人がいませんから。用件は義母《はは》から聞いています」

うなずき、先に腰を下ろす。テーブルには雑多な本が積み重なっていて、地震でも起きたらあっという間に崩れそうだった。気にはなったが、まさか整理するわけにもいかない。詩織が自分のコーヒーカップを持って、私たちの正面に座った。

「ごめんなさい、お茶も出せないんです」

「構いません。話を聴きに伺っただけですから」

「夫を捜して下さるんですか」詩織がいきなり切り出した。声にはわずかに希望の色が滲《にじ》んでいる。

「そのつもりです」

「五年経っているのに……」詩織が溜息をつき、細い両手をきつく握り合わせた。「今さら、どうにかなるんですか？」

「大きなことは言いませんが、失踪した人を捜すのが私たちの仕事です」

「五年前も、捜してもらえると思ったんですよ」詩織が唇を噛み締めた。ほとんど化粧っ気のない唇がさらに白くなる。

「その件については、申し訳なく思っています。でも、我々にもう一度チャンスを下さい」

そう、これは大きなチャンスなのだ。失踪課に来てしばらくしてから、私は未解決の古い失踪事件をひっくり返してみようと思い始めた。だが、予想外に次々と起きる事件に追われ、実現させるには至っていない。考えてみれば、過去の事件と直接向き合うのは、これが最初の機会である。

「いずれにせよ、この案件は最初から洗い直すつもりです。聴きにくいことなんですが――」

「家族の問題は何もありません」機先を制して、詩織がきっぱりと言い切った。「人がいなくなると、まず家庭を疑うものでしょう？　でも私たちの場合は、そういうことはまったくありませんでしたから。もうご存じかと思いますが、四人家族で、仲良くやっていたんです」

「失礼ですが、お義母さん――満佐子さんの怪我は、何の影響もないんですか」

「ないです」反論を許さぬ、きつい口調での断言。「確かに義母は車椅子の生活で、いろいろ不便なこともあります。でもそれが、主人の研究の原動力にもなっていたんですよ。義母もよく分かっていて、何でも協力していました。それに足が不自由なことを除いては、本当に元気なんです」

「お金の問題でトラブルは？」

「ありません」

「野崎さんは、失踪してから三十九時間後に、首都高で事故に巻きこまれています。そのことについては、いかがですか」

「それは……」詩織が唇を嚙む。「見当もつかないんです。あまり車に乗るような人でもないし、あの時はレンタカーだったでしょう？　家に車もあるのに」

「ご主人がどうしてあそこにいたか、分からないんですね？」

「ええ」

自信なさげな彼女の答えを聞いて、私は一瞬言葉を切った。こちらが様々な疑念を抱いていることを、沈黙によって向こうに察知させる。詩織の顔がわずかに不快そうに歪み、私を見る目が濁った。

「何か、疑っているんですか」わずか数秒の沈黙に耐え切れなくなったようで、詩織が訊ねた。

「疑っているわけじゃありません。あの家のことですが……あれだけ大きい家、それも都心の一等地にある家は、相当高いんでしょうね。税金だけでも大変だと思いますが」

「あれは、義父《ちち》の家です」

「失礼ですが、ご健在ですか？」家族は三人のはずだ。詩織と義母、それに詩織の息子。

「十年前、私たちが結婚してすぐ亡くなりました。あの家は、二世帯住宅として、私たちが結婚する時に建ててくれたんです」

「お仕事は何をされていたんですか」

「いろいろな会社の役員を」

それであれだけ大きな家を持てたわけか。しかも場所は、渋谷区神山《かみやま》町。渋谷区内では、松濤《しょうとう》ほどではないにせよ、間違いなく高級住宅地である。公示地価では、一坪あたり三百万円ぐらいになるのではないだろうか。あの家の面積は……と考え始めたが、まだ二日酔いが残る頭が拒絶反応を示した。

「確かに、あれだけの家を維持していくのは大変ですよね」少し意地悪かと思いながら、私は微妙に言葉を変えて質問を繰り返した。

「何とかなるものです」詩織が強い口調で言ったが、どこか無理をしているように感じられた。

「失踪する前、ご主人はどんな様子でした？」

「いつもと同じでした。仕事は忙しかったんですけど、それも毎度のことですから。私たちは慣れていました」

「追いこまれていたような感じはありませんでしたか？　それこそ、全てを投げ出して逃げ出したくなるような状態だったとか」

「理系の人って、私たちとは意識の持ちようが違うんでしょうね」詩織がふいに穏やかに笑った。「自分の研究が一段落するまでは、とにかく頑張っちゃうんですよね。彼は学生時代から、徹夜も当たり前で育ってますから。実際、実験は途中で切り上げられないことも多いと聞いています。そういうのは、大学で研究していても、企業の技術者でも同じでしょうね。文系の人間は、その辺りはちゃらんぽらんですから。適当なタイミングで切り上げて、ご飯を食べに行きますよね。面倒なことは翌日回し」

「ええ」相槌をうちながら、彼女はかなり無理して明るく話しているな、という印象を抱いた。一般論をまくしたてることで、夫の個人的な事情を覆い隠そうとしているような……。

「野崎さんとは、いつ頃からの知り合いなんですか」

「学生時代です」詩織が眼鏡をかけた。表情が少しだけ堅くなり、眼鏡が防御壁のように本音を隠してしまう。「私は、ここのOGなんですよ」

「野崎さんは違いますよね」私は調書に記された彼の経歴を思い出した。

「ああ」詩織が悪戯っぽく笑った。「昔から結構、大学同士の交流があったんです。コンパで知り合って、それからずっとですね……もう二十年も前の話ですけど」

「結婚されたのは？」

「三十になってからでした。お互いに忙しかったので」

「あなたもずっと、この大学に？」

「一時、留学していました。港学園を卒業してから、アメリカに四年……帰国してからここにお世話になってます。子どもを産んだ後には一時休職していたんですけど、また戻って。結構長いですよね」

それで、野崎の失踪当時は「無職」だった理由が分かった。子どもに手がかかる時期だったのだろう。その後生活のために復職したわけだ。

「ご専門は、米文学ですね」

「そうです。お金にならない分野ですよね」寂しげに笑い、詩織が立ち上がった。自分のデスクの前に立ち、頭の上に覆い被さるように作られた棚から本を引き抜く。原書を何冊か両手に持って、私たちに示した。「ピンチョンにオースター、エリクソン……こういう本をどんなに読みこんでも、実社会ではまったく役に立ちません」

「教養にはなるでしょう」

「現代は、教養なんかどうでもいいと思われている時代なんですよ。十五分だけ暇潰しできる、ちょっとした知識の方が大事なんだと思います」詩織が本をゆっくりとデスクに置く。壊れ物——何世紀も前の古書でも扱うような丁寧さだった。「まあ、そんなことを言っても仕方ないですね。私も経済学や経営学を専門にしていれば、学生に金儲けを教えられたんですが」

「それが誇らしいことだとは、思ってもいないんじゃないですか」

私が指摘すると、詩織が喉の奥で笑った。教養と実学……そんな議論をここでしても仕方ないが、全ての人間が金儲けを考えていたら、ひどくぎすぎすしたつまらない世の中になるのは目に見えている。

「詩織さん」

それまで黙っていた愛美が口を開いた。詩織が驚いたように右目だけを見開き、ゆっくりとテーブルに戻って来る。愛美に視線を据《す》えたまま、コーヒーカップを手探りで掴み、口元に運ぶ。愛美は両手の指先を合わせて三角形を作っていた。集中している時の癖である。

「ご主人、どんな人なんですか？　変わり者ですか？　マッドサイエンティストだなんて言う人もいるんですけど」

「ああ」詩織が含み笑いを漏らした。「そうかもしれません。身なりにも食べる物にも構わないで、自分の時間は全て研究に注ぎこんでいた、という意味では。普通の人は、そこまで集中できないですよね」

「それも全て満佐子さん——お母さんのためだったんですよね」

突然、詩織が嗚咽《おえつ》を漏らした。手で口を押さえ、眼鏡を外して涙を拭う。眼鏡を持ったまま、両手で口を挟みこむようにして、しばらく肩を震わせていた。私はかける言葉を失い、愛美はおそらく、言葉をかける意味がないと考え、二人ともしばらく無言で、詩織が落ち着くのを待った。

やがて詩織が顔から両手を離し、大きく息を継いだ。両の人差し指を揃えて目頭を強く押し、涙を封じこめる。

「ごめんなさい。泣くような話じゃないんですけど」

「こちらこそ、すいませんでした」愛美がテーブルにつきそうなほど深く頭を下げる。「気になったんです。私たちが理解できないような変わった人なら、それこそ理解できない理由で姿を消すこともあり得ます。でも、家族思いの人が、体の不自由な母親を置いて出て行くとは思えません」

無言で詩織がうなずき、愛美に同意した。

「となると、よほど追いこまれるようなことがあったんじゃないでしょうか」愛美が静かに、だが確実に畳みかけた。「会社の方では、分からないと言っています。否定ではなく『分からない』です。仕事について何か聞いていませんか？　むしろ家族の間で、会社の話が出ることもあるでしょう」

「そうですね……会社のことも比較的家で話す人でしたけど、特に変わった様子はなかったんです。会社の悪口を言っていたわけでもないし」詩織の口調に戸惑いの色が入りこんだ。「ですから、あのことは本当に唐突で、今でも訳が分からないんです」

「家でも会社でもない、他のことで悩んでいたということはないですか？　交友関係とか」愛人の存在をほのめかしたつもりだったが、詩織はまったく反応しなかった。

「ないと思います。少なくとも私が知っている限りでは」

「そうですか……」鉤《かぎ》型に曲げた人差し指の関節を顎に当て、愛美が天井を見上げた。「人がいなくなる時は、必ず理由があるんですよ」私は話を引き取った。「何の理由もなしに失踪する人はいません。まして野崎さんは、仕事を持ち、家庭を持ち、社会人としてきちんと生活していた人でした。誰も気づいていないというのは……」

「分かってます」詩織が唇を噛んだ。「自分に責任があることは分かっているんです。家族ですから、当然何でも知っているべきなんですよね。でも、もしかしたら自分の知らない一面があったかもしれないと思うと、今でも怖いです。もしかしたら私のせいで、家を出て行ったのかもしれないし」

「否定はしません」低い声で言うと、隣に座る愛美が目をむくのが分かった。私はゆっくりと首を振って続けた。「でも、この機会にもう一度考え直してもらえませんか？　当時は気持ちが焦っていて、見落としていたこともあるかもしれません。今なら思い出す可能性があります。我々に、野崎さんを見つけ出す手伝いをさせて下さい」

「はい……頑張ってみます」

　唐突に、私は残酷な質問を思いついた——あなたは今でも、夫が生きていると信じているのか。

　生きているかもしれない。人は、その気があれば何をしても生き抜けるのだ。生まれてから一度も行ったことがない街に姿を隠し、これまでやったことのない仕事に四苦八苦し、ストレスを溜めながら生活していくのも不可能ではない。第二の人生の構築だ。

　だが大抵の場合、長引く失踪は自殺を示唆《しさ》する。統計上の数字では、日本の年間の失踪者は十万人弱といったところだ。だがこの数字は、少なくない若者が経験するプチ家出——二、三日家に帰らないだけ——も含んでいる。家族が慌てて警察に相談に行くので、統計上の数字には入ってしまうが、実態はないに等しい。問題なのは、自殺するために姿を消す人たちである。年間の自殺者は三万人。その多くが、自宅以外の場所で自ら命を絶つ。家族が捜索願を出した時には、既に死んでいることも多い。

「またお伺いします」辞去の挨拶《あいさつ》をしたのは愛美だった。重苦しい沈黙の中で、私がどす黒い想像を巡らせているのを敏感に察したのだろう。

失敗だった。余計なことを考えるべきではなかった。私は深く後悔しながら、研究室を後にした。

「高城さん、仕事と関係ないことを考えてたでしょう」車を発進させた途端に、愛美が口を開いた。

「何が言いたい？」私は窓を開け、煙草に火を点けた。普段なら「覆面パトの中で煙草を吸うな」と愛美が突っこんでくるところだが、今日に限っては何も言わない。無言で左手を振るい、煙を追い払ったが、本気で嫌がっているというよりは、単なる習慣のようだった。

「これ、五年前の事件ですよ」

「だから？」

「本当に解決できる——見つけ出せると思ってるんですか？」

「死体は見つかっていない」私が言うと、愛美が息を呑む気配が感じられた。「だから今でも、野崎さんはどこかで生きているという前提で動くべきなんだ」

「高城さん……」愛美がくぐもった声で呼びかけたが、私は何も答えなかった。

私の娘、綾奈《あやな》が忽然《こつぜん》と姿を消してから九年になる。本当なら今頃は高校生だ。死体が出ない限り生きている——それは胸を張って主張できる正論なのだが、どこか嘘臭さが漂うのは自分でも分かっている。墓の数が死者の全てではないのだ。無数の、無名の遺体が、この国のあちこちに埋まっている。決して見つけられないままに。

「一つ、言っていいですか」愛美の声には、どこか覚悟のようなものが感じられた。

「どうぞ」

「公私混同しないで下さいね」

「してないよ」

「状況が——」

「失踪の状況は、一人一人違う」私は少しだけ声を張り上げた。「だから、何か事件に取り組んでいても、それで心が乱れることはない」

愛美がすっと息を呑む音が聞こえた。「本当に？」と訊ねたかったのだろうが、何も言わない。「本当に？」。単純明快な言葉が持つ残酷さを、彼女はよく知っている。

　失踪課に戻ると、醍醐がそそくさと帰り支度をしているところだった。定時にはまだ早い。私が壁の時計を見上げているのに気づくと、きまり悪そうな苦笑を浮かべ、「子どもが熱を出しまして」と説明した。

「何番目？」

「三番目と四番目が一緒に、です。それが伝染《うつ》ったみたいで、嫁も朝、調子が悪そうだったんで」

「そうか……明日、ちょっと仕事を頼めるかな」

「そうですね……大丈夫だと思いますけど」不安そうにちらりと腕時計を見る。「物は何ですか？」

「面倒な話だから、明日話す。今日は早く帰ってやれよ」

「オス」長身を折り曲げるようにさっと頭を下げ、醍醐が駆け出して行った。デスクに乗った書類が風圧でめくれ上がり、落ちそうになる。

　デスクにバッグを置いた愛美が「醍醐さんも大変ですよね」と同情の台詞《せりふ》を漏らした。

「本当はもう少し楽な職場に変えてやるべきかもしれないけど、それじゃ本末転倒だ。ここで仕事を頑張って、子育てもできたという実績を作らないと。警察の厚生環境はあまりよくないんだから」

「管理職はいろいろ考えるんですね」

「本当の管理職があまり考えてくれないからな」肩をすくめ、胸ポケットに指を入れて気休めのために煙草に触れた。体を捻って室長室を見ると、灯りが点っている。一応、今やっていることは報告しておこう。口もきかないほど関係が悪化しているわけではないのだ——少なくとも私はそう思っていなかった。真弓の本音は分からないが。

庶務担当の小杉公子《こすぎきみこ》がお茶を淹《い》れてくれた。

「今日の室長、ご機嫌はどうですか？」

「いつも通りよ」眉をしかめながら公子が答えた。最近の「いつも通り」は「元気がない」と同義語である。「書類の流れはスムーズだけど」

「そうですか……」私は拳を口に押し当てた。どうにも調子が狂う。何か話をしようとする度《たび》に捕まらず、やきもきさせられていたのが数か月前の真弓である。彼女が部屋にほぼ籠り切りの生活に、私は未だに慣れない。もちろん、そういう上司もいる。常に自席にいて、部下がさぼっていないか目を光らせるのが仕事だと思っている上司が。しかし真弓の場合、私たちの仕事ぶりを観察しているわけではなかった。

「高城さん、ちょっと話した方がいいんじゃないの？」公子が忠告した。「ここで室長と話せるのはあなたぐらいなんだから」

「公子さんこそどうですか？　同い年なんですから」

「それとこれとは関係ないと思うわよ」公子が、湯呑みを乗せてきたトレイを胸に抱いた。

「立場の問題があるでしょう」

「そうなんですけどねえ」熱い茶を一口飲み、体を温める。「正直、話しにくいんですよ」

数か月前に真弓が巻きこまれたトラブルの後、私たちは感情的に言葉をぶつけ合った。あの時は気持ちのおもむくままにすらすらと言葉が出てきたのだが、今は何か喋ろうとすると舌がもつれる感じがある。

まあ、いい。これは普段通りの仕事の報告なのだ。臆《おく》することも警戒することもない。淡々と、事実関係だけを喋ればいい。しっかりしろよ、と自分に気合を入れて立ち上がり、室長室のドアをノックした。細くドアを開けると「どうぞ」と声をかけられる。真弓はデスクの書類に視線を落としたまま、こちらを見ようともしなかった。何となく、空気が壁になって立ちはだかっているように感じたが、意を決して室内に足を踏み入れる。一度入ってしまえば、どうということもない。事務的で無機質な空間である。ただし、昔とは雰囲気が微妙に変わってしまった。以前はデスクに二つのフォトフレームが置いてあり、そこだけが彼女の私生活を感じさせる柔らかな気配を発していたのだが……娘の写真は撤去され、今は豆柴犬の写真だけが残っている。単に整理したのかもしれないが、娘よりも豆柴犬の方を重視している、とも見える。

彼女は家族を拒絶した。

家族も彼女を拒絶した。

真弓の落ちこみの根本的な源泉が何なのか、私は未だに計りかねている。家族を失った寂しさなのか、人事の本流からまたも遠ざかってしまったことによる焦りなのか、あるいはそれらの状況が複雑に絡み合ったものなのか。

「一件、報告があります」

「どうぞ」真弓が依然として顔も上げず、手を差し伸べた。デスクの前の折り畳み椅子に腰を下ろし、野崎の件を調べ始めたことを淡々と報告する。

「可能性は？」

ようやく真弓が顔を上げた。少し疲れ、年齢が顔つきに影響を及ぼし始めている。ずっと消えていた細い筋のような白髪が、いつの間にか戻っていることに私は気づいた。あれはやはり染めていたのか——染めることで、何か自分に暗示をかけていたのかもしれない。ということは、今は暗示が必要なくなったわけだ。

「今のところ、ゼロです」

真弓が片目だけをすっと見開いた。

「可能性ゼロなのにやってるの？」

「まだ取りかかったばかりですから」

「そう……」真弓が手にした鉛筆をゆっくりと揺らした。私に対して催眠術でも試しているような感じだった。「結構です。今は他に事件もないから」

「それでは、続行します」私は安堵感《あんどかん》が顔に出ないように気をつけた。

「ところでこの話、どこから出てきたの？」

「オヤジさんの置き土産です」

「法月さん……」真弓の視線が泳ぐ。「どうしてこんなことを？」

「俺が暇にしていると、ろくなことがないと思ってるんでしょう。齧《かじ》る骨を投げてくれたんですよ」

「本当にそれだけ？」

「他に理由は考えつかないですね」

「そう」

素っ気なく言って、真弓が鉛筆をデスクに落とした。どうやら芯の先から落ちたらしい、乾いた小さな音がやけに耳障りだった。

「他に何か？」また視線を落とす。

「これで終わりです」

「分かりました」

会談の打ち切りを告げるように、真弓が一つうなずく。私は気まずさを抱いたまま、ゆっくりと立ち上がった。報告したのだから、後は自由に動いていい。次にこの件について話をするのは、何か動きがあった時だ。しかしドアに手をかけた瞬間、どうしても聞いておかねばならないことがあったのを思い出す。振り返り「室長」と声をかける。真弓は顔を上げ、「まだいたのか」とでも言いたそうな、迷惑気な表情を浮かべた。

「一つ、聞いていいですか？」

「何かしら」

「どうしてオヤジさんを手放したんですか？　本人は残留を希望していたし、室長がその気になれば、この人事は潰せたはずです。オヤジさんの力は、失踪課には絶対必要ですよ」

「何度も言ったでしょう。これは人事だから」それ以上の説明はいらないだろうとでも言いたげに、またデスクに視線を落としてしまう。

「上の言うことには、唯々諾々と従うわけですか」

皮肉というには少し強烈な言葉を浴びせたが、真弓が動じた気配はなかった。両手をぴたりと合わせて指先を顎の下にあてがい、感情の抜けた目で私を凝視する。

「あなたには、言っておいても問題はないと思うけど」

「何ですか？」

「ここだけの話にしてくれる？」

「それは構いませんが……」戸惑いを覚えながら、私は同意した。

「はるかさんから相談されてたの」

「娘さん？」

　真弓が素早くうなずく。

「ずいぶん前からね……例の一件、覚えてるでしょう？　倒れた時のことがどうしても気になっていたのね」

　私はぼんやりとうなずいた。まさに、港学園に絡む事件が起きた時の話である。あの時法月は、持病を押して無理に捜査を続け、倒れた。法月本人が、刑事としてのプライドを守るために無理をしていたのだが、あの時娘のはるかは本気で激怒した。だがあの一件は既に落ち着き、はるかも法月が刑事を続けることを納得していたはずだったのではないか。

「しばらく前から、何とかならないかって相談を受けていたの。私は、定年までもう間がないし、無理をさせないようによく見ておくからって言ったんだけど、そのタイミングでちょうど人事の話が出てきてね。はるかさんは、この件ではどうしても法月さんを納得させて欲しいって泣きついてきて。そこまで言われたら、どうしようもないでしょう」

「しかし彼女は、オヤジさんが刑事を続けて行く理由を理解してくれていたはずですよ」

「あの時は、ね。でも、心の底から納得していたわけじゃない。命と仕事、どっちが大事かしら」

そこまで言われると、返す言葉がない。私は無言で一礼し、室長室を後にした。どっと疲れが押し寄せ、酒が呑みたくなっていた。夕方……さすがにまだ早いが。両手で顔を拭い、自席に戻る。自分のパソコンでビートテクのホームページを見ていた愛美に声をかけた。

「明神、ビッグリップって知ってるか?」

「はい?」椅子を回して私の方を向いた愛美が、怪訝《けげん》そうな表情を浮かべる。「何ですか?」

「ビッグリップ、だよ」

「さあ……何のことですか」

「宇宙の終わりの一つの形。今、失踪課三方面分室は、ビッグリップに向かって一直線という感じだな」

「意味分からないこと、言わないで下さい」ぴしゃりと言って、愛美が急に表情を引き締めた。「それより、法月さんにも苦手なことがあるんですね」

「何の話だ?」

「パソコン――というより、ネットです。リテラシーが低いっていうのかな。調べれば、ビートテクに関する話はいくらでも見つかるのに、会社のホームページしか見てなかったんじゃないですか」

「それで、何か見つけたのか？」パソコンに関する知識は、自分も法月と同レベルだろうな、と思いながら私は訊ねた。

「ええ」愛美が、自分のノートパソコンを動かして、私の方に向けた。ブラウザのタブを切り替えて、ビートテクのホームページではなく別のページを見せる。「あの会社、元々明治時代から続いているんですね」

5

最先端のロボット技術を研究するのだから若い会社であるべきだ、という原則などない。だが、あの会社が明治時代から続く長い歴史を持っていたのは意外だった。会社のホームページには、「ビートテク」として設立されて以降の歴史しか書かれていないが、愛美のいう通り、調べるとすぐに、もっと古い歴史を遡《さかのぼ》ることができた。

元々は、明治四十年に福岡で発足した製鉄所だった。それが様々に枝分かれしたのだが、ビートテクの直接の祖先は、この製鉄所の研究部門として東京に作られた「大日本技術総研」という会社になるようだった。本社である製鉄所そのものは、昭和四十年代に倒産してしまったが、そこから生まれた多くのグループ会社は、今も各地で活動を続けている。ビートテクは、その中でも最大規模の会社のようだった。

「大日本技術総研は、元々何をやってたんだろう」

「それこそ、製鉄技術の研究・開発ということみたいですね」愛美がディスプレイを凝視しながら答えた。「実は、今も存続してるんですよ。ただし、持ち株会社としてですけど。この下にビートテクと、あと二つ、関連会社があります」

「で、ビートテクは元々の大日本技術総研直系だと」

「そうです。それで、一つ気になったことがあるんですが……直接関係あるかどうかは分かりませんけど」

「何だ？」

「この製鉄所ですけど、創業者の苗字が野崎なんですよ。それと、大日本技術総研の会長とビートテクの社長も、名前は野崎さん」

「とすると、野崎さんは創業者一族の人間なのか？」

「その可能性もありますね」愛美が拳で顎を擦った。「そんなに多い苗字じゃないですから。もちろん、まったくの偶然の可能性もありますけど」

「そうか……実は、ビートテクについては醍醐に調べてもらおうと思ってたんだ。補強材料になるかもしれないから」

「そうですね。野崎さんの行方には直接関係ないかもしれませんけど」

「それにしても、何か変だな」私は椅子を動かして、愛美のデスクに少し近づいた。彼女がすっと身を引く。何か気に食わない動きだったが、ディスプレイを見ながら話を続けた。「もしも創業者一族の人間が行方不明になったら、もう少し騒ぐんじゃないか？　一技術者の失踪とは重みが違うはずだ」

「だから、偶然同じ苗字だっただけかもしれません。だいたい野崎さん、失踪した時の肩書きは主任研究員でしょう？　そんなに偉いわけでもないですよね。創業者一族の人だったら、もっと若くしていい肩書きをもらっていたとしても、おかしくありません」

「もちろん、そういう情実が一切ない会社だった可能性もある」

「そうですね。今のところは――」

「頭の片隅に入れておこう」私は愛美の言葉を引き取った。「もしかしたらオヤジさんは、これぐらいのことは知っていたかもしれないな」

「どうしてそう思うんですか？」

「何でもかんでも俺たちに情報を教えるんじゃなくて、自分たちで捜し出せっていうメッセージかもしれない」

「そんな」愛美が吹き出しそうになった。「ややこしいことしてないで、持ってる情報は全部渡してくれればいいのに」

「俺たちの頭が錆びついていると思ったのかもしれないぞ」私は人差し指を曲げて、指先で耳の上を叩いた。「オヤジさんはオヤジさんなりに、俺たちを鍛えてるつもりじゃないかな」

「本当にそのつもりなのか、聞いてみればいいじゃないですか。警務課、すぐそこなんだし」

「気になるなら、君が自分で聞いてきたらどうだ」

「私は……」愛美が口籠った。

「オヤジさんはもう、失踪課の人間じゃないんだ——残念ながら。自分の仕事もあるんだし、これ以上迷惑はかけられないよ。俺たちが何とかしなくちゃいけないんだ」

「まあ、そういうことですかね」まだ不満そうに愛美が言った。

「そういうことなんだ」私は力をこめてうなずいた。「これはある意味、オヤジさんから俺たちへの挑戦状なんだと思う」

翌日、私と愛美は別々に動いた。愛美は再びビートテク本社へ、私は「多摩開発室」へと向かった。研究部門の本体は千駄ヶ谷の本社にあるのだが、大規模な実験などは、多摩開発室で行われているようだ。本社にいない時の野崎はこちらに足を運んでいたことが多かったようで、当時の同僚が今も何人か在籍しているという。何も事情を知らない総務部長を絞《しぼ》り上《あ》げるよりも、一緒に仕事をしていた人に話を聴いた方が効果的だろう。

　多摩開発室は、「室」ではなく「所」と呼ぶのが適切な、広大な敷地を誇っていた。正面出入り口を入ると、いきなりゴルフ場を彷彿《ほうふつ》させる綺麗な芝の広場が広がっており、その中を無駄にカーブしながら道が走っている。建物に辿り着くためには、かなりの距離を歩かなければならない。まったく、どうしてこんなややこしい作りを……ぶつぶつ言いながら歩き始めた私は、ほどなくここの設計者の意図を理解した。多種多様な木々に囲まれた開発室は、さながら森の中にあるようなもので、空気が澄んでいる。すがすがしい松の香りを嗅いでいるうちに、気持ちが落ち着いてくるのを感じた。味気ない研究活動に、この環境でわずかでも潤《うる》いを与えようとしたのなら、それは間違いなく成功している。

　建物自体は平屋で、事務棟と実験棟の二つから成っていた。事務棟の方で事情を告げると、やけに広い会議室に通される。壁の一面は床から天井までが窓で、そこから敷地の裏側が覗けた。驚いたことに、こちらには池がある――池というには大き過ぎ、小さな湖と形容した方が適切なサイズだった。周りは芝生と木々に囲まれており、ボートでも浮かべてのんびりしたくなるような気配を醸し出している。

　五分ほど待たされた後、開発室次長と名乗る中年の男が姿を見せた。雑用の責任者、と自嘲《じちょう》気味に自己紹介し、既に本社から話は聞いている、と告げた。野崎と比較的近い立場にいた技術者を何人かリストアップしているので、この場所を使って面談してもらって構わない、と告げた。

本社と違ってやけに協力的だな、と私は首を傾げた。もしかしたら、技術者と事務社員の温度差かもしれない。この開発室に勤める人間にとって、野崎は仲間だという意識が強いのだろう。一方、本社の管理部門にすれば、野崎の存在は微妙なのかもしれない。新井が言っていた通り、数字を預かる人間なら、野崎の失踪を損害額に換算して考えてもおかしくない。

それにしてもこの部屋ではやりにくいな、と苦笑しながら、最初の社員を待つ。会議室は小さな体育館ほどの広さがあり、一度に五、六十人が集まって会議ができるようにテーブルが設置されていた。がらんとした部屋は声が響きやすく、注意が散漫になりがちだ。目の前に座ってもらって話をするしかないだろう、と決める。

最初に部屋に入って来たのは、若い男性社員だった。おそらくまだ二十代。確かめると、二十九歳だった。ということは、野崎の失踪時には二十四歳、まだ入社したばかりだっただろう。そんな若者がどれだけ事情を知っているか……案の定、若い社員は、野崎とほとんど面識がなかった。

「野崎さんがたまにこっちへ来る時に会いましたけど、あまり話しやすい人でもなかったんで……ちょっと怖い、話しかけにくい感じの人でした」

マッドサイエンティスト。家族と話した限りでは、そういう印象ではなかったが、新井が告げたイメージにどうしても引っ張られてしまう。いずれにせよ、その後彼から引き出せた言葉は「知りません」と「分かりません」だけだった。

二人目、三人目と、順番に年齢が上がっていった。面談の順番を年齢で決めているのではないかと考えると、次第に苛立ちが募ってくる。四番目で、ようやくまともな話ができる相手が登場した。原島《はらしま》と名乗った男は、野崎——現在の野崎とほぼ同年輩だった。席に座ってもしばらくは不安気にあちこちに視線を漂わせていたが、私が「気楽にいきましょう」と声をかけると、深呼吸してようやく固い笑みを浮かべる。

「野崎さんの失踪前後の様子を調べています。何か思い当たることはありませんか？　普段と様子が違ったとか、喋り方がおかしかったとか」

「その辺、以前も警察の人に聴かれたんですけど、はっきりしないんですよ」

「特に何もなかった？」

「そう思います。もちろん、忙しかったのは間違いないですけど……僕たちもよく、冗談を言うんですけどね。このままどこかに逃げれば楽になれるって」

私は軽く彼を睨んだ。人はよく、この手の冗談を口にする。そうすることで、自分がどれだけ忙しいかをアピールするわけだが、そんなことをすれば家族が悲しむという単純な事実に、意外に誰も気づかない。

「……とにかく」気まずい空気に気づいたようで、原島が咳払《せきばら》いをした。「忙しかっただけで、悩んでいた様子なんかはなかったですけどね。ここにも週に一回は顔を出して、私たちに発破をかけていきました」

「野崎さんの方が先輩なんですか？」

「年齢は私の方が上ですけどね」

意外だった。すっと目を上げたので、原島は私がそう感想を抱いたのを悟ったようだった。

「私は、入社したのが三十歳の時でしたから」

「転職ですか？　ヘッドハンティングと言った方がいいんですか」

「まあ、何とでも」原島の顔に、わずかに得意げな表情が浮かんだ。力を請われて仕事を提供されるのは、悪い気分ではないはずだ。公務員ではまずあり得ない話だが。「とにかく、職歴では彼の後輩になります」

「個人的には仲はよかったんですか？」

「どうですかね……一般的な意味での『仲がいい』というのとは違うんじゃないかな。普通は会社の外でつき合って、友人になることが多いでしょう？　呑みに行って会社の悪口を叩き合って、本音をさらけ出して、みたいな。でも野崎さんの場合は、忙し過ぎて酒を呑みに行く機会もありませんでしたから」

「友情を温める暇もなかった、と」

「そうです」

原島がぼんやりと窓の外を見た。釣られて私も視線をそちらに向ける。湖水を渡る風がさざ波を起こし、春はまだ遠いと感じさせた。水の色も、どことなく冷たそうである。

「我々技術者っていうのは、多かれ少なかれ仕事中毒なんですけど、野崎さんは度を越していたから。一日二十時間働くのも珍しくなかったですよ。ここへ来るのが唯一の息抜きだって言ってたぐらいですからね」

「でも、仕事で来てるんでしょう?」

「千駄ヶ谷からここまで、電車で一時間以上かかるじゃないですか。せめてその時間ぐらいは、何もしないでぼうっとしていようと決めていたみたいです。それに時々……そう、十分か二十分ぐらい、池のほとりに座ってぼんやりしていました」

原島は、自分で意識しているよりもよく、野崎のことを知っていたようだ。観察していたと言うべきか。私は、池のほとりに佇《たたず》む野崎の姿を想像しようとした。腰を下ろすと、固い芝がちくちくと尻を刺す。水面《みなも》を渡ってくる風の香り、水の音、少しだけひんやりした空気――ヒートアップした頭を冷やすのに、自然は何よりの薬だったかもしれない。

それにしても、人はそこまで自分を追いこめるものか。一日二十時間働いていたということは、自分の時間はほとんどなかったに等しい。いくら、「母親のため」という個人的な理由があったにしても……。

「一つ、専門的なことを聴いてもいいですか」私は人差し指を立てた。

「どうぞ」原島が疑わしそうに言った。明らかに、私には理解できないという前提で考えている。もちろんその通りなのだが……。

「野崎さんが研究していたＷＡなんですけど、彼の最大の功績は何なんですか」

「それは間違いなく、各種センサーの開発と、統合的なシステムの構築ですね」間髪入れず原島が答える。「歩行アシストシステムは、人を無理に歩かせるものではありません。文字通り、歩く手助け――アシストをするものです。その際に重要なのは、筋肉の動きを事前に感知して、装着する人間がどこをどう動かそうとしているのか、機械側が判断することなんです。そのために重要なのが、様々なセンサーなんですよ。例えば歩く動作では、足の各部の筋肉が複雑に絡み合っています。でもまず重要なのは、足の先端と太腿なんですね。意識してみると分かりますけど、歩こうとする時、まず足先で方向を決めて、次に太腿の筋肉で足全体を動かすことになります。足を引き上げる動作ですよね」

言われてみればそんな気もする。爪先が水先案内人のような役割を果たしているのは、特に簡単に想像がついた。うなずくと、満足気な笑みを浮かべて原島が続ける。

「筋肉が動く時――例えば歩くような場合には、必ず前触れの動きがあります。それはどのような動きをするかによって決まっていて、事前にセンサーで計測できれば、システム側で筋肉をサポートする動きができるんです。ＷＡをテストしてくれた人は、皆そこに驚くんですよ。自分の頭で考えたことを、機械が読み取ってくれるみたいだって。実際、ほとんどそれと同じことをやっているんですけどね」

「頭に電極をつけないだけで」私は人差し指で頭頂部を叩いた。

「そういうことです。他にも、加速度センサー、傾斜を計測するセンサー……様々な計測装置が、WAの技術的な肝《きも》なんですけど、野崎さんはその辺のエキスパートですから。体の動きと機械の動きをつないだんですよ」

「なるほど」

私の手帳は白いままだった。この辺の技術的な解説が、野崎の行方を知る手がかりになるとは思えない。原島がちらりと私の手帳を見て、不満気に唇を尖らせる。せっかくの解説を無視して……とでも思っているのかもしれない。

「話は変わりますけど、野崎さんって、ビートテクの創業者一族の人なんですか？」

原島の肩がぴくりと動いた。答えようと準備していたら、全然違う質問が飛び出してきて思わず動きが止まった感じだった。

「そういうことは……私は知らないですね」どこか苦しそうな返事だった。

「誰が知ってるんですか？」

「さあ、分かりません」

それまでの饒舌《じょうぜつ》さからは想像もできない、ぎくしゃくした言い方だった。私はしつこく質問をぶつけたが、原島の答えは、最初にこの部屋へ来た若者と同じように、「知りません」「分かりません」のオンパレードになってしまった。

豹変《ひょうへん》したとしか言いようのない態度に不信感を抱いた私は、五人から話を聴いた後、開発室次長の織田《おだ》に再度の面会を求めて事務室に直接乗りこんだ。織田は事情聴取が終わったのだろうと、呑気《のんき》な笑顔で出迎えてくれたが、私が「あなたからも話を聴きたい」と切り出すと、露骨に迷惑そうな表情を浮かべた。それでも無言で答えを待っていると、いかにも仕方ないといった様子で、自席の横の丸椅子を勧める。

「野崎さんは、創業者一族の人なんですか」

椅子を引きながらぶつけた前置き抜きの質問に、織田の顔は引《ひ》き攣《つ》った。そんなに大変なことなのか？　私の中で疑念は膨れ上がるばかりだった。創業者の一族がある程度の数会社にいることには、メリットもデメリットもあるだろう。メリットは、歴史を感じさせて、社員の求心力が高まること。デメリットは、どんな馬鹿でもそれなりの地位に就いたりするので、現場の士気ががっくり落ちる可能性があることだ。殿様面をした馬鹿が上司で威張っていれば、誰でもやる気をなくすだろう。

野崎の場合、そういう感じではなかったはずだ。古いイメージだが「モーレツ社員」などという言葉が頭に浮かぶ。昭和四十年代、日本企業の躍進を支えた志《こころざし》の高い技術者たち。暑苦しく周りは迷惑していたかもしれないが、技術者としては一流、間違いなく会社に利益をもたらしていたはずだ。

「織田さん、どうなんですか？」

「ええ、それは……我々にはよく分からないことで」

「そんなことはないでしょう。会社の中の話なんですよ？　それに私は別に、このことを問題視しているわけじゃない。ちょっと気にかかったから聴いているだけです。そんな風に口を濁すようなことなんですか？」

「そういうわけじゃないですが、まあ……私の口からはちょっと」

「だったら誰に聴けばいいんですか」

いつの間にか詰問口調になっていたようだ。織田は露骨に顔を背けて、私から距離を置いていた。

「とにかく私の口からは申し上げられません」少し強い調子で繰り返し、この話はこれで終わりだとばかりに両手を軽く叩き合わせた。

意味が分からなかったが、ひとまず追及を諦める。あまりしつこくすると、相手を頑なにさせてしまうものだ。「何かある」という印象を得ただけで、この事情聴取は成功だったと納得せざるを得ない。

話のついでに織田からも野崎の印象を聴いてみたが、これまで私の中で形作られたイメージがさらに増幅されただけだった。研究一筋の頑固者。社会常識に欠ける部分はあったが、強烈な熱意には賛同者も多かった。

ただし、織田は彼の家族については何も知らなかった。会社ではあまり口にしなかったということか。

最後にもう一度、「野崎は創業者一族の人間なのか」と訊ねてみたが、やはり織田は回答を拒絶した。何故認めない？　それほど難しい話ではないはずなのに、誰もが口を閉ざしてしまう。

そうやって一度疑念として心に根づくと、この問題はどうあっても薄れないのだった。

「子どもは大丈夫なのか」私は醍醐が電話を終えるのを待って話しかけた。

「オス。もう平気ですよ」実際、彼の顔色はいい。「子どもってすぐ病気になりますけど、治るのも早いですからね。今朝はもう、けろっとしてました」

「それはよかった……それで、ビートテクの方、何か分かったか」朝方、彼には会社そのもののデータを調べ上げるよう、指示を与えておいた。

「たぶん、高城さんたちが調べた以上のことは分かってないと思います」申し訳なさそうに醍醐が頭を掻いた。「上場している会社ですから、財務状況なんかは分かるんですけど、そこから何かが読み取れるかというと……」

「決算はどうなんだ？」

「五期連続で黒字を出してます」

「このご時世に？」

「利益は大したことはないんですけど、堅調です」醍醐は様々なデータを示して会社の経営状況を説明してくれたが、既に私が知っていることがほとんどだった。「とにかく、安心して株を買っていいみたいですよ」

「株を買う金があったら酒を買うよ……社長についてはどうだ？」

「野崎武博《たけひろ》。前身の会社の創業者一族ですね。ビートテクを起こしたのもこの人です。創業当時、三十九歳」

「ずいぶん若いな」

「野崎家の中でも期待の星だったみたいですよ。本人も元々技術者です。ビートテクを作る前は、家電メーカーや大型工作機械を作る会社で、やはりロボット開発に携わっていたようです。アメリカにも三年、留学してますね。MITって何でしたっけ？」

「マサチューセッツ工科大学。ノーベル賞受賞者養成機関みたいなものだ」

「へえ、すごいですねえ」さほどすごいとは思っていない調子で、醍醐が相槌を打った。

「会社関係では、ここで調べられることはこれぐらいなんですけど、これからどうしますか」

「外回りの方がいいかな？」

「そりゃあ、ね」醍醐が意味もなく腕を曲げ、力瘤を作った。「座ってるよりは歩いてる方が楽ですから」

「まだ事情を聴ける人はたくさんいるから、割り振って動こう」

「オス」

とはいえ、ビートテクについてももう少し調べられるはずだ。それは舞《まい》にでも任せてみるか。彼女の方を見ると、髪の先をいじりながら、携帯の画面を見ている。仕事中は、私用で携帯は使うなと言ってあるのに……彼女に対しては、忠告する意味も元気もないが、私は何とか気力を振り絞った。

「六条」

「はーい」呑気な声で返事をして、携帯の画面を見つめたまま舞が立ち上がる。うなだれたような姿勢のまま歩いてきて、私の前まで来るとようやく顔を上げた。思い切り屈託のない笑顔が浮かぶ。「何でしょう?」

喋るのも面倒になってくる。自分はつくづく管理職に向いていないなと思いながら、私は指示を飛ばした。ビートテクに関して調べること。できれば野崎と創業者一族との関係を明らかにすること。

「えー？　でも、そんなこと、どうやって調べるんですか」

「そこは自分で考えてくれ。それも訓練のうちだ」かすかな頭痛を感じながら、私は彼女を突き放した。

「何の訓練ですか？」

舞が小首を傾げる。いい加減、そういう仕草が許される年でもないのだが……何とか気合を搾《しぼ》り出《だ》し、「とにかく頑張ってやってみろ。森田を使ってもいい」とつけ加えた。

途端に舞の顔が明るくなった。あいつに全部押しつけるつもりだな、と分かったが、予め釘を刺しておくほどのことはない。「以上だ」とぴしりと言って、私は舞を放免した。

彼女が自席に着くと、愛美がすっと身を寄せてきて文句を言った。

「いいんですか、任せて」

「任せないと人は育たない」

「データの入力が遅れてるんですけど」

「そこは、皆でカバーするしかない」

「だいたい、私のところに回ってくるんですけど」愛美が唇を尖らせる。

「何か配慮するよ」

「さすが、管理職」愛美の唇が歪んだ。

「からかってると、査定でひどい目に遭わせるぞ」

「そういうの、パワハラですよ」

「だから俺は、管理職になんかなりたくなかったんだよ」一つ文句を言って、胸ポケットから煙草を取り出す。のろのろと喫煙所に歩いて行く途中、振り向いて失踪課の中を眺める。ばらばらだ。真弓が自らに蟄居《ちっきょ》を強《し》いているためなのか、法月がいなくなったからなのか、私の統率力がないからか。

これでは本当にビッグリップだ。そのうち、もう少し専門的な宇宙物理学の本を読んでみようか、とふと思った。失踪課をまとめる役にたつとも思えなかったが。滅びの形態を学んで何になる？


「何だか冴《さ》えない顔してるな」

「分かります？」

「分かるさ。あんたはすぐに顔に出るから」

久々に立ち寄った三鷹《みたか》の小料理屋「秀《ひで》」で、私は愚図愚図と時間を潰していた。今日は珍しく客が少なく、店主の伊藤哲也《いとうてつや》はカウンターの向こうでずっと私の相手をしてくれている。とはいっても、私の方では話すことがほとんどなく、もっぱら伊藤が喋るだけだったが。

「煙草、吸い過ぎじゃないか」

しわがれ声で伊藤が指摘した。少しだけアルコールでかすんだ頭を振って、灰皿を見る。いつの間にか吸殻で一杯になっており、さっきまで吸っていた一本が消え残って、細い煙が宙に漂い出していた。慎重に摘《つま》んで灰皿に押しつけ、確実に揉み消す。しばらく前に新しく入れてそのままだったダルマのボトルも、いつの間にか半分に減っていた。ほとんど家でしか呑まない私が、楽な気持ちで一人で呑める飲食店は、ここぐらいである。

グラスを持ち上げ、丸く水の跡がついたカウンターをお絞りで拭う。丁寧にグラスを置き、氷が解けて薄くなった中身を恨めしそうに見やった。

「ウーロン茶、もらえますか」さすがにペースが速過ぎたようだ。悪い酔いが忍び寄るのを意識する。

「おや」伊藤が唇を引き伸ばすように笑い、いつも頭に巻いている手ぬぐいを外した。

「少し弱くなったのかね」

「そんなこともないですけど、あまり呑むと、家に帰るのが面倒になりますから」

「それは弱くなったって言うんだよ」

「今何時ですか?」腕時計を見たが、何故か目がかすむ。こういう時、酒呑みは酔っ払ったとは思わず、目が悪くなったと思いがちだ。

「九時だよ。あんたにしてはまだ早い時間じゃないですか」

「まあ、そうですね」胸ポケットに指先を突っこむ。煙草を引っ張り出したが、既に空だった。思わずうなじの毛が逆立つほどの焦りを感じる。成人してからのほとんどの時間を煙草と共に過ごしてきた私にとって、煙草が切れるのは命綱を失ったも同然である。

「何だい、煙草、ないのか」

「高城賢吾《けんご》、一世一代の失策です」

「大袈裟《おおげさ》だよ」伊藤が声を上げて笑い、カウンターの下の方を探って煙草を取り出した。「ほれ、取りおきがあるから。あげますよ」

「ずいぶん軽い煙草ですね」マイルドセブンだったが。ニコチン、タールの量からすると、最近ではかなりきつい煙草の部類に入る。しかし最近の私は、これよりもう少しきついマールボロを吸っていた。

「贅沢《ぜいたく》言いなさんな」からからと氷の音がする。すぐに、伊藤が背の高いグラスに入ったウーロン茶を出してくれた。一息で半分ほど飲み干し、それだけで酔いが一気に遠ざかった気になる。

「今日はちょっとペースが速かったね」伊藤が、私に断りもせず、ダルマのボトルとグラスを片づけた。「何か気になることでもあるんですか」

「どうも最近、職場が上手くいってないんですよ。何て言うか……ばらばらなんです」

「チームワークが悪い、ということですか」

「そんな感じですね」

「原因は？」

「細々としたことがいろいろ重なって」

「まあ、職場ではそういうこともあるでしょうな」伊藤が訳知り顔でうなずく。「俺は会社で働いたことはないけど、小さい店っていうのはチームみたいなものだから、感じは分かるよ。あんたのところ、何人でしたっけ？」

「八――七人です」つい、自分の次に法月の名前を考えてしまう。「異動がありましてね。今のところ、マイナス一なんです」

「それで大変なんだ」

「それも一つの原因ではあります」

全然酔っていない、とふと気づいた。結構呑んだのだが、気になることがあると、どうしても酔えなくなる。

数か月前までは、上手くいっていると密かに満足していたのだ。徐々にチームワークが強くなり、あれこれ話をしなくても意思の疎通ができるようになってきた感触があった。失踪人捜査課課長の石垣《いしがき》は「余計なことをする必要はない」といつも私たちの――主に私の暴走を戒《いまし》めたのだが、それを無視して、私たちはそれなりの実績を上げてきた。刑事部のメインストリームに返り咲く野望を持っていた真弓にとっては思い通りの展開だっただろうし、私も娘が消えてからの七年間で失った勘を取り戻しつつある、と思っていた。それに、久しぶりに「仕事が楽しい」と思えたのも事実である。一緒に歩いて行く仲間がいて、一つの事件の解決に向かって遮二無二突き進んでいく――今回は、愛美と共に捜査を始めたものの、どこかぎくしゃくした感覚が私を苦しめていた。

「いろいろ大変だね、宮仕えも」

「俺たちが悩んでたら駄目なんですけどね。内輪の問題で悩んでいる暇があったら、仕事をしないと」

「また、難しい仕事を引き受けてるのかい？」伊藤が私の目を覗きこんだ。

「そうですね……なにぶん古いので。五年も前の事件なんですよ」

「ああ、それは大変そうだ」

伊藤が視線を外し、咳払いをする。不自然な態度に、私は彼の本音を読み取った。そんな昔の事件を、本当に解決できると思っているのか。それなら何故、あんたの娘は見つからない——。

——それは、捜そうとしてないからでしょう。

綾奈が、カウンターに腰かけていた。今夜は、いなくなった時の七歳の姿のままである。小学校の入学式の時に着ていた服だ。濃紺のジャンパースカートに白いブラウス、細いストライプの入ったブレザー。リボンの飾りがついた髪留めはピンクで、黒髪の上でよく目立っている。足をぶらぶらさせる姿は、いかにも七歳の子どもっぽかったが、話し方は大人っぽく生意気な感じだった。もしもずっと一緒にいれば、今は十六歳。高校生になった綾奈は、きっとこんな話し方をするだろう。

――捜して欲しいのか？

――捜してくれないと見つからないよ。パパ、いろんな人を見つけたでしょう？　きっと、誰でも見つけられるんだよ。

――綾奈、どこにいるか教えてくれ。すぐ迎えに行く。

――パパが自分で捜さないと駄目だよ。

――綾奈……。

娘の姿が掻き消える。原因は電話だった。カウンターに置きっ放しにしてある携帯が低い音で鳴っている。手に取る前に、残ったウーロン茶を飲み干し、冷たさが体の芯に突き抜けるのを感じた。それで完全に酔いが醒めた気分になり、番号を確認する。見覚えのない携帯の番号が浮かんでいた。

「まだ見つからないんですか」

苛立ちを隠そうともしない声の主は、新井だった。

6

新井はすぐに、「会えないか」と切り出してきた。まだ会社にいるのだが、どこか近くで会えれば、と。一瞬考えた末、私は新宿を提案した。あそこならどちらからも、乗り換えなしで行ける。新井もすぐ同意し、南口の改札の中に遅くまでやっているコーヒーショップがあるからそこで落ち合いたい、と指定してきた。

私は中央線に二十分揺られて新宿に着き、指定されたコーヒーショップに飛びこんだ。既に到着していた新井は、大口を開けて、フランスパンを使った長いサンドウィッチにかぶりつこうとしているところだった。こんな時間にこんな場所で侘しく夕飯なのだろうか。私に気づくと、新井は少しだけ照れた表情を浮かべて食べかけのサンドウィッチを皿に置き、アイスコーヒーを啜った。

ふと、自分も腹が減っていることに気づく。酒は散々呑んだのだが、伊藤の作る美味《うま》い肴《さかな》にも今夜はあまり箸が動かず、ほとんど手をつけなかったのだ。

「それ、美味いですか」私は彼の歯型がはっきりついたサンドウィッチを指差した。

「悪くないですよ」

「おつき合いさせてもらっていいですかね」

酒臭い息を誤魔化す狙いもあった。本人が酔っている意識がなくとも、周りの人は迷惑するかもしれない。何か食べておくのは、臭い隠しにちょうどいいのだ。席を立ち、サンドウィッチとアイスコーヒーを注文して戻る。一口頬張ると、口の粘膜に刺さりそうな硬いパンだった。極薄に切った肉の味は控えめ。大き過ぎるレタスが口に入りきらず、皿に零れた。

「これが夕食なんですか？」咀嚼《そしゃく》しながら新井に訊ねる。

「ええ」

「ずいぶん侘しいですね」

「言われると侘しくなりますね。でも、いつもこんな感じなんですよ」

「独身ですか？」

「ええ」

「右に同じく、です」にやりと笑って、私はサンドウィッチの最後の一口を押しこんだ。アイスコーヒーで流しこみ、両手を叩き合わせてパン屑を落とす。「私も毎日こんなものですよ。お互いに忙しいですね」

「忙しく調べてくれたんですか」急に新井が挑発的な口調で訊ねた。

「そんなに簡単にはいかないものですよ」

私は即座に釘を刺した。その台詞を聞いた途端、新井がぷっと頬を膨らませる。四十代という年齢には相応《ふさわ》しくない、幼い仕草だった。

「五年は長い。人の記憶も薄れてくるんですよ」

「それは分かりますけど、そこを何とかしてくれるのが警察じゃないんですか」

そうだ、とは言えない。私は隣に座る新井の刺すような視線から逃れるように、外に目をやった。この店はコンコース内に作られたガラス張りの一角で、カウンターに座っていると、人の流れに自然に向き合う格好になる。午後十時を過ぎているのだが、まだ駅の利用者は多く、ひっきりなしに人が行き交っている。何だか自分が、動物園の動物になってしまった感じがする。考えてみれば、室長室も同じ作りだ。どこかに閉じ籠り、しかも外から丸見えという状況は、意外とやりにくいのではないだろうか。真弓の場合、特に今は居心地が悪いはずだ。

短い沈黙――とはいえ、周りは騒々しかった――を破り、私は逆に質問した。

「一つ、妙なことに気づいたんですけど」

「何ですか」

「野崎さん……ビートテクの社長も野崎さんでしたよね」

「ええ」

「もしかしたら、野崎さんは創業者一族の人なんじゃないですか」

「そうですよ」新井があっさり認めた。

「何か特別な事情でもあるんですか？　このことを聴くと、皆口が重くなるんです」今日一日の努力は何だったんだ。最初から新井に確かめればよかったのだ。

「あまり楽しい話じゃないですからね」

「どういうことですか？」

「うーん」新井が腕組みをする。そのまま上体を倒して、だらしなくストローをくわえると、背中を丸めたまま残ったコーヒーを吸い上げる。おもむろに手帳を取り出して広げ、白いページの一番上に「野崎社長」と書きつけた。下に線を引いて、「大日本技術総研会長・野崎清吾《せいご》」と書き加え、その横に短い線を引いて、「ビートテク社長・野崎武博」とつけ加える。

「この関係、分かります？」

「大日本技術総研は、ビートテクの持ち株会社ですよね」

「そうです。現在の会長が野崎清吾さん。うちの野崎社長は会長の弟さんですね。それで、二人の父親が、持ち株会社になる前の大日本技術総研の社長」

「野崎さん……行方不明になっている野崎さんは、ここのどこに当てはまるんですか」

「実は、私も詳しくは知らないんです」新井が頭を掻いた。「この一族は、やたら人が多いみたいでね。今は会長と社長の二人がいわゆる本家筋で、大日本技術総研とビートテクの株の大部分を握っています。野崎は分家の人間ということらしいんですが、本家とどういう関係なのかは、今一つ分からないんです。あいつもそういうことは、全然喋らなかったし」

亡くなった野崎の父親は、あちこちの会社で役員をやっていた——詩織の説明を思い出す。その中には、大日本技術総研関係の会社も入っていたのだろうか。

「いずれにせよ、縁戚関係にあるんですね」

「そういうことです。社内の人間なら誰でも知ってますよ」

「じゃあ、どうして誰も話してくれないんですかね」逆に言えば、どうしてあなたは話すのだ。突っこみたくなるのを我慢しながら、私は訊ねた。

「こういうのって、ものすごく古臭い話で、俺は馬鹿らしいと思うんですけど……」

「どういうことですか」

「本家と分家。外様と譜代。何でもいいんですけど、本家筋の人間が実権の全てを握っていて、それ以外の人間は、疎《うと》んじられているということです」

「今時そんな話が……」

「あるんだから仕方ないでしょう」新井が唇を歪めた。「分家の人間は使われるだけ使われて、出世はできないとかね。実は、野崎なんか、その一番いい例だったんですよ。あいつの研究は、間違いなくうちの会社の市場価値を高めた。ビートテクには、そういうことに対する論功行賞みたいな制度がありましてね。主に人事面で優遇されるようになるんです。人事で有利になれば、当然給料も上がるわけで……『飛び級人事』なんて言ってますけどね。ものすごく若くて管理職になるとか、ある程度予算を自分で差配できる『特別研究職』の地位を手に入れるとか、メリットがあるんです」

「それで言えば野崎さんは……」

「今頃、社長になっていてもおかしくなかったかもしれない。あいつの業績を考えれば、ね」

「それが、あくまで外様の地位——主任研究員に留《とど》まっていたわけですか」

「そういうことです。どうしてか、分かりますか？」

「さあ……私は企業文化については、素人《しろうと》ですからね」

公務員の世界にも、出世競争もあればそれに伴うやっかみもある。人の手柄を自分のものにしようと、虎視眈々《こしたんたん》と狙っている人間も少なくない。だが基本的に警察は実力主義の世界であり、出自やコネで出世が決まることはまずない。警察官の地位を決める階級は、極めて厳密に試験で選抜されるのだ。もっとも警視以上は試験ではなく実績で決められるから、そこから先は情実の世界とも言えるのだが……ビートテク社のように、何か手柄を立てれば特例で一気に出世できるものではない。二階級特進するためには、殉職するしかないのだ。

「要するに、社長は野崎が怖かったんですよ」

「怖い？」

「社長も技術畑出身ですから、よく分かるんです。営業なんかと違って、明確に数字が出るわけじゃないけど、優秀かどうかは、同じ畑の人間にはすぐ分かるんですよ――優秀か、超優秀かもね」

「社長が優秀なら、野崎さんは超優秀？」

「そういうことです。自分より遥かにできる人間が近くにいれば、怖いでしょう。いつか取って代わられるんじゃないかと思って」

「だけど、野崎さんは社長が恐れるような野心を持っていたんですか？　社長になりたいとか……」

「それが何も分からないから怖いんですよ」新井が真顔でうなずいた。「あいつが本音で何を考えていたかは、誰にも分からないと思う。私にも、もしかしたら家族にも。いつも仕事の話しかしない、自分の研究には絶対の自信を持っている――それは分かりますけど、心の奥底までそんな気持ちで染まっているのかと聞かれたら、どうかな……」

「自分の座を脅かす人間として、社長にとっては微妙な存在だったということですか」

「もちろんそれも、社長の思いこみだったかもしれないけど。あの人は、一言で言えば猜《さい》疑心《ぎしん》の強い人なんです。もっと端的に言えば、気が小さいわけで」

新井が話を締めくくり、紙ナプキンをくしゃくしゃに丸めた。会社内にうごめく疑心と憎悪。どれほど規模が大きくなっても、同族会社とはこういうものかもしれない。もちろん野崎も、日々様々なストレス——会社の人間関係以外で——を溜めこんでいたはずで、それが失踪の動機につながった可能性も否定できない。

「ただね、野崎がそういうことを気にしていたかどうかは分かりませんよ」私が訊ねる前に、機先を制して新井が言った。「もちろん、不満はあったと思います。自分が正当に評価されていない、もっと上の地位についてもおかしくないんだって……でも、そんなことで逃げ出すような男には思えないんだ」

「あなたも、野崎さんのことは分からないと言ったでしょう」

「分かったことにしておきたいんです。分かっていたはずだって……」新井が、丸めた紙ナプキンをきつく握り締めた。「あいつがどう考えていたかは分からないけど、私は、自分では友だちだと思っていましたから。だからこそ、悔しくて仕方ないんですよ。本当の友だちっていうのは、最後の最後、ぎりぎりになって頼ったり頼られたりするものじゃないんですか？　それをあいつは、何も言わないで……」

「それは、辛《つら》いですね」

驚いたように目を見開きながら、新井が首を捻って私の顔を見た。

「どうしました？」

「いや、刑事さんがそんなことを言うなんて、ね」

「意外ですか」

「もっとクールなのかと思っていました」

「この仕事は——失踪人捜しの仕事のことですが」私は両手を固く握り合わせた。捜し出せた人、結局見つからなかった人、事件に巻きこまれていた人、この二年で扱った様々な事件を思い出す。「あなたたちが想像するような警察の仕事とは、ちょっと違うんです。例えば捜査一課は、死体が出てきたところから仕事が始まる」

死体と聞いて、新井の顔が見る間に蒼褪《あおざ》めた。何でそんな縁起の悪いことを言うんだと責めるように、私を睨みつける。それを無視し、彼に説明するというよりも、自分の気持ちをまとめるために話した。

「失踪課の仕事は違います。私たちはいつでも、行方不明者は生きているという前提で動きます。生きているから、待っている人がいるから捜さなくてはいけない、常にそういう気持ちでいますから。その結果、どうしても行方不明になった人のことを深く知るようになります。お分かりかと思いますが、失踪の原因は、必ずその人の人生のどこかにあるんですよ。具体的な出来事かもしれないし、日々の小さな不満の積み重ねかもしれませんが、動機は必ず解き明かせます。それさえ分かれば、行方につながる材料が出てくる」

「もしも亡くなっていると分かったら……」新井の質問が途中で頼りなく消えた。

「その時点で、別の人間が担当することになります」

「そうならないことを祈りますよ」握り合わせた自分の拳を見ながら、新井が言った。

「できたらこの件は、最後まで高城さんに面倒を見てもらいたいですね」

「どうしてですか？」

「最初に会った時に、この人は特別だって分かったんですよ。通り一遍の捜査はしないんじゃないかって。私の勝手な思いこみですかね？」

そんなことはない。だが、何故自分が入れこむのかという理由は話せなかった。こっちにはこっちの事情がある――娘が行方不明になったという事情が。だが、九年間もそのままという状態は、新井のように友の身の上を案ずる人間にとってはショッキングな話だろう。もしかしたら野崎も、と考えてもおかしくはない。

彼にそんな思いを味わわせたくはなかった。


「いると思ってました」

一日の始まりを愛美の皮肉で迎えるのは、何度味わっても嫌な感じである。ちくちくと刺さるような物言いは、私の気持ちをささくれ立たせる。

「昨夜遅かったんだ」

結局新井とはあれからも話しこんでしまい、別れたのは十一時近くだった。新井は、そのまま会社に戻って泊まりこむ、と言った。仕事の区切りもついていないし、これから総武線に乗って自宅のある錦糸町まで戻るのも面倒臭いから、と。家に帰りたがらない人間は自分だけではないのだと妙に安心し、私もそのまま山手線《やまのて》で渋谷に向かった。三鷹から新宿に出て来て、今度は武蔵境まで戻るのが、ひどく無駄な行動に思えたのだ。

「遅くなくても泊まってるでしょう？」愛美は私の言い訳をあっさり跳ね返した。

「よく寝たよ」

話をはぐらかして、私はソファの上で大きく伸びをした。毛布を丸め、ゆっくりと靴を履いて髪を掻きあげる。手触りで、寝癖がかなりひどいことになっているのが分かった。愛美はそんなことは気にしないかもしれないが、このままでは人に会えないだろう。我ながら病人のような足取りだと思いながら、ふらふらとトイレに向かう。鏡を覗くと、髪のあちこちが突き出てひどいことになっていた。たっぷり水を使って撫でつけても、一向に直らない。年を取ってきて、髪にも腰がなくなっているはずだが、寝癖は年々ひどくなる一方だ。手が切れるほど冷たい水で顔を洗い、意識をはっきりさせる。昨夜はすっかり酔いが抜けたつもりだったのに、今朝になって二日酔いを意識していた。頭の芯がじんわりと痛み、喉の乾きとかすかな吐き気を覚える。洗面台に両手をつき、顔と髪から水が滴るのもそのままに、もう一度鏡を覗きこむ。疲れきり、何の楽しみも持っていない中年男が見返してきた。これは本当に俺なのか？　いつの間にこんなに年をとってしまったんだ？

失踪課に戻ると、コーヒーの香りが漂っていて、意識が少しだけしゃっきりした。コーヒーを淹れるのはメンバーの中で最年少の愛美の仕事であり、何もない限りはきちんとこの日課をこなしている。そのコーヒーをカップにたっぷり注ぎ、息を吹きかけてから一口飲んだ。彼女の淹れるコーヒーはどちらかというと薄い方だが、二日酔いの胃にはこちらの方が優しい。醍醐は、粘《ねば》りを感じさせるような濃いコーヒーを淹れるのだが、こんな日にあいつのコーヒーを飲んだら、間違いなく胃痛に襲われるだろう。頭痛薬と一緒に常備している胃薬が減ることになる。

一息つき、自席に戻って両目を閉じた。瞼《まぶた》の上からきつく指で押すと、閃光が走るように白い模様が視界を支配する。しばらく瞬きを続けて、抽象的な世界から現実に戻ると、おもむろに昨夜の出来事を話し始めた。

「創業者一族ですか……」愛美が疑わしげに言った。

「それが野崎失踪のバックグラウンドになっている可能性もある」

「家族に聞いてみるべきですね。この前は聞き損ねましたから」

「今日のメインの仕事はそれだ。一緒に行くか？」

「いいですけど、どっちにしますか？　母親？　奥さん？」

「両方」

無言でうなずき、愛美が自分のコーヒーに口をつけた。犬嫌いなのに、ゴールデンレトリバーのイラストが入ったマグカップ。去年の誕生日に、公子がプレゼントしたものだが、苦手を克服しようとしているのか、カップのイラストぐらいなら問題ないということなのか。

「どっちを先にするか、ですね」

「まず、家に電話をいれよう。奥さんの予定を確認して、それ次第だな」

「そうですね……」愛美がカップの縁に指を走らせた。「でも新井さん、ずいぶん心配しているんですね。他の人とはかなり温度差があるみたい」

「野崎さんが変わった人なのは間違いないからね。人間関係という点では、いろいろ難しいこともあったんだろう」

「ということは、変わり者同士気が合う、ということですか？」

「新井さんはそんなに変わった人には見えないけどな。ちょっとエキセントリックなだけで、野崎さんを本気で心配しているのは間違いない。というより、崇拝している感じだ」

次第に人が集まって来た。例によって最後は醍醐。ぎりぎりの時間に飛びこんできて、いつものように部屋の空気を震わせるような大声で朝の挨拶をする。私は全員を面談室に集めた。昨日からの動きを簡単に報告し、仕事を割り振る。醍醐には会社を担当してもらうことにした。ビートテクの中に入りこみ、野崎の失踪当時の状況や人間関係を割り出す。舞には、昨日の指示とは変わって、醍醐に手を貸すように言った。

「外へ行くんですか？」舞が露骨に不満そうな表情を浮かべた。

「たまには脚を動かせよ」

「寒いんですけど」舞が上半身を両手で抱き、大袈裟に震えてみせる。まるで、素っ裸で雪原に放り出されたとでもいうように。

「今日の最高気温は二十度ぐらいになるそうだ。散歩日和《びより》だよ」私は彼女の不満をあっさり切って捨て、醍醐に目をやった。こちらもげっそりしている。舞と一緒だと考えただけで、やる気を削がれているようだった。

「森田は中で連絡役」

「了解で――」

「それ、私がやりまーす」森田の返事に被せるように、舞が嬉しそうに手を挙げた。

「その方がいいんじゃないですか、高城さん」よりによって醍醐も同調する。

「駄目」私は首を振った。「一度決めたことは覆《くつがえ》さない。相応の理由があるなら別だけど、特にないだろう？」

室内に、湿った沈黙が下りた。いいからさっさと動いてくれ。自分にリーダーシップがないことぐらいは分かっている。それでも舞には、チャンスをやっているつもりだった。自分の足で稼ぎ、頭で考えろ。そうでないと、次第に居場所がなくなる。警視庁には四万人の職員がいるのだ。一人ぐらい欠けたところで、何も変わらない。

「それじゃ、よろしく頼む。連絡は密にしてくれ」

がたがたと椅子が引かれ、今の失踪課の状態を体現するように、全員がのろのろと出て行った。愛美だけが残る。

「無駄ですよ」ぽつりと、ほとんど聞こえないような声で告げる。

「何が」

「六条さんに仕事を振っても、まともにやってくれるわけないじゃないですか」

「あいつにだって、仕事を覚えるチャンスは必要だ」

「どうしてここにいるのか分からないような人に、チャンスをあげる必要はないでしょう」愛美が冷たく言い放った。

「おい――」

「本当に六条さん、何でここにいるんでしょうね」愛美が肩をすくめる。

彼女の疑問はもっともだ。舞の父親は厚労省の高級官僚、母親は製薬会社の創業者一族の出だ。何も彼女が働かなくても、食べていくには困らないはずである。仕事をするにしても、何も警察官にならなくてもいいではないか。

ふと、引っかかった。創業者一族……誰でも名前を知っている舞の母親の会社とビートテクでは業種はまったく違うが、今回の一件が創業者一族の一人に関連しているのは間違いない。もしかしたら、そういうエスタブリッシュメント同士のつながりで、何か情報が取れるのではないだろうか。どちらも明治から続く会社だし……日本に本物のエスタブリッシュメントはいない、とよく言われるが、実際にはそんなことはない。彼らは目立つのを恐れ、表に出てこないだけなのだ。裏では華麗な人脈を築いている。

私は慌てて部屋を飛び出し、舞を呼び戻して新たな指示を与えた。彼女は事情が分からないとでも言いたげに首を傾げたが、とにかく自分の母親と話をしろ、ということだと受け取ったらしい。何となく間違った理解だと思ったが、訂正するのも面倒くさかった。彼女の代わりに森田が醍醐と一緒に出かけていくと、さっそく電話を手に、母親と話し始める。「あ、ママ?」。三十歳を超えた人間とは思えない、甘ったるい話し方に辟易して、私は愛美を急《せ》かしてさっさと失踪課を出た。

今日は大学には行かないという詩織と、家で会った。母親の満佐子は定期検診に行っているという。事故から何十年も経つのに、まだ病院から解放されないのだ。野崎が母親のために何かしてやりたいと強く願ったのも無理はない。

この前満佐子と会った時と同じく、詩織とはリビングルームで面談したが、私は彼女の声がやけによく聞こえるのに気づいた。注意して観察すると、外の音がほとんど入ってこない。近くを山手通りと井の頭通りが走り、家の周囲も人通りが多いのだが、防音がよほどしっかりしているのだろう。そういえば磨《す》りガラスの窓も、半透明になっているだけではなく、相当分厚いようだ。

「野崎さんの家は、ビートテクの創業者一族につながる家系なんですね」事前の打ち合わせ通り、愛美が切り出した。怒っていない限り、彼女の方が柔らかい雰囲気を醸し出せる。

「はい」詩織があっさり認めた。嫌がる様子もない。

「どうして教えてくれなかったんですか」

「関係ないと思ったからです」困ったように、詩織の眉の間隔が狭まった。

「お父さん――野崎さんのお父さんが、あちこちの会社の役員をやっていたのも、そういう理由からだったんですね」

「ええ」愛美の口調が厳しい理由が分からないようで、詩織の戸惑いは広がるばかりのようだった。「だけどそれがどういうことなのか、よく分からないんですけど」

「私たちも分かりません。ただ、知っている情報は全て教えて欲しかったんです」

「隠していたわけじゃないですよ。関係ないことですから、話す必要がないと思っただけで――」

「本当ですか?」詩織の言葉を途中で遮り、愛美がきつい視線を向けた。

「嘘をついてどうするんですか」詩織の唇がわずかに震える。責められている恐怖ではなく、怒りに起因しているようだった。

「どうなるんでしょうね」一転して、愛美が呆《あき》れたような口調で言った。「本当に捜したいなら、少しでも手がかりになりそうなことは話そうとするのが普通じゃないでしょうか」

「私が主人を捜したくないっていうんですか？」詩織が目を見開いた。怒りはますます激しく燃え上がっている。

「そういうわけじゃありません」私は二人の会話に割って入った。「でも、どんなことでも話して欲しかったのは事実です。何が手がかりになるか、分からないんですから」

「そうですか……そうですね」詩織がゆっくりと深呼吸した。胸が上下し、下がっていた口角がゆっくりと元に戻る。「とにかく、お座りになりませんか？」

私たちは促されるまま、ダイニングテーブルについた。六人が楽に食事できそうなガラス製のテーブルに、背もたれが後頭部までくる背の高い椅子。座面は座り心地が良かったが、常に背もたれの感触があるのでどうにも落ち着かなかった。姿勢を矯正《きょうせい》されているような感じになる。

詩織が、私たちの前に座った。細い指を緩く組み合わせ、部屋の中から答えを捜そうとするように、視線をあちこちに彷徨《さまよ》わせる。

「まず、人間関係をはっきりさせたいんです」淡々とした口調で言って、愛美が手帳を広げる。「野崎さんが、本家に対して分家、というような話を聞きました。そんなに大きな一族なんですか？」

「そうです。野崎一族は繁殖力が旺盛《おうせい》なんですよ」詩織が皮肉っぽく笑った。「うち――主人の家はちょっと違いますけど。主人は一人っ子ですし、うちも子どもは一人です」

うなずいて、愛美が手帳にボールペンを走らせる。

「本家が、大日本技術総研の前の社長で、その息子さん二人が持ち株会社の会長と、ビートテクの社長、ですよね」

「そうです。今現在は、その二人がまさに本家です」

「野崎さんご本人は、この家系図のどこに入るんですか？」

「大日本技術総研の先々代の社長……戦前の人ですけど、隆俊《たかとし》さんという人がいました。先代社長は、本妻との間に生まれた人ですけど、先々代は外に女性がいて。そこで生まれた子どもが、うちの主人の父になります」

「野崎姓を名乗っているのはどうしてですか？」

「複雑な事情があるんです。先々代が奥さんを亡くした後、その女性は正式に後妻として迎えられたんです。だから戸籍の上では何の問題もないんですけど、やはり相当の軋轢《あつれき》があったようで……後妻に入った方も、かなり強気な女性だったようなんですね。結婚してから十年後ぐらいに先々代が亡くなったんですけど、それからは実権争いでかなりひどいことになったと聞いています。結局遺言が残っていて、それが決め手になったんですけどね」

「どんな遺言だったんですか？」

「財産の分割と会社の運営について、事細かに指示してあった、と聞いています。会社の経営権は先妻の息子さんたちに譲り渡す、ということでした。その代わり、後妻の方には配当で生活していけるようにと、会社の株が渡りました。ただそれも、経営に干渉できるほどの数ではなかったようですね」

「そういうことが、この家に結びついてくるんですか？」

「まあ、間接的にはそうなるんでしょうね」詩織が苦笑した。「でも、義父は優秀な人でしたから。請われてあちこちの会社の役員に名を連ねて、その報酬だけでも相当なものだったようです」

「大日本技術総研のグループ会社ということですか？」

「他にもありました。大日本技術総研の関連会社の方は、むしろお飾りという感じだったと思います。本家の人たちにすれば、義父が外でお金を稼ぐことについては、何とも思わなかったようですから。要するに、自分たちの仕事に口を出して欲しくなかったんです」

「大金を持てば、大日本技術総研の株を手に入れて、経営に干渉してくるとは考えなかったんでしょうか？」

「それはちょっと考えにくいですね」詩織が首を捻った。

「そういうところで働くことに関して、野崎さんはどう思っていたんでしょうね」私も彼女に合わせるように首を傾げた。「当然、それまでのいきさつはご存じだったんですよね？　骨肉の争いがあったところへ自分が飛びこんでいけば、またトラブルになるとは考えなかったんでしょうか？」

「スカウトされたので……総研の会長さんが、誘ったんです」

「技術者として有望だったから？」

「そうですね。そうだと思います」自分を納得させるように詩織がうなずいた。「主人も、ちょっと困ってましたけど」

「どんな風に？」

「義父から、散々いろいろな話を聞かされていたんですね。それこそ本家は鬼だとか、欲の塊《かたまり》だとか。実際、主人は子どもの頃から、本家の人たちとは直接のつき合いはなかったようです。それが就職する頃になって、いきなりスカウトに来たものですから、相当びっくりしていました」当時の様子を思い出したのか、詩織の表情が少しだけ緩んだ。「でも、給料の提示はよかったし、かなり自由にやらせてもらえることが分かったので、思い切って話に乗ったんですね。義母のため、というのもあったんですけど……本当は、大学に残って研究を進めるつもりだったんですよ。ただ、ビートテクに行った方が、予算の面でもかなり有利に研究ができるようでしたから」

「直接本家とつき合いがなかった野崎さんにしてみれば、あまり気にならなかったということなんですかね」

「義父は徹底的に反対したようですけど」

「ご自分も、関連会社の役員をやっていたのに？」私は目を見開いた。どうにも筋が通らない。

「飼い殺しみたいなものだったそうです」詩織が寂しく笑った。「適当に金は払うから、自分たちの言うことを黙って聞いておけっていう意味だったんでしょうね。義父は、経営者としては大変な才覚を持っていた人だったと聞いています。それが、大日本技術総研の中で存分に力を発揮できなかったので、無念だったんじゃないでしょうか。主人がビートテクに就職したのが気に入らなくて、しばらくは口もきかなかったそうです。いつの間にか、仲直りしてましたけどね」

うなずきながら、私は野崎の失踪と、野崎家の複雑な事情を結びつけようとあれこれ想像してみた。パズルのようなものだが、どうにも上手くいかない。今まで私が捜査してきた事件に絡んでいたのは、ごく普通の人が多かった。もちろん財を成した人もいたし、社会的に高い地位を持っていた人もいたが、野崎家のように、長年に及ぶ複雑な事情を抱えたケースはほとんどなかった。実に戦前まで遡る確執である。仮にこういう家の事情が野崎の失踪に絡んでいるとしたら、一筋縄ではいかないぞ、と私は気持ちを引き締めた。

「そういう複雑な家の事情が、ご主人の失踪に関連しているということはありませんか?」私の気持ちを代弁するように愛美が訊ねた。

「ないと思います」断言ではないが、詩織の口調は自信に満ちていた。「あれば、私にも分かります。夫婦ですから。夫婦の間では、言わなくても分かることはあります」

それは、一般論ではない。事実、誤解やすれ違いが元で不幸に陥《おちい》る夫婦が、どれほどたくさんいることか——離婚経験者の私としては、彼女の意見にはまったく賛同できなかった。

「今、考えてみてどうですか」疑念を押し隠したまま、私は訊ねた。「本当に、一族の問題と失踪には関係がないと思われますか?」

「何かあるとは考えられません」ゆっくりと首を振る詩織の態度は、どうみても突き崩せないほど、自信に満ちあふれていた。

7

野崎家を辞去した途端に、醍醐から電話がかかってきた。電話を耳に押しあてながら、愛美に車のキーを放り、自分は助手席に滑りこむ。愛美はすぐに車を発進させた。

「参りましたね」醍醐はいきなり弱気な愚痴から始めた。「向こうが急に忙しくなって、体よく追い出されたんですよ」

「総務部長も？」

「ええ。ばたばたしているって」

「総務部長がばたばたしているようじゃ、本当に大事だぜ。何が起きたんだ」

「急遽《きゅうきょ》、製品の発表会をやることになったそうです」

私は思わず顔をしかめた。

「そんなことぐらいで、どうして大騒ぎになるんだ」

「急遽だからですよ。ああいうのって、会場を押さえたり、記者を集めたり、いろいろ準備が大変なんでしょう」

「国際福祉機器フェアのことじゃないのか?」違う。あれはまだずいぶん先の話であり、どう考えても「急遽」ではない。

「自社単独の発表会だそうです」

「それにしても、お前を追い出すほどのこととは思えないな」

「オス」醍醐が不満気に相槌を打った。「とにかくそういうことで、今日のところは話になりません」

「分かった……」警察の事情聴取を拒否するほどの忙しさとは。私に言わせれば「たかが新製品の発表」であり、全社挙げてばたつくほどのこととは思えない。しかし、そんな状態の時にごり押ししたら、関係を悪化させるだけだろう。だいたい、何も指示しなくても無理矢理突っこんで行くタイプの醍醐が躊躇《ちゅうちょ》しているほどなのだ、相当の混乱ぶりが想像できる。「今日のところは一度引き上げてくれ。これからたっぷり、日本のエスタブリッシュメントについて講義してやるよ」

「あの、案内状をもらいましたけど、どうしますか?」

「案内状?」

「発表会の」

私はすっと息を呑み、何とか怒りを抑えつけた。醍醐もどこか調子が狂っている。本当は、こんなピント外れのことを言う男ではないのだが。

「とにかく、戻って来てくれ。俺たちもこれから、失踪課に戻る」

「オス」

終話ボタンを強く押し、これまでこらえてきた溜息をつく。愛美がちらりとこちらを見た。

「何だか皆、調子がおかしい」

「高城さんもですか？」

「俺はいつも通りだ」

「ということは、相当おかしいわけですよね」

「煩《うるさ》い」

愛美がぴたりと黙りこんだ。横を見ると、わずかに目を細め、唇を突き出している。いつもの軽い突き合いのつもりだったのだろうが、私の反応は、彼女にすれば少しきつ過ぎたようだ。まったく、こんな風にかりかりしていたら、本当にまともな仕事ができなくなる。私はヘッドレストに頭を預け、静かに目を閉じた。いつもの頭痛と胃のむかつきが、短い休息時間の邪魔をする。

『新製品発表会のお知らせ

日頃、弊社の活動にご理解いただき、ありがとうございます。

さてこの度、弊社では歩行アシストシステムの最新鋭モデル、「ＷＡ４」の開発を終え、発表段階に入りました。つきましては、報道陣の皆様をお招きして、新製品について発表させていただくと同時に、実際に装着していただき、これまでの製品との違いを体感していただきたいと思います。

「ＷＡ４」は現行製品「ＷＡ３」に比べて一段の軽量化を果たし、新素材の採用でさらに装着感も向上、日常の使用における快適性を増しています。この機会に、是非「ＷＡ４」を体感して下さい。』


発表会は明日、場所は新宿のホテルのバンケットルームとなっていた。確かにあまりにも急である。

「ホテルで発表会？」私は失踪課のロッカーに背中を預けたまま、首を捻った。「普通こういう時は、コンベンションセンターを使ったりするんじゃないのか」

「本当に時間がなかったんじゃないですかね。コンベンションセンターだと、相当前から予定が埋まってるはずですよ」醍醐が顎を撫でた。

「まあ……俺たちには直接は関係ない話かな」私は書類を伏せた。この「ご案内」にしてからがかなり手抜きなもので、ワープロソフトで慌てて作ったような一枚紙である。唯一装飾らしいのは、ビートテクのロゴのみ。いかにもやっつけで作った感が強い。

「さっきのエスタブリッシュメントがどうのこうのって話、どういうことですか」醍醐が椅子を反対向きにして座り、背もたれに両手を預けた。極端に背が高いので、そういう姿勢をとっていると自然に背が丸まってしまう。

私は立ったまま、詩織に聴いた話を説明した。途中から醍醐の眉が寄り、ついには両手を振り上げて降参する。

「そんな複雑な話、一回聞いただけじゃ分かりませんよ。だいたい、この失踪に何か関係あるんですか？」

「動機を知るために、役にたつかもしれない」

「そんなこと言っても、ねえ」醍醐が首を捻る。「奥さんが知らないって言ってるんでしょう？　だったら、他の人はますます知らないと思いますよ」

「母親がいる。この件はまだ、ぶつけてないんだ」

「まさかそれ、俺がやるんじゃないですよね」醍醐が不安そうに視線を泳がせた。「どうも、年寄りは苦手で……」

「向こうだって、お前みたいにでかい男は苦手だろう。それは誰かに任せる……六条？」

また携帯を見ていた舞が、のろのろと私に顔を向ける。これだけは注意しないと。失踪課は基本的に開かれたスペースになっており、外との仕切りは低いカウンターしかない。署を訪れた人からは、室内が丸見えなのだ。勤務時間中に携帯をいじっているところを見られたら……古典的な「税金泥棒」の罵声を浴びせられるのは間違いない。

「ビートテクのこと、何か分かったか？」

「ああ、あの、うちの母の従兄弟《いとこ》に会いますか？」

「何だって？」

「野崎さんのこと、よく知ってるみたいですよ」

「何でまた」私はロッカーから背中を引《ひ》き剝《は》がした。まさか、「エスタブリッシュメント同士の関係」が本当に当たるとは思わなかった。

「私はよく知らないんですけど」舞が顎に人差し指を当てた。「何だか、知ってるみたいです」

それでは説明になっていない。しかし私は何とか叱責《しっせき》を口にせず、「すぐ会えるのか？」と訊ねた。

「大丈夫だと思います。もう半分引退していて暇な人ですから」

「じゃあ、連絡を取ってくれ。醍醐、一緒にどうだ？」

「そうですね」目を瞑《つむ》り、一瞬思案する。満佐子に話を聴くのとどちらがましだろう、と考えているに違いない。すぐに目を開くと、にやりと笑って「じゃ、六条ラインで」と言った。

「よし。明神は母親の方を頼む」

「家で会いますか？　午前中は病院だったんですよね」

「ああ。どこで摑まえるかは任せる。森田と一緒に行ってくれ」

「了解です」

愛美がすぐに受話器に手を伸ばす。この中で、現在まともに判断ができて普通に仕事がこなせるのは彼女だけか……片翼を奪われたような失踪課で、唯一頼りになる存在。しかし、彼女にだけ負荷をかけるわけにはいかない。私は、アポを取るために電話をかけ始めた舞の様子をじっと見守った。頼むから少しは役に立ってくれ……いや、もう役に立っているかもしれない。何も仕事をしないのに、彼女には人には真似のできない能力がある。何故か幸運を引き寄せてしまうのだ。

ということは、役に立っていないのは私だけではないか？

「何か、とんでもないところに来ちゃいましたね」

「いいから落ち着け」私は醍醐の左膝を平手で思い切り叩いた。ソファに腰を下ろした途端に、貧乏揺すりを始めたのだ。

確かに人の気持ちを落ち着かなくさせる部屋である。広さは二十畳ほど。足首が埋まりそうなほど毛足の長いカーペットが部屋全体に敷き詰められ、什器類は全て濃い茶色で統一されている。目の前のテーブルを拳で軽く叩いてみたのだが、高い音がするほど目が詰まった硬さだった。本物のマホガニーかもしれない。卓球ができそうな大きさのこのテーブル、壁一面に作られた本棚も全てマホガニーだとすれば、調度類にかけられた金はかなりの額になる。非常勤の相談役にこんな部屋を用意しているということだけ見ても、この会社の規模が分かろうというものだ。

それよりも私を驚かせたのは、部屋の二面を占める、床から天井までの窓だった。ちょうど建物の角に当たる場所なのでこういう作りになっているのだろうが、高所恐怖症の私は、とても近づこうという気にはなれない。しかしすぐ側《そば》には六本木《ろっぽんぎ》ヒルズが見えており、窓に寄りさえしなければ、都心部の絶景を楽しめるはずだ。夜は特に美しいだろう、と感心する。

音もなくドアが開く。「どうも、お待たせして」としゃがれた声のする方に目をやると、小柄な老人が立っていた。少し背は丸まっているが、体にぴったり合った高価そうなグレイの背広に、淡いパープルのネクタイという格好である。すっかり白くなった髪を綺麗に七三に分け、上品な笑みを浮かべていた。住田貴章《すみだたかあき》、住田製薬の前会長にして相談役である。舞の母親の、年上の従兄弟。

醍醐が慌てて立ち上がる。それを見て、住田が面白そうに笑った。

「醍醐君ですね」

「はい？」醍醐の声がひっくり返った。名乗る前から名前を呼ばれて、明らかに戸惑っている。面会を要請する電話を入れてから会うまでの短い時間で自分たちのことを調べ上げたのだろうか、と私は訝《いぶか》った。これだけの規模の会社だと――本社だけで従業員数は六千人を越えるはずだ――トラブル対策として警察ＯＢを雇っている可能性が高い。企業を狙って、不法な手段で金儲けをしようとする人間は跡を絶たないのだ。そういうＯＢを使えば、警察関係の人間を調べるのは難しくない。

「いやあ、久しぶりですね」小柄な体格に似つかわしくないスピードで歩み寄って来ると、何の躊躇《ためら》いもなく醍醐の手をがっちりと握った。体全体を使うように上下に振ると、にこりと笑って二の腕を二度、三度と叩く。年の離れた後輩に接するような態度だった。「筋肉は衰《おとろ》えてないねえ。立派なものだ」

「あの、申し訳ないんですが……」醍醐が恐縮しきった様子でつぶやく。

「いや、これは失礼」笑みをすっと引っこめると、私たちに座るよう促す。自分はさっさと向かいのソファに腰を下ろし、すぐに胸ポケットから煙草を取り出して火を点けた。この部屋は禁煙ではなかったのか……漂い出した煙の香りを嗅いでいるうちに、私も吸いたくなったが我慢する。どうやらこの男は、どういうわけか醍醐を知っているようだ。そのメリットを生かして、話を上手く転がしていきたい。

「醍醐のことをご存じなんですか」私はできるだけ穏やかな笑みを浮かべて訊ねた。

「そうなんですよ。まったく偶然なんですがね……私、一時球団にいたことがあるんです」

そういえば住田製薬はプロ野球のチームを持っており、醍醐は高校卒業後の一年間だけそこに所属していたのだ、と思い出した。それにしても何という偶然だろう。

「あ」醍醐が間抜けな声を出した。「副代表ですか？」

「そうそう。一度だけお会いしました。入団発表の時にね」

「そうでした！」醍醐が慌てて立ち上がり、頭を膝にくっつけるような勢いで一礼した。

「すいません、大変失礼しました」

「まあまあ、頭を上げて」住田が穏やかな声で言った。「もう、十五年ぐらいになりますかねえ」

「十九年です」言いながら、醍醐が慎重に腰を下ろす。「今、三十七ですから」

「そうですか、十九年ですか……」遠い目をして、住田が煙草の煙を吐いた。急に私の顔に焦点を合わせると、「四十代の最後の頃、二年だけ球団に出向していたんです。その時に入ってきたのが彼ですよ。入団会見の時に見て、この子は大物になると思ったんですけどねえ」

「いやいや」醍醐が苦笑しながら首を振った。期待されて入団した醍醐は、結局怪我でプロ生活を一年で諦めている。警察官になったのはその後だ。父親も警察官だったので、彼にすれば「親の仕事を継いだ」という感覚だったのだろう。

「まあ、怪我は付き物の商売だからね。しかし、驚いたよ。警察官になったとは聞いていたが、まさかこんなところで会うとはね。偶然というのは恐ろしい」

「自分も驚きました」醍醐の口調がようやく落ち着いてきた。

「十九年……ずいぶん昔のことだね」

「そうですね」

「あれから私は本社に戻って、本来の仕事をまっとうして……今では、まあ、隠居みたいなものです」住田が皮肉に唇を歪ませた。「こうやって専用の部屋まで貰《もら》っているけど、ここへ来るのは週に一回か二回だし、大した仕事はない。それにしても、不思議な話だ。不思議といえば、麗子《れいこ》の娘が警察にいるのも不思議な話だけどね。私も、その辺の事情はよく知らないんだが……ところで、野崎さんの話だったね」

「そうです」

私は相槌を打った醍醐の肘《ひじ》を軽く突いて合図した。話が上手く流れているので、この場は彼に任せることにする。醍醐が一つ咳払いしてから、話を転がし始めた。

「先代の野崎さんのことです」

「ああ、冬洋《とうよう》さんね」うなずき、住田が灰皿に煙草を置いた。カットグラス製の灰皿はいかにも高級そうだった。

「副代表……相談役とはどういうお知り合いなんですか」

「昔、一緒に仕事をしたことがあってね。とはいっても、もう四十年以上も前のことですよ。私もこの会社に入ったばかりの駆け出しで、工場の方に回されていたんだけど……前《まえ》橋《ばし》にある工場です。そこで使う機械の製作をお願いしたんですよ。当時としてはちょっと特殊な機械で、どうしても特別に作る必要がありましてね。向こうにしても大きな仕事だったし、丸二年、その件にかかりきりになりました。それ以来のつき合いなんですよ」

「そうだったんですか」醍醐が大袈裟にうなずく。

「向こうも創業者一族の出で、何となく話も合ってね。私にとっては父親ぐらいの年齢の人だったんだけど、一緒に呑み歩いたりゴルフに行ったり、おつき合いさせてもらいました。豪快《ごうかい》な人でね」

「本妻の息子さんですよね」

私が口を挟むと、住田がすっと唇を閉じた。話していいのかどうか、戸惑っている様子である。醍醐が一押ししてくれた。

「冬洋さんは、本家の方ですよね」

「ずいぶん古い話を持ち出しますね」苦笑しながら住田が灰皿に手を伸ばす。吸うほど残っていないと気づいて、新しい煙草を手にとった。人差し指と中指で挟んだまま揺らし、醍醐の顔を凝視する。「まあ、その通りですが、何でそんなことを知りたがるのかな？」醍醐が訊ねる。

「分家の野崎健生さんが、五年前から行方不明になっていることはご存じですか？」

「……ああ」いきなり住田の声が低くなった。「そうだったね。それであなたたちが出てきたんだ。でも、五年も前のことを、今さら？」

「我々は何も諦めていません」

住田がぼんやりと相槌を打ったが、私の今の言葉を信用していないのは明らかだった。醍醐がグローブのように大きな手を組み合わせ、ぐっと身を乗り出した。

「野崎さんが、分家の出身でありながらビートテクにいることで、何か不都合はなかったんでしょうか」

「それはどうかなあ」住田が髪を撫でつける。「彼は技術者でしょう？　そういう面倒臭い話には、そもそも興味がなさそうだけど」

「しかし、何か確執のようなものはあるんじゃないですか？　野崎さんの父親も、グループ内では冷遇されていたと聞いています」私は食い下がった。

「ああ」住田が煙草を持ったまま顎を撫でた。「確かに彼は、才能を持て余していた。経営に関しては天才的なセンスを持った男だったから、あちこちの会社の経営に嚙んでいたわけで……ただ、本当にやりたかったのは、総研の舵取《かじと》りをすることですよ。本家筋の人間よりも自分の方が優れていることを見せつけたかったんだろうね。本家筋でも彼の能力が分かっていたから、どうしても傍流に置かざるを得なかった。要は、会社を乗っ取られるのが怖かったんですよ」

「そういう人の息子さんを会社に入れたのは……取りこんだ、ということでしょうか」

「いや、それとこれとは別問題でしょう。才能を持った人間なら、どこの会社でも欲しいんですよ。実際、野崎君——健生君の才能は群を抜いていたらしい。大学の卒論が、アメリカの有名な科学雑誌に取り上げられたそうです。それは大変名誉というか、極めて異例のことらしい。ノーベル賞レベルの研究者が常連の寄稿者、というような雑誌なんですよ。そこに、二十歳そこそこの若者がね……大学でも当然、残って研究を続けて欲しかっただろうけど、それを清吾君がかっさらっていったんだ」

「持ち株会社の会長でしたね」醍醐が割りこんだ。

「そうそう。醍醐君、よく予習してきてるね」

醍醐が首を振った。耳の後ろが赤くなっている。咳払いをして気を取り直し、質問を続けた。

「ビートテクの野崎武博社長がリクルートしたんじゃないんですね？」

「入れこんでいたのは、清吾君の方だね。武博君は自分も技術者だから、もっと冷静な目で見ていたようだ。あの頃武博君は、こんなことを言ってたな……若くして開いた花は、散るのも早い」

「早熟の天才は伸びない、ということですか」

「そういうこと。野球選手でもね、甲子園の優勝投手はプロでなかなか活躍できないって言うでしょう？　いや、それは失礼か……とにかく清吾君は、経営者的な視点から、健生君を取りこんでおいた方がいいとプッシュした。一族の人間、しかも分家という難しい立場にいるけど、そんなことよりも腕を買ったんだね。実際、何十年か後にはノーベル賞確実の人材を採った、と私に自慢していたぐらいですよ」

「本当にそうなんですか？」醍醐が疑念を表明した。「ノーベル賞なんて、そんな簡単に取れるものじゃないでしょう」

「あながち大口だったとも言えない」住田がゆっくりと首を振る。「ロボット分野においては、日本は世界をリードしている。その中で、特に介護分野の最先端にいるのがビートテクです。画期的な発明をすれば、世界的に評価されるのは間違いない」

この男は、私が予想していたよりもよく、ビートテク社内——というより野崎家の様子を知っている。舞には能力もやる気もないが、運だけは人一倍あるのだな、と改めて思った。話が途切れた瞬間を狙って質問をぶつける。

「野崎さんが失踪されたことは、ご存じなんですよね」

「ええ」それまで立て板に水で喋っていた住田の口が急に重くなる。ようやく煙草を唇で挟むと、フィルターを押し潰すようにきつく引き結んだ。

「何か、原因は思い当たりませんか」

「さあ、どうかな」煙草に火を点け――百円ライターだったので、彼に対する好感度は上がった――ゆっくりと腕組みをする。目を細め、過去に集中している様子だった。

「野崎家の確執が背景にあるんじゃないですか」

「私も、そういうことがあるかもしれないと心配はしていたんですよ。でも、どうかなあ。健生君は典型的な技術者で、自分の出世なんかにはまったく興味がなかったらしいから。嬉々として一日二十時間でも研究室に籠っているタイプだったようですね。うちの会社でも、開発スタッフにはその手のタイプが多いけど……そういう人材に支えられて、会社は成り立っているんです」

「なるほど……じゃあ、野崎さんは、会社に対して何の不満も抱いていなかったんですね？」

「それは断言できません。私は、健生君とは直接面識はなかったから。でも、漏れ伝わってきた話を聞いた限りでは、あなたたちが想像しているようなことはなかったと思う。それに健生君は、会社に十分貢献していたんだから、会社もそれなりの対価を支払って接していたはずだよ」

「特別ボーナスとか？」

「そういうことは、ない方がおかしいでしょう。まあ、清吾君と武博君では、多少温度差があったと思うけど」

「どういうことですか」私は膝を摑んで身を乗り出した。ソファの座面が低いので、どうしてもそういう格好になってしまう。

「清吾君は、自分でリクルートしてきた立場。しかし武博君からすれば、厄介な人間を兄から押しつけられたことになります。でも、大変な成果を上げていたのは間違いないわけで……何だか複雑な気分になるのは分かるでしょう？」

「それが、野崎さんに対する憎しみに変わったとか？」

「まさか」住田が声を上げて笑った。あまりにも勢いがよすぎて、咳《せ》きこんでしまう。目尻に溜まった涙を指先で拭いながら続けた。「それは、何だか古い小説の筋書きみたいじゃないですか。いくらあの一家に昔いろいろあったからって、それが原因で互いに憎しみ合うとは思えない。考え過ぎでしょう」

「そうですか」隠している様子ではない。無理に突っこむことはあるまいと判断したが、気になることができた。

　野崎本人が会社をどう思っていたかは、本人でないと分からない。だが、会社側が野崎をどう思っていたかは、知ることができるのではないか。

ビートテクの社長と総研の会長。野崎家の本家筋である二人の経営者に会おう、と私は心に決めた。


何となく予感がして、私は夜になっても失踪課にだらだらと残っていた。課員たちが残したメモを整理し、夕刊を読み、あれこれと考える。九時過ぎ、そろそろ酒の味が恋しくなってきた頃に携帯電話が鳴った。予想通り、新井だった。

「かかってくると思いましたよ」

「どういうことですか」電話の向こうで新井が疑わしげに言った。

「いや、何となくです。今夜も二人で侘しい食事でもどうですか」

「まだ会社なんです。今夜はちょっと出られないですね」

「ああ……お忙しそうですね。急に発表会をやることになったとか」

「何で知ってるんですか」疑わしげに新井が訊ねる。

「それぐらいは分かります。警察ですから、情報は広く集めているんですよ」

「そうですか……それで、どうですか？　何か新しい情報は入りましたか」

「昨日のあなたの情報をきっかけにして、いろいろ調べてみました」彼には話しても問題ないだろうと判断し、野崎家の複雑な事情を説明する。彼は今のところ、ビートテク社内で唯一の情報源なのだ。大事にしておくに越したことはない。

「どうですか？　もしかしたら野崎さんは、社長に対して何らかの悪感情を抱いていたかもしれないと思うんですが……それがきっかけで、会社を飛び出すことになったとか」

「それは分からないですね」新井があっさりと言った。「野崎は、自分の出自についてはほとんど喋らなかったから。そういうことを面白がって訊ねる人間がいたにもかかわらず、ですよ。社長の親戚ってことになるわけだから、からかったり、羨ましがったりしてね。でも、そういう話には一切乗ってこなかった。他のことなら、自分から悪乗りするタイプなのに」

「あなたにも話さなかったんですか？」

「プライベートな問題は避けてましたね」

　それで友人と言えるのか。会社の同僚は仕事でつながっているだけであり、私的な事情で通じ合っていない限り、友人とは言えないのではないか。つい、皮肉をぶつけたくなる。

「私的なつき合いがないのに、友人と言えるんですかね」

「それは、本人の意識の問題でしょう」急に新井の声が刺々《とげとげ》しくなる。触れて欲しくない話題を私が持ち出した、と非難するような調子だった。「人づき合いに関しては、当人たち以外には分からない部分も多いでしょう」

「まあ、そうですね」この問題であまり突っこんでも仕方ないと思い、私は言葉を切った。煙草のパッケージを鼻の下にあてがい、香ばしい香りを嗅ぐ。「ところで、発表会はずいぶん急にやることになったようですけど、何かあったんですか？　こういうのって、普通は年間スケジュールで決まっているものじゃないんですか」

「それは、まあ……この業界にはこの業界でいろいろあるんです」

「よく分かりませんが」

「外の人に話すようなことじゃないんです」

「だいたいホテルのバンケットルームなんて、急に借りられるものなんですか」微妙に質問を変えた。

「あそこは、普段からつき合いがあるホテルですから、多少の無理は聞いてもらえるんでしょう。それに今は、ホテルも景気が悪いですからね。少しでも使ってもらえる方がありがたいんじゃないですか」

「渡りに船、ですか」

「そういうことですね。急なんで、ずいぶん割り増し料金を払うみたいだけど」

「それにしても唐突だ」発表の内容からすると、どう考えても焦るような話ではない。WA4は、単にこれまでの製品をブラッシュアップした、バージョン違いのように思える。画期的な新製品、というわけではあるまい。「もしかしたら、どこかに出し抜かれそうになっているとか？」

電話の向こうで、新井が一瞬沈黙した。やがて、細い溜息の後に言葉を押し出す。

「参ったな。何か摑んでるんですか？」

「摑んでませんよ。当てずっぽうです」一部で有名な「高城の勘」と呼ばれるものが発動したか。本当はこんなどうでもいい問題ではなく、野崎の行方に関して勘が働いてくれないと困るのだが。「ライバル社が同じような製品を発表することになって、それで急遽、御社も発表せざるを得なくなったとか？　こういうことは、先に手を挙げた方が勝ち、というのもありますよね」

「まあね……でも、私が言ったことは秘密にして下さいよ」

「ええ。私の仕事とは直接関係ないですから」新聞記者なら、小躍りしながら新井を口説きにかかっているところだろう。マスコミ的には特ダネではないか。

「うちと同じように介護ロボットを開発している『ハイダ』という会社がありましてね。かなり先を行く歩行アシストシステムを仕上げて、間もなく発表だという情報が入ってきたんです。凄い商品を出された後に、ＷＡ３のバージョンアップ、マイナーチェンジに過ぎないＷＡ４を出しても、誰も注目しないでしょう」

「先手争いということですか」

「ええ。でも、本当に内密にお願いします……もう、てんてこ舞いなんですよ。今夜は徹夜ですね」

「この段階で、技術陣がそこまで忙しくなるようなことがあるんですか？」

「発表会では、デモンストレーションをやるんですよ。社外の人——記者さんたちにも装着実験をしてもらいます。絶対にきちんと動かなくてはならないし、トラブルがあったらまずいでしょう。その最終調整を、ぎりぎりまで続けるんです」

「しかしこれも、野崎さんの遺産みたいなものですよね」

「遺産……そうかもしれません。ハイダ辺りに遅れをとるようじゃ駄目なんですけど、俺たちは今、野崎が残した技術で何とか食いつないでいるようなものだから。悔しいですけど、あいつには今でも絶対に敵いません」

「私がこんなことを言っても無駄かもしれませんけど、あまり無理しないで下さいね」

「分かってるんですけど、どうしても自分に鞭《むち》を打たなくちゃいけない時もあるんです。何だか、びくびくしてますけどね」

「ハイダの製品に負けるんじゃないかと？」

「高城さんも、言いにくいことをはっきり言う人ですね」新井が愚痴をこぼした。「誰だってそうでしょう？　ライバル社が新製品を出してくる前は、ビビリますよ」

「私にはちょっと分からない世界ですね」

「そうでしょうね……警察にはライバルはいないから」

敢えてライバルといえば、犯罪者かもしれない。だが私たち失踪課の人間は、誰かと競って人捜しをしているわけではない。

「ご指摘の通りですね。私たちは、競うんじゃなくて、誰かのためにと思って仕事をしてますから。例えばあなた」

「俺？」

「行方不明になった人を心配している家族や友人のためですよ。それは、ライバルに負けたくないというモチベーションと同じぐらい、強いんじゃないかな」

「高城さんのことは信じてます」新井が柔らかい声で言った。「だって、短い時間で相当調べ上げてくれたじゃないですか」

「いや、まだまだです。野崎さんに直接つながる情報が出てこないんだから」

「高城さんなら、きっと見つけ出してくれますよ。敢えて言いますけどね、俺はあいつが生きていると信じています。どこにいるかは分からないけど、俺たちの仕事ぶりを見て『俺がいないと駄目だな』と馬鹿にしているような感じがしてね……もしも本当にそう考えているなら、会ってぶん殴《なぐ》ってやりたい。俺たちだってちゃんとやってると、言ってやりたいんですよ」

8

「偉い人」と会うのは、何度経験しても慣れないものだ。刑事は「捜査」を錦《にしき》の御旗にして誰にでも会えるのだが、だからといってこちらの緊張感が解《ほぐ》れるわけでもない。昨日の住田に続く会社トップ——ビートテク社長、野崎武博との面会。住田と会った時には彼の部屋で数分待たされたが、今回、私と愛美は社長が待ち構えている部屋へ入って行くことになった。こちらの方がまだ気が楽だ、と自分に言い聞かせる。待っている間に、人は余計なことを考えてしまう。

住田製薬の顧問室は、いかにも東証一部上場の歴史ある企業の雰囲気だったが、ビートテクの社長室は最新技術を扱う会社らしい、モダンな作りだった。硬質な木の床、スチールとガラスを使ったデスクや会議用テーブル。棚の類《たぐい》は一切見当たらないが、壁に継ぎ目のような縦線があるのに私は気づいた。扉。普段使わないものは目に見える場所に置く必要はない、という設計思想なのだろう。

そういうシンプル極まりない部屋の中で、デスクの上だけが異常な雰囲気を醸し出している。同じサイズのコンピューター用ディスプレイが三つ、扇形に置かれているのだ。社長がデスクについていても、部屋に入って来た人からは姿が見えないだろう。まるで部屋の中に、小さな秘密基地があるようなものだ。あるいはここでデイトレーディングをしているような。

しかし野崎社長はそこに隠れてはおらず、会議用テーブルについて私たちを待ち受けていた。すっと立ち上がり、軽く目礼をする。五十九歳。痩《や》せて背の高い男で、ネクタイはしていなかった。前腕の半分ほどまでシャツを腕まくりし、直径が手首の幅ほどもある腕時計を見せつけている。髪は耳を覆うほどの長さで、後ろはシャツの襟にかかっていた。若い頃に長髪が流行《はや》っていた世代なのだ、と気づく。

「野崎です」

「お時間を割いていただいて、ありがとうございます」

私も軽く一礼して、部屋の中を見回した。野崎がすかさず、「お座り下さい」と促す。

彼の向かいに座ると、この部屋に対して薄《うっす》らと感じていた違和感の正体が分かった。ドアの反対側の壁が床から天井まで全面ガラスのはめ殺しになっており、まるで一面だけ、外に向かって開けているような感じなのだ。

「今回は、いろいろご面倒をおかけして」野崎が頭を下げる。

「こちらこそ、五年前にはきちんと捜査が行われていなかったようで、申し訳ありません。

これは再捜査ということになります」顔も知らない先輩たちに、心の中で中指を立ててやりながら告げた。

「専門家がやってくれるなら、心強い限りですよ」

ここまで、野崎社長は非常に礼儀正しい態度を崩していない。しかし、彼が本音を言っているとはどうしても思えなかった——それこそ私の勘に過ぎないのだが。

「総務部長から報告は受けています。どうなんですか？　五年経っても捜し出せるものなんですか」

「それはまだ、何とも言えません。捜査を始めたばかりですから」

「そうですか」

ちらりと腕時計に視線を落とす。この面会を了解させるのに、かなり粘り強い説得が必要だったのを思い出した。何しろ午後にはＷＡ４の発表会があるのだ。

「今日は、五年前の話で確認させていただきたいことがあって、来ました」

「どうぞ。私で分かることだったら協力します」社長がさっと両腕を広げる。ひどく芝居がかった仕草だった。

「行方不明になった野崎さんをこの会社に引っ張ったのは、総研の会長さんですね」

いきなり彼の顔から表情が消えた。触れて欲しくない話題だったのか——私は喋るスピードを落として説明した。

「今まで調べたところでは、野崎さんは家庭的には何も問題がないようでした。仕事も順調だったと聞いています。ただ、野崎さんが創業者一族の人……それも分家の人だという事実が引っかかったんです」

「それは、どうしてですか」真っ直ぐ私の顔を覗きこんできた。

「同族経営の会社の場合、傍流の人はいろいろと大変じゃないんですか？　それこそ人事で割を食ったりとか、変なプレッシャーを受けたりとか」

社長がいきなり、喉を見せて笑う。これ以上はない冗談を聞いたとでもいうように、からっとした明るい笑い声だった。

「いったい何の話ですか」

「ですから、そういう確執のようなものが……」

「刑事さん、それは昭和四十年代の企業小説の世界ですよ」まだ笑いが収まらないようで、肩を小刻みに揺らしている。「今はどの会社でも、そんなことは問題になりません。株主の目が光ってますから、創業者一族といっても、大きな顔なんかできないんです。それに彼——健生がこの会社に入ったのは、うちの家族の一員であることとは、何も関係ないですからね」

「そうですか？」

「彼には、金を積むだけの価値があったということです」自分を納得させるようにうなずく。「優秀な技術者を引っ張ってこられるかどうかは、企業にとっては死活問題ですからね。兄もあちこちに目を配っていたわけです」

「それで野崎さんは、予想通りの働きをしてくれたんですね」

「それだけに、彼がいなくなったのは痛かったですよ……何も、途中ですべてを放り出すようなことをしなくてもいいのに」非難の調子が滲む。

「一つ、お伺いしていいですか」愛美が口を挟んだ。

「どうぞ」

またも芝居がかった仕草で、愛美に向かって両手を差し出す。彼女がかすかに目を細め、嫌悪感を示すのを私は見て取った。ただし、嫌悪の対象となっている人間は、それにまったく気づいていない様子である。嫌みや懸念を跳ね返す、透明な仮面を被っているのかもしれない。

「普通、どんな研究や開発でも、チームで行うものじゃないんですか？　一人の頭の中だけで理論を考えて実現するというのは、今はあり得ないと思いますが……」

「そう、仰《おっしゃ》る通り」社長がいきなり立ち上がり、窓に歩み寄った。くるりと振り返って両手を広げると、その姿がぼんやりとした光に包まれる。後光が射す効果を狙っているようだ。「まさに現代は、チームの時代です。最小限のユニットがいくつもつながり、大きなチームに、さらに最終的には会社組織になる。そして一つ一つのチームでは、完全に情報を共有して作業を進めるんです……普通は、ね」

「野崎さんは違ったんですか？」愛美が続けて質問した。

「当時の彼の所属は、開発一課第三特別プロジェクトチームでした。まさに、歩行アシストシステム開発の、中核中の中核ですよ。彼はそこのリーダーでした。ところが彼には重大な欠点があった。分かりますか？」私、愛美と順番に顔を見る。「重要な情報を自分だけで抱えこんでしまう悪い癖があった。しかし彼が、チームの頭脳であったのは間違いありません。彼のアイディアが、斬新《ざんしん》な発想が、事業の軸になった。他のメンバーは、彼の考えを現実にするための手足に過ぎません。一人だけ、レベルが違うんだから……しかし仮にそうであっても、情報は共有すべきだ。そうしないと、一人に何かあっただけで、たちまち計画は行き詰まってしまう」

ぱたりと手を下ろす。演説おしまい、ということか。ここは拍手すべき場面なのだろうか、と私はぼんやりと考えた。

「野崎さんは、重要なアイディアを誰にも話さないまま、いなくなってしまった。その結果、歩行アシストシステムの開発が滞った、ということですね？」

「それは間違いないです」愛美の確認に、野崎社長が深々とうなずく。

「ライバル社にも先を越されそうになったわけですか」

「はい？」朗々とした声がいきなりひび割れ、目が泳ぎ出した。「何のことですか」

愛美が唇を引き結ぶ。覚悟を決めているようだが、この場で彼女を悪者にする必要はない。私はすぐに話を引き取った。

「WA4の発表会、今日の午後ですよね。ずいぶん急に決まったようですが、ライバル社が同じような製品を発表するのに先んじるためじゃないんですか」

「そんな話を、どこから――」

「それは言えませんが、仮にそうであったとしても、私たちには論評する権利はありません。ただ、事実関係を確認したいだけです」

「言う必要はないでしょう」

「何故ですか？　回り回って、この件は野崎さんの失踪と関係してくるはずですよ」

「そうは思えない」

「それを決めるのはあなたではない。警察です」

「いや、関係なさそうですな」

ふん、と鼻を鳴らし、野崎社長が窓の方を向いた。後ろ手を組み、左右の足に順番に体重をかける。私は立ち上がり、彼の横に立った。高所恐怖症の人間が窓際に立つのは肝試しのようなものだが、ここは六階なのでまだ我慢できる。真下はまさに中庭というか、都心の小公園のようなもので、あちこちにベンチが散り、豊かな緑が木陰を作っている。ベンチに座ったまま背中を丸めてノートパソコンに集中している作業服姿の技術者や、丸いテーブルを囲んで会議をしている社員がいる。休憩スペースというよりは、気分転換しつつ仕事ができる場所、ということなのだろう。

「社長、私は典型的な文系の人間ですから、技術者が物事をどんな風に考えているか、私には分かりません。ただ、能力が高ければ高いほど、プライドも高いだろうということは、想像できます。自分の仕事に絶対の自信を持っていれば、途中で放り出すことなど、あり得ないはずですよね」

「一般的には」

「野崎さんは違うんですか？」

「分家の人間のことはよく分からないな」

私は一歩引き、彼の顔を斜め後ろから眺めた。何なんだ、この差別的な言い方は。「どの会社でもそんなことは問題になりません」と言っていたはずなのに、彼自身が偏見を持っているではないか。

しかし私は敢えて、その矛盾を突かなかった。ここへは喧嘩をしに来たわけではないし、この件に関しては時間はたっぷりある。何しろ五年も前のことなのだ。一日二日遅らせたところで、重大な問題が生じるとは思えない。

デスクの電話が鳴り出す。社長が「失礼」とつぶやくように言って窓から離れ、ディスプレイの背後に引っこんで受話器を取った。

「はい……ああ、何だ？」短い沈黙の後、突然激昂《げっこう》した。「何だと？　それはどういう意味なんだ？　ああ、冗談じゃないぞ！　すぐに報告に来い！」

受話器を叩きつけるように置く。「ふざけるな！」と叫ぶと、また受話器を取り上げた。

そこで初めて私たちの存在に気づいたように、「申し訳ない、急用です」と告げる。

「何かあったんですか」愛美が冷たく固い口調で突っこむ。

「いや、警察の方に関係あるような話ではありません。ちょっと緊急の打ち合わせをしなくてはならないので、今日はお引き取り願えますか」

「これから発表会じゃないんですか」愛美が食い下がった。

「とにかく、お引き取り下さい」必死に苛立ちを覆い隠し、野崎社長が言った。

「明神、失礼しよう」

「だけど――」

「業務の邪魔をするのは本意じゃない。そうですね。社長？」

彼は何も答えず、ぼんやりとした表情でうなずくだけだった。明神を促し、ドアに向かう。開けようとした瞬間、開いて総務部長が飛びこんできた。顔面は真っ青。愛美にぶつかりそうになっても、「失礼」の一言もなかった。私たちの存在など目に入らなかったようで、そのままドアを閉めて社長の許《もと》に駆け寄る。

「待て！」

社長に短く忠告され、総務部長が慌てて振り向く。私は彼に一礼して、ドアを開けた。明神を先に廊下に出し、少し長目に総務部長の顔を見てから後に続く。

ドアをゆっくり閉めてから、「何かあったな」とつぶやいた。愛美が聞きつけ、「どうしてそう思います？」と訊ねる。私は長い廊下を歩き出しながら、スーツの胸ポケットに留めた来客用のバッジを外した。

「社長、何て言ってた？『警察の方に関係あるような話ではありません』だぜ。おかしくないか？何でいきなり警察が出てくるんだ」

「それは、私たちが目の前にいたからじゃないんですか」

「そうかな。別にわざわざ、『警察』を強調するような言い方をしなくてもいいだろう」

「じゃあ、何なんですか」

「何か、事件だろうな」さらりと言ったつもりが、声が少し高くなってしまった。

「放っておいていいんですか」

「誰かが失踪したんじゃない限り。それも、向こうから届出があって初めて、俺たちは動けるんだ」

「そうですけど、さっきの態度、二人とも尋常じゃないですよ」

「分かってる」腕の上でコートを畳み直した。気にならないわけがないが、余計なことに首を突っこんでいては、自分たちの仕事——野崎の捜索が先送りになってしまう。

放っておくつもりだったが、事件は勝手に飛びこんできた。失踪課に戻ってしばらくしてから、捜査一課にいる同期の長野《ながの》から電話がかかってきたのだ。

「お前、ビートテクっていう会社のこと、調べてたか?」

「そこの社員で、五年前に行方不明になった人を捜してるだけだ」

「会社について分かっていることがあったら、全部教えてくれ」

「おい——」

「あの会社、脅迫されたぞ」

私は言葉を失った。会社を出てから、まだ三時間ほどしか経っていない。その間に何があったのだろう。隣の席で、愛美が聞き耳を立てているのが分かった。

「俺は昼前までビートテクにいたんだぜ」

「マジかよ。何か変わったことはなかったか?」

あった。あの電話。私たちはまさしく、会社がトラブルに巻きこまれた瞬間に同席していたようである。私は、その事情を長野に話した。

「何だ、勿体ないことをしたな。仕事できるチャンスだったのに」長野が声を上げて笑った。

「脅迫事件の捜査は、俺たちの仕事じゃないよ」長野がにやにや笑う姿を想像しながら、私は憮然《ぶぜん》とした口調を装った。あの男は、平気で人の仕事にまで首を突っこんでくる。それで敵も多いが、それ以上に上からは頼りにされているのも事実だ。「それより脅迫って、どういうことなんだ」

「今日、新宿のホテルで、何か新製品の発表会があるそうだな」

「ああ、聞いてる」

「それを中止するように、電話で脅迫してきたんだ。会場に爆弾を仕かけた、ということらしい」

「爆弾？　まさか――」

「何がまさかなんだ」私の言葉を遮る長野の声がいきなり尖った。「お前、何を知ってる」

「何も知らないよ」

「まあ、いい……今、会場のホテルに向かってるんだ。爆弾捜しなんだけど、お前、どうする」

「どうするって」

「おいおい、しっかりしてくれよ」長野の声に、ざあっとノイズが混じった。トンネルにでも入ったのかもしれない。「何かおかしいと思わないか？　自分たちが調べていた会社のことだろう。普段のお前だったら、完全に食いついてるはずだぜ。高城の勘はどうしたんだよ」

「特に働かないな」

「とにかく、現場に来い。見ておいて損はないと思うぜ」喋っているうちに、長野の声に苛立ちが混じった。「腰が重いのはお前らしくないぞ」

最後は吐き捨てるように言って、長野は電話を切ってしまった。横を向くと、愛美は既にコートを着こみ、バッグを肩に下げている。

「何してるんですか？　早く行きましょう」

「ああ」

「爆弾って、どういうことなんですか」

声高に訊ねる愛美の声に、醍醐も顔を上げた。ここしばらく、ぼんやりした顔しか見ていなかったのに、引き締まった表情になっている。

「ビートテクの発表会会場に爆弾を仕掛けたという脅迫が入ったそうだ」

醍醐がコートを引っつかみ、長い足をフル回転させて走り出て行く。愛美がすぐその後を追った。

「ほら、高城さん、どうしたの！」

公子の鋭い叱責が飛ぶ。私は慌てて、コートも着ないまま部屋を飛び出してしまった。

都庁に近いホテルの周辺は騒然としていた。街を大火のように染めるパトカーの赤色灯、四方八方で鳴り響く救急車のサイレン。トラックを改装した処理車が、一種異様な光景のアクセントになっていた。窓ガラスに金網を張り巡らせた機動隊のバスもある。ホテルの周辺を、盾を持った機動隊員が固め、歩行者が近づかないように警戒していた。ホテル側は宿泊者の避難誘導を始めたようで、荷物を抱えた人たちが不安気な顔でうろついている。犯人側の狙いが何かは分からないが、ホテルとビートテクに大損害を与えるのは間違いないだろう。走りながら、ちらりと腕時計に目をやる。発表会は午後四時から——今は三時四十五分。気の早い記者はもう、会場に来ているだろう。こんな現場を見たら、絶対に記事にするはずだ。それだけでホテルと会社の評判はがた落ちだ。

バッジをかざしながら、エスカレーターを駆け上がる。足の長い醍醐は二段飛ばし。身軽な愛美はスピードで勝負。最後になった私は、息を切らしながら、一瞬真面目に禁煙を検討し始めた。

三階のバンケットルーム「サファイア」は完全に封鎖されていた。両開きの分厚い扉は閉ざされ、完全武装した機動隊員二人が両脇に立って固めている。他にも制服警官が、エスカレーターやエレベーター、非常階段の前に張りつき、誰も立ち入れないようにしていた。

「失踪課、高城だ！」私は機動隊員にバッジを示した。「一課の長野は？」

「中です」右に立った隊員が緊張した低い声で答えた。シールドの影に隠れた顔は、まだ子どものようである。

「入れてくれ」

「誰も入れないように言われてます」

「俺たちはいいんだ！」私は異様な切迫感に襲われ、ドアに手をかけようとした。素早く動いた隊員が私の腕を摑み、妨害する。醍醐が「何するんだ！」と抗議して、隊員に詰め寄ったが、全面戦争が勃発《ぼっぱつ》する寸前でドアが内側から開いた。長野が目を細めて私を見る。

「そんなところで騒いでるんじゃないよ」

「邪魔されただけだ」私は隊員の手を振り払って一睨みし、長野の脇をすり抜けて会場に入った。

既に発表会の準備は整っていた。折り畳み式の椅子がずらりと会場を埋め、記者たちを迎えられるようになっている。正面には幅二十メートルほどもある演壇がしつらえられ、その上には「ＷＡ４　発表会　ビートテク」の横断幕がかかっていた。椅子の列の中央、前よりの場所にはプロジェクターとパソコンを置いたテーブル。ここで映像を操作し、前方のスクリーンに映し出すのだろう。司会者用の演壇は正面右側にあった。

会場の左側は、パネルと過去の製品の展示場所になっていた。壁一面に、開発の経過を示したパネルが並び、その下にはＷＡ１からＷＡ３までの製品がきちんと陳列されている。下半身の骨格そのままのマシンは、やはり妙にグロテスクだった。肝心のＷＡ４はまだ搬入されていない。

会場内は、数十人の警官で埋め尽くされていた。「捜査一課」の腕章を巻いた刑事、盾を持った機動隊員。その中でも特に重武装なのが、爆発物処理班の隊員だ。濃い緑色の対爆スーツを着た姿は、宇宙飛行士の船外活動をイメージさせる。完全に頭を覆い隠したヘルメットを被っているので目しか見えないが、全員がこれ以上ないほど真剣な表情を浮かべているのは分かる。

「生身の人間がこんなところにいて大丈夫なのか」私は次第に鼓動が高鳴るのを意識しながら訊ねた。

「爆発まで、あと十分ある」長野が腕を突き出して、私の眼前で手首を揺らした。近過ぎて、時間など読めたものではない。

「早く全員外へ出せよ。被害が出てもいいのか」私は額に脂汗《あぶらあせ》が滲むのを感じた。せめて愛美だけでも安全なところへ避難させないと……彼女は一年ほど前、火災によるバックドラフトに巻きこまれ、爆風で怪我をしている。もしかしたらそれが、トラウマになっているかもしれない。

「まだ爆弾が見つかってないんだ」

「そんなもの、こんな短い時間でチェックできるわけないじゃないか！」いつの間にか私は声を張り上げ、両腕を振り回していた。

「落ち着けよ、高城」

「落ち着いてるよ、俺は」

「発見！」

叫び声に、長野が反射的に振り返る。私は無意識のうちに愛美の前に出て両手を広げていた。長野が走り出し、左側の壁、旧製品が展示されている一角に向かう。カーキ色の対爆スーツを着た隊員が、ＷＡ１の足元にしゃがみこんでいる。彼の動きを見る限りでは、どうやら爆弾は腰のバッテリー部分にしこんであったようだ。

「全員、退避！」隊員がしゃがんだまま叫ぶ。くぐもった声だったが、その場にいた全員が、すぐに会場を飛び出していった。ばらばらの動きなのに、どこか整然としたイメージなのは、警察官の習性だろうか。隊員が長野の顔を見上げ、「処理に入ります」と告げた。

「どうなんだ？」長野の声は落ち着いている。

「ちょっと、何とも……」自信がないというわけではなく、戸惑った口調だった。「とにかく、退避願います」

「分かった」

踵《きびす》を返した長野が振り返る。私に向かってうなずきかけ、小走りに脇を通り過ぎる時に、軽く肩を叩いていった。先ほど刺々しくやりあったことをすっかり忘れているようである。

「出るぞ」私は愛美と醍醐に告げ、ドア口に向かった。いつの間にか私たちが最後になっていた。

先ほど私を制止しようとした機動隊員が、急いでドアを閉める。ぷしゅっと空気が抜けるような軽い音がしてドアが完全に閉まった瞬間、私は胸郭を激しく打つ鼓動を強く意識した。爆弾から数メートルのところにいて、平然としていられる人間などいない。対爆スーツの隊員も、ヘルメットの下では冷や汗を流しているだろう。特に日本では、実際に爆弾に対処しなければならない場面などほとんどないのだから、いつまで経っても実戦状態には慣れないはずだ。

「庇ってくれたんですか」複数のバンケットルームを結ぶホールの端に避難した途端、愛美が低い声で訊ねた。

「そうだっけ？」私は反射的にとぼけた。

「……ありがとうございました」

「君は軽いからな。また吹き飛ばされたら洒落にならない……それより醍醐、ああいう時はお前が二人分の盾になるのが常識じゃないのか？　一番体がでかいんだから」

「すいません。固まってました」蒼い顔をした醍醐が頭を下げる。怖いものなしに見えるこの男でさえ、緊張を強いられる状態だったのだ、と悟った。

「お前、これは洒落にならないぞ」近づいて来た長野が深刻な表情で言った。「いったい何事だよ。あの会社、どこかに恨まれるようなことでもしてるのか」

私は、この発表会に関する事情を話した。長野の眉間の皺が次第に深くなっていく。

「要するに、ライバル社を出し抜こうとしたわけだ」私が話し終えると、長野が極めて端的に状況をまとめた。「まさか、ライバル社が妨害したんじゃないだろうな」

「それはあり得ないだろう。死活問題になり得るけど、ここまでするような状況じゃないと思う」

「まあ、そうだろうな……」長野がどこか不満そうに、唇に拳を押しつけた。腹の突き出た、すっかりオヤジ化した体形だが、視線の鋭さは若い頃から変わっていない。むしろ、もっと鋭くなっているかもしれない。長年の刑事としての経験で、悪に対する憎悪も募る一方だろう。

「ところで、そもそも何でお前が出てきてるんだ?」

長野は元々強行犯捜査係の人間である。殺人・傷害事件を専門に捜査する担当で、言ってみれば捜査一課の花形だ。一方、爆発物の処理は、警備部警備第二課の担当で、爆発物対策係もこの課に属している。その後、過激派絡みの犯行だと分かれば——犯行声明が出るので、大抵はすぐに特定される——公安一課が出動するが、過激派とは関係がなく、怪我人が出るなどの状況があれば、ようやく捜査一課の出動になる。長野はその辺のややこしい中間部を飛ばして、さっさと現場に出張ってきた。刑事部の中だけの話なら、根回しなしでも何とかなるのだが、警備部や公安部が相手になるとややこしい。

「係長会議があってさ、その最中に、たまたまこの事件の一報が入ってきたんだ。一課長がいたから、手を上げたのさ」

「これは刑事部の扱う事案じゃないぜ。課長、今頃は公安部か警備部と折衝中だろう。面倒なことをしたな」

「公安部の連中に何ができるよ」長野が鼻で笑った。「俺が最初から現場に来た方が早い。それに狙われたのは一般企業だし、脅迫事件なんだぜ？　公安部の出る幕じゃないよ」

「連続企業爆破を忘れてるぞ」

「古い話を持ち出すな」

確かにあれは、私たちが少年時代の事件である。だが、過激派が一般企業をターゲットにテロを行っていた時代があったのは確かだ。あの頃とは社会状況が変わり、過激派の勢力も当時とは比べ物にならないほど弱体化しているが、二度とないと断言はできない。

ドアの向こうで、「ボン」と低い音がした。その場に立っていた警察官たちが、一斉に伏せる。私は無意識のうちに、愛美の背中に覆い被さっていた。だが、ドアに何の異変もないことが分かると、すぐに彼女から離れて立った。愛美も、何事もなかったかのように立ち上がる。汚れてもいないはずの両手を叩き合わせ、ドアに厳しい視線を注いだ。

「爆発ですかね」

「いや……そういう音じゃなかった」

すぐにドアが開き、爆弾処理に当たっていた隊員が出てきた。全身真っ白――ペンキでも浴びたようである。歩くたびに周辺に白い煙が舞い上がる異様な光景だった。すぐに長野が走り寄る。

「どうした！」

隊員が立ち止まり、全身をぶるぶるぶるると振るった。煙はますます激しく立ち上がり、彼の体がぼやけて見えるほどになる。煙……ではない。粉だ。石灰かチョークの粉末を一杯に浴びた様子である。隊員が対爆スーツを両手で叩き始めた。また粉が舞い上がる。他の隊員も近づいて、粉を落とすのを手伝った。遠巻きにした刑事たちは、一様に掌で口を押さえ、粉が収まるのを待っている。

ようやく、対爆スーツの元の色が見えるようになると、隊員がヘルメットを取った。前腕で口を押さえていた長野が、両手を振るって、自分の周りの粉を追い払う。

「何だよ、これ」

私もそろそろと隊員に近づいた。高価そうな絨毯《じゅうたん》が真っ白になっており、やけに懐かしい臭いがした。これはやはり……チョークを砕いた粉だろうか。

「ふざけた爆弾ですよ」隊員の顔は汗で濡《ぬ》れていた。「少量の火薬に、大量のチョークが詰めてありました。部屋の中、真っ白ですよ」

「解除に失敗したのか」長野が険しい顔で問い詰める。

「それは……」隊員が顔を背け、言葉を濁した。

「時間には余裕があったはずだぞ。爆発まで、五分はあったんだろう？　そんなに難しい爆弾だったのか？」

「すいません」うなだれ、隊員が謝罪の言葉を口にする。しかし一瞬後には立ち直り、一通の封筒を長野に差し出した。

「これは？」

「爆弾に貼《は》りつけてありました。こいつをはがした直後に爆発したんです」

長野がハンカチを使って封筒を受け取った。宛先は書いていない。私が見た限りでは、コンビニで十枚セット百円で売っているような、何の変哲もない封筒だった。長野が床にしゃがみこみ、封筒に直接手を触れないようにしながら中身を引っ張り出した。Ａ４判の紙が出てくる。読んでいるうちに、また長野の眉が寄り始めた。

9

会場は、消火訓練でも行われた後のようになっていた。爆発物にどれだけ大量のチョークが詰められていたかは分からないが、左側の展示スペースと、前方の演壇の左半分が完全に白く染まっている。横断幕の文字も、かなりの部分がかすれてしまった。

この場の責任者ということになるのだろうか、ビートテクの総務部長、日向が右往左往しながら、被害状況を確かめていた。ホテルのバンケットの責任者がぴたりとつき添っている。損害を受けたのはホテル側も同じはずなのに、明らかに日向の方が慰められている様子だった。

二人が被害状況の確認を終えた後、私は長野が事情聴取する横に立って、聞き耳を立てていた。

「──とすると、ホテルさんの損害は大きくないですね」

「取り敢えず、壊れたものはないようです」バンケットの責任者が、顔の前で手を振りながら答える。まだ時折、チョークの粉が舞い上がるのだ。「クリーニングだけで済みそうですね。損害額は、その代金がどれだけになるかによります」

長野が二度、素早くうなずいた。何かが壊れれば器物損壊だが、この状態では威力業務妨害というところか。器物損壊でも威力業務妨害でも最高刑は懲役《ちょうえき》三年だが、罰金額は業務妨害の方が高い。

「ビートテクさんはどうですか」長野が、展示スペースに向けて顎をしゃくった。「あのロボットは、相当壊れてますすよね。貴重品じゃないんですか」

「まあ、展示用ですので……古いものですし」日向の言葉は歯切れが悪い。

「損害額、見積もりはどれぐらいになるんですかね」

「それはちょっと、社の方に戻ってみないと……金額的に出すのは難しいかもしれません」

　私は、ＷＡ１に目をやった。爆対の簡単な調査だと、爆発力は大したことはなく、人体に被害を与えるほどの爆弾とは言えない、ということだった。しかし骨格をイメージさせるＷＡ１のフレームは歪み、左膝を深く曲げているような感じになっていたし、柔らかな素材のコーティングはほぼ剝がれていた。修復できるかどうか、素人目では分からない。

「じゃあ、損害額を算定しておいて下さい。連絡は私までお願いします」長野が手帳を閉じ、二人に名刺を手渡した。

　ドアの方で、ざわついた気配がする。そちらに目をやると、ちょうど野崎社長が到着したところだった。長野が私に目配せをする――援軍の要請だ。これからややこしい話をしなければならない。

　社長の視線が私を捉えたが、すぐに目を逸《そ》らしてしまった。一言言っておかねば気が済まず、大股で彼に近づく。

「社長、さっきの騒ぎは脅迫の件だったんでしょう。どうしてあの時、言ってくれなかったんですか。すぐに教えてもらえれば、三時間早く動き出せました」

「あなたは管轄が違うでしょう」

「警察には横のつながりがあります。通報が早ければ早いほど、初動のタイミングも早くなるんですよ」

「説教ですか」

一瞬、野崎社長が鋭い視線で私を射抜く。だが、体がふらりと揺れたので、迫力はなかった。彼自身、この状況に戸惑いを感じているに違いない。悪戯というには本気過ぎ、嫌がらせにしては手がこんでいる。しかしどちらにせよ、ビートテクにある程度の損害が出るのは間違いないのだ。

「説教、終わります。これからは尋問です」

「尋問？」野崎がぎゅっと目を細める。「どうして私に対して尋問を？」

「あなたは、私に隠していたことがあるんじゃないですか。これからそのことについてお聴きします」

「何のことだか分からないんだが――」

社長の目に浮かんだ戸惑いは本物に思えた。長野がつかつかと歩いてきて、証拠保存用のビニール袋に入った手紙を見せる。Ａ４判の手紙は、保存袋のサイズにぴったり合っていて、ビニール越しでもはっきり字が読み取れた。

「ご覧下さい」長野が割りこんできて、どこか冷ややかな口調で告げた。

「これは――」

「爆弾――爆弾というほど大袈裟な物じゃないですが、そこにくっついていた手紙です。御社を脅迫する内容ですよね？　署名が誰の物か、見えますか」

私は社長の顔の変化を見守った。最初赤く、すぐに白くなる。

「まさか……」

「何がまさか、なんですか」長野が突っこむ。

「こんなことがあるはずがない」社長が断じたが、声はやけに甲高《かんだか》く、上滑りしていた。

署名――野崎健生。しかも直筆だった。

『野崎武博社長
WA4を、重大な不具合があるまま発表しようとしているのは、技術者の良心に鑑《かんが》みて許されないことだ。不具合を正式に公表しない限り、何度でも同じことを繰り返す。
野崎健生』

社長に対する事情聴取は、私が長野と共同で行った。バンケットルームのフロアにある控え室を借り、一対一で対峙《たいじ》する。日向は総務部長として同席を強く申し出たのだが、拒否した。二人が変に話を合わせないよう、別々に事情聴取をしなければならないのだ。そちらは、醍醐と愛美が担当している。

野崎社長は落ち着きなく体を揺らしている。上等そうなグレイの背広の左肩にチョークの粉が付着しているのが、どことなく滑稽《こっけい》だった。肩を上下させて溜息をつくと、私の顔を凝視する。口を開こうとした瞬間、長野が機先を制するように切り出した。

「この署名、野崎さんの物に間違いないですか」

「それは何とも……最近は、直筆の署名を見ることもなくなりましたから」

「部下でしょう？　見覚えはないんですか」

「申し訳ないですが、これだけでは判断しかねます」

「だったら後で、筆跡の照合をします。社内で、野崎さんの直筆の物を捜しますので、よろしくお願いします。この後すぐに、担当者が伺いますから」有無を言わさぬ口調で長野が畳みかける。「野崎さんは、五年前から行方不明でしたよね。それをうちの高城たちが捜していた。どういうことなんですか？」

「それは、我々には何とも言えません」

「本当は彼の無事を知っていて、今までずっと連絡を取り合っていたのでは？」

「生きていたら、すぐに警察に連絡しますよ。捜索願を出しているんですから……」

「彼が脅迫者であっても?」

「いや、それは……」野崎社長の眉がぐっと寄った。

「野崎さんが会社を脅迫するような理由があるんですか?」

「彼は行方不明です」低く断定する声は、自信なさげに揺らいでいる。

「しかし実際、こうやって署名入りの脅迫状が届いているじゃないですか。これをどう説明するんですか」

ぐいぐいと攻めこむ長野に対して野崎社長は押し黙り、ハンカチで額を拭った。濃紺のハンカチに白い粉がついてきたのを見て、不快げに顔を歪める。

「この五年間、野崎さんとの接触はなかったんですか」長野は攻撃の手を緩めなかった。

「ないです」

「この『重大な不具合』というのは何のことですか」長野が、保存袋の上から人差し指で手紙を叩いた。指先は、まさに正確に「重大な不具合」の部分を指している。

「それは……」

野崎の目が宙を泳ぐ。無難な説明を捜しているのだ、と私は気づいた。それにしても、ビートテク社の製品で「不具合」とは何なのだろう。歩行アシストシステムは、自動車とは違う。それほど普及してはいないし、事故を起こしそうな物にも思えなかった。

「歩行アシストシステムに事故はないんですか? 病院や介護施設で、実験的に使っているところもありますよね」

「ないです」先ほどよりもさらにきっぱりした口調での否定。「それはデータでも示せます。どこに聞いてもらっても結構ですよ」

身の潔白を主張する様子は、取り調べ中の容疑者のそれだった。目を細めて険しい表情を作り、「因縁をつけるな」とでも言いたげに私を睨みつけてくる。少し激し過ぎるな、と思った。こんな騒ぎがあってショックを受けているのは分かるが、私たちに対して憎しみを抱く意味が分からない。それほど厳しい質問を浴びせたつもりはないのに。

「実験を行っている病院などの名前、教えてもらえますか」

「後で総務部長から連絡させます」

「とにかく、しばらくはいろいろ調べなくてはなりませんね」長野が保存袋を引き寄せた。

「いつでも連絡が取れるようにしておいて下さい」

「……分かりました。会社の方では、総務部長が応対の責任者になりますから」

長野が立ち上がり、ドアを開けた。野崎社長は、今度は私を無視して部屋を出て行こうとした。

「社長」

声をかけると、既に体半分部屋から出ていた社長が振り返る。

「野崎さんは生きていると思いますか？」

答えず、力なく首を横に振る。私は、事態が新たな局面を迎えたことをはっきりと意識した。

彼を送るために席を立つと、ロビーで騒ぎが起こっているのが分かった。立ち入り禁止にしていたはずなのに、いつの間にか新聞記者やテレビのクルーが入りこみ、野崎社長を取り囲んでいる。

「社長、脅迫があったのは本当なんですか？」

「どういう内容なんですか。教えて下さい！」

「発表会の中止と関係あるんですか」

身動きが取れなくなっている野崎を無視して、私はエスカレーターに向かった。救出は制服組に任せよう。何だったら、まだその辺に残っているかもしれない機動隊員を投入してもいい。

意地悪かもしれないが、私は個人的にどうしても、野崎社長を救い出そうという気にはなれなかった。

ホテルでは、煙草が吸える場所が本当に少なくなってしまった。探し回った末、正面出入り口の脇にしか灰皿がないことが分かった。車の排気ガスが遠慮なく襲いかかってくる場所で、背中を丸めながら煙草を吸っていると、長野が急ぎ足でやって来た。

「煙草の臭いを追っていけば、お前の居場所ぐらいすぐに分かるよ……で、どういうことなんだ？」

「何で分かった？」

「やっぱりここか」

「分からない」正直に答える。

「五年前に行方不明になった人間が、まだ生きてると思うか？」

「生きていてもおかしくはない」彼の言い分に少しだけ気持ちがざわめいた。白い小石が敷き詰められた灰皿に、煙草を押しつける。「年間の失踪者は十万人ぐらいで、そのほとんどはすぐに帰って来るけど、問題は残る人たちだ。こういう人たちは、自分で身を隠して、絶対に表に出てこない。新しい人生を始めるわけだ」

「家族も警察も捜せない、と」

「覚悟があれば、それぐらいのことは簡単なんだ」

人間は生きている限り、必ず痕跡を残す。銀行、クレジットカード、保険、病院、新しい住所……何をするにも名前がなければ難しいし、名前を使えば必ず証拠が残る。しかし、証拠を残さないようにする方法も、いくらでもあるのだ。家を借りる時には誰かの名義を使えばいい。あるいは他人の家に転がりこむか。免許証は更新を諦め、失効させてしまう。常に現金だけを使うようにし、銀行やカード会社とは縁を切る。携帯電話もご法度だ。これだけで、足跡を探すのはぐんと難しくなる。覚悟が必要なのは病気に対してで、保険証も放置したままになれば、医者にもかかれない。だが、そこを割り切り——あるいは諦めれば、過去の人生を完全に吹っ切り、新しい人生を始めるのは難しくない。

よくあるのが、元々暮らしていた街とは遠く離れた場所で、新しい人生のパートナーを探すことだ。公的な書類関係や様々な契約は、全て相手に任せ、現金決済。何か罪を犯したわけではなく、隠れて新しい人生を始めたいだけなのだから、罪悪感はない。

一度、大阪でまさにこれを地で行く案件があった。失踪者は、三年前に東京の自宅を出たきり、行方不明になっていた——まさに三方面分室が扱った事案だった。ところが去年の暮れ、大阪で傷害事件を起こして逮捕された。調べると、愛人の家に転がりこんで、日雇いで肉体労働をする毎日だったという。別の名前を名乗っていたが、周囲の人間は誰も正体に気づかなかった。傷害事件は突発的なもの——呑み屋での喧嘩が原因で、示談が成立して起訴猶予《ゆうよ》になった。それで居場所が分かったので、家族がすぐに大阪へ向かったが、この男は隙《すき》を突いて再び逃げ出してしまい、現在はまたもや行方不明になっている。今度は博多《はかた》辺りへ行ったのか、あるいは札幌《さっぽろ》か……東京へ舞い戻っている可能性もある。家族は再度捜索願を出したが、今のところは私たちも打つ手がない。一度日常からの逃走に成功した人間は、何度も同じことを繰り返すのだろう。私は密かに、この捜索願は無駄になる、と思っていた。どうしても家族と一緒に暮らしたくない理由があるから、無理をしてでも逃げているのだ。それはまさしくプライベートな問題であり、警察でも首を突っこみにくい話である。

「つまり、五年ぐらい誰にも知られずに姿を隠しておくのは、別に難しくないってことか」長野が顎を撫でた。

「可能だな」

「それが今になって、どうして出てきた？　しかも自分の会社を脅迫するっていうのは、どういうことなんだよ。何か、以前からトラブルがあったのか？」

「実際にトラブルだったかどうかは分からないけど、その火種になりそうなことはあったと思う。本家と分家の関係で、緊張があったのは間違いないんだ」

「本家と分家？　何だ、それ」

かいつまんで事情を説明したが、それでも話は複雑過ぎるようだった。話し終えると、長野は苦笑しながら、「後で家系図を描いて送ってくれ」と冗談を言った。しかし、実際にやってみようと決める。問題を整理するためには、それも一つの手だ。

「この件、取り敢えずはうちが引き取る。脅迫事件だから、一課マターだぜ」

今度は私が苦笑する番だった。いつものことで……長野は強引に他人の仕事を奪っていく。手元で事件を転がしていないと、暇で死にそうになる、というのが口癖だった。それにしても今回は、やけに気合が入っている——というか乱暴だった。

「それでお前の方は、引き続き野崎を捜してくれないか？　本人が出てくれば、話は一番早い」

「他のことも手伝うよ。ＷＡ３を試験的に使っていた施設の聞き込みもやってみよう。それより、本当に野崎がこんなことをやったと思ってるのか？」

「それは本人に聴いてみないと」長野が肩をすくめる。

「お前、技術者って人種のこと、どう思う？」

「俺はそういう連中とは縁がないぜ」

「実は俺もなんだ」私も彼に釣られて肩をすくめた。「技術者が何を考えているのか、さっぱり分からない。だから今回の件は、難しいのかもしれないな」

野崎からの脅迫状――この知らせに、詩織も満佐子も動揺した。この五年間、無事を信じていなかったわけではないだろうが、心の中に諦めが浮かばなかったと言えば嘘になるはずだ。それが突然脅迫者として登場したのだから、混乱するのも当然である。
満佐子の方が動揺は激しかった。いきなり両手で顔を覆って泣き出し、嗚咽が長く尾を引く。愛美が車椅子の脇でひざまずき、毛布に包まれた満佐子の足を柔らかく叩いた。ティッシュペーパーを差し出すと、満佐子がくぐもった声で「ありがとう」と礼を言う。愛美が、私には決して見せない慈愛に満ちた表情でうなずいた。

詩織も相当混乱している様子だった。こちらは泣き出しこそしなかったものの、唇を堅く引き結んだまま、ダイニングテーブルに左手を置いた姿勢で固まっている。満佐子からは話が聞けそうになかったので、私は詩織をターゲットにした。

「これは、脅迫状のコピーです」

テーブルの上に置き、そっと詩織の前に押し出す。詩織が引き攣った表情を浮かべたまま、脅迫状を覗きこんだ。

「その署名なんですけど、ご主人の物に間違いないですか？」

「はい、あの……似てますけど……まさか、こんなことをするとは思えません」詩織が顔を上げる。目に涙が一杯溜まっていたが、自制心で何とか抑えられるものなのか、零しはしなかった。

「署名はご主人のものですか？」彼女の「気持ち」を無視し、私は質問を繰り返した。

「似てはいます」

詩織も同じ答えを寄越す。野崎の字は、整然としていた。子どもの頃からペン習字でも習っていたような、個性のないもの。それでも比較する材料があれば、ある程度高い確率で断定できるだろう。

「はっきりさせるために、ご主人が直筆で書いた物があるといいんですが」

「探せば見つかると思います」

詩織がダイニングテーブルを離れようとしたので、私は慌てて引き止めた。

「その前に、もう少しお話を聴かせて下さい。とにかく、座りませんか？　立ったままだと、落ち着いて話はできませんよ」

「落ち着くなんて！」詩織が突然言葉を爆発させた。だが、あくまで一瞬のことで、すぐに感情を覆い隠してしまう。唇を堅く結び、両手を握り締めて、余計なことは言うまいと心に決めたようだった。

「ご主人、やはり会社と上手くいってなかったんじゃないですか？　それが失踪の原因だったとは考えられませんか」

「五年も前のことですよ？　分かるわけがないでしょう」

「しかし実際、こうやって脅迫状が届いているんです。発表会の会場では、爆弾騒ぎもありました。爆弾というほど大袈裟なものではありませんが……洒落や冗談ではないんです」

「主人を犯罪者扱いするんですか」

私は一瞬絶句した。そんなつもりは……いや、結果的にそうなるかもしれない。今の私は、長野の意向を受けて動いているようなものだ。野崎を捜すのが、脅迫事件の犯人を追うのと同じことになってしまっている。

「この件で、野崎さんは今のところ第一の容疑者です」

私が告げると、詩織が息を吞み、口の両脇に深い皺ができる。容疑者……犯罪……自分にはまったく関係ないだろうと思っていた言葉。失踪したことも相当なショックだったはずだが、今のそれは、当時を明らかに上回っているはずだ。テーブルにすっと指を滑らせ、もう一度脅迫状に視線を落とす。しばらくそのまま凝視していたが、結局困惑した表情のまま顔を上げた。

「主人の字に……似ています」

「詩織さん、私にも見せて」満佐子が車椅子を動かして、テーブルに近づいてきた。

「でも、お義母さん……」

「いいから、見せて頂戴」

先ほどまで涙を流していたとは思えないほど、しっかりした強い口調だった。私はコピーを拾い上げ、少し躊躇いながら満佐子に手渡した。満佐子は膝の上に置いた脅迫状を、穴が開くほど見つめる。中身を読んでいるわけではなく、署名の文字そのものを脳裏に焼きつけようとしているようだった。

「健生の字ね」

「お義母さん！」そんな秘密をばらすことはないとでも言うように、詩織が叫んだ。

「私は、あの子の字を子どもの頃から見てるんですよ」満佐子の声は穏やかだった。「間違いなく、あの子の字です。私がペン習字を習わせたんだから……あまりにも字が下手《へた》なので、小学校の五年生からね。昔から落ち着きのない子だったけど、ペン習字の練習をしている時だけは大人しくしてたわ」

「そうですか」

安定した話しぶりに安心しながら、私は相槌を打った。満佐子はどこか満足したように表情を緩め、単なるコピーに過ぎない紙を愛《いと》しそうに指先で撫でる。

「あの子の字が、また見られるなんて……」すっと顔を挙げ、乾いた瞳で私を見た。「刑事さん、息子は生きているんですね？」

「状況的に、そう判断するのが自然なようです」

「そうね……」満佐子が紙を胸に抱いた。「だったら、いいんです。会社とどういうことになっているかは分かりませんけど、無事に生きていてくれれば、必ずまた会えますから」

「一つ、お伺いしていいですか」車椅子に座る満佐子に対し、上から見下ろす格好になってしまっているのに気が引けて、私は椅子を引いて座った。これで視線の高さが同じになる。

「何でしょう」

「息子さんは、会社で何かトラブルに巻きこまれていませんでしたか？　仕事のことではなく、本家と分家の関係で肩身の狭い思いをしていたとか」

満佐子が声を上げて笑った。意外な反応に、私は思わず顎に力を入れ、笑いに引きこまれないように努めた。

「そんな昔のこと……戦前の話じゃないですか。それは確かに、私の主人はいろいろ不満もあったと思います。でも、健生に限っては、そういうことはまったくないですよ。あの子は根っからの技術者なんです。そういう煩《わずら》わしい話には、まったく興味がありませんでしたから。それにビートテクは、息子をスカウトしてくれたんですよ？　まだ二十代前半だったのに、技術者としての可能性を拾い上げてくれたんです。恨むようなことは、考えられませんね」

だがそれは、二十年も前のことだ。長く会社にいるうちに、研究方針を巡って軋轢が生じたり、やはり本家と分家の関係に軋《きし》みが出てきたりするのも不自然ではないだろう。その推理をぶつけてみたが、満佐子は笑って否定した。

「あり得ません。仕事が遅れているとか、同僚が自分のレベルに合わせられなくて困るとかは言ってましたけど、会社そのものに対する不満はなかったはずです」

「同僚、ですか」例えば新井は、どのレベルの技術者なのだろう。野崎が本当に切れるタイプの天才だったら、周りが馬鹿に見えて仕方なかった、ということも考えられる。それがトラブルの原因になっていたとしたら……。

「あなたが何を考えているかは分かります。確かに息子はよく暴言を吐いてましたけど、それは単なる口癖ですから」満佐子が釘を刺した。「そうよね、詩織さん」

「ええ。私たちは、『いつものこと』って聞き流していました。だいたい主人も、本気で言っていたわけじゃないですから。ああいう研究は、今は自分一人ではできないんです。エジソンの時代とは違うんだからって、口癖みたいに言ってました。今の研究には、チームワークが絶対に必要なんだって」

野崎社長も同じようなことを言っていた。しかし野崎の暴言は、本当に単なる口癖だったのだろうか。確かに、口を開けば、悪気もないのに人を批判してしまう人間はいる。だが本当に、周りの人間に不満を抱いていたとしたら……。

「この脅迫状の意味は、何でしょうね」

爆弾といっても、おもちゃのようなものである。チョークの粉をばらまくなど、小学生の悪戯レベルだ。しかし実際に発表会は中止に追いこまれ、ビートテクは損害を受けている。金に換算できない「信用」を失ったのが最も痛いだろう。明日の朝刊で読者は、経済面ではなく社会面で「ビートテク」の名前を見ることになる。単なる被害者なのだが、社会面で会社の名前を見た読者は、「何か悪いことでもしたのだろう」と、ろくに記事を読みもしないで頭にインプットしてしまうものだ。

「それは、私には分かりません」詩織が顔を背けた。

「歩行アシストシステムのトラブルについては聞いていていませんか？」

「仕事のことについては、詳しい話は基本的に分からないんです」詩織が悲しそうな表情を浮かべて首を振った。「それに、五年前だって分からなかったものが、今分かるわけがないでしょう？　私たちは、今はビートテクさんとは何の関係もないんですよ」

重苦しい沈黙が下りる。彼女の話を聞いているうちに、私は違和感を覚え始めていた。ビートテクさんとは何の関係もない……それは野崎本人も同じではないか？　仮に彼が生きて、どこかに隠れていたとしたら、どうやってビートテクの内部事情らしきことを知ったのだろう。誰かとつながっていて、そこから情報が流れていた？　つまりスパイが存在していたわけか……それは考えにくい。

「奥さん、この五年間、野崎さんとは本当にまったく連絡を取れなかったんですか」

愛美がさりげなく念押しすると、詩織が敏感に反応して、険しい表情を浮かべた。

「連絡が取れていたら、こんなに心配することないでしょう」有無を言わさず、頭から押さえつけるような言い方。これまで私が詩織に対して抱いていたイメージ——文学部という象牙《ぞうげ》の塔に閉じ籠った、どこか弱々しい、世間知らずの部分がある女性——が一瞬にして砕け散るほどだった。「五年間、毎日毎日どれだけ心配していたか……あなたたちには分からないんですか！」

「……すみませんでした」愛美が即座に謝って頭を下げる。私は、珍しい彼女の素直さに内心驚いたが、愛美の方では厳しく叱責されたことに、特にショックを受けている様子でもなかった。

「でも、本当によかった」満佐子が両手をきつく組み合わせ、胸に押しつける。「生きていたんですから。どこで何をしていてもいい。もう一度この家に戻って来てくれたら、それでいいんです。捜し出してくれますよね？」

私は「捜します」としか言えなかった。もう一度、今度は少し短い沈黙。どうにもやりにくい。それを破ったのは、またも愛美だった。毅然とした事務的な口調で詩織に依頼する。

「奥さん、何か筆跡の照合に使える物を探していただけますか？」

「ああ、はい」詩織が人差し指の腹で目尻の涙を拭い、席を離れる。衝撃を受けてはいるだろうが、動きに迷いはなかった。

彼女も、細い糸にすがっているのだ、と分かった。五年は長い。行方不明になった家族が生きていると、自信を持って言い切れる人間など、ほとんどいないはずだ。しかし今、わずかな――いや、かなり強い可能性が生まれている。夫が、あるいは息子が犯罪者であろうが、生きていてくれるだけで十分、そう考えてもおかしくはないだろう。罪は犯しても、償えばまた戻れる。戻ってきて欲しい。五年間待ったのだ。たとえ刑務所に入ることになっても、今度はどこにいるか分かっているのだから、事態はずっとまし、ということだろう。

服役することが、むしろ人を安心させることもあるのだと、私は二十年の刑事生活で初めて知った。

10

「さっきは、らしくなかったな」渋谷中央署へ戻る車の中で、私は愛美に言った。

「何がですか?」助手席に座る愛美の手は、しっかりと封筒を握っている。中には詩織が探し出した野崎の直筆——日記代わりにつけていたノートや、アイディアを書き殴っていたメモ帳が入っていた。ちらりと確認したのだが、殴り書きでも字は非常に読みやすく綺麗だった。私も、今からでもペン習字を習えば読みやすい字が書けるのだろうか、とふと考える。

「すぐ謝ったじゃないか。普段はもう少し……粘るだろう」私は慎重に言葉を選んだ。

「反応を見たかっただけです。ああいうことを言って本気で怒るかどうか。本当に何も知らなかったら、怒る方が反応としては自然ですよね」

「なるほど」いつの間にか、人間観察のテクニックもしっかり身につけている。今のところ、失踪課で頼りになるのは彼女だけだ。しかし、その愛美もいつまでここにいるのか……公務員、特に警察官の人生は、異動と同義語である。それも同じ庁舎の中で上から下へと動くだけではなく、本庁と所轄を行ったり来たり——一度別れると、二度と一緒に仕事をしないことも多い。

「明神、今でも捜査一課に行きたいと思ってるか？」

「え？」虚を衝かれたように、愛美が甲高い声で聞き返した。

「いや、そもそも一課に行くはずだったんだし。向こうへ行けるように、何か手は打ってるのか」

「何で今、そんなことを聞くんですか」

「室長面談の時期が近いじゃないか」

真弓は半年に一度、部下とじっくり話し合う機会を持っていた。仕事の様子はどうか、現状に何か不満はないか、今後の異動先としてはどこを希望するか——正式な人事調査というわけではなく、仮に希望を言っても彼女がそのためにどれだけ尽力してくれるかは分からなかったが、だいたい愛美との面談は長くなっていた。もちろん、何が話し合われているか、私は知る由もない。人事は室長—課長ラインの専権事項なのだ。

「そうでしたね」

「一課への異動希望は出してるのか？」

「それは、プライベートなことですから」愛美が肩をすくめて回答を拒絶する。

「そうか」本当はプライベートではなく仕事の問題なのだが、何故か突っこめない。

「面談も今までと同じようにはいかないんじゃないですか？　前回の面談なんか、五分で終わりましたよ。室長が単に、習慣としてやっていただけみたいで」

「ああ、そうだったな」

真弓が巻きこまれた事件の後だ。本人が、自分の行く末に興味を失ってしまっていたとしたら、部下のことになど気を配っている余裕がないのは当たり前である。私の場合、三十秒もかからなかった。

「何か問題点は？」

「特にありません」

「異動希望は」

「今のところありません」

以上。あの一件以来、真弓とは互いの目をまともに見て話していないということもあったが、あれだったらわざわざ時間を割いて会う必要もなかった。

「これからどうするんですか？」

「取り敢えず、この資料を新宿西署へ届ける。長野に渡して、分析を頼むんだ」人が死んだわけではないので特捜本部とはいかないが、事案の重大さに鑑み、準特捜本部態勢として、長野が所轄の新宿西署に乗りこんでいる。あまり緊張感のない所轄の刑事たちを彼が怒鳴り散らし、尻を蹴飛ばしている様が容易に目に浮かんだ。

「私たちが直接科捜研に持ちこんだ方が早いでしょう」

「一応、こうするのが決まりでね」ハンドルを握ったまま、私は肩をすくめた。「脅迫状の一件は、あくまで一課の——長野の扱う事件になるから。何か分かれば、あいつのことだからすぐに情報を流してくれると思うけどね」

「何だか私たち、一課の下働きみたいですね」

「そういうわけじゃない。こういうのは持ちつ持たれつなんだぜ」

「どこかがうちの手伝いをしてくれたことなんて、ありましたっけ？」

愛美の皮肉を聞き流し、私は交通量の多い山手通りでの運転に神経を集中した。彼女の言うことには一理ある。だが、たとえ下働きだけであっても、向こうがこちらを盲腸以下の存在だと馬鹿にしていても、仕事はないよりはあった方がいいのだ。それに今回の件では、ずっと失踪人を捜してきた私たちのノウハウが生きるはずである——そういうわけにもいかないか。捜査に着手したばかりで、何の手がかりも摑めないうちに、この脅迫事件が起きてしまったのだから。

捜査一課とは、ほぼ横一線のまま競うことになるわけだ。向こうは人数も多いし、所轄も当然捜査一課の仕事に加勢するだろう。しかも長野のように、暑苦しいがリーダーシップに優れた人間がいる。結局自分たちが何の役にも立たないまま事件が解決してしまうのを、私は恐れた。

新宿西署で長野に照合用の資料を渡し、軽く打ち合わせを済ませると、午後八時近くになってしまった。今夜はどうするか……野崎を捜すために、直接やれることは少ない。今夜のうちに名簿を整理し直して、明日から当たり直すことにしよう。これまで会った会社の関係者、まだ会えていない人間のリストを作る。そこにAからCまでのランクをつけて……Aは何か知っている可能性のある人間、Bはまったく事情を知らない人間、Cはまだ会えていない人間。しかし、「A」に入れられる人間が一人もいないことに、私はすぐに気づいた。強いて言えば新井──家族以外で本当に野崎を心配している唯一の人間だ。実際彼は、まだ何か情報を握っていそうな気がする。彼に関しては、今夜のうちにもう一度会っておくつもりだった。

「夕飯を奢《おご》るから、ちょっと書類仕事をしてくれないか?」名簿作りを愛美に頼む。

「いいですよ」引き受けながらも、愛美はむっつりしていた。「でも、今のところ役に立ちそうな人はいないですよね」

「分かってる」

「でも、事務仕事でも何でも、私に回ってきたんじゃたまりませんよ。暇そうにしている人はいるのに……」

「文句を言うだけなら誰にでもできるぜ。人の仕事まで引き受けてるんだと思えばいいじゃないか」

「そういう問題じゃないでしょう」愛美が頬を膨らませる。

「でも、できることからやらないと。君の仕事を待ってる人もいるし」

「高城さんでしょう」

「野崎さんの家族」

愛美がふいに真面目な顔になり、私を見た。

「俺たちが頑張れば、その分野崎さんが見つかる可能性が高くなる」

「珍しく管理職っぽい説教ですね……いいです。やらないよりはやった方がいいでしょう。それに奢りなら、食べないよりも食べた方がいいですから」愛美が緊張を解き、少しくだけた笑みを見せた。

「よし。じゃあ、時間がもったいないから、そこのマックにしよう」

新宿西署の隣にはマクドナルドがある。途端に、愛美がうんざりしたような表情に切り替えた。

「夕食にハンバーガーですか……」

「立ち食い蕎麦《そば》よりましだろう」

押し切ってマクドナルドに入り、侘しい夕食にした。このマクドナルドは、オフィス街に近いせいか、繁華街の店とは客層が異なる。背広姿のサラリーマンが目立ち、若者の姿はほとんど見かけなかった。残業前に腹ごしらえをしよう、ということらしい。考えることは皆同じか……脂っぽいハンバーガーをコーラで流しこみながら、私はぼんやりと店内を観察した。こんな場所だから仕事の話もできないし、かといって愛美とは、仕事以外では話すこともない。あらためて、十五歳以上の年齢差を強く感じた。

私には友人が少ない。ある意味、野崎と同じだ。仕事が終わった後にプライベートを語り合えば、会社の中でも真の友だちができる……そんな風に言っていたのは誰だっただろう。

「さっきの署名、本物なんですかね」フライドポテトを摘みながら、愛美がぽつりと訊ねた。具体的な名前は出さない。

「俺には本物に見えた」

「それはそうなんですけど……意味、分からないですね」

「分からない。ただ、気になるな」先に食べ終えた私は、ハンバーガーの袋を丸めた。直接触っていないのに、手が脂っぽい感じがする。「俺たちの仕事には直接関係ないけど、ビート……あの会社に何があったのか」念のために名前をぼかす。

「そうですね。でも、本当にあの手紙の通りだとしたら、問題はありますよね」

「あるけど、社会的にどの程度の問題なのか、分からないな。あの業界のことについて、俺たちはほとんど知らないわけだから」

「その辺のことについて詳しいのは……」

「新井さんかな。今夜、もう一度会ってみるよ」

これぐらいなら、名前を出しても問題ないだろう。私の指摘に、愛美が素早くうなずく。フライドポテトを食べ飽きたのか、パックを奥に押しやって、冷たいお茶をストローで吸いこむ。

「もう一つ、私たちがやるべきことじゃないかもしれないけど、手がかりはないでもないですよ」

「ライバル社に話を聞く？」

愛美が素早くうなずく。その顔に、小さな満足の笑みが浮かんだのを、私は見逃さなかった。今回、ビートテクが発表を急ぐ原因になったハイダ社。ライバル社なら、何らかの形で噂《うわさ》を摑んでいてもおかしくはない。実際、ビートテクもハイダの発表予定を把握していたからこそ、急遽予定を入れたのだ。ライバル社の情報収集は、企業にとって生命線なのだろう。

「そこに当たれるかどうか、ですね……」愛美が固めた拳を顎にあてがい、わずかに首を傾げた。

「やってみるか」

愛美が片目だけを見開く。

「一課とぶつかる可能性、大ですよ」

「ぶつかったら、ごめんなさいって言って引き返せばいい。あいつらにとって、俺たちはゴキブリぐらいの存在でしかないんだから、へらへら笑いながら引いてしまえば、気にもしないよ」

「その感じは分かりますけど、何もゴキブリに喩《たと》えなくても」愛美が鼻に皺を寄せた。

「だったら、ゴキブリと思われないように、成果を残さないと」

「本当にそんなこと、できると思ってるんですか？」

愛美の最大の欠点は、黙っていれば丸く収まる時にでも、本音をぶつけて物事をささくれ立たせてしまうことである。


新宿駅は、あまりにも大き過ぎる。一日の乗降客数三百四十六万人。ほぼ横浜市の人口と同じだけの人数が、一日でこの駅を通り過ぎる。ＪＲのホームが十六。二本の私鉄の始発駅であり、地下鉄も乗り入れる。その気になれば、駅から一歩も出ずに一日を過ごすことも可能だろう。とはいえ、内密に話が出来る場所はほとんどない。結局新井とは、この前と同じコーヒーショップで落ち合うことにした。

彼の到着が遅れている。私はウィスキーの甘い香りに思いを馳せつつ、今夜二杯目のコーヒーをゆっくり飲んでいた。外ではまだ、渦巻くように人が流れており、自分だけが濁流の中で取り残されたゴミのような気分になる。隣は、勤め帰りらしいOLの二人連れ。食べているケーキの甘い香りが、かすかに漂ってきた。吸えないことが分かっていて、煙草をカウンターに置き、パッケージを人差し指で叩く。ぺこぺこという情けない音は、今の私の気分を代弁するようなものだった。

「どうも、遅れまして」新井が息せき切って店に入って来て、私の横に立った。走って来たのか、額には薄らと汗が浮かび、コートの存在が煩わしそうだ。

「一息入れて下さい。何か飲みますか？　買ってきますよ」

「ああ、じゃあ、アイスコーヒーを」

うなずき、私はカウンターでアイスコーヒーを仕入れて戻った。一礼してトレイを受け取ると、新井がミルクとガムシロップを加えて乱暴にコーヒーを掻き回す。大きな四角い氷が、がらがらと耳障りな音を立てた。新井が一気にコーヒーを半分ほど啜ると、ふう、と溜息をついてから堅い笑みを漏らす。

「今日は参りました」

「会社の方、大変ですか？」

「さっきまで足止めを食らってましたよ。我々がいても、何もできないのに」

「WA1、かなり壊れていたように見えましたけど、大丈夫なんですか」

「いや、あれは今はもう使っていないものですから。記録として残しているだけなんです……修復は可能でしょうけど、そんなことはどうでもいいんです」

「じゃあ、本当に大事なことは？」

「野崎が生きているってことですよ」新井の口がすっと横に広がり、目も細くなった。

「まさか、五年経ってね……正直言って、無理じゃないかと思ったこともありました。失踪してから五年経って、生きてるなんて……」

「脅迫状が生存の証拠になるのは、皮肉な話ですよね」

「そうなんですけど、でも、どんな事情があっても、あいつは生きてるんだから」新井が拳をぎゅっと握り締めた。「今日はいろいろあって大変だったけど、よかったです。本当に……」

「今日はどこにいたんですか」そのまま新井が感慨の中に入っていってしまいそうだったので、私は話を変えた。「会場の方に行かれた？」

「ええ、最終的なプレゼンの準備で」

「あなたがやる予定だったんですか？」

「いや、うちは広報部にカリスマと呼ばれるプレゼンテーターがいましてね。スティーブ・ジョブズのアップル復帰以降のプレゼンを全部見て勉強しているぐらいなんです。彼が主役でやることになっていました。後は、私たちが専門的な部分をサポートして説明する予定だったんです」

「あの騒ぎが起きたのは？」時間は分かっている。私と面談していた野崎社長に電話がかかってきた時……あの少し前だろう。重要な問題だから、遅滞なく情報が社長のところまで上がってきたはずで、時間差は五分か十分ぐらいだったのではないか。

「昼近くでしたよ。はっきりした時間は分かりませんけど、昼飯前だったから」

「実はあの時間、社長とお会いしてました」

「そうなんですか？」新井が目を大きく見開いた。

「ええ、無理に時間を作ってもらったんですけど、その最中に脅迫の電話がかかってきたようで……ただ、社長はその時は我々に話してくれなかったんですけどね。おかげで出遅れましたよ」

　苦笑すると、新井が納得したようにうなずいた。半分に減ったコーヒーをまた乱暴に掻き回し、今度は少しだけ飲む。

「社長も、そんな大人物じゃないですからね。結構パニックになったりするみたいですよ」

「そんなこと言って、いいんですか？」

「別に、誰かに聞かれてるわけじゃないでしょう」新井がにやりと笑った。「ここでも盗聴の心配をしなくちゃいけないんですか」

「まさか……それより、脅迫文のことは聞きました？　内容についてですけど」

「ええ、見たわけじゃないけど、中身については聞いてます」新井がコーヒーのグラスをテーブルに置いた。

「どういうことなんですか？　重大な不具合というのは、聞き逃せない話ですよね」

「それが、こっちにも思い当たる節がないんですよ」新井が首を捻った。

「ハイダのせいで焦って発表したから、何か問題が生じたということは？」

「ないです」新井が大袈裟に顔の前で手を振った。「あの脅迫状は本当に、意味が分からないんですよ。野崎も、どういうつもりなんですかね」

「あなたが分からなければ、分かる人なんかいませんよ」

「まあ、そうかもしれませんけど……」

「過去にはどうですか？　以前何か問題があったとして、それを会社として隠してきたとか」

「あなたも、答えにくいことを平気で聞きますね」新井が苦笑した。

「つまり、答えられないようなことが実際にあったんですか？」

「いや、そういう意味じゃないです」新井が力なく首を振る。「普通は、もう少し遠慮して聴くんじゃないですか？」

「これは既に事件ですからね。躊躇している場合じゃないんですよ」

「でも、実害はないでしょう？」

「会社は損害を受けてますよ。会場の使用料、そのまま無駄になったでしょう。評判だってがた落ちだ。お金に換算できないぐらい損害が出たと思いますけどね。ホテルも同じことです」

「そうかもしれませんけど、それは私が心配することじゃない。あの社長が、勝手にあたふたしていればいいんですよ」

「新井さん」私はゆっくりと額を揉んだ。かすかに頭痛を感じる。「もしかして、社長を嫌いなんですか？」

「高城さん、社長に会ったんでしょう？　どう思いました？　あれを無能といわずして何と言いますか。創業者一族ってだけで、でかい顔をされたんじゃたまらないですよね」

新井の激しい物言いに気圧《けお》されながら、私は続けた。

「もしかしたら野崎さんも、あなたと同じように感じていたのかもしれませんね。彼は立場上、そんなことをはっきり言えばまずい事態になる、と理解していたんではないでしょうか」

「そうかもしれない。我々みたいに、血縁関係にない人間がどんな暴言を吐いても、誰も真に受けないですけど、血のつながりのある男が社長の悪口を言えば、言われた方も心穏やかではいられないでしょう。何だか自分の立場が危なくなったように感じるかもしれない」

「野崎さんが本当に生きているとして――」

「生きてます！」

新井が拳をカウンターに叩きつける。コーヒーの入ったグラスが倒れそうになったので、私は慌てて押さえた。隣でケーキを食べていた二人連れが、驚いてこちらを見た。私はせめて愛想良く見えるように笑みを浮かべ、二人に向かって頭を下げて見せた。一つ咳払いをし、体を斜めにして新井に向き直る。

「分かってますよ。でも、正直言って私もまだ信じられない。五年といえば、長い歳月です」

「そうですね」新井が静かに目を閉じた。「五年……いろいろなことがありました。あいつがいなくなったのは、会社にとっても大変な損害で、研究が一時ストップしてしまったのは確かです。そこから巻き直して、ここまで何とかやってきたわけですからねえ。長いようで短い、短いようで長い五年でした」

「もしも野崎さんが戻ってきたら、会社としてはどうするんですか？」

「さあ、どうなるんでしょうねえ」新井の顔に困惑の色が浮かぶ。「それこそ、もしも本当にあいつが今回の件をしかけたとしたら、どうしたらいいんだろう。どうするのが正しいんですかね」

　そのまま後が続かず、野崎が逮捕されれば……今回の犯行では動機面が最大の焦点になるだろうが、怪我人が出ていない状況なので、執行猶予がつく可能性も高い。その場合、会社が許せば野崎本人はビートテクに復帰するつもりはあるのだろうか。それとも、また別の人生を歩む気でいるのだろうか。

「しかし、あいつらしいといえばあいつらしいんですよね」ふっと新井が笑みを零した。

「何がですか？」

「いい大人なのに、悪戯好きのところがありましてね。ちょっと頭頂部が薄い上司のデスクの上、天井にウェブカメラをしかけて全員のパソコンのモニターで確認できるようにしたり、クリックするとその上司の電話が鳴るようなプログラムを作ったり」

「よほど、その上司の人が気にくわなかったんでしょうね」

「確かに、皆に嫌われてましたから」新井が唇を歪める。「野崎にすれば、マッドサイエンティストの本領発揮ってところだったんでしょうね」

「だったら、あんな爆弾もどきの物を作るぐらい、朝飯前ですか」

「どうかな……そうかもしれません」新井の目に怯《おび》えの色が走った。

「本当に彼がやったと思ってますか？　だとしたら動機は？」

「それは、あいつに直接聴いてみないと分かりませんね。そのためにも、高城さんはあいつを捜してくれるんでしょう？」

　しかし、野崎に関する手がかりは摑めなかった。爆発物に関する調査は進んでいたが、指紋など、本人につながるものが見つからない。手紙は解析され、署名の文字は野崎本人の物と九十パーセントの確率で合致する、という結論が出た。野崎の容疑は濃厚になってきたが、新井が指摘したように、動機は野崎本人に聴かなければ分からない。長野とその軍団――軍団という言葉が相応しい猛者が揃っていた――が会社側に厳しい攻撃をしかけてはいたが、「不具合」と判断されるようなトラブルを割り出すことはできなかった。私たちも、ビートテクがＷＡ３を提供していた病院や老人ホームに事情聴取を行ったのだが、事故の事実は摑めなかった。

　ホテルでの爆破騒ぎから三日後の朝、私は久しぶりに真弓に呼ばれた。報告のためにこちらからノックすることはあっても、彼女が私を室長室に呼んだのは、実に久しぶりである。やや緊張しながら、私は室長室に足を踏み入れた。ガラス張りの部屋なので、愛美や醍醐、公子が好奇の視線を投げかけてくるのが分かる。敢えて椅子に座らず、彼女のデスクの前に立って「休め」の姿勢を取った。

「ビートテクから抗議がきてるわ」

「まさか」

「どうしてまさかなの」

「思い当たる節がありません」

「捜査一課が爆破騒ぎについて調べているのはともかく、あなたたちの捜査のやり方が気に食わないみたい。向こうに接触しているの？」

「必要なことですから」

ＷＡ４の問題について調べるために、外での事情聴取を行うと同時にビートテクでも話は聴いた。しかし、抗議とは心外である。

「だいぶねじを巻いて、無理にやっているんじゃないの？」

「そういうつもりはありませんが」

要するにビートテクは、野崎を捜して欲しくないのだろう。損害はあったにしても、行方不明になった元社員があんな事件を起こしたと分かれば、会社のイメージがまたダウンする。実際、ビートテクが警視庁の上層部に泣きつき、野崎の名前が表に出ないように頼みこんできたという話を、私は長野から聞いていた。しかし、こちらに抗議とは……事態はさらに悪化している。

「この件、引いてみたら？　一課からも正式に依頼されたわけじゃないでしょう」

「まあ……非公式ですね。同期のよしみで」

「長野君が張り切るのは分かるけど、彼も明らかに越権行為を犯してるわ」真弓が両手を組み、顎の下にあてがうようにした。しかし見ると、わずかに空間が空いている。手を顎につければ、それで何かが駄目になってしまうとでもいうように、こらえている様子だった。「成り行き上、彼が担当しているけど、本当は彼の係がやるべき捜査じゃない」

「そうかもしれませんが、他の課のことですから。我々には口出しできないでしょう」

「圧力があるのよ」真弓が手を解き、デスクに置いた。背筋をぴんと伸ばす。

「どこから」

真弓が無言で、人差し指を天井に向かって突き上げた。

「石垣課長ですか？　放っておけばいいでしょう。あの人は、何もしないことが仕事だと思ってるんだから」

「そうもいかないわ。私たちは組織の一員なんだから」

「変わりましたね、室長」皮肉をぶつける私の声は、自分でも信じられないぐらい冷たかった。「これはチャンスになるかもしれないんですよ。五年前の失踪事件を掘り返して、ずっと行方不明だった人間を捜し出せば――」

「高城君」真弓の声が、私のそれよりも冷たくなった。「あなたは本当にそう信じてる？野崎さんがまだ生きていると？」

「室長こそ、今回の脅迫をどう判断するんですか？　本人の直筆である可能性は極めて高いんです」

「そこが分からないところだけど……」真弓が右手を広げ、人差し指と中指をこめかみに、親指を顎に当てた。首をわずかに傾げ、この話の矛盾点を見つけ出そうと必死になっている。「まず、私たちの常識で考えて。一〇二cのケースで、無事に発見された人が何人いるか……統計的に、長引けば長引くほど、無事に戻る可能性は少なくなるのよ」

「一週間で発見されない場合は、永遠に発見されない」意識していないのに、声が低くなっていた。的を射た彼女の指摘は、私の心の弱い、柔らかい部分をピンポイントで突き刺した。

「無駄な仕事になる可能性が高いわ」

「しかし、脅迫事件は実際にあったんです」

「だけどその捜査は、私たちの仕事ではない」

「分かってます」私は脇に垂らした両手を拳に握った。爪が掌に食いこみ、鈍い痛みを脳に送りこむ。

「私たちの仕事は失踪人を捜すこと。データを集めること。無駄な仕事はしない。爆破事件や脅迫事件の捜査は、本筋からは外れてるわよ」

「無駄だから、調査と統計の仕事に戻りますか——本来の失踪課の仕事に」

皮肉をぶつけたが、真弓はまったく動じなかった。私の言葉に同意するように、わずかにうなずく。それを見て私は、頭に血が上るのを意識した。

「俺たちが捜さなかったら、出てこられない人もいるんですよ。自分の意思ではなく、いなくなった人……そういう人を助け出すことこそ、俺たちの仕事じゃないんですか。室長は、それをやめて、書類仕事に戻った方がいいというんですか？　それじゃまるで、石垣課長だ。失点しないことが、自分の役目だと思っている」

「そもそも私にはもう、点数がないから」真弓が肩をすくめた。

「室長……」結局誰でも、自分が可愛いだけか。確かに真弓は、崖っぷちに立たされている。この前の事件でも、上に立つ誰かに強い意志があれば、彼女は更迭《こうてつ》されて、今頃はもっと暇な部署にいたかもしれない。あるいは退職するよう、避けられないルートを作られていたか。結局公式な処分はなく、未だにこの椅子に座っているのだが、毎日首筋に冷たい風を感じているに違いない。

「野崎さんは死んでいると思っているんですか」

「分からないけど、見つけ出せるとは思えない」

「それは……」

吐き出したい言葉があったが、何も言えなかった。言えば、私自身、全てを諦めてしまうことになるから。さっと一礼し、辞去の言葉を口にせずに室長室を出る。愛美と醍醐が視線を向けてきた。醍醐は立ち上がり、「室長は何て――」と訊ねた。

私は首を振って返答を拒否し、そのまま駐車場に向かう。二人の視線が追いすがってきたが、無視するのはさほど難しくなかった。礼儀は、怒りの前では無力だ。

喫煙スペースで一人きりになる。庁舎の壁に背中を預け、曇った空に向けて煙を吹き上げながら、いきなり酒が恋しくなるのを意識する。真弓の言葉は……行方不明者を捜す全ての人に対する侮辱だ。「もう半年経ったんだから戻って来ない」「どこかで死んでいる」と言ったも同然である。論理的に考えれば、彼女の思考方法はまったく正しい——刑事として。統計的に見て、半年経っても見つからない人間が、再び姿を現す可能性は極めて低いのだ。大抵自殺しているか、事件に巻きこまれて死んでいる。

だからといって、それを口にしてはいけない。待っている人がいるのだから。私も同じである。

綾奈が失踪してから、既に九年になる。半年でも難しいのに、九年。

私も最初は、真弓と同じ発想——刑事の見方をしていた。幼い娘がいなくなれば、事件に巻きこまれたと考えるのが自然である。捜しても無駄。これ以上、自分の時間を使ってまで捜索に協力してくれる仲間たちに世話になるわけにはいかない。その発想が、妻には理解できないようだった。親なのか、刑事なのか。私は最後まで刑事であり、妻は親だった。これだけ明白な意識の相違があれば、一緒に暮らしていくことはできない。

だが失踪課に来てから、私は少しだけ変わったと思う。綾奈は今もどこかで生きているのではないか。捜し出せるのではないか。見つかるわけがないと思っていた人を何度も捜し出した結果、かすかな自信のようなものすら芽生えていた。

——だから、諦めちゃ駄目だよ、パパ。

——綾奈。

綾奈は私の斜め向かいの位置で、壁に背中を預け、足首を重ね合わせるようにポーズをとって立っていた。もうすっかり娘らしい姿。十六歳か……太腿が全て露になる短いホットパンツに、足首まで紐《ひも》で編み上げるサンダル、黄緑色のタンクトップという格好だった。私は思わず、煙草を灰皿に投げ捨てた。風は彼女の方に向かって吹いている。綾奈が「ありがと」と短く言って、にっこり笑った。この年代の娘に笑いかけてもらえる父親など、世間にはいないのではないか。私は少しだけ誇らしげな気分になった。

——諦めたら、悲しむ人がいるよ。

——分かってる。

——分かってたら、人の言うことなんか気にしちゃ駄目じゃない。

——おいおい、父親に説教するのか？

綾奈がにっこりと笑った。何年も会っていないのに、間違いなく十六歳の彼女の笑い方だと確信できる。

——だってパパ、たまに考えこんじゃうから。そんなことする前に、やることがあるんじゃない？

——分かってる。だけどな、人間って残酷なものだと思わないか？　たった一言で相手を傷つけることもできる。

——それは分かるけど。パパは傷ついてる暇もないんじゃないの？

困ったように綾奈が首を傾げる。その瞬間、横のドアが開いた。愛美が厳しい、仕事用の表情を浮かべて外へ出て来る。そのまま綾奈の体を突き抜ける形で進むと、綾奈の姿は完全に消散した。私は思わず手を伸ばしたが、愛美の不審気な表情に迎えられただけだった。

「電話がありました」愛美が淡々とした口調で告げる。

「まさか、野崎さんからじゃないだろうな」私は内心の動揺と落ちこみを押し隠すために、煙草に火を点けた。

「そうじゃないんですけど、重要な電話です」

「何だ？」

煙草を口から引き抜き、愛美の顔を凝視する。集中している時の癖で、愛美はまったく目を逸らさず、私の目を見返してきた。

「ビートテクに怪我をさせられた、という人からなんです」

11

私と愛美が向かった介護つき老人ホーム「桜園《さくらえん》」は、小金井《こがねい》公園のすぐ近くにあった。以前電話を突っこんで、WA4について聴いた時は、「特に何もない」という返事を得ている。騙《だま》された、という思いで胸の中が粟立《あわだ》つ。

公園の南側をずっと五日市街道が走っており、道路沿いには玉川上水。歩道がそのまま真っ直ぐな遊歩道になっており、鬱蒼とした木立が一直線に広がっている。

「いいところですね」車を降りると、愛美がぽつりと感想を漏らした。園内の木立は冬枯れで茶色くなっているが、敷地が広いだけに空が高く感じられる。玉川上水の上に広がる雑木林も、春先や秋には自然の香りをたっぷり届けてくれるだろう。

「冬の寒さが我慢できれば。公園の近くって、寒いんだよな」

「そうですか？　うち、羽根木公園のすぐ近くですけど、あまり感じませんよ」

「君はほとんど家にいないからだろう。それで、電話をくれた人だけど、日吉《ひよし》さんだっけ？」

「日吉徳雄《とくお》さんですね」愛美が手帳を見返す。

「ちゃんと話はできそうなのか？」老人特有の回りくどい説明を想像して、私は一抹の不安を覚えていた。

「私が電話で話した限りでは、問題なさそうでした」

「そうか。じゃあ、とにかく会ってみよう」

「桜園」は、玉川上水を挟んで小金井公園と反対側の住宅地にある。外から見た限りでは小さなマンションという感じの三階建ての建物だった。外壁のタイルは様々な色を使っており、ポップな雰囲気を醸し出している。「桜園」の看板自体、薄い青地にピンクの文字、しかも丸文字系のフォントで描かれており、老人ホームというよりは幼稚園をイメージさせるようなものだった。

建物に入ると、中は小さな病院のような作りになっていた。右手奥に受付、左側はロビー。外見に合わせたようなパステルカラーのベンチが並び、腎臓型のテーブルがいくつか置いてある。窓からは柔らかな日が射しこみ、それほど広くないスペースを暖めていた。暖房も十分過ぎるほど効いており、私はコートの下で汗が滲むのを感じた。

愛美が受付に足を運ぼうとした瞬間、私たちは背後から声をかけられた。

「ああ、失踪課の皆さんかな」

振り返ると、鶴のような、という形容詞を奉りたくなるような細い老人が立っていた。

七十歳……八十歳か？　すぐには年齢が読めなかったが、どうやらこの男が、電話をくれた日吉らしい。茶色いツイードのジャケットにグレイのパンツ、足元はよく磨き上げた明るい茶の革靴で、灰色のシャツに濃紺のアスコットタイを合わせている。手にしたステッキは、歩行を助けるものというより、男のアクセサリーという感じだった。洒落者ぶりを見た限り、この施設の世話になるような人間には見えない。

「高城です」

愛美が私の横に並び、「明神です」と名乗った。日吉が目を細め、「ああ、電話に出てくれたお嬢さんはあなたですか」と言った。愛美が「お嬢さん」という言葉に戸惑ったように、苦笑しながら頭を下げる。

「さて、ちょっと散歩につき合ってもらえますか？　ここは人目が多くてね。聞き耳を立ててる人もいるし」

日吉が受付に鋭い視線を飛ばす。それで私は、事情を察した。やはり失踪課への電話は、日吉の一存だったのだろう。

「散歩は、小金井公園ですか？」

「そうだね。あそこはゆっくり歩くのにちょうどいい。毎日行ってますよ」

私は彼にすっと身を寄せ、囁《ささや》くように訊ねた。

「後で面倒なことになりませんか？　ホームの人に知られたらまずい話なんでしょう」

「あんたが心配する必要はない。これは私の問題だ」きっぱりした口調で日吉が言い切る。すぐにすっと表情を緩め、「ま、とにかく行きましょう。今日は暖かい」と柔らかな声で誘った。

公園に行くまでの短い間、日吉の世話を愛美に任せた。日吉にすれば孫娘ほどの年齢のはずで、愛美の相槌を受けながら機嫌よく話している。改めて年齢を確認して驚いたのだが、日吉は八十四歳だった。三年前、妻が膝を痛めて歩行が難しくなり、年寄り二人だけの暮らしに不安を感じてこの施設に入居したのだという。日吉本人は元気なのだが、この年代の男らしく、家事は一切できない。「今さら料理を覚えたくないよ」と豪快に笑いながら、テンポよく歩いて行く。杖はまさに「万が一」のための用心で、少し背中は曲がっているものの、足取りはしっかりしていた。まさに散歩気分で、玉川上水の歴史を愛美に紹介していく。「ここは昭和六十一年に水の流れが復活して、今は桜並木の保存が進んでいる。昔は、ここの桜はすごかったらしいね。一か月ほど経ったら来てみなさい」。愛美は笑顔で愛想よくうなずいていた。

「さて、ここにしようか。日当たりもいいし」

公園に入ると、長く真っ直ぐな道路が奥へ続いている。日吉はゆったりと歩を進め、最後はベンチを見つけて腰かけた。柔らかい陽射しが降り注ぎ、芝生の広場を春の色に染めている。私と愛美は、日吉を挟む格好でベンチに腰を下ろした。

「ビートテク社の件で、お話しいただけることがあるんですよね」愛美が切り出した。

「そう……うちの婆さんがひどい目に遭ったんだ」日吉の口調が、にわかに堅くなった。わずかに広げた両足の間にステッキをつき、両手できつく握り締めると、覚悟を決めたように一層ぴしりと背筋を伸ばした。「半年ぐらい前だったか、あの会社の連中がやって来てな。ロボットみたいなものの実験をしたいから、足の不自由な人に是非協力して欲しい、という話だった。園でも、これは画期的なものだから実験に協力することにした、という説明でね。それでうちの婆さんが手を上げたんだよ。さっきも言ったけど、左膝の関節を痛めていて、歩くのには杖が必要なんだ。若い頃は歩くのが早くて、こっちがついていくのが大変なぐらいだったんだが」

「その現場は、ご覧になったんですよね」と愛美。

「もちろん。女房一人に任せられるわけがないじゃないか」そう言って、両手で絞り上げるようにステッキをきつく握り直す。「奥にリハビリ室があってね。そこで、あの変な機械を下半身につけられて、歩く実験をしたんだ。歩かされる、と言った方がいいんだろうが」

暖かな風が流れ、残り少なくなった日吉の髪をさらりと撫でていく。薄い唇を引き締めて言葉を呑みこもうとしたのか、皺の目立つ喉が上下し、目が厳しく宙を睨む。

「最初はよろよろ動く感じだった。婆さんも『変な感じだ』と笑っとったんだが、そのうち慣れてきて、『楽でいい』と言い出してね。何というか、あれは足を動かすロボットみたいなものなんだろう？」

「そういう風に聞いています」愛美が相槌を打った。中間の説明を相当省いていたが、ここで詳しく話すべきことでもない。

「歩く方向を考えて、ちょっと体を傾ければそっちへ連れて行ってくれる、という感じだったみたいだな。あれは、足さえある人間なら、誰でも使える感じだ。ところがな……しばらくリハビリルームの中を歩き回っているうちに、急にあの機械がおかしくなったんだ」

「どんな具合にですか？」

「走り出したんだよ」

「奥さんが？」

「機械が、だ」日吉がステッキを持ち上げ、地面に突き立てるように下ろす。物分かりが悪いな、とでも言いたげだった。「婆さんが走るところなんか、もう何年も見ていない」

「失礼しました」愛美がさっと頭を下げる。「つまり、機械が暴走したということなんですね」

「あんな風に急に走り出したのを見れば、暴走と言うしかないだろうな。今考えてみると大したスピードじゃないんだが、婆さんは膝の自由が利かないんだ。機械が先に行ってしまって、すぐに横倒しになった。ぞっとしたよ。オートバイに乗ってたら、急に自分の意思に反して走り出したようなものだな。その時右足を折って、しばらく入院したんだよ。傷めていた膝もさらに悪化した。それからずっと、車椅子がないと動けなくなっている」

「お気の毒です」愛美の目に暗い色が射した。

「ああ、まあ、可哀相なことをした」日吉が右手で顔面を擦り、かすかに震える声で続ける。「連中に言わせると、研究所の中での実験から、より普遍的な状況での実験に移る段階だということだったんだ。薬の治験と同じようなものだろう。ラットを使った実験から、実際に人に呑ませる実験に移る段階、ということだな。そのためには、実際に足が不自由な人に装着するのが一番らしい。うちの婆さんは、実験動物に選ばれたんだよ」

なるほど、これは間違いなく「不具合」だ。

「この件、表沙汰《おもてざた》にはなっていないんですか」私は訊ねた。

「そこが問題なんだ」機械仕掛けの人形のようにぎこちない動きで、日吉が私に顔を向ける。「実験は許せる。実験をしないとああいうものは実用化できんだろうし、志は尊いものだ。あれで助かる人もたくさんいるはずだしな。だが、あの会社は事実を隠蔽《いんぺい》しようとした。金を包んできてな」

「いくらだったんですか」私は怒りが腹の底にゆっくりと広がっていくのを意識した。

「治療費、プラス百万」再びステッキを握り締める。「先の短い年寄りのことだ、百万の慰謝料で十分だと思ったんだろう。ふざけたことに、桜園もそれで事を丸く収めてくれ、と言い出した。連中も、会社からいくらか貰ったんだろうな」

あり得ない話ではない。余計なことを言われたり、訴えを起こされるよりはと金を包んでしまうのは、どこの会社でも考えそうなことだ。それで二人が暮らす桜園にプレッシャーをかけ、黙らせる。その辺りを画策したのは、あの落ち着きのない総務部長の日向だろうか、と私は想像した。そして桜園も申し出を受け入れた。だからこそ、こちらが電話を突っこんだ時にも「何もなかった」と淡々と説明したのだろう。内心でどう思っていたかはともかく。

「結局、黙っていたんですね」

「仕方ない。私たちはあそこに世話になっているんだ。金がないわけじゃないが、この年になると今さら引っ越すのも面倒だからな」

「そうでしょうね」

「この前、新宿で爆発騒ぎがあっただろう？」

「ええ」

「新聞にも載ってたし、テレビでもやっていた。ああいうのを見ると、もしかしたら被害を受けたのはうちの婆さんだけじゃないかもしれないと思ったんだ。誰か、あの会社に恨みを抱いている人がいるんじゃないかって。あんなことをするのは許されないが、気持ちは分かる」

「まさか、あなたがやったんじゃないでしょうね」

私の質問に対して一瞬間を置いた後、日吉が体格に似合わぬ豪快な笑い声を炸裂《さくれつ》させた。

「残念ながら、爆弾を作るような知識はないよ。あの老人ホームの部屋で、こそこそ爆弾を作っていたとしたら、単なるお笑いじゃないか」

「誰かに作らせた、ということも考えられます」私はなおも食い下がった。この老人がやったとは思えないが、いくらかでも可能性があるなら潰しておきたい。

「まあ、警察の人なら疑うのは当然かもしれないが、改めて否定しておきましょう。私ではありません」日吉の頬がかすかに痙攣した。若い頃は相当癇癪《かんしゃく》持ちだっただろう、と想像できる。

「どうして私たちに言う気になったんですか？　この件は、捜査一課が調べています。管轄が違うんですよ」素人は警察内のことは分からないはずだと思いながら訊ねる。

「あんたたち、桜園に電話をかけてきただろう。あの後、職員連中に呼ばれてな。余計なことは言うなと釘を刺された。それで、さすがにかちんときたんだよ」

「そうですか」

「納得したかね？」日吉が笑い、顔が皺の中に埋もれた。会ってから初めて見る笑いだったかもしれない。

「よく分かりました。しかし、気をつけて下さい。桜園側は警戒すると思います。あなたに不利益なことがあったら……」

「なに、何とかするさ」日吉の笑みがさらに大きくなる。「今考えると、もっと早く言っておけばよかったと思う。もしかしたら、他にも被害を受けている人がいるかもしれないじゃないか」

日吉の指摘に、私は背筋に冷たいものが這《は》い上《あ》がるのを感じた。

日吉と別れた後、失踪課の公子の席に電話を入れる。

「今日、室長を昼食に誘い出してくれませんか」

「あら」公子の声に戸惑いが入る。「最近ご一緒してないけど、乗ってくるかしら」

「そこは公子さんの魅力で、何とかお願いします」

「何企《たくら》んでるの？」

「秘密の会合。全員が集まっているところを、室長には見られたくないんです……朝方、釘を刺されましたから」

「そういうこと」公子が笑った。「了解。もしも断られたら、何かバックアップの方法を考えておくわ」

「お願いします」

会話を終え、音を立てて電話を畳む。ハンドルを握る愛美が、ちらりとこちらを見た。

「そういえば朝、室長と何を話してたんですか」

「余計なことをするなってさ」

「それって、石垣課長の口癖と同じじゃないですか」愛美の口調に憤りが混じる。

「そうだな……室長は臆病になってるんだよ。あれだけのことがあれば、慎重にならざるを得ないのは分かるけどな。何かでかい事件を解決して、一発逆転しようっていう気持ちにはならないんだろう」

「警察の仕事はギャンブルじゃありませんよ」呆れたように愛美が言った。

「分かってるけど、大人しくしてるだけじゃ、人生つまらない」

「それだけじゃないでしょう」

「何が」

愛美が黙りこむ。不快な沈黙が車内を覆い、私はすぐそれに耐え切れなくなって口を開いた。

「何が言いたいんだ？」

「五年前の失踪……本当に捜し出せると思ってますか？　高城さん、この件に娘さんのことを重ね合わせてますよね」

唇の端で笑いながら、私はヘッドレストに後頭部をつけた。親の意識か、刑事の意識か

――失踪して九年も経つ娘が、まだどこかで生きていると信じていいのか。愛美の言う通り、私はいつの間にか野崎の事件と綾奈の一件を重ねて考えている。もしも野崎が無事に発見されれば、綾奈が見つかる可能性も高まるのではないか、と。

あり得ない。二つの事件は決して同じものではないのだ。関連性も一切ない。しかし私は、野崎の事件を一つの象徴として考えていた。失踪課に来て二年、未だに古い事件に本気で取り組むことをしてこなかったが故に、何か可能性があるのでは、と考えてしまう。

「君はどう思う？」

「コメント、差し控えます」

ちらりと横を見ると、愛美は額に皺を寄せ、辛そうな顔をしていた。彼女の気持ちは読めている。本当は、「死んでるに決まってるじゃないですか」としか答えようがないのだ。だがそれを口にするのは人として憚られる、ということだろう。

「室長が何を言おうが、今回の件、俺はやる」

「いいんですか？　室長はともかく、失敗したら石垣課長が何か言ってくる可能性もありますよ。言ってくるぐらいならいいけど……」愛美が拳を顎に押し当てる。石垣が以前から唱えている「失踪課統合論」を心配しているのだろう。分室が三つもあるのは非効率だから、一緒にしてしまえ、ということだ。課長という立場で手柄を立てるには、大幅なリストラぐらいしか方法がない。しかしそれは、現場にいる私たちには大混乱をもたらす。

「課長を気にしてたら、仕事なんかしてられないよ。それに現段階では、まだ何か言われたわけじゃないんだから」

「……高城さん、野崎さんが生きてると信じてるんですね?」

「署名の筆跡は、九十パーセントの確率で野崎さんのものと一致する。どんなトリックを使ったらそんなことができるんだ?」

「筆跡を真似る手もあります」

「最新の鑑定技術を誤魔化すのは大変だぜ。筆跡を真似るにはかなりの数の手本が必要だから、野崎さんのすぐ近くにいる人間じゃないと無理だ」

「だったら、家族か会社の人が――」

「そういう人たちが、会社の発表会をあんな形で邪魔すると思うか?」私は彼女の話を断ち切った。「もしかしたら俺たちが知らない事情があるかもしれないけど、リスクが大き過ぎる」

「じゃあ、やっぱり本人なんですか?」

「俺はそっちの可能性に賭ける」

信号が青に変わり、愛美がぐんとアクセルを踏みこんだ。景色が流れ出し、小金井公園が後ろに遠ざかる。

公子は私のデスクにメモを残していた。「十三時戻り。延長が必要な場合はメールを」

真弓を上手く連れ出すことに成功したようだ。私は面談室で全員に状況を説明し、捜査を続行する、と宣言した。

「六条、君の家のつながりで、もう少し野崎家の状況が分からないだろうか」

「ええー、無理ですよ」頬を膨らませ、毛先を人差し指でくるくるいじりながら舞が否定した。「だって私、あの家のこと、全然知りませんよ」

隣に座る愛美が身を強張《こわば》らせるのが分かった。面と向かって口にすることはないが、彼女が舞を嫌っているのは分かっている。自分と正反対の存在だと思っているのだろう。理解もできないし絶対に好きになれない。私は慌てて醍醐に話を振った。

「醍醐、桜園の運営会社に行ってくれないか。ビートテクの実験を受け入れたのは、会社と会社のつき合いだと思う。金も動いているかもしれない」

「分かりました。しかし、許せんですよね」醍醐が右手の拳を左手に叩きつけた。尋常ではない、甲高い音がする。「人体実験で人を怪我させるなんて、あり得ないでしょう」

「人体実験じゃなくて、薬の治験みたいなものだ。怪我した人も、基本的には納得してやってることなんだから。人聞きの悪いこと、言うなよ……とにかく、桜園の運営会社に突っこんで、ビートテクとの間でどんな話があったか、確認。明神と一緒に回ってくれ」

「オス」醍醐が早くも立ち上がった。

「六条、ビートテクの方を調べられないとしたら、小金井の桜園をもう一度当たってくれ。さっきは、怪我した日吉さんの奥さんに話を聞けなかったんだ。体調が悪くて寝ているらしい。上手く忍びこんで、桜園の方にばれないようにやってくれ。森田と一緒だ」

「はーい」つまらなそうに溜息をついて舞が席を立つ。慌てて森田も続いた。舞が森田に、「ご飯、どうしようか」と呑気に聞いているのが耳に入った。やる気がなかったのは、貴重な昼食の時間を邪魔されたと思ったからかもしれない。

「それで高城さんは？」一人残った愛美が訊ねる。

「俺は、今のところ唯一の、ビートテクのネタ元に当たる」

「新井さん」

「ああ。それと、ハイダと何とかパイプを作ろうと思う。さあ、動いてくれ」

うなずいて、愛美が部屋を出て行く。一人になった私は、腕組みをしたまま外に目をやった。壁がガラス張りなので明るい光が射しこむが、外は駐車場なので、目に入るのは素っ気無い光景だけである。交通課の連中が、パトカーの脇にしゃがみこんで、何か調べていた。隅にある喫煙所で煙草を吸っている人間が二人。穏やかな春の陽射しが室内に入りこむ中、私は新井以外の情報源を探さなければならないだろう、と考えていた。

新井は私に隠し事をしていた。

重要なトラブル——実験中に一般人が怪我を負う事故は、会社のダメージとしては決定的だ。しかもビートテクは、この一件を隠匿し続けている。トラブル対策としては最悪だ。何でも可視化、透明化が言われている今、「ばれなければいい」という昔ながらのやり方は、完全に時代遅れになっている。万が一表沙汰になった時の衝撃度が理解できていないわけではあるまいが……だとすると、新井がこの件を胸にしまいこんでいた理由も分かる。彼も会社に対してはいろいろ不満があるだろうが、それでも自分に給料を払ってくれているのはビートテクだ。自分の身を危険に晒《さら》す内部告発のような真似はしたくなかったのだろう。もちろん、会社員ではなく人間としての良心に従えば、会社の犯した犯罪を警察に告げるべきなのだが、無理強いはできない。もしかしたら、この実験の責任者が新井だった可能性もある。

しかし、警察としてはそんなことを言っている場合ではない。ネタ元としての新井を失うことになろうとも、この件は追及しておかなければならないのだ。事故が会社の中でどの程度知られていたか、他にも事故を起こしていないか、それが分かれば脅迫者を絞りこめるかもしれない。

私は、どこかにじっと姿を隠し、ビートテクの様子をずっと観察し続ける野崎の姿を想像した。彼は何を考えているのだろう。ビートテクに対して今、どんな思いでいるのだろう。俺がいれば、人に怪我を負わせるような失敗はしなかった、と胸の中で舌打ちでもしているのだろうか。会社のヘマに腹立ち、脅迫という形で告発しようとした……違う。それだったら、脅迫状にもっと詳しく状況を記していたはずだし、あんなことをしないでマスコミに情報提供した方がよほど騒ぎは大きくなる。ああいうやり方では、ただビートテクと警察が振り回されるだけではないか。日吉が電話してくれなければ、未だに「重大な不具合」が何なのか、知らぬままだったかもしれない。

立ち上がろうとした瞬間、携帯が鳴った。長野。嫌な予感を覚えながらも、私は反射的に電話に出てしまった。あいつも、いつまでも調子に乗って勝手に動いていると、しっぺ返しを食らうはずだが……長野の場合、そもそもそんなことは気にしないかもしれない。叱責されても、自分が挙げた犯人の数を指折り数えながら、「他の人間がサボっている時にこれだけ事件を解決してきた」と即座に反論するのではないか。組織のあり方としては横紙破りだが、面と向かって長野を難詰できる人間はいないはずだ。それにあの男には、私と同じ、光村《みつむら》という守護神がついている。もっとも、「使えるものは使う」と常に公言しているあの男のことだ、光村さえ、自分の駒の一つ程度にしか思っていないかもしれないが。

「どうした」同期同士、挨拶抜きで始まるやり取り。

「ハイダの幹部に会うぞ」

「上手く摑まったのか?」クソ……先を越された悔しさが湧き上がる。

「何とかな。お前も一緒に会いに行くか? あの会社には、いろいろ聴くことがあるだろう」

「こっちでもやろうと思ってたんだ。手が早いな」

「そりゃそうだ……で、お前、どうかしたのか？」

「何が」見透かされていると思いながら私は訊ねた。

「元気がない」

　失踪課内の事情を話し終えると、長野が鼻で笑った。それがどうした、人生はそんなに複雑じゃないんだと、訳の分からない慰めを口にする。

「お前、好き勝手にやってて、今まで困ったことはないか？」私は溜息を漏らした。

「ないよ」あっさりと言い切る。

「信じられないな。余計なことをするなって上に言われた時はどうしてるんだ」

「さっさと頭を下げればいいんだよ」

　私は言い淀《よど》んだ。この男の考えが、どうにも理解できない。謝って手を引けば、上の人間はそれ以上文句を言わないかもしれない。だが、それまで手がけてきた捜査はどうなるのだ。中途半端な状態で宙に浮く形になる家族や友人は、かえって苦しむことにならないのか。

　刑事の考え方は、百人いれば百通りだ。しかし彼のように開き直れる性格は、これだけつき合いが長いにもかかわらず、私には理解できない部分がある。もちろん基本的にはいい男で、嫌いになるのは難しいのだが、どこか危うさを感じているのは事実である。

「とにかく、これから会いに行くんだ」長野は、この話題を長引かせるつもりはないようだった。「本社は目白なんだけど、来られるよな？」

「ああ」いつも以上に強引な物言いに苦笑しながら、私は彼の誘いに応じた。どうも彼は、今回の件に入れこみ過ぎている。自ら事情聴取に赴《おもむ》くなど……部下に任せておけばいいのに。

「あのな、室長が今度文句を言ってきたら『ごめんなさい』だからな。それで手を引けばいいんだよ。後は知らん振りをしてろ」

残念だが、私は彼のように、それで忘れることはできない。二度目の警告にどうやって対処するか……それはその時だ。目の前に手がかりがある今は、とにかく走らなければならない。

部下も連れずに一人でやって来た長野は、目白の駅前で手持ち無沙汰にぶらぶらしていた。私たちが「歩哨《ほしょう》」と呼ぶ動き——後ろ手を組み、狭い空間を行ったり来たりする——を繰り返している。駅舎の前は広々とした広場になっており、改札を出て右側にホテルがあるぐらいで、山手線の駅前にしては見晴らしがいい。目の前を目白通りが走っているせいもあった。

「飯にしようぜ」長野がいきなり切り出した。

「時間は大丈夫なのか」私は手首を突き出して時計を見た。既に一時を回っている。

「飯を食うぐらいの時間的余裕は計算してある。ただし、そこの立ち食い蕎麦な。イカ天丼が美味いんだ」

「食べるなら、もう少しまともなものにしろよ」

「立ち食い蕎麦を馬鹿にする人間は、東京では生きていけないぜ。都会人の貴重な栄養補給所なんだから」声を上げて笑い、長野が左のほうに歩いて行った。駅舎の脇を下る坂道を少しだけ下りると、ビルの一階に入った立ち食い蕎麦屋が姿を現す。まだ新しい、清潔な店だった。長野はイカ天丼——イカの天ぷらが丼《どんぶり》から大きくはみ出していた——とかけ蕎麦、私は天ぷら蕎麦にした。手っ取り早く腹を満たすのにこれほど適した店はないが、食べる度に寂しくなる。

五分で食べ終わり、私たちは学習院大学の方に向かって歩き出した。道すがら、長野が突然捜査に関係のない噂話を始める。

「室長の評判、刑事部内では最悪なんだ」

「分かるよ」

「自分の娘を事件解決のために利用して、何年もしてからそのしっぺ返しを受けたんだからな。あざ笑ってる奴もいるよ。実質的に離婚してるのを隠していたのも悪い……まだ離婚してないのか」

「そうらしい」真弓に直接聴いたわけではなく、公子からの情報だった。警察官が離婚すると、出世に響くというのが通説である。昇任に影響しないように、居心地の悪い、あるいは修羅場になった家庭に我慢するというのもとんでもない話だが、真弓としては思い切って生活を変えるという冒険をするつもりはないようだった。別居して、実質的に離婚しているにもかかわらず、書類上は未だに夫婦。あの一件があってもなお、彼女は夫婦の形式にこだわっていた。あるいはそれは、細い一本の糸なのかもしれない。家族を再生するための糸ではなく、警察組織の階段を落ちないようにするための保険としての、だ。

こうなってしまっては、ほとんど無駄としか思えないが。

「室長も、いい加減肩の荷を降ろせばいいのにな。どこにいても仕事はできる」長野が首を捻った。

「そういうわけにもいかないだろう。年も年だし、仕事は選びたいはずだ」

「それを言えば、俺たちもそんなに年は変わらないんだぜ。それなのに相変わらず、喜んで地べたを這いずり回っているじゃないか」

「俺もお前も、それしかできないからさ」

「分かってるって」

長野が私の肩を後ろから叩いた。身長はほぼ同じなのだが、体重が重い分、彼のパンチには威力がある。私は少しよろけ、追い越して先を歩き始めた長野の背中を追いかけ始めた。

長野は、枯れた街路樹が綺麗に並ぶ目白通りを、学習院大学沿いに歩いてゆく。相変わらずスピードは速い。昔はこうやって二人でよく街を歩き続けたものだ。容疑者を尾行し、あるいは張り込みの現場に急行するために。時には、凶器を持った犯人が立て籠っている現場に急ぐ時もあった。交番での制服勤務の時代、所轄の刑事課に引き上げられた時代、そして捜査一課。二人の足取りは、かなり長い間、同じ歩調を刻んでいた。それがすっかり変わるきっかけになったのが、九年前の綾奈の失踪である。あれ以来、私は刑事の仕事からも人生からも半分下りた。長野はその間、相変わらず自分の好きなように仕事をし、手柄を立ててきた。

もう二度と、一緒に仕事をすることもないだろうと思っていたのに、二年前、私が失踪課に異動してきてからは、歩く道が度々交差するようになっている。それがいいことなのか悪いことなのか……今のところ、まだ結論は出せなかった。

警視庁の目白合同庁舎を通り過ぎると、長野は明治通りに出る直前で左折した。すぐに、小さなマンションや戸建ての住宅が並ぶ住宅街になる。その中で、真新しい十階建てのハイダ本社は、周囲を睥睨《へいげい》するような威容を誇っていた。

「ハイダはどういう会社なんだ？」長野がビルを見上げながら訊ねる。

「ビートテクの同業者」

「それは分かってる」長野はビルの正面出入り口前で立ち止まった。社名を刻んだ大理石が、どことなく古めかしい印象を与える。「創業、一九一八年——大正七年か」

「歴史から言えば、ビートテクの方が少し古いんだ」

「ハイダも元々は、産業用機械を専門に作ってる会社だった。昭和四十年代からオートメーション化が進んで、その後はコンピュータ制御の時代を迎えた。そして医療用、介護用ロボットの開発に乗り出す、と」

「何だ、知ってるじゃないか」

「お前が下調べしてきたかどうか、確かめたんだよ」長野がにやりと笑った。

「ほぼ、ビートテクと同じような感じだな」私は手を丸め、その中で煙草に火を点けた。強い風が吹きぬけ、煙があっという間に吹き飛ばされる。

「そうだな……一本吸ったら行くぞ」

「ああ。誰に面会するんだ」

「社長に決まってるじゃないか。雑魚《ざこ》を相手にしても仕方がない」

役員以下を雑魚扱いか……長野らしいといえば長野らしい、乱暴な言い方だ。私は苦笑しながら、まだ長い煙草を携帯灰皿に突っこんだ。

12

「灰田《はいだ》でございます」

社長室で私たちを出迎えた男は、不自然なほど腰が低かった。六十代前半、小柄で、薄くなり始めた髪を丁寧に七三に分けてぺったりと撫でつけている。自分の城にいるのにきちんと背広を着こみ、堅苦しい雰囲気を崩そうとしなかった。社長室はビートテクのそれに比べれば古臭い印象で、デスクの上には書類が溢れ、壁一面に作られた本棚も様々な本で乱雑に埋まっていた。デスクの横のコートかけには、くたびれたベージュのトレンチコートがぶら下がっている。

「どうも社長、お忙しいところ申し訳ありませんね」長野が切り出した。

「いやいや、時間は何とでも……お役に立てるかどうかは分かりませんが」

「実は我々も、社長とお話しすることが、捜査の役に立つかどうか、分からないんですよ」長野がいきなりぶちまけた。彼得意のやり方である。最初に腹の内を全てさらけ出し、含むところがないと相手に認識させるのだ。これは容疑者であろうが参考人であろうが変わらない。

「ほう……」眼鏡の奥で灰田の目が細くなった。

「ビートテクさんの件、ご存じですよね」

「ああ、新聞にも出てましたから。ひどい話ですね」

「ハイダさんが新製品を発表するので、ビートテクさんは焦って発表会を開こうとした、と聞いています」

「そういうこともあるでしょうね。逆の立場だったら、私たちも同じようにしていたと思います。この業界、一番が全てですから。二番には意味がないんです。特に医療用、介護用のロボットは成長分野ですから、最初に勝ったところが総取りになるんですよ」

「そこを激しく戦ってらっしゃったわけですか」

「一進一退でね」灰田が人差し指で眼鏡を押し上げた。「しかし今回は、ビートテクさんも相当焦ったんでしょうな」

同情の台詞を吐きながら、灰田の口調は優越感に溢れていた。あんな事件があったのだから、少しは慎重な口ぶりになってもおかしくないのだが、これで「勝った」と確信したのかもしれない。

「一つ、お伺いしたいんですけどね。ビートテクさんのロボット……WA4が、実験中に事故を起こした、という情報があります」

「耳が早いですな」灰田が皮肉に言って、実質的に長野の質問を裏づけした。「そういう話は、確かに聞いていますよ」

「事故は一件ですか？」長野が人差し指を立てた。

「いや、そうではないですね」

「複数？」指を二本、三本と立てていく。

灰田が首を振り、苦笑を漏らした。

「そこまで詳しいことは知りませんが、我々としては、立場が有利になるのは間違いありません」

「ずいぶん正直な方だ」長野がにやりと笑った。

「警察の方に嘘をついたり、格好をつけたりしても仕方ないでしょう。おっと、あの発表会を妨害したのは私たちではありませんよ。そんなことをしても何のメリットもない。現時点では、うちはビートテクさんよりもかなり先を行ってますから。追いつかれる心配がないのに、そんな卑怯《ひきょう》な手を使う必要はないでしょう」

実に率直な男だ。社名と名前の合致を考えると、この男もハイダ創業者の一族なのだろうが、同じような立場にあるビートテクの野崎と比べれば、はるかに肝が据わっている。自分の身を守るために、平気で胸の内をさらけ出せるタイプだ。気弱な人間ほど、脆《もろ》い心の周りにバリアを張る。

「社長、野崎さんをご存じですよね」私は質問をぶつけた。

「野崎社長？　ああ、もちろん――」

「社長じゃありません。野崎健生さんです。以前、ビートテクで研究者だった」

「何ですか、いきなり」それまでのあけっぴろげな態度を引っこめ、灰田が顔の前に防御壁を上げたようだった。一技術者の名前が出ただけにしては、敏感過ぎる反応である。

「その野崎さんが、ビートテクを脅迫した疑いがあります」

「高城！」長野が低く鋭い声で警告する。脅迫の事実はともかく、脅迫者については、一切表に出ていないのだ。

「本当ですか？」灰田が声をひそめた。「彼は確か、五年前に行方不明になっているでしょう」

「そうなんですが、脅迫状の署名は、野崎さんのものでほぼ間違いないようです」

「高城……」長野が思い切り溜息をついた。灰田に目をむけ、「社長、このことはどうぞ、内密にお願いしますよ」と頼みこんで顔の前で右手を立てた。

「まあ、警察の方がそう仰るなら、こうしましょう」灰田が唇の上で、右手を左から右へさっと引いた。「口にチャックで」

「よろしくお願いします」長野が頭を下げ、改めて説明した。「とにかく署名の筆跡は、九十パーセントの確率で野崎さんの物なんです」

「いや、しかし……行方不明になったのは五年も前でしょう？　だいたい、あの野崎君がそんなことをするとは思えないですねえ」

「お知り合いなんですか？」野崎君、という親しげな言い方に私は引っかかった。

「ああ、その件は……」灰田が言い淀んだ。「古い話ですから」

「聞かせてもらえますか」私は身を乗り出した。会社と家以外で、初めて出てきた野崎の話題である。「ライバル社の優秀な技術者として知っている、ということではないですよね。そういうニュアンスでは仰っていなかった」

「まいったな」灰田が苦笑しながら後頭部を撫で上げる。「そう突っこまれるとね」

「大事なことなんです」

灰田が短い足を組んで、ソファにもたれた。両手を腹の上に置き、鼻から長く息を漏らす。ちらりと唇を舐めてから、私の顔を真っ直ぐ見据えた。

「彼は、うちで働きたいって言ってきたんですよ」

「たまげたな」ハイダのビルを出た途端、長野が大袈裟に目を回して見せた。「まさか、野崎がライバル社に移籍を画策していたとは思わなかった」

「そこまで大袈裟な話なのかな」私は煙草に火を点けた。緊張が解れた直後なので、久しぶりに旨《うま》みを感じる。「単なる転職じゃないか」

「野崎が天才的な技術者だって言ってたのはお前だろう。それなら転職じゃなくて移籍って感じじゃないか？　プロ野球選手みたいに」

「ああ」

ゆっくりと煙草を吸いながら、灰田の説明を思い出す。

野崎がいきなり灰田に面会を求めてきたのは、失踪する数か月前だった。調べれば正確に分かると灰田は言ったが、曖昧な記憶によればまだ暑い季節だったという。

面会のアポを電話で取るわけでもなく、メールを寄越すでもなく、仲介者もなし。突然、会社の駐車場に姿を見せて、社用車で帰宅しようとした灰田を摑まえ、「ハイダで雇って欲しい」と訴えたのだという。灰田はさすがに警戒して、その場では話を聞かず、改めて面会の予定を入れた。以前から、ビートテクに創業者一族の人間で優秀な技術者がいることは業界の噂になっていたが、まさか本人がこんなことをしてくるとは思わなかった、というのが率直な感想だった。

後日、灰田は新橋の料亭で一席設け、念のために技術担当の役員を同席させて野崎と面会した。その場に現れた野崎はジーンズにTシャツ、体に合っていないだらりとしたジャケットというだらしない服装だったが、灰田は「技術者にしてはましな格好だ」という程度の印象しか持たなかったようだ。昔の技術者というのはね、と灰田は苦笑しながら零したものである。いつも油染みた作業着ばかり着ていて、それが制服みたいなものだったけど、最近は職場では服装は自由にしている会社が多い。それで気分よく仕事をしてもらえれば、社内を変な格好の人間が歩き回っていることぐらい耐えられるのだ、と。

その席で、野崎は改めてハイダへの移籍を希望した。灰田は歓迎するよりも先に警戒感を覚えたという。企業から大学の研究室、あるいは公立の研究機関へという転職のルートは珍しくない。逆もまた然《しか》り。しかし民間企業から民間企業へということは、日本ではほとんどないようだ。技術的な秘密を持った人間が移籍すれば、機密も同時に移ることになるのだから。産業スパイだと思われても仕方なく、相手の会社から横槍が入るのも当然だろう。

その場ですぐに会談を打ち切るのも手だった。しかし灰田は経営者としては百戦錬磨の男であり、しっかり話を聴くのは忘れなかった。もしかしたら、ビートテクの内部事情を知ることができるかもしれない、と。

だが、野崎は妙に慎重だった。「処遇面で不満がある」とは打ち明けたが、それが金銭面でのことなのか人事の関係なのか、はっきりさせようとしない。そこで灰田は、ますます疑いを強めた。やはりこの男は、ハイダの心臓部に探りを入れようとしているスパイではないのか、と。野崎は給与についてははっきり明かし——ハイダの同レベルの技術者とほぼ同じだった——たが、かといって、金銭面での評価に大きな不満を持っているわけではないようだった。では、開発費が不十分なのかと訊ねてみると、それはどこの会社でも同じでしょう、という半分諦めたような答えが返ってきた。

灰田は疑心暗鬼になった。ビートテクが、歩行アシストシステムの中核を成す各種のセンサー技術で特許を取ったことは、当然耳に入っていたし、その開発の中心にいたのが野崎だということも分かっている。ビートテクにとっては、まさに今後のビジネス展開のうえでの「頭脳」であるわけで、少し不平を漏らせば、金銭的な問題など簡単にクリアできそうな気がしていた。サラリーマンとはいえ、優秀な頭脳に対しては給料以上の然るべき対価を支払うべきだ、というのが最近の傾向である。特別に給与をアップすることは難しくても、研究費を上積みして満足させるぐらいはできるのだ。技術畑出身でない灰田は、これを「玩具《おもちゃ》を与える」と密かに呼んでいた。ひたすら研究に没頭したい技術者は、予算を遊ぶための金と見なしている節がある。事実ハイダでも、同じようなことは何度もやっていたが、それでトラブルになったことは一度もない。

もちろん、会社に対する不満は、金と人事だけではない。特に野崎の場合は、創業者一族の人間ということもあって、様々な圧力やしがらみがあるのかもしれない。向こうが売りこんできたのだから遠慮する必要もあるまいと思って聞いてみたが、野崎は一笑に付すだけだった。

「意識したこともありませんよ」とひとしきり笑った後、「オヤジは別かもしれませんが」とつけ加えた。

野崎の父親が、不遇な人生——金銭的には人より恵まれていても、やりたい仕事をやれずに能力を持て余していた人生——を送っていたことは、灰田も風の噂で聞いていた。分家であるが故の悲劇で、ある意味野崎の本家はまんまと外様の封じこめに成功したのだ、ということも。しかし根っからの技術者である野崎が、本家に対して父親のような恨めしい気持ちを抱いていなかったのは本音のようであった。

野崎は「ハイダの社風が好きだ」と何度も繰り返したが、灰田としてはそれをすぐに信じることはできなかった。「具体的にどのような部分で」と訊ねると、途端に答えが曖昧になってしまったからである。

何か裏があるのでは、という疑いはどうしても消えなかった。非公式な役員会が何度か開かれ、議題に乗せられたが、この話に乗ってくる者は一人もいなかった。やはりスパイなのではないか、ビートテクの陰謀なのではないかという声が次第に多数になった。メリットとデメリットを天秤《てんびん》にかけてみれば、答えは明らかである。それに、スパイ疑惑に目を瞑って採用したとしても、今度はビートテク側から「引き抜きではないか」と攻撃を受ける恐れもあった。これがアメリカ辺りなら、よくある話で誰も驚かないだろうが、ここは日本である。しかもハイダもビートテクも、基本的には同族経営の古い体質を持つ会社だ。ビジネスだからといって、ドライに徹せるわけではない。

結局、灰田は後日、「この話は聞かなかったことにする」と正式に断りを入れざるを得なかった。確かに野崎の持っている技術は魅力的で、彼が移籍してくれれば、ビートテクと同じラインに立てる可能性が高い。ハイダは、バッテリーの技術ではビートテクを上回っていたから、この時点で優位に立てたかもしれない。

私は煙草をもみ消し、駅の方に向かって歩き出した。

「どう思う?」肩を並べた長野が訊ねる。

「これは、失踪前の野崎さんに関する初めての具体的な情報だ」

「失踪の動機になると思ってるのか?」

「もしも野崎さんが、本気でビートテクから出たいと思っていて、それが果たせなかったとしたら、不満を募らせていた可能性はあるな」

「それで失踪するほどに?」

「案外、今はアメリカ辺りにいるかもしれない」出国記録はないことを承知の上で私は言った。「シリコンバレーで、どこかのハイテク企業に拾われて、好き勝手にやっている可能性もある」

「どうかね」長野が鼻を鳴らした。「だとしたら、脅迫状の件はどう説明する?」

「そこは……分からない」私は正直に白状した。

「だけどな、俺にとっては大きな一歩だぜ」長野が胸を張った。

「何が」

「もしかしたら、野崎はビートテクに対してはっきりと恨みを抱いていたかもしれないじゃないか。それが五年経って爆発したとは考えられないか」

「五年も恨みを持ち続けるのは不自然だよ。彼が失踪した事実と今回の脅迫騒ぎは、上手く結びつかない」

「そうかねえ」長野が首を捻った途端、彼の携帯電話が鳴り出した。大股で歩きながら電話に出る。「はい、長野……ああ、社長、先ほどはどうもありがとうございました」

長野が立ち止まり、ガードレールに尻を預けた。私に向かって目配せし、ちょっと待て、というように左手を上げる。

「ええ、いや、とんでもない。参考になりました。はい……ええ、分かりますけど、どういうことですか？　噂、ですね。その噂、どこまで本当なんですか。実際は相当確度の高い情報なんでしょう？　そうですよね、会社にとって情報は生命線ですからね。いえ、助かります。担当者の名前、分かりますか？　はい……篠《しの》さんですね……下の名前は分からない？　ええ、結構です。こちらで何とでも調べられますから。それで、これは彼の動きとしては自然なんですか？　はい、そうです。転職先として、という意味です……そうですか、分かりました。助かります。今後とも何かありましたら、よろしくお願いしますよ」

電話を切ると、長野が満面の笑みを浮かべた。今の電話で事件が解決したような満足そうな表情だったが、そんなことはないだろうと私には分かっている。何かにつけ、大袈裟な男なのだ。

「どうした」

「灰田社長だった」長野が携帯を振ってみせた。「野崎なんだけどな、ハイダ以外のところにも移籍を計画していたらしい。ハイダへの移籍計画が潰れてから、別口を考えてたんだろうな。それが、灰田社長の耳にも入っていたんだ」

「どこなんだ？」

「もう少しつき合えるか？」長野がガードレールから尻を引き剝がした。体重があるので、ひどく億劫《おっくう》そうな動きに見える。

「大丈夫だ。現場は？」

「高度自立システム研究所。独立行政法人だ。本部は板橋《いたばし》らしい」

「それはどういう――」

「野崎絡みだぜ？　ロボットを研究しているに決まってるじゃないか」

高度自立システム研究所は、ＪＲ板橋駅の近く、住所的には上池袋《かみいけぶくろ》にあった。住宅街の真ん中に突然姿を現した広い敷地の建物は、コンクリート造りの二階建てで、定礎は二年前だった。

「この不況のご時世に、よく建物を新築できたな」長野が皮肉を漏らした。「だいたい独法なんて、どこも存続の危機にあるんじゃないのか」

「ロボット関係は別だろう。今、日本が世界で勝負できるジャンルはこれぐらいじゃないか」

「日経の企画物みたいな話だな」

「そんなつもりで言ったんじゃない」

「よし、行こう……篠ってのは、当時——五年前の総務課長で、今は部長らしい。要するに事務方のトップだ」

こういう研究施設では、事務方トップといっても、雑用係の親玉というのが実情だろう。技術者たちの我儘《わがまま》に振り回されて右往左往する様が目に浮かんだ。たぶん小柄で小太り、あたふたと駆け回っているためにいつも額に汗を浮かべ、真冬でもタオルハンカチが手放せないタイプではないか——会った瞬間、そういう先入観は吹き飛んだ。百八十センチはあろうかという大男で、ウエーブのかかった豊かな髪、綺麗に手入れされた口髭が目立つ。端整な顔立ちは、このまま男性誌のモデルにしても通用しそうな感じだった。

予め電話で面談を申しこんでいたので、篠はざわつく総務部の部屋を避け、会議室を用意してくれていた。

「野崎さんのことですか」椅子に落ち着くなり、向こうから切り出してきた。

「五年前、あなたが総務課長をされていた時の話です」私は切り出した。「ビートテクの野崎さんが、こちらで働きたいと言ってきましたよね」

「はい……それは事実です」篠が、黒い表紙に皺の寄った日記帳を広げた。「五年前……もうちょっと前になります。十月ですね」

「どんな感じで接触してきたんですか」

「あれはですねえ……」篠が天井を見上げ、人差し指で口髭に触れた。「電話がかかってきて、それで会ったんです。ずいぶん急いでいる様子でしたね」

ハイダに対するアプローチ——いきなり駐車場で社長を待ち伏せした——からすると、だいぶ常識的なやり方ではある。一度失敗して、野崎も学習したのか。

「最初から、こちらで働きたいという話だったんですか」

「ええ、そう言ってましたね」

「そういう風に、民間企業から研究者を採用するようなことは、よくあるんですか」

「ほとんどないです」篠が日記を閉じ、私の目を真っ直ぐ見詰めた。「うちの研究員は、大学からのルート……あとは、特定の企業から期限を決めた研修の形で来るのがほとんどですね」

「特定の企業というのに、ビートテクは入っているんですか」

「いません。うちは、基礎研究が中心ですから。ビートテクさんの歩行アシストシステムは、医療、介護方向に特化した研究ですから、うちとは方向性が違うんです」

「とすると、こちらの研究所の狙いは……」

「自立歩行型のロボットの研究が主体ですね。人が歩くのを補助するのではなく、ロボットそのものが自立的に歩くものです。いわゆる、ロボットのイメージそのままですね」

「ということは、野崎さんの研究はあまり役に立たない――」

「方向性が違うだけです」篠がぴしゃりと言った。「野崎さんたちの研究も、大事なものです。今後日本は、ますます高齢化が進みますからね。寝たきりの人が多くなるより、機械の力を借りても歩ける方がいいに決まっています。ただ、うちで予算を割いてやるべき研究かというと、少し違う。ご存じかと思いますが、今、独法の予算については厳しく見られていますし、我々も利益を出さなければならない。そこから外れるものに関しては、協力できるだけの余裕がないんですよ」

「シビアなんですね」

それをきっかけに篠が不満をぶちまけるのでは、と私は思っていた。金の話――金を自由に使えない話になると、大抵の人はむきになって自分の立場を説明する。しかし篠は素早くうなずいただけで、沈黙した。愚痴をこぼすのさえ、無駄だと思っているのかもしれない。

「野崎さんとは、実際にお会いになったんですよね」

「それは、私に聞かれても困ります」篠が肩をすくめる。「ただ、あの会社にはいたくないとは言ってましたよ」

「そういう人が、どうして会社を飛び出そうとしたんですかね？」

「ありませんけど、知ってはいました。センサーと制御技術については、日本の第一人者と言っていい人ですし、発表会などでお見かけすることもありましたからね」

「それまで面識は？」

「ええ」

「どうしてですか」

「ですから、そこまでは分かりません。たぶん、処遇に不満があったんでしょうけど」

「金ですか？　人事ですか？」私はさらに突っこんだ。

「いや、その辺は聞いてません」

「質問しても答えなかった、ということですか」

「まあ、そうですね」

ようやく話がつながった。一息つき、さらに質問を続ける。

「つまり、とにかくビートテクにいたくなかったということですか」

「ええ」

私は長野と目を合わせてうなずき合った。ハイダの時と同じだ。ビートテクから出たい

——その一心で移籍を企てたものの、移籍希望先に対してははっきり物を言わない。これでは受け入れられないだろう。野崎の主張は、ほとんど子どもの我儘だ。

「正式にお断りになったんですね」

「ええ。そもそもうちの研究とはマッチングしないんじゃないかと思いましたし、何より話がはっきりしませんでしたからね。何か不満があって辞めるのは分かりますが、その理由を説明しないというのは、ちょっとおかしくないですか？　もちろん、研究者や技術者には変わり者が多いですけど、それぐらいは喋ってもらわないと」

「もしかしたら、上手く移籍できても、今度はこちらを飛び出すかもしれない」

「そういうことです」私の指摘が的を射ていたためか、篠が満足気ににやりと笑った。

「どうにも曖昧な話でしてね。もちろん、うちの研究所にも人の出入りはありますよ。企業からの出向の人はいつかは戻って別の人が来るし、ここから海外へ留学する人間もいます。ただそれは、目的がはっきりしたものばかりですからね。野崎さんのようなケースは……彼はちょっと、不安定な感じがしましたし」

「というと？」

「こっちと目を合わせようとしないんですよ。もちろんそういうタイプの人もいますけど、彼の場合、私と会っていても、何か他に気になることがあって、そっちに心を引っ張られているような感じだった」

「でも、相当焦っていたのは間違いないですよね？　それでこちらにすがりついてきたんでしょう」もはやこの筋はこれ以上追えないと思いながら、私は質問を重ねた。

「電話で話した時は、そんな感じだったんですけどね。実際会ってみると、どうもよく分からない人だった。ただ、金は欲しがってましたね」

　ということはやはり、ビートテクでの不満は金銭面の問題だったのか。

「失礼ですが、ここで働くとして、年俸はどれぐらいになるんでしょう」

「具体的な額は勘弁して欲しいんですけど、給与という点から考えれば、民間企業の方がずっといいと思いますよ。独法はいろいろ絞られてますから」篠が唇を歪める。

「野崎さんは、ここに来た方が稼げるとでも思っていたんですかね？　それぐらい、事前に調べるものだと思いますけど」私は首を傾げた。

「そうなんですよ」篠が眉を寄せ、太い手を組み合わせた。「どうも彼は焦っているだけで、きちんと事情を調べていなかったようなんです。本当に、よく分からないタイプの人でした。自分を売りこもうと思ったら、まず下調べをするのが普通だと思いますけどね」

　私が野崎に対して抱く印象も、少し揺らぎ始めていた。研究者だから変わり者、というのはあまりにも短絡的なイメージかもしれない。むしろ、社会常識を知らないと言った方がよさそうだ。

「仮に、ですよ」私は質問の方向を変えた。「野崎さんがこちらに研究者として勤めることになったら、ビートテク社の方ではどう考えたでしょうね。同業他社に転職するとしたら、いろいろと倫理的な問題が生じたと思いますが」

「ここでも同じかもしれませんね」素早くうなずき、篠が認めた。「うちの研究成果は広く公表されます。その結果、どこも平等に最新の情報を知ることになるわけです。仮にそれが、ビートテクで野崎さんが研究していたことをベースにしていたとしたら……ビートテクさんは、いい顔をしないでしょうね」

「そんなことは、野崎さんも常識として分かっていたと思いますが」

「どうなんでしょう」篠が困ったように首を傾げる。「人の頭の中までは分かりません。ただ、私もあなたと同じような印象を抱いた、ということは言っておきます……ところで、こんな古い話を持ち出して何があったんですか？」

この男は、ニュースを見ていないのだろうか。総務の責任者としては、世間一般の動きを知るのも大事なはずだが。

「野崎さんは失踪しているんです。五年前……あなたと面会して、数か月後ですね」

「ええ？」篠がぐっと身を乗り出した。「本当ですか？　それは全然知らなかった。彼に直接会ったのはその一回きりですし、ビートテク社さんとも、普段はつき合いがありませんからね」

脅迫騒ぎのことは黙っていよう、と決めた。ここで野崎の名前を出せば、騒ぎが大きくなる。長野も同じように考えたらしく、ちらりと私の顔を見ると素早くうなずいた。

「それにしても、いったい何があったんですか」篠が好奇心丸出しで私に訊ねる。

「実は、あなたが答えを持っているんじゃないかと思ったんです」

「私が」驚いて目を見開き、篠が心臓の辺りに両手を当てた。「いや、私には全然……思い当たることなんかありませんよ」

「野崎さんは、電話ではかなり焦っている印象だったんでしょう？　実際に会ってもそんな感じでしたか」

「それは否定できません。あるいは怒っているような感じですかね。彼のビートテクに対する不満は相当大きかったようですよ。私が採用を躊躇った理由の一つは、実はそれなんですけどね」

「ビートテクに対する恨みを晴らすために、自分のところを利用されたんじゃたまらない、と？」つい皮肉に考えてしまったが、それは当たりだった。

「そういうことです。さっきも言いましたけど、仮に野崎さんがここに移ってくれれば、ビートテクさんの方でどんな風に考えるか、分かりませんからね。こっちは、民間企業と喧嘩するつもりはないんです。そんなことをしても、何のメリットもないでしょう」

「分かります」

「物凄《ものすご》い鼻息でね」篠が苦笑しながら、口の前で掌をぱっと広げた。「僕の技術が世界を変える。その手伝いをして下さい、なんて言ってましたよ。正確にこんな言葉だったかどうかは忘れたけど、ある意味気持ちがいいぐらいの自信家でしたね」

私は長野と顔を見合わせた。長野は、困ったような表情を浮かべている。誇大妄想……少なくとも、野崎が激しい思いこみを抱きがちな人間だった、というイメージが長野の中に植えつけられた。

その思いこみが、ビートテクに対する恨みに発展したら。五年もの間、身を隠しながら、日々暗い感情を育てていたら。今になってビートテクを脅迫しようと考えてもおかしくない。五年の歳月は、大抵の恨みや苦しみを忘れさせるが、時には逆効果になる場合もある。一人どこかに閉じ籠って、他人と話をしない生活を続けているような場合は特にそうだ。話し相手は自分一人。となると、必然的に過去と向き合うことになる。過去のある一点、自分が屈辱を受けたポイントが、次第に大きくなって心の全てを占めてもおかしくはないだろう。

「そうそう、もう一つ思い出しました。うちが駄目なら、大学の研究室なんかを紹介してもらえないか、とまで言ってましたよ。そういうのは、ご自分の大学の指導教官を頼るのが一番確実だと言ったんですが、残念なことに、野崎さんの恩師は、もう大学を離れてしまわれたそうですね。何でもその後、心筋梗塞《こうそく》で倒れて、頼れないと言ってました」

そういう状況でも、野崎は頼っていったかもしれない。かつての恩師に相談するのは自然な行動だ。心筋梗塞の後遺症がどの程度のものなのか——とにかく会って確かめよう、と私は決めた。

その瞬間、長野の携帯が鳴り出した。篠に向かって短く「失礼」と告げると席を立ち、会議室のドアに向かって歩き出す。だがドアノブに手をかける直前、彼の動きは「何だと！」という叫び声と共に停まった。

「何事ですか？」体を前に倒し、私に近づきながら篠が小声で訊ねる。

「ああいう大袈裟な男なんです。気にしないで下さい」

苦笑しながら私は答えたが、次の瞬間には真面目にならざるを得なくなった。電話を切った長野が、青い顔で振り返る。何も言わずとも、電話の内容は想像できる。慌てて辞去し、建物を出た途端、長野が言った。

「今度は脅迫状だ」

13

この情報は一日遅れだった。

実際には昨日の午後、会社に脅迫状が郵送されていたのだ。ビートテクでは社長を筆頭に何度も会議を開いて対応を検討したが、結局「警察に届けるべきだ」という意見が大勢を占めたという。それに要した時間が丸一日。ちなみに野崎社長は、最後まで反対していた。金で解決できるものならそうしたいと。

社内の情報を得るために新井に電話すると、彼は非常に話しにくそうにしながらも、事情を説明してくれた。これで社長派と反社長派の対立が決定的になるかもしれない、と。そんなことをしている場合ではないのに、と憤りを隠せない様子だった。どこか超然とした印象がある彼にしても、さすがに不安を感じているのだろう。

通話を終え、私は苛立ちを隠そうともせず左右の足に順番に体重をかけている長野に、社内のごたごたを告げた。

「馬鹿じゃねえのか、あの会社は」

長野がいきなり丁寧さをかなぐり捨て、大声を上げる。いい大人がみっともない——そう思ったが、私はそのまま彼の罵詈雑言《ばりぞうごん》を許すことにした。ここでガス抜きしておかないと、ビートテクに乗りこんでも、彼は事情聴取を始める前に会社を罵倒しかねない。捜査の責任者が、被害者との信頼関係を滅茶苦茶にしてしまう恐れもある。

「そもそも俺は、あの会社が気に入らないんだ。何か隠してやがる」

「そうかもしれない」

「警察に知られると都合の悪い話だろうな。何か、触法行為があるんだよ。徹底的に暴いてやるからな。まずは、あのすかした社長から締め上げてやる」

「むきになるな」私は心の中で首を捻っていた。どうしてこんなにあの会社に対して怒りをぶつける? 個人的な恨みでも持っているかのようだった。「忘れるなよ。脅迫状の捜査の方が先だぜ」

「もう手遅れだ」長野が吐き捨てる。「昨日の話だぜ? こっちは動き出すのが丸一日遅れてるんだ。犯人はとっくにどこかに行っちまったよ」

これほど諦めの早い長野も珍しい。どうも今回の事件に関しては、感情の起伏が激し過ぎる。

「まだチャンスはあるはずだ」犯人側は金を要求している。受け渡しの際には、こちらにもつけ入るチャンスができるのだ。「それで、脅迫の詳しい内容は?」

「まだ確認してないが、今度はＤＶＤつきだ」

「何だ、それ」

「実験の失敗――その場面が録画されているようなんだ」

桜園でのことだろうか。まだ舞が現地にいるかもしれないと思い、私は舞ではなく森田の携帯に電話を入れた。まだしもあの男の方が頼りになる。森田は呼び出し音が一度鳴っただけで出た。

「高城だ」名乗った途端、電話がぶつりと切れる。何だ、あいつは。憮然として携帯を睨みつけ、もう一度かけ直そうと思った瞬間、マナーモードにした携帯が震え出した。

「——すいません、中で話を聴いていたので」森田の声は、呼吸を整えようと弾んでいた。

「まだ桜園にいるんだな？」

「ええ」

「ビデオを確認してくれ」

「ビデオ……」森田の声が、自信なさげに揺らいだ。

「ビデオだ、ビデオ」自分の言っていることは何の説明にもなっていないと思い直し、最初から始める。「日吉さんの奥さんが怪我をした時、誰かがビデオを撮影していなかったかどうか、だ。実験だから、参考用に撮影していた可能性がある」

「ああ、はい」

相変わらず分かったのか分からないのか、はっきりしない答え。こんな風におどおどしなければ、もう少しましな刑事になれるのだが……分かったらすぐに連絡してくれ、と念押しして、私は電話を切った。

「どういうことだ？　何を気にしてる？」長野が低い声で訊ねる。

「会社に届いたビデオ、誰が撮影したんだろう？　実験だったら、社員が撮影していたはずだ」

「社内の誰かが流出させたと？」

「そうじゃなければ、他の関係者……事故は何件もあったのかもしれない」

「とんでもない話だな」長野が自分の腿を拳で殴りつけた。「ブレーキの効かない車で、スピードの限界に挑む実験をするようなものじゃないか」

「大袈裟だよ。そこまで危険じゃないと思う」

「馬鹿野郎、実験材料にされたのは年寄りばかりだろうが。そういう人が、どれだけ怖い思いをしたと思う？　俺は絶対に、ビートテクを許さないぞ」

話が段々、本来の筋からずれていく。私たちは、ビートテクを脅した人間を捜しているだけで、ビートテク社の事故を捜査しているわけではない。しかし長野の中では、いつの間にか「ビートテク、イコール悪の王国」という図式ができあがってしまったようだ。

だが、そういう長野節を聞くのも悪くはない。彼の単純明快な正義感は、正義と悪の線引きが曖昧になりつつある世の中で、控え目ながら真実を照らし出す松明《たいまつ》のようなものだから。

封筒に入った手紙が一通。それにＤＶＤが一枚。手紙の現物は既に鑑識が持ち去り、残っているのはコピーだけだった。ＤＶＤは届いたままの現物。ここでの視聴が終わった後で、すぐに鑑識に回されることになっている。私たちはビートテクの会議室に乗りこみ、渋い表情を浮かべる役員たちと対面した。総務部長の日向がＤＶＤのデッキを準備し、プロジェクターを操作する。

「準備できました」

震える声で告げると、部屋の前方に飛んで行って灯りを消す。役員たちの顔が闇の中に埋もれた。彼らは昨日から何回、この映像を見たのだろう。ああだこうだと散々議論を交わし、結論を出すまで一日かかってしまった。居並ぶ面子《メンツ》の誰が社長派で、誰が反社長派なのかと、私は皮肉に考えながらスクリーンに目をやった。

場所は……病院か、老人ホームのリハビリルームという感じである。広く、さんさんと陽光が降り注ぐ部屋で、使う人が怪我をしないようにという配慮なのか、分厚い絨毯が敷いてあるのが見える。映っているのは部屋の一部で、伝い歩きができるように、壁にバー――バレエの練習で使うようなものだった――が水平に設置されていた。普段はここで歩行訓練をしている人が、今日はＷＡ４の助けを借りて、バーなしで歩こうというのだろう。

最初に、ビートテクの社員らしき男が、ＷＡ４を装着して現れ、集まった職員や患者に向かい、システムの概要を説明し始めた。その間に、他の社員が彼の背後にしゃがみこんで機械の微調整を始める。

「ご覧のように、ＷＡ４は体に完全に密着して装着しなければなりません。体に直接触れる部分には特殊なウレタンを使っていますので、それほどきつく締めつけなくても密着するようになっています。社内での実験では、半日装着したままでも、うっ血したりなどの悪影響はありませんでした」

説明慣れしているようで、言葉には淀みがない。下半身はＷＡ４に拘束された状態で動けないが、その分上半身のジェスチャーが派手だ。左右を見回し、両手を一杯に使って、相手に訴えかけるように喋る。

「最初は違和感があるかもしれませんが、すぐに慣れます。基本的には歩行を助けるものですが、このまま座っても問題はありません。ただし、このまま寝られるかどうかは、実験していないので分かりませんけどね。お風呂も遠慮して下さい」軽く笑いが湧く。「いずれ、もっと軽くてもっと邪魔にならないものができるでしょう。その時は二十四時間装着したままも可能で、新しい足として活躍してくれるはずです……さて、準備が整いました。始めます」

背後で調整していた社員たちが離れる。説明していた社員は、各部の機能を簡単に喋った後、後ろに手を回して、腰のバッテリーパックにあるメインスイッチを押した。甲高い起動音が一瞬聞こえた後、すぐに静かになる。

「動いていない時は、音はしません。動いている時の音も非常に静かですが、今、もっと静かになるように研究を進めています。それこそ、靴音ぐらいの音しか出ないようにするのが目標です……では、実際に歩いてみますね。取り敢えず、真っ直ぐ行ってみましょう。

このように体重をかけると……」一瞬、社員の体が前にわずかに傾ぐ。次の瞬間には、壁に作られたバーに沿って歩き出していた。こうやって見ているうちに、私は懐かしいアニメを思い出していた。大リーグボール養成ギプス。歩行を助けられているというより、異常な負荷をかけて体を鍛えているようにも見える。ただし、社員の顔には余裕の笑みが浮かんでいた。

「はい、分かりますでしょうか。私は今、普通に歩いています。ただし、ほとんど足に力は入れていません。この機械が勝手に動かしてくれているんです。ちょっと曲がってみましょうか」

社員が普通に左へ向きを変えた。壁から離れ、円を描くように歩いて行く。カメラは少し後ろへ引き、社員の動きを全体に収められるような角度を取った。歩き方はどことなくぎこちないが、社員は軽い調子で「楽ですよ」と言って笑いを誘う。

スタート地点に戻ると、他のスタッフが近づいて来て、ＷＡ４を外した。それを見ていると、着脱が相当面倒なものだと分かる。外すのに一分。着用する時には脚にぴったりくっつくようにしなければならないので、微妙な調整も必要なはずだ。

「さて、実演はこれで終わりです。今度は皆さんにも経験してもらいましょう。それでは、そこのお母さん、よろしいですか？　大丈夫です。危険なことはありませんから。万が一何か起きても、自動的に止まるようになっています」

「お母さん」と呼ばれた女性が、職員の手を借りて何とか立ち上がった。背筋は伸びているが、左手に杖を持っており、脚をわずかに引きずっている。本当に大丈夫なのか、と私は心配になった。社員はすっかりプレゼン慣れした様子で、女性の肩に気安く手をかけ、「膝ですか？」と訊ねた。マイクは女性の声を拾い上げてはいなかったが、表情を見ている限り、質問には「イエス」の返事をしたようだった。

すぐに装着作業が始まった。女性の方が慣れていないせいもあるのか、たっぷり五分かかる。締めつけられた時、膝が痛かったのか、一瞬顔をしかめた。終わると、真っ赤な顔をして息を吐き出す。

「この機械は、別に人の考えを読んで動くわけじゃありません。人間は歩こうとする時、様々な箇所が微妙に絡み合って動き始めます。その動きを検出して——それこそコンマ何秒の世界です——筋肉の動きをサポートするだけですから、危ないことは何もないんですよ。機械の筋肉がついた、と考えてもらえばいいでしょう。さあ、それじゃ歩いてみましょう。最初は、バーを握っていて下さい」

女性が直立したまま、恐る恐るバーを握る。不安気に社員の顔を見つめ、無言で指示を求めた。

「痛いのは左足ですか？　そうですか。だったらまず、右足から行ってみましょう。はい、大丈夫ですね？　右足を出したら今度は左足……そうです、ほら、ちゃんと歩けてますよ」

女性は依然としてバーを摑んだままだったが、脚を引きずることもなく、普通に歩いていた。女性の顔に次第に驚きの表情が広がっていく。自分の脚……ではないが、杖を使わずに歩くのはしばらくぶりだったのだろう。バーの端まで行くと、満足気に笑みを漏らし、社員の顔を見た。

「はい、なかなかお上手でした。真っ直ぐ歩くのは簡単ですよね。今度は曲がってみましょうか。爪先で行き先を指すような感じです。後は無理に力を入れなければ、機械の方で勝手に曲がってくれますから。さあ、心配かもしれませんが、バーから手を離しましょうか。しっかり歩けていますから、心配いりませんよ」

女性が恐る恐る手を宙に浮かせた。バランスを取るように、しばらく水平に上げていたが、やがて意を決したように体の脇に垂らす。次の瞬間には、真っ直ぐ歩き出していた。そしてすぐに、右側に弧を描くようなコースを取る。

「そうです、上手ですね。どんな感じですか」

「歩いてます」女性の声は先ほどよりも大きく、喜びが滲み出ていた。

「これはまだ序の口でしてね、そのうち走れるようにもなりますよ。百メートルでオリンピックに出られるようになるには、もうちょっと時間がかかると思いますけど」

リラックスした笑いが広がった。女性は歩くスピードをわずかに上げ、一生懸命腕を振ってバランスを取っている。

「腕を振ることはあまり意識しないで結構です。機械の方で勝手にバランスを取ってくれますから」

女性は直径五メートルほどの円を描くように一周した。ここまでは完璧。WA4の性能の高さについては、私も認めざるを得ない。ところが、女性が二周目に入ろうとした瞬間、勝手にWA4がスピードを上げた。勝手に、と分かったのは、女性の上半身が後ろに置いていかれるように折れ曲がったからだ。悲鳴が尾を引き、パニックが広がる。それまで座って見ていた老人たちが立ち上がり、慌てて停めようとしたが、WA4のスピードは老人たちが追いつけるようなものではなく、女性はあっという間に壁に激突した。WA4がぶつかったせいもあって非常に大きな音が響き、まさに「事故」だった。

会議室の中が静まり返る。

「止めて下さい」長野が静かに言った。テーブルに置いた拳は震えており、こめかみに青筋が走っている。「さっさと止めろ！」

日向が慌てて立ち上がり、目の前にあるリモコンを無視してデッキを直接操作した。音がぷつりと消え、灯りの消された会議室に一瞬の暗闇が訪れる。私は立ち上がり、ドア横にある照明のスイッチを入れた。明るいところで見ると、役員たちの表情は一様に蒼褪めている。社長の野崎は、むっつりと唇を捻《ねま》じ曲げ、腕組みをしていた。どこに怒りをぶつけていいか、分からない様子だった。

「この事故はいつですか」

長野が低い声で訊ね、役員たちの顔を右から左へ見ていく。視線を合わせまいと、役員たちは長野の顔が動くに連れてうつむいてしまった。

「いい加減にして下さい。業務上過失傷害になりかねないんですよ。つまり、会社としての責任が問われるということです。どうしてこの件を早く教えてくれなかったんですか。誰かきちんと説明して下さい！」

長野の怒りは破裂寸前だった。このままでは、誰も答えられないまま、彼の頭の血管が切れることになる。私は敢えて、総務部長の日向にターゲットを絞った。この場の責任者は野崎社長なのだが、彼は最後まで警察への届出を躊躇していたというから、追及しても話を誤魔化す可能性がある。気の弱い日向なら、事情を隠してはおけないだろう。

「総務部長――日向さん、これはいつの映像ですか？　昨日届いてから、もう調べたんでしょう？」

「……去年の十一月です」

「場所は」

「東村山の『メゾンパープル』という老人ホームです」

「怪我の具合は」畳みかける長野の声が次第に高くなる。

「左腕骨折、脳震盪《のうしんとう》で全治一か月……」日向の声が小さくなった。

「重傷、ですね」長野が吐き捨てた。「どうして今まで公表しなかったんですか」

「それは……」

日向が助けを求めるように、野崎社長の方を見た。野崎がそれに気づき、ゆっくりと腕を解く。

「これは単なる事故だ。怪我をされた方とは示談も成立している。そういう状況なら、届け出る義務はないでしょう」

「いくら渡したんです？　百万円ですか？　桜園と同じ額、ですかね」

私の皮肉な物言いに、野崎の顔が引き攣った。それでも何とか平静な声を保ち、両手をテーブルに置く。

「話は終わっています」

「本当にそう思っていますか？　だとしたら、交渉した人の能力が低いか、社長にきちんと報告を入れていないか、どちらかですよ」

「どういう意味だ」野崎社長の視線が泳いだ。

今度は私が腕組みをし、椅子に背中を押しつけた。どうもこのままでは、ビートテクがこちらの敵になってしまう可能性が高い。

「社長、この前トラブルについてお伺いした時、何もないと仰っていましたよね。何故嘘をついたんですか。あなただけじゃない、他の人もだ。会社ぐるみで事故を隠していたんですか」

野崎社長が顔を赤く染め、黙りこむ。私を睨みつけてきたが、視線に迫力はなかった。この質問に答えが得られるとは思っていないし、追及して時間を無駄にするわけにもいかない。私は質問を切り替えた。

「このビデオを撮影したのは誰ですか」気を取り直して私は訊ねた。

「うちの会社の者だ」野崎が認めた。

「つまり、社内から流出したということですね？　誰かが野崎さん——行方不明になっている野崎さんに渡したわけだ」

役員たちが一斉にざわついた。互いに顔を見合わせ、囁き合い、いつまでも落ち着きそうにない。長野がいきなり、両手を広げてテーブルに叩きつけた。乾いた甲高い音が、部屋に堅い沈黙をもたらす。

「いい加減にしてくれませんかね。もしかしたらこの一件は、会社の中だけの話かもしれませんよ。それで我々は、散々引っ掻き回されたんだ。冗談じゃない。それこそ税金の無駄遣いじゃないですか」

ヒートアップする長野に視線を送り、黙らせる。俺は猛獣使いかと苦笑いしながら、私はまた総務部長に質問をぶつけた。

「このビデオを撮影したのは？」

「現場にいた技術二課の人間です」

「どこに保管してあったんですか？」

「技術二課の人間は、今もオリジナルを持っています。あとはコピーが広報部に」

「ということは、社内のどこかから流出したのは間違いないですね」

「ええ……今、その痕跡を探しています」

動画を保存してある会社のパソコンがハッキングされたら。あるいは社員が家に持ち帰って自分のパソコンに保存し、ファイル交換ソフトを使うことによって、知らぬ間に流出してしまっていたら。物理的な実態ではなく、データに過ぎないデジタル映像は、あらゆるルートで表に出てしまう恐れがある。絶対に守りたいなら、パソコンをネットワークから切り離すしかない。

「社長」

私は野崎に目を向けた。野崎もこちらを向いたが、視線は私の肩辺りに固定されている。

「私は、内部犯行だとは考えていません。こんなことをしてもメリットがあるとは思えませんから。すぐにばれるでしょうし……それとも、ばれるのを承知でこんなことをしようとする社員がいますか？」

「いるわけがない」野崎が即座に否定した。

「もう調べたんですか？」

「そんなことは、調べるまでもない」

どこまでお気楽なんだ……同族会社というのは、どこもこんな風に隙だらけなのだろうか、と私は呆れた。ろくに調査もせず、社員を信じこんでいるのか。社是に「社員は家族」とでも書いてあるのかもしれない。

「調べて下さい。まず、そこから始まります……外部の人間の犯行だとしても、動画を手に入れる方法はあるでしょう」

「とすると……」社長が顔をしかめた。組み合わせた両手を、絶え間なく動かしている。

野崎。やはりあの男がやったのだろうか。五年の沈黙から蘇《よみがえ》り、会社に復讐《ふくしゅう》しようとしている……私は手紙のコピーを引き寄せた。前回、爆発物にしかけられていたのと同じA4判の紙一枚。何の変哲もない事務用紙で、コピーだが折り目の影が二本残っているのは、オリジナルが四つ折りされていた証拠だ。

『今回、重大な事故の映像をお送りする。会社が今までこの事実を隠匿していた事実は許しがたい。このまま表に出さないためには、金が必要だ。五千万円、用意しておけ。受け渡し方法は追って指示する。』

脅迫状本文はワープロ打ち。しかし野崎の署名だけはまたも直筆である。鑑定してみないと分からないが、私の目には、野崎が書いたものに見えた。ボールペンでさらさらと書かれた、滑らかで読みやすい字体。

「この脅迫状の署名は、野崎さんの直筆である可能性が高い。野崎さんが何らかの方法でこの映像を手に入れ、脅しをかけてきたんじゃないですか」私は脅迫状を宙で振りながら指摘した。

「それは……」野崎社長が唇を噛む。否定でも肯定でもなく、困惑。未だに野崎の失踪をどう考えていいか、分かっていない様子だ。

「五年前、野崎さんはどうして失踪したんですか」

「それは分からない」

「会社に対して、何か恨みを持っていたんじゃないんですか？　それこそ、野崎家の一員でありながら、待遇面で不満を持っていたとか」

「あいつは野崎家の人間じゃない！　たかが使用人の分際で、ふざけたことは許されない！」

激した野崎の怒鳴り声に、役員たちが凍りつく。これが本音か、と私は少し白けた気分になった。使用人——ひどい言葉だ。本家の人間以外は、ということか。世の権力者の中には、時々こういうタイプがいる。世の中を「家族と使用人」の二種類にしか見られないのだ。

「そういうあなたの気持ちを、野崎さんは敏感に見抜いていたのかもしれません。自分で期待しているような処遇が受けられないとなったら、恨みも持ちますよね。ましてや野崎さんは優秀な技術者だ。自分の頭脳や技術にプライドも持っていたでしょう。あなたがそれを打ち砕いたんじゃないですか」

「どうして警察にそんなことを言われなければならないんだ！」激昂した野崎がテーブルを叩いて立ち上がる。両側に座る役員が慌てて腕を押さえたが、野崎は体を捻るようにして縛《いまし》めから逃れた。「こっちは被害者なんだぞ。どういうつもりなんだ」

「そちらがはっきりしないからですよ」彼が興奮するに連れ、私の気持ちはどんどん冷えていった。どうにもずれたこの感覚によって、同情が薄れていく。「こういう事故は、何件あったんですか」

野崎が音を立てて椅子に腰を下ろす。喋る気はないようだった。喋れば自分の責任を問われる——彼の会社なのだから当たり前だが——とでも思っているのだろう。役員たちが互いに顔を見合わせ、何かのタイミングを計っている。おそらく、事故の統計は取れているのだ。原因も分かっているに違いない。会社ではそれを表沙汰にせず、事故にあった人に金を渡して黙らせてきたに違いない。

中には、日吉のように黙っていられない人間もいたわけだが。

「この件、マスコミにでも流されたらどうします？」私は露骨に脅しにかかった。「会社の信用はがた落ちですよ。そうならないためには、犯人に金を払うか、犯人を捕まえるか、どちらかしかありません。もちろん私たちとしては、金を払うのはお勧めできない。払うとしても、犯人に辿り着くための餌として、です」

「高城」長野が鋭く忠告を飛ばした。彼としては、本気で業務上過失傷害での立件を狙っているのだろう。長野は原理に従う男である。目の前に犯罪があれば、見逃すはずがない。たとえそれが、「別の事件の被害者」が犯した事件であったとしても。

私は違う。私の仕事はあくまで失踪人を捜すことだ。そのためには、多少のことには目を瞑る。今回も、主眼はあくまで野崎を捜すことなのだ——彼が犯人であろうがなかろうが。

「胸クソ悪いぜ」長野が吐き捨て、大理石でできたビートテクの看板——何故かハイダの看板とよく似ていた——を蹴飛ばす真似をした。「奴ら、体裁ばかり気にしてやがる。そんなことをすれば、逆に墓穴を掘るのが分からないのかね」

「今日、十分思い知ったんじゃないか。これで俺たちに変なプレッシャーをかけてくることもなくなるだろう。野崎さんを捜す正当な理由もできた。脅迫も二回目となると、誰も冗談だとは思わないだろうからな」

「お前、いつまで野崎を『さん』づけするんだ」長野が嫌そうに言った。

「何でそんなに突っかかるんだ？　お前たちにとっては容疑者かもしれないけど、俺にとっては捜索対象者だから」私は違和感を覚えていた。長野に対してブレーキをかけたことはあるが、諫めた記憶はない。

「いい加減にしろよ」

吐き捨て、長野が大股で歩き出した。私が追いつくと、真っ直ぐ前を見据えたまま、怒りを抑えこむようにつぶやく。

「それにしても、同じような事故が三件か。発表前とはいえ、明らかに欠陥商品だな」

「ああ」

「あのホテルで慌てて発表会をやって、そこでまた事故が起きたらどうするつもりだったんだろうな」

「致命的だっただろうな」

実際にはビートテク側は、既に事故原因は解明している、と釈明した。ハードでなくソフト的な問題。各種センサーの連動が上手くいっていなかっただけで、プログラムの書き換えで対応できた、という。たまたま事故が三件続いたが、その後は社内外を含めて二百回に及ぶ装着実験で、一度も暴走事故は置きていない。「実験回数二百回」が十分なのかどうか分からないが、それなりに説得力を持つ説明ではあった。

「これからどうする」

「今、うちの連中に桜園の事故のことを調べさせているから、分かり次第お前に報告を上げる。その後は、野崎さんの捜索に専念するよ」

「うちの方が早く見つけるかもしれないが……手は貸してくれよな。こっちも分かった情報は全部流す」

「ああ……まずは脅迫状から何か分かるか、だな」

「今回は郵便局から発送されてる。そこにヒントがあるかもしれない」

消印は新宿の郵便局だったが、それだけで犯人を絞るのは難しいだろう。むしろ手紙とDVDの科学的な分析で、何かが浮き上がるかもしれない。

電話が鳴り出した。誰かが報告してきたかもしれないと思ったが、相手は新井だった。真実を告げなかった男。私は長野に「先に行ってくれ」と言ってから電話に出た。長野がうなずき、競歩のようなスピードで駅の方に去って行く。私は通話ボタンを押してからガードレールに腰を預け、煙草に火を点けた。かすかな頭痛を感じ――新井に対する怒りのためだ――バッグを探って頭痛薬を見つけ出す。

「新井です」彼の声は低く落ち着いていた。

「どうして本当のことを言ってくれなかったんですか」私は思わず詰問した。「あなたは、事故について否定しましたよね。どうしてですか」

「それは……」新井が珍しく口籠った後、おもねるような口調で言った。「分かるでしょう？」

「分かりませんね。いったい、どういうことなんですか」

「私だって、ビートテクの人間なんですよ。会社を売るような真似はできない」新井の口調がにわかに強張る。

「冗談じゃない。怪我をした人のことを考えて下さい。今ここで会社の責任を問うつもりはないけど、あなたに対しては言いたいことがあります。あなたが早く事実を言ってくれれば、捜査はまた別の方向に進んだかもしれないんだ」

「……分かってます。でも、こっちの気持ちも分かって下さい。会社を裏切ったなんてことがばれたらどうなるか。俺はここにいられなくなるんですよ」

私は思い切り深呼吸した。新井はこちらの出方を窺うように黙りこんでいる。短い沈黙を利用して頭痛薬を口に放りこみ、喉に引っかかりを感じながら呑み下した。煙草を思い切り吸ったが、水代わりになるわけもなく、かすかな吐き気を感じる。

「今、会社の幹部の人たちと会ってきました」

「聞きました。社内はその話でもち切りですよ」

「事故は、本当に三件だけだったんですか？　他にまだあるのを隠しているということはないでしょうね」

「私が知っている限りではそれだけです」新井の声は堅かった。

「結構です……問題はまだありますけどね。仮に脅迫しているのが本当に野崎さんだとして、あの動画を渡した人が社内にいるはずです。内通者、スパイといってもいい。誰か、心当たりはありませんか」

「まさか、そんなはずが……」新井の声が揺らぐ。

「誰か、野崎さんと今でも通じていそうな人がいますか？」

「そんなこと、分かる訳ないでしょう！」新井が一転して声を張り上げる。「分かってれば言ってますよ」

「本当に？」我ながら少し意地悪な言い方だなと思いながらも、追及せざるを得なかった。一度嘘をついた人間は、何度でも嘘をつく。

「本当ですよ。嘘を言っても仕方ないでしょう」

「そうですか……話は変わりますけど、野崎さん、いなくなる直前に会社を辞める画策をしていたんですね。辞めるというか、移籍するというか」

「……ええ」渋々新井が認める。

「だけど上手くいかなかった。どこでも、断られたんですね」この件も隠してたのかと、私は苛立ちを募らせた。

「そういうことです」

「だいぶ焦っていたんじゃないですか」

「それは、まあ……」

「何でそんなことをしようとしたんですか」私は野崎社長の痛烈な一言を思い出していた。「使用人」。社長がずっとそんな意識でいたとしたら、何かの拍子《ひょうし》で野崎本人がそれに気づいたかもしれない。プライドの高い男が使用人扱いされれば、飛び出してやろうという気になるのは自然だ。ただし野崎には、計算高い、あるいは用心深い一面もあったのだろう。いきなり退路を断つようなことはせず、次の道を見つけてから辞表を叩きつけようとしていた。

「それは、俺にも分からない」

「聞いてなかったんですか」

「はっきりとは」

「友人にも相談しなかった、ということですか」露骨に皮肉が混じってしまったな、と思いながら私は言った。

「そういうことなんでしょうね」新井の声がすっと落ちこむ。「結局あいつは、俺のことを友だちとは思っていなかったのかもしれない」

「温度差はあるかもしれませんね」あまりにも落ちこんだ口調なので、思わず慰めの言葉をかけてしまった。どうもこの男は憎めない。本当のことを喋ってくれなかったという恨み節は、いつの間にか消えてしまっていた。「とにかく、今後も何か分かったら教えて下さい。どうも、会社の上層部は、まだ何か隠しているような気がしてならないんです」

「……分かりました」

元気のない声を確約とは捉えられない。だが今は、これ以上突っこんでもどうしようもないだろう。よろしくお願いします、と丁寧に声をかけて、私は電話を切った。

礼を言わなければならない人間がいる。日吉。彼がいなければ、桜園での事故をいち早く知ることもなかったのだから。怒った後に頭を下げるのは、相手が別でも難しい。私は自分をほんの少し甘やかすことにした。煙草一本分だけの猶予。

14

失踪課に戻ると、公子が奇妙な表情を浮かべてしきりにジェスチャーを送ってきた。まったく意味が読み取れない。

「何なんですか、公子さん」苦笑しながら訊ねると、公子が室長室に向けてさりげなく――本人はさりげないつもりでも、かなり大袈裟なのですぐに分かった――視線を送る。

「誰か、お客さんですか」

「お客さんじゃないわよ。それが——」公子が口を閉ざした。

「じゃあ、どうもどうも」呑気な声がする。一人の男が室長室から出て来たところだった。頭を下げる代わりに、金魚鉢の中に向かって軽く手を挙げる。ごく親しい仲の相手に、別れの挨拶をするような仕草だった。

風采《ふうさい》が上がらない、という形容がぴったりだった。中肉中背というには少し太り過ぎ。動作がゆったりしているのは、貫禄というよりは運動神経の鈍さを連想させた。でっぷりと肉のついた顎、薄情そうな薄い唇、何を考えているか分からない、細い目。鼻は丸く、少なくとも一度は潰れたことがありそうだった。だが、全体に感じられる丸っこい雰囲気からは、とてもボクサーの経験があるとは思えない。

男と目が合った。向こうがにやりと笑い、先に気軽に声をかけてくる。

「ああ、どうもどうも、高城警部？」

「田口英樹《たぐちひでき》さん」

公子が小声で告げた。法月の後任で、来月から来る男か……想像していたよりもだらしない態度に、私は早くも幻滅していた。私もだらしない男だが、根本的に何かが違う。私の場合、酒さえ呑まなければ普通の四十七歳だ、ということは自覚している。目が覚めていれば、誰よりも必死に仕事ができる。しかし田口の場合、そもそもやる気のない人間にしか見えなかった。例えば田舎《いなか》の市役所の窓口にいそうなタイプ。十二時になると「昼食中」の札を掲《かか》げ、急ぐ相手を目の前でたっぷり一時間待たせて休憩するのを何とも思わない。

「高城です」私は素直に頭を下げた。相手は自分より年上だが、階級は下の警部補。警察の世界ではよくある、ねじれた上下関係である。法月ほど年が離れていれば、階級に関係なくこちらが敬語を使うことになるのだが……最初から衝突しなくてもいいだろうと、私は慎重になった。

「どうもどうも、田口です」愛想はいいが、口調が緩んでいるのが何とも不快だった。

「今日はどうしたんですか？　来月からですよね」

「いやあ、ちょっと暇だったもんで、少し敵情視察を、と思ってね。今、室長にご挨拶してきたんですよ」

「そうですか」敵情視察？　言葉の使い方が明らかに変だ。

「案外忙しくしてるわけ？」田口が両手を背広のポケットに突っこんだ。服は微妙にサイズが合っていないようで、両肩が引っ張られてだらしなく垂れ下がる。

「いつもこんなものですよ」私は自分と公子しかいない部屋の中を見回した。

「驚いたね。暇な部署だって聞いてたんだけど」

「暇じゃないですよ。皆、自分で仕事を捜して走り回ってるんです」

「いやいや」苦笑しながら田口が首を振る。「若い人たちは熱心でいいことだけどねえ……こっちは交通の人間だから、どこまでお役に立てることか。せいぜい邪魔しないように、大人しくしてましょうかね」

「自由に動いてもらっていいんですよ。捜す相手はいくらでもいます」

「捜す？」田口が細い目をさらに細くした。「書類仕事――データの集計と統計をやっていればいいって、室長からも聞いたんだけどね」

「そういう仕事もありますけど、人を捜すのが俺たちの本筋の仕事です」

「まあまあ。そう張り切られてもねえ」ポケットから手を出し、田口が肩をすくめた。

「こっちはぼちぼち先が見えてきてる立場だから。しばらくのんびりさせてもらおうと思ってたんだが……」

「そう簡単にはいかないでしょう」短い時間で、私は腹の底にたっぷり不信感を溜めこんでいた。正式に赴任する前から「俺はさぼる」と宣言している男。これほど扱いにくい人間もいない。

「まあ、マイペースでやらせてもらいますよ。部が違うと、ゼロからのスタートだからね。覚えなくちゃいけないこともたくさんあるだろうし」

「人捜しの捜査は、独特ですからね」

「いやいや、書類の書き方とか、そっちの方」田口が喉を震わせるように笑った。「交通の方とはだいぶ違うだろうし、俺は物覚えが悪くてねえ……とにかく、よろしくお願いしますよ」

厳しい表情を保ったまま、私は頭を下げた。頭痛の種がまた一つ増えてしまった。常に、どうすれば仕事をせずに定時で帰れるかを考えている舞の相手だけでも大変なのに、「仕事をしない」と公言しているようなオヤジをどう手なずけたらいいのか。ある意味、舞よりも扱いにくいのかもしれない。この人事に最終的に判子を押したのが誰か、気になる。石垣が、この分室の弱体化を狙って画策したのかもしれない……クソ、いつか必ず痛い目に遭わせてやる、と私は決めた。

愛美と醍醐が戻って来て、出て行こうとする田口とすれ違いになった。田口は「お、ここにも別嬪《べっぴん》さんがいるんだね」と嫌らしい口調で言って、首を捻って愛美を眺めた。愛美が振り返り、相手を燃やしそうな目つきで田口を睨みつける。田口はびくともせずににやりと笑っただけで、愛美に向かってひらひらと手を振り、出て行った。

「何ですか、あれ」愛美がむっとしながら公子に訊ねる。既に「あれ」扱いだが、それも当然だろうと、私は心の中でうなずいた。

「今度来る田口さん」

「げっ」愛美が下品に顔を歪めた。この顔を最初に見ていたら、田口の口から「別嬪」などという言葉は出てこなかっただろう。「何か、ひどいオヤジですね」

「大丈夫かな」醍醐も首を捻る。「何だかだらしない感じだし」

「先のことは、後で心配しよう」私は二人に声をかけた。

「でも、本当にあんな人が来るんですか」愛美がしつこく食いつく。

「人事で決まってるんだから、仕方ないさ。そのうち慣れるだろう」

「ああ、あの人か」

醍醐が突然大声を上げた。体が大きいせいか、声も大きい。私は思わず耳を塞《ふさ》ぎそうになった。

「知ってるのか？」

「噂だけですけどね。交通部では有名な人らしいですよ、サボりの田口って」

「おいおい――」

「本庁の交通部だと、交通捜査の関係以外は内勤が多いでしょう？　だいたい事務的な仕事ですよね。だから、自席に座っていないと仕事にならないはずなのに、いつの間にかいなくなってしまうそうです」

「それじゃ確かに、仕事にならないな」

「ところが、いつの間にか仕事は終わってるっていうんですよね。いなくなって何をしてるのか分からないけど、とにかく帳尻は合ってるんで、処分もできないそうなんです。もしかしたら、すごくできる人かもしれませんよ」

「醍醐さん、それ、あり得ませんから」愛美が憎々しげに吐き捨てた。「ああいう人は、一目見たら分かります。絶対、駄目人間ですよ。高城さん、何か話しました？」

「軽く挨拶をね」

「駄目な人でしょう？」

「判断するには早い」思わず苦笑する。愛美の怒りに呑みこまれて、私の怒りはどこかへ消えてしまった。「とにかく、性急に結論を出すな。実際に一緒に仕事をしないと分からないんだから、彼がこっちへ来てから考えよう。それより、桜園の方、どうだった？」

「それがですね」醍醐の表情が一気に引き締まった。怒っている。この男も長野に似て、直情径行なところがあるのだ。摑んできた情報で、よほど頭にくることがあったのだろう。

「日吉さんが言った通りで、桜園の運営会社も金を受け取っていました」

「口止め料か」

「そういうことです。額は五十万」

三件の事故でそれぞれ金を払っているとしたら、ビートテクにも結構な損害が出たことになる。数百万円ぐらいで会社が傾くことはないだろうが……。

「それで今まで、事故の事実を隠してきた。桜園から日吉さんにも圧力をかけさせたんだろうな」それに抵抗できない日吉の無念は、容易に想像できる。

「ふざけた話ですよ」醍醐がデスクの脚を蹴飛ばした。慣れたもので、愛美はまったく動じない。

「そもそも、どういう感じで関係が始まったんだ?」

「ビートテクの方から接触してきたんですね」愛美が手帳を広げながら答える。「臨床試験というか、現場実験をしたいから協力してくれ、と。もちろん協力に対して費用は支払うし、発売されてレンタルが開始されたら、割安で貸し出す、という話にもなっていたそうです。その時点で、桜園には、自立歩行が難しいお年寄りが十五人ほどいました」

「月額のレンタル料は?」

「一台十万円」

思わず口笛を吹きそうになった。武蔵境の私の家の家賃とほとんど変わらない。

「仮にそれが十五台で月に百五十万円……簡単には導入できないだろうな。使い回しはできないのか?」

「理想は一人一台なんだそうです。個人の体形や癖にアジャストしてすぐに使えるようにするには、微調整が必要だそうで。装着とその調整で、五分ぐらいかかるんだそうです。それだと気楽に歩けませんから、個人用に一人一台あてがった方が早い、ということでしたね」

私は事故の様子を撮影したビデオを思い出した。準備の時はあちらを締めつけ、こちらを緩め、おそらくソフト的な制御もしていただろう。あれでは確かに、靴を履くように気楽にはいかない。

「桜園側としても、美味《おい》しい話だったんだな」

「そうですね」愛美が手帳を閉じる。「そういう先進的な機械を使っているとなったら、ホームの印象もアップするでしょうし」

「入居者が長蛇の列を作る、というわけか」私は顎を撫でた。例によって無精髭《ぶしょうひげ》が鬱陶しい。最近、真弓が文句を言わなくなったのが少し寂しかった。ここに赴任してきて、彼女から最初に言われたのが「髭を剃《そ》って」だったのだ。

「実は、同じような事故が他にも二件起きてる」

「どういうことですか」

醍醐の表情が怒りで強張る。私は彼の怒りが脳天を突き破らないように、できるだけ静かな声で事実を告げた。愛美の体が、椅子の上で次第にだらしなく崩れる。

「じゃあ、やっぱり野崎さんは生きてるんですね」

「ああ……仮に彼が生きているとしたら、内通者がいる可能性がある。今回の脅迫状に使われた動画は、社内で保管されている物だからな。誰かがそれを野崎さんに渡して、彼はそれを利用した」

「ずっと野崎さんとつながっていたんですかね」

愛美の質問に私は答えなかった。何も分からない状態で、迂闊《うかつ》なことは言いたくなかったし、実際、「仮に」と前置きしても、推論を口にできるだけの材料すらないのだ。

私と愛美は、もう一度港学園大に車を走らせた。二通目の脅迫状は、野崎の生存をより強く示す証拠になる。その事実を詩織に告げ、さらに情報を引っ張り出すつもりだった。

実質的な春休みで、相変わらず人が少ないキャンパスの中を、ほとんど何も喋らずに歩く。愛美の重い気分は私にも確実に伝染しつつあった。あるいは私の気分が彼女に。明確な謎《なぞ》が目の前にあり、しかもどこか不自然だ。何か一刀両断できる方法があるかもしれないが……黙って歩いているうちに、詩織の研究室に着いてしまった。今日ここにいるのは分かっており、既に面会の約束は取りつけている。

詩織が疲れた笑みを見せた。核心に至らない半端な情報を何度もぶつけられ、うんざりしているだろう。かすかな希望がありつつ——満佐子ほどではないにせよ——夫が犯罪者かもしれないと言われれば、誰でも混乱する。冷静で知的な彼女も、例外ではないようだった。

「今度は何ですか」溜息をつきながら言って、詩織がはっと両手を口に当てた。ゆっくりと下に下ろすと「ごめんなさい」とすぐに謝罪する。

「謝るようなことはありませんよ」この前と同じ椅子に座りながら、私は言った。

「邪険にしてしまったようで」詩織が首を振った。襟の高いブラウスを着ているせいか、首の細さが目立つ。

「構いません。文句を言って気持ちが楽になるなら、いくらでも言って下さい。そういうのを受け止めるためにも、我々は給料をもらっているんですから。これぐらいで困っていたら、査定に響きます」

つまらない私の冗談を、彼女は堅い笑みで受け止めた。

「とにかく、『今度は何ですか』と言われても仕方のない話なんです」

「そうですか……」詩織の顔が白くなる。

「実は、ご主人の名前でまた会社に脅迫状が届きました。筆跡鑑定は進めていますが、私が見た限りでは、ご主人の字のように見えます。WA４が事故を起こした場面を録画したＤＶＤが同封されていました。それで会社を脅しています」

「そんな……」詩織が拝むように両手をぴたりと合わせ、指先で口を塞ぐようにした。それでも、顎が震えているのは隠せない。

「奥さん、どうなんですか？　もしも脅迫者が本当に野崎さんだとしたら、今まであなたたちに接触がないのは不自然です」

「そんなことを言われても、ないものはないんですよ」詩織が口から手を離す。「どこにいるのか、何をやっているのか、私たちの方こそ知りたいです」

「もう一つ、ご主人は本当に、会社に対して何の不満も持っていなかったんですか」

「ええ。少なくとも私は聞いていません」

「お母さんもそうでしょうか」

「そうだと思います。そのことは、散々話し合いましたから……」

「会社の方では、野崎さんを上手く利用していた、という感じもしているんですよ」私はワイシャツのポケットに手を入れ、指先で煙草に触れた。少しだけ気持ちが落ち着く。

「どういうことですか」詩織が目を細める。

野崎社長の言葉をそのまま伝えるわけにはいかない……「使用人」はあまりにもひど過ぎる。

「会社側では、野崎さんをあくまで分家の人間として見ていた節があります。そういう人の技術力を搾り取るだけ搾り取って、利用しようとしていたんじゃないでしょうか」

「そんな話、聞いていません」

「喋っていなかっただけかもしれない。夫婦の間でも、秘密はありますよね。言えないことも……」それ以上喋るのはきつかった。綾奈がいなくなってからの日々、私と妻は互いに本音をまったく語らず数か月を過ごした。特に私の方が。娘はもういない。帰って来ない。刑事としてごく当たり前の思考が頭にこびりついて離れなかったのだが、必死に捜索を続ける彼女にそれを告げるわけにはいかなかった。それでも気持ちというのは、表情や態度を通じて自然に零れてしまうものである。私と妻の間がぎすぎすするのに、さほど時間はかからなかった。そして一度本音をぶつけ合ってしまった後は……関係を修復するのは不可能だった。

私の沈黙の意味を悟ったのか、愛美が話を引き取ってくれた。

「失踪する前、野崎さんはビートテクを辞めようとしていました」

「本当ですか？」詩織がはっと顔を上げる。

「ええ。転職を考えていたんです。実際、面接までしています」

「まさか……そんな……私、何も知らないんですよ」詩織が目を一杯に見開いた。

「心配かけないように、と思ったんじゃないですか」愛美が柔らかな声で言った。「誰だって、夫が会社を辞めると言い出せば心配しますよね。全て決まった後で——お金の問題なんかがクリアになった後で、話そうと思ったんじゃないでしょうか」

「そう——そうかもしれません」自分を納得させるように詩織がうなずく。「肝心なことは言わない人だったから」

「それは優しさの裏返しですよ。心配させまいとしたんでしょう……でも、本当に何も聞いていなかったんですか」

詩織が無言で首を振る。私は奇妙な違和感を覚えていた。愛美の言うことにも一理ある。「会社を辞めたい」と相談されれば、家族は間違いなく動揺するはずだ。全て決まった後で「実は」と切り出す方が優しいのかもしれない。少なくとも金銭面の心配をかけずに済む。しかし、極秘に進めるのもやはり不自然な感じがした。考えられるのは、会社を辞める理由をどうしても詩織には言いたくなかった、ということだ。それこそ屈辱的な理由を妻には知られたくなかったとか……。

使用人。

野崎社長は、もう一度叩いておく必要がある。

「ビートテク社の人とは、お知り合いじゃなかったんですか」愛美が質問をがらりと変えた。「社長さんとか、役員の人とか」

「創立記念パーティの席で会ったことはあります」

「どんな話をしました？」愛美がわずかに身を乗り出した。

「どんなって……」詩織が眉間に皺を寄せる。「ああいう席では、まともな話なんかできないでしょう？　ご挨拶するぐらいですよ」

「家のこととかは？」

「分家の話ですか？　いえ……」

「野崎さんご本人のことについてはどうですか。評価とか、そういうことは？」

「そういう話もなかったですね。『いつもお世話になってます』ぐらいは言われたかもしれませんけど、正直言って私も、義父にいろいろ聞かされて会社に対しては少し警戒していましたし……もっといろいろな話が出たら、覚えていると思います」

「一つ、失礼なことを聴いていいですか」私は立ち上がり、彼女をわずかに見下ろす姿勢を取った。

「何でしょう」

「今、お金に困ってはいませんか？　あれだけ大きな家だと、維持費や税金も大変でしょう。それに、満佐子さんの治療にもお金はかかりますよね」

「何がおっしゃりたいんですか」詩織の口調に、怒りの色が滲んだ。

「それは――」

あなたたちが困窮《こんきゅう》しているから、野崎はビートテクから金を引き出そうとしているのでは――私の考えは、あっさり彼女に読まれてしまったようだ。詩織が立ち上がり、唇をわななかせながら、ドアを指差す。ぴしりと伸びた人差し指も、やはり震えていた。

「どうぞ、お帰り下さい」

返す言葉はなかった。


「迂闊ですよ、高城さん」

「すまん」愛美の突っこみに、私は素直に謝るしかなかった。あの質問は、野崎の動機を探る上でどうしてもぶつけなければならないものではあったが、タイミングが早過ぎた。もう少し会話が潤滑《じゅんかつ》に進むようになってからでもよかったのだ。

「焦り過ぎです」ぶつぶつ文句を言いながら、愛美が車に乗りこんだ。「気持ちは分かりますけど、もう少し慎重にいかないと」

運転席に身を落ち着けると、私は思わず言い訳した。

「早く知りたいんだ」

「どうしてですか」

「何だか気味が悪い……後味が悪いというか」

「それは私も同じですけど、我慢できますよ」

エンジンが始動するまでの一瞬の間、二人とも口を閉ざす。サイドブレーキをリリースして車を駐車場から出すと、愛美がまた口を開いた。

「野崎さんが本当に生きているのかどうか。それが分からないと……」

「そうなんだ」右へウインカー。首を伸ばして道路の様子を確認しながら、私はアクセルを踏みこんだ。「野崎さんが今も生きているとしたら、何らかの方法で家族の様子を見守っている可能性がある」

「だとしても、誰かを通じて、じゃないですかね」

「ああ」

神山町のあの大きな家の前に立ち、暗闇の中、目を凝らして様子を観察する。雨の日も、雪の日も。野崎のそんな姿を想像しようとしたが、どうしてもイメージが実を結ばない。

むしろ誰かを通じて情報を探る方が、現実味がありそうだ。

私は何とか、疑問点を整理しようとした。一つ、野崎は本当に生きていて、ビートテクを脅迫しようとしているのか。一つ、だとしたら動機は何か。一つ、彼が失踪した動機は何なのか。会社との間——野崎の本家との間に、深刻な諍《いさか》いがあったのではないか。

「明神、会長に会ってみないか？」

「どの会長ですか？」

横を見ると、綺麗な前髪をぼんやりと引っ張っている。苛立っている時の癖だ。

「ビートテクの持ち株会社——大日本技術総研の野崎会長だ」

「本家のお兄さんの方ですよね」

「そして、野崎さんをビートテクにリクルートした人だ。もしかしたらこの人の方が、事情をよく知っているかもしれない」

大日本技術総研は持ち株会社なので、会社としての規模は小さく、グループ傘下のソフト開発会社のワンフロアに間借りする形だった。場所は銀座の外れ——住所からすると築《つき》地《じ》の、晴海《はるみ》通り沿いに建つオフィスビルの七階。自社ビルだが、すぐ近くに地上二十三階建てのADK松竹スクエアがあるので、存在感は皆無に等しい。

「すぐに面会できるとは思いませんでした」最上階へ上がるエレベーターの中で、愛美が声を潜《ひそ》めて言った。

「どうして？」

「一応、会長じゃないですか」

「関係ない。捜査となれば、会えない人はいないんだから」

愛美は何も言わず、肩をすくめるだけだった。だったら最初から言わなければいいのに……どうも私は、彼女という人間を基本的に理解できていないようだ。

彼女には「関係ない」と言ったものの、さすがに緊張する。受付から会長室に通される間、鼓動が高まって歩くスピードと合わなくなるのをはっきり感じた。しかし幸いというべきか、この会社自体は非常に規模が小さく――十人ほどの事務社員と役員室がいくつかあるだけだった――緊張を抱えたまま、長い距離を歩く羽目にはならなかった。

会長室も、ビートテクの社長室に比べれば質素なものだった。腰板張りの壁は、アメリカの弁護士事務所のようで事務的な臭いしかしなかったし、装飾品の類もまったくない。考えてみればビートテクの社長室や住田製薬の顧問室は、壁一面の窓が贅沢なインテリアになっていたのだ。

会長の野崎清吾は、立って私たちを出迎えた。ビートテクの野崎社長と顔立ちは似ているが、ずっと小柄で老けている。髪は頭頂部にへばりついているだけで、顔にも皺が目立った。事前に調べたデータでは、六十五歳なのだが、実年齢よりも年取って見える。険しく表情を引き締めているが、何に対して怒っているのかは分からなかった。

「武博が迷惑をかけているそうですね」

ソファに座ると、いきなり切り出してきた。

「そんなことはありません。今回の件では、ビートテクは被害者ですから」

「そうですか？　警察への通報も遅れたと聞いていますよ」かすかに舌打ちしたようだった。

「こちらではいつお聞きになったんですか」

「今日になってからです。おそらく、警察に連絡が行く直前でしょうな。怒鳴りつけてきましたよ」

「判断が遅過ぎますか」

「当たり前じゃないですか」野崎会長が短い足を組み、ふんぞり返った。「危機管理の意識がなってないんですよ。こういうことはいち早く全員が情報を共有して、意思決定を早くしないと」

「仰る通りですね」私はうなずき、先を促した。どうやらこの男は、少し突くと際限なく喋るタイプらしい。「それで、御社としてはどういう方針で臨むんですか」

「今のところは相手の出方待ちです。具体的な要求と受け渡し方法を指定してきてから考えますよ。もしかしたら、悪質な悪戯かもしれないし」

「その相手なんですが……」

「あり得んだろう、健生というのは」比較的自信のこもった断言だった。

「どうしてそう思います？」

「それは……」野崎会長が口をつぐむ。細い目をさらに細め、必死で言葉を選んでいる様子だった。「その答えは、警察の方がよく知っているんじゃないですか」

「私は、野崎さんが死んでいるとは考えていません」

「脅迫状の署名の筆跡が健生のものだったから？」

「違います。死体が見つかっていないからです」

私たちはしばらく、無言で睨み合った。やがて野崎会長が、ふっと緊張を解いて吐息を漏らした。

「分からない話を議論しても何も始まりませんな。あなたの言う通りだ。あいつが死んだという証拠は何一つない」

「ええ。筆跡も強力な材料にはなりますが……気になっていることがあります」

「何ですか」

「野崎さん――健生さんは、ビートテクを恨んでいたんでしょうか」

「可能性はある」

「分家だからですか？」内輪の人間から認められ、私は鼓動が高鳴るのを感じた。

「それは分からない。だが、不満を抱いているという話は、間接的に聞いていた」

「健生さんとは直接話していないんですか？　会長自らリクルートして、ビートテクに入社させたと聞いていますが」

「それは事実です」会長がうなずき、組んでいた足を解いた。膝に両手を置き、わずかに身を乗り出す。「彼は優秀だからね。優秀という言葉では足りない……間違いなく、天才と言っていいと思う。あのまま歩行アシストシステムの研究を進めていけば、ノーベル賞も夢ではなかったはずですよ」

「そういう話はあちこちで聞いています。しかし、それだけ評価を受けている人が、会社の中で肩身の狭い思いをしているのも奇妙な話ではないですか」

「要は、武博がケツの穴の小さい人間だということです……失礼」

愛美に向かって頭を下げ、拳を口に当てて咳払いをする。愛美はまったく平然とした表情で、軽くうなずくだけだった。

「ま、とにかく」軽く咳払いして続ける。「武博は、自分も技術者だ――だった。優秀なのは間違いないですよ。でもそれは、学校レベルの話です。実際に何かを開発したり、人が及ばないような発想を思いつくような能力はない。経営者としては……まあ、今回の一件の処理の仕方を見れば、だいたい分かるでしょう」

「私にはコメントする権利がありません」私は両手を組み合わせ、肘を膝に置いて、少しだけ身を屈《かが》めた。「混乱しているのは分かりますけどね」

「混乱はよかったね」野崎会長が苦笑した。「あれが一杯一杯でしょう。怒鳴りつけておいたよ。社長があんな具合では、下の人間はどうしていいか分からないからね」

「社長は、健生さんを嫌っていたんですか？」

「恐れていた」

私は一瞬、言葉の意味を摑み損ねた。恐れる？　新井も同じようなことを言っていたが、社長が一介の研究者を恐れるようなことが本当にあるのだろうか。実の兄が言うと、情報の確度が急に高くなる。

「外様……分家の人間が、自分の座を脅かすと思っていたらしい」

「本当にそうなんですか？」

「まさか」会長が苦笑した。「健生には野心はないですよ。たっぷり金をもらって、自分の研究に没頭できていれば幸せな男だからね。彼の研究は、基本的には母親のためなんだ。そういうモチベーションは何よりも強いですからね」

「聞いています」

野崎会長がうなずき、ソファに背中を押しつけて、天井を仰いだ。はあ、と息を漏らしてから、首をがくんと倒して私の顔を見つめる。

「野崎社長が一方的に恐れて、排除しようとしていたとでも？」

「それほどの度胸はないよ、武博には」会長が声を上げて笑った。「せいぜい、昇進させないように恣意《しい》的な人事をするぐらいだな。実際健生は、失踪する直前まで主任研究員のままだった。主任っていうのは、平の研究員の一つ上の立場だから、自分では予算の差配もできない。名目だけの肩書きですよ」

「会長の方で取り立ててあげようとは思わなかったんですか」

愛美が割りこんだ。野崎会長が穏やかな笑みを浮かべる。優秀な娘を見るような目つきだった。愛美は明らかに、年寄りに好かれるタイプである。本人にそんなことを言ったら、激怒するかもしれないが。

「それはさすがにできないですな。こっちは持ち株会社で、グループ内の全企業に対して責任を負っているけど、逆に細かいところにまでは口を挟めない。自治権の侵害ですよ……まあ、武博には何度か忠告したけどね。然るべき立場に取り立てておかないと、そのうち優秀な技術者を失うことになるぞ、と」

「転職しようとしていたんですか？」この男はどこまで知っていたのだろうと思い、カマをかける。口出しはしない、野崎と直接会ってはいないと言いながら、実際はかなり親身になって相談に乗っていたのではないだろうか。もしかしたら、転職を勧めたのはこの男かもしれない。

「いやいや、ただの脅しですよ」

そういうことか……では、実際の状況をぶつけたらどうなる？

「本当に転職しようとしていたようです。実際、他の会社や研究所で面接を受けているんですよ」

「まさか」野崎会長の顔から、すっと血の気が引いた。本当に知らない様子だった。

「何がまさか、なんですか？　優秀な技術者が、自分の腕を生かせる場所を求めて転職するのは、珍しいことではないでしょう」

「あり得ない」会長が力なく首を振る。「あのレベルの技術者が同業他社に移ったりすると、いろいろ憶測を呼びますから」

ハイダの社長が言っていた通りである。あの会社が採用を断ったのは、やはり正解だったようだ。

「その話は本当なんですか」野崎会長が身を乗り出した。

「相手方に直接確認しています」

「まさか……いや、あり得ない。健生だって、そんなことが上手くいくわけないと分かっていたはずですよ」

分かっていても、活路を――あるいは逃げ道を求めざるを得なかった。野崎の気持ちが完全に読めたわけではないが、緩く頭を押さえつけられる日々が、次第に耐え難いものになることは容易に想像がつく。しかし私は、かすかな違和感を覚えていた。積もり積もった不満が、退社を決意させたのか。仮にそうであったとしても、何か決定的なきっかけがあったのではないだろうか。それはいったい何なのか……。

「結局、何が不満だったんですか？　技術者として正当に評価されないことですか？　それとも分家の人間として、辛い立場に立たされていたこと？」

「両方でしょうな。私からすれば馬鹿らしい話で、あれほど政治的野心のない人間はいないんだが……武博が勝手に怯えてやっていたことですよ。まったく、馬鹿馬鹿しい」

「会社の発表会を妨害し、脅迫して損害を与えるほどの恨みでしょうか」

野崎会長がぴたりと口を閉ざす。もしかしたら、後悔しているのかもしれない。自分が一本釣りしてグループ企業の中核会社に入れた人間を庇いきれなかった、とでも思っているのではないか。それこそ、今さら悔やんでもどうしようもないことだが。

「それは、何というか」急に歯切れが悪くなる。「今さら分からないことだが……」

「健生さんは、そもそも失踪するような人なんですか？」

「天才が何を考えているか、私のような凡人に分かるわけがないでしょう」

野崎会長の言葉は、私には本音に聞こえた。

15

「結局何も分からず仕舞いですか」

帰りの車の中で、愛美は目に見えてかりかりしていた。確かに彼女の言う通りで、野崎の居場所につながる具体的な手がかりは、未だに得られていない。しかし私は、一枚一枚薄皮を剝ぐように真相に近づいていると確信を持ち始めていた。野崎が会社に何らかの不満を持っていた可能性は高いし、その原因が社内での処遇にあるらしいことも分かってきた。当時の状況、そして失踪の動機が明らかになれば、現在彼がどこにいるかが分かるかもしれない。

あくまで「かもしれない」だが。

「そう焦るなよ」

「でも、このまま放っておくと、ビートテクは金を払うかどうか、実際に決断を迫られることになりますよ」

「それで総研の方は、表面上は見て見ぬふりか」左手でハンドルを握ったまま、私は右手で胸ポケットの煙草を引き抜いた。唇に挟みこみ、「吸わないから」と愛美に宣言しておいてから、香りだけを味わった。

「だけど、グループ企業ですよ？　無視するわけにはいかないでしょう」

「帳簿上はきちんと処理するかもしれないけど、表沙汰にはしないという意味だ。税務署には嘘がつけないけど、世間には公表したくないだろう」

「この件、抑えきれるんでしょうか」少し不安そうに愛美が言った。ホテルでの爆発の件は、既に大々的に報道されている。だが脅迫状に関しては、警察としては広報しない方針が決まっていた。犯人を刺激しないように、という捜査一課の判断である。

「外へは漏れないさ。最近の記者連中はだらしないからな。よほど強力な情報源を摑んでいない限り、大丈夫だ」

「楽天的ですね」

「少しぐらいは楽に考えないと」

晴海通りから日比谷を抜けて内堀通りへ。警視庁の脇を通って三宅坂で左折し、永田町経由で渋谷に向かう。既に夕闇が下り、青山通りでは渋滞が始まっていた。アクセルに乗せた足の力を抜き、私はのろのろ進む前の車にペースを合わせた。

「これからどうしますか」

「ビートテクの野崎社長を急襲するっていうのはどうだろう」

「会社ですか？」

「いや、家」会社よりも、自宅に直接刑事がやって来る方が衝撃は大きい。どこかこちらを馬鹿にしたようなあの男の仮面に、穴を穿《うが》ってやりたかった。

「いいんですか？　一課に黙ってそんなことをしたらまずいですよ。ばれたら、室長だって黙っていないでしょうし」

「分かってる」

「一つ、変なことがあるんですけど」

「何だ」愛美の言葉に耳を傾けながら、私は窓の外に目をやった。右側は赤坂御用地。綺麗な生垣と並木は、都会では貴重な緑を提供していた。

「野崎さんって、お母さんのために研究を進めていたぐらい、家族を大事にしていたじゃないですか。それが家族に何も言わずに出て行くのは変だし、そもそも悩んでいたら真っ先に相談するんじゃないですかね。だから、最初から――五年前から何かおかしかったんですよ」

「ああ」

「家族も事情を知っていて、嘘をついている可能性は？」

「それは俺も考えたんだが……だとしたら、奥さんも母親も大変な役者だぜ。動揺したり心配したり、あれは演技には見えなかった」

「そうなんですよね」愛美が両手を合わせて腿に挟みこむ。「私もそう思いました。だけど、本当にそうですかね……私の観察力が鈍いのかもしれない」

「君が鈍いっていうんなら、警視庁の中に鋭い人間なんか一人もいないよ。そこは信用している」

「……ありがとうございます」

どこか気の抜けた声で愛美が言った。ちらりと横を見ると、褒められたのが意外だったのか、不思議そうに目を見開いている。そんな顔つきをすると、それでなくても幼い顔がさらに子どもっぽく見えた。

「とにかく、最初からどこかがずれていたんです」愛美が気を取り直したように強調した。

「もしかしたら、家族の態度は本当に演技かもしれない。実は五年前から、野崎さんがどこにいるか知っていた、とか」

「金の流れを追えば、何か分かるかもしれませんよ。野崎さんが働いて、家にお金を入れていたかもしれない」

「銀行経由じゃなかったらアウトだな」私は顎を撫でた。「直接手渡ししていたら、証拠は残らない」

「目撃者でも捜しますか？」

「……無理だろうな」

「何もかもはっきりしませんね」

確かなことが一つもない。それだけは事実であり、その現実が私たちをさらに苛立たせる。

携帯電話が鳴り出した。背広の内ポケットから引き抜き、愛美に渡す。「頼む」と言った時、彼女が一瞬、ひどく嫌そうな表情を浮かべるのが見えた。

「はい、高城さんの携帯です。ああ、長野さん……」私の方を向いてうなずきかける。「今運転中なんで。はい、そうです。ええ？　何ですか？　もう一回お願いします」

ほとんど叫ばんばかりになっていた。慌てて横を見ると、電話を握った右手が強張って血の気が引いている。

「どうした」

ちょっと待て、というように愛美が首を振る。目を細めて険しい表情を浮かべ、前方の道路に意識を集中しているようだった。いきなり窓を下げると、左手を伸ばしてサイレンを取り上げ、屋根にくっつける。

「直行します。一つ、確認していいですか？　私たちに嘘をついていたんですよね？　はい……分かりました」

通話を終えた愛美が、潰さんばかりの勢いで携帯を握った。すぐにサイレンを作動させると、まだ開いたままの助手席の窓から、耳を突き刺すような音が飛びこんでくる。「どうした」という私の声は、あっさり掻き消された。愛美が窓を閉めながら「社長が裏取引きをしていたんです」と叫んだ。

「どういうことだ？」

「脅迫状がもう一通あったんですよ」窓が上がり切り、愛美の声が車内で反響する。

「郵送されてきた他に？」

「そうです。高城さんたちがビートテクを出た後に届いたんです。郵送ではなく、直接会社の裏口に置いてあったらしいんですけど……金の件で相談したいから、社長一人で来るように、という指示だったそうです」

「まさか、野崎社長はそれに従ったのか？」

「ええ」

「クソ」私は思い切りアクセルを踏みこみ、クラクションを鳴らした。前の車が左右によけ、細い隙間ができる。そこに無理矢理覆面パトカーを突っこませながら、確認する。

「場所は」

「新宿公園です」

「あり得ない」私は反射的につぶやいた。既に街は闇に覆われているが、この時間でもあの大きな公園が無人になっているはずはない。犯人が本当に野崎社長と話し合うつもりなら、密談の場所に選ぶとは考えられない。

まさか——。

「犯人は、野崎社長を拉致するつもりかもしれません」私の考えを読んだように愛美が言った。

「冗談じゃないぞ」私は強引に右の車線に覆面パトカーを押しこみ、右折して外苑西通りに入った。道路はずっと先まで渋滞しており、到着時刻はまったく読めない。物理的にこれだけ詰まってしまうと、サイレンの効果などゼロに等しいのだ。長野たちはどこにいたのだろう。もしも爆破事件の関係で新宿西署に詰めていたら、野崎よりも先に公園に辿り着けるかもしれない。しかし警視庁にいたら、私たちより不利だ。

失踪課から応援を呼ぶべきだろうか、と一瞬考える。渋谷から直行なら少しは早く新宿に着けるし、荒事になれば醍醐の体格と運動神経は大きな味方になるし、最悪の場合、森田の射撃の腕が頼りになる。あの男は始終ぼうっとしているが射撃の腕だけは確かで、オリンピックを目指せる、とまで言われていたのだ。

それはまずい。話が大袈裟になると、真弓は敏感に気づいてストップをかけるだろう。内輪にも敵を囲いこんでしまったな、と後悔しながら、私はひたすらアクセルを踏み続けた。

新宿公園のずいぶん手前から、私はサイレンをストップさせた。長野たちが使っている覆面パトカーを公園脇の道路で見つけ、少しだけほっとする。助手席に座った長野が血相を変え、無線で指示を飛ばしているのが見えた。拳を固めて指の関節でウインドウを叩くと、狭い車内で長野が飛び上がらんばかりに驚く。ノックの主が私だと分かると、苦笑しながらウインドウを下げた。

「驚かすな」

「そっちこそ、びくびくするなよ」私は後部座席に入り、そのまま運転席側まで尻を滑らせた。続いて愛美が私の横に腰を下ろす。「状況は?」

「今、うちの刑事と所轄の応援を張りつかせてる。社長は気づいていないはずだ」

「何で脅迫状のことが分かったんだ?」

「例の総務部長——日向だっけ? 彼がびびって電話してきたんだ。社長は警察に知らせる必要はないって言い張って、自分一人で出かけたんだが、さすがにそれはまずいと思ったんだろう。どうも社長は、社内で完全に孤立しているみたいだぜ」

「犯人側の要求は? 話し合いだけなのか?」

「脅迫状は見たけど、具体的な金額の要求はない。会社側の本気度を試そうとしているだけだと思う」

「そのために、社長を呼びつけたのか……」目の奥がじりじりと痛くなってきた。慌てて頭痛薬を取り出し、口に放りこむ。

「脅迫状は、直接会社に届いたんですよね」

愛美が訊ねる。後部座席に向かって首を捻りながら長野が答えた。

「届いたというか、気がついたら置いてあったそうだ。仕事が終わるタイミングで、通用口のカウンターに置いたんだろうな。守衛が気づいた」

「そんなに堂々と？」愛美が目を見開く。

「勤務が終わる時間帯は混乱してるから、案外気づかないもんだぜ。警察もそうだろう」

「内部犯行じゃないんですか？」疑わしげに愛美が指摘した。

「内部の人間じゃなくても、何とか上手く社内に忍びこめば、脅迫状ぐらいは置けるよ。それこそ営業で入って、トイレの中で適当な時間まで粘って待っていれば、楽勝だ」長野が固めた両手に力を入れる。大きな拳が筋張った。

「ということは、今日の訪問者をチェックしていけば、犯人に行き当たるかもしれませんね」愛美が指摘する。

「そいつはそれほど簡単じゃない――」長野が右手を耳に押し当てた。イヤフォンがちらりと見えている。「ああ、長野だ――分かった。すぐ行く」背広の襟元に仕こんだマイクに向かって低い声で告げる。ドアを押し開けながら「配置が完了した」と私たちに告げた。

外に出ると、まだ冬に近い冷気が襲ってくる。白い息を吐きながら、私と愛美は長野の後を追った。事件の渦中にいる時の常で、長野の歩幅は広く、ほとんど競歩のようなスピードである。公園の中を歩く途中、何度も腕時計に視線を落とした。私は一瞬スピードを上げ、彼の横に並んだ。

「時刻は指定されてるのか？」

「八時ジャスト」

私も時計を見た。七時四十五分。ほとんど時間がない……それにしても、まだ早い時刻だ。公園を突っ切る通行人も多いはずだし、犯人はどうしてこんな人目につくような場所で会おうとしている？　時間など、向こうの都合で何とでも指定できるはずなのに。

観察しやすい場所を選んだのだ、と直感した。本当に社長が現場に来るかどうか、犯人は離れた安全な場所で観察している。指定した時間にそこにいることが分かれば、放置して帰ってしまってもいい。本格的な金の交渉は、その後から始めるつもりだろう。

――それも奇妙だ。犯人は、野崎社長が警察に届けないと確信しているのだろうか。普通の会社なら、脅迫されれば必ず警察に届ける。むざむざ金を払うようなことはしたくないし、一度払ってしまえば、より大きな危険が待っているかもしれないからだ。それに、金を払ったことが後になって明らかになれば、世間の非難を浴びかねない。被害者が一転、犯人と裏取り引きした卑怯者になってしまうだろう。

「何か妙だと思わないか？」

「思うよ」私の問いかけに、長野があっさりと同意した。「妙だけど、それを言えばこの事件は最初から妙なんだ。犯人が本気だとは思えない。ただ、会社をからかって楽しんでるんじゃないか」

「そんな感じもするな」

「……この先に広場がある。うちの刑事たちは、その周辺に隠れてるんだ。お前は、俺の後ろにいてくれ。無線がないと、動きが分からないだろう」

何かあったら、飛び出す長野の背中を追え、ということか。「了解」と短く答え、私は彼を先に行かせた。横に並んだ愛美が心配そうに訊ねる。

「大丈夫ですかね」

「何も起きない方に賭けてもいい。野崎社長は放置されて、俺たちはそれをぼんやり眺めてるだけになると思うよ」

「犯人、社長をからかってるんですかね」

「そうかもしれない」

長野の姿が木立の中に消えた。陽があまり当たらないせいか、地面は少し湿って柔らかい。一歩踏み出す度に体が少し沈みこむようで、特にパンプスの愛美はいかにも歩きにくそうだった。

長野が歩みを止める。木陰に身を寄せて姿を隠し、その先にある広場の監視に入った。広場は土がむき出しになったほぼ円形のスペースで、野崎社長は、私たちから見て左側にあるベンチに腰かけている。薄いコート姿で、落ち着かなく左右を見回しているのは、不安と寒さ、両方が原因だろう。広場の中に他に人がいないのは、配置についた刑事たちが排除してしまったからかもしれない。

じりじりと時間が過ぎた。野崎は約束の時間が近づくに連れてますます落ち着きを失い、立ち上がったり座ったりを繰り返している。さすがにその場を離れようとはしなかったが、ベンチはいかにも居心地が悪そうだった。

「少し落ち着けばいいのに。みっともないですよね」愛美が皮肉を飛ばす。私たちは一メートルほどの間隔を置いて、それぞれ木の陰に身を隠していた。愛美の体はすっかり隠れてしまっているだろうが、私ははみ出しているだろう。野崎社長は、自分がこんな風に監視されているのに気づいていないのだろうか、と私は訝った。社内の誰かが警察に通報すると考えていなかったら、あまりにも読みが甘い。

長野が振り返り、私たちに向かって首を振る。時計を見ると、ちょうど八時になったところだった。私の腕時計はいい加減なもので、しょちゅう遅れているのだが、長野が言うのだから間違いないだろう。愛美に視線を投げ、左手首の時計を人差し指で叩く。愛美が手首をひっくり返して時計を確認し、疲れた表情でうなずいた。

その瞬間、広場に爆発音が轟いた。

一瞬、視界が真っ白になって完全に塞がれる。広場を照らし出すのは頼りない街灯だけで、今はそれもまったく当てにできない。長野が白い闇の中に突っこんで行った。

「長野！」叫んだが、彼は振り返りもしない。クソ、二発目があったらどうするんだ。私は愛美に、「ここにいろ」と声をかけてから彼の背中を追った。何があっても、彼女を巻きこみたくない。

「長野！」視界が白く霞《かす》む中、私は必死に呼びかけながら彼の姿を捜した。これは……何かがおかしい。爆発したなら、もっと強い火薬の臭いがするはずだ。ところが鼻を突くのはどこか懐かしい臭い——チョークだ。つい先日、発表会場のホテルで嗅いだばかりの臭い。またあれか？　鼻と目に容赦なく入りこんでくるのはたまらなかった。左の前腕を口と鼻に押しつけ、右手を顔の前で振って視界を確保しようとしたが、依然として真っ白なままである。

突然、細く強い光が目を刺した。誰かがマグライトを使っているようだが、ピンポイントの照明のようなもので、現場全体の状況を把握することはできない。

そのうち、息が持たなくなってきた。それでなくても普段から煙草で痛めつけられている肺が悲鳴を上げ、我慢の限界がくる。よろけながら、何とか来た方に引き返した。やがて白い粉が薄れてくると、木立と広場の境目に愛美が立っているのが見えた。目を細め、苦しそうに肩を上下させている。見ると、髪と黒いジャケットが薄らと白く染まっていた。

手を振って、後ろへ下がれと合図する。同時に自分は木立の中へ転がりこんで地面に四つん這いになり、激しく咳きこんだ。苦しいが、冷たい土の臭いが気持ちを落ち着かせてくれる。

「大丈夫ですか？」

「チョークだ、チョーク」苦しい息の下、何とか答える。ふと、暖かい感触が触れた。顔を上げると、愛美がしゃがみこんで私の背中に手を置いている。照れ臭くなってよろよろと立ち上がり、さらに木立の奥の方に進む。ようやくチョークの影響がなくなり、クリアな空気が肺に入ってきた。木に寄りかかりながら大きく深呼吸し、息を落ち着かせようと試みる。チョークの粉が目に入ったせいで、涙がぼろぼろ零れた。

「何なんですか」

「この前のホテルと同じだ」愛美の顔を見ながら言った。粉を被ってすっかり白くなっている愛美の姿はどこか滑稽だったが、とても笑う気にはなれない。

「野崎社長は？」

「まだ確認できない」

　ホテルにしかけられたのと同じような爆弾なら、怪我をするようなことはないはずだ――いや、この状況だと呼吸困難を起こしかねない。慌ててもう一度、白い粉が一杯に広がる中へ突入しようとしたが、その時、誰かがふらふらと歩いて来るのが目に入った。長野だ。誰かに肩を貸している。

「野崎社長です」愛美が低く言い、すぐに駆け出して行った。長野の反対側、野崎の左の脇の下に潜りこむようにして支えたが、身長が違い過ぎるのであまり役に立っていない。私もすぐ助けに入り、愛美に代わって野崎を支えた。野崎が一歩踏み出す度に、白い粉が舞った。爆発の中心部にいたのは明らかだが、取り敢えず怪我はない様子で、こうなってしまうとむしろ滑稽さが際立つ。

木立の中に逃れ、三人がかりで彼を座らせる。前屈みになりながらひどい咳をしていて、いつまでも止まりそうにない。見ると、左足の下に小さな血溜まりができていた。いくらチョークの粉をまき散らすだけの爆弾だといっても、直撃を食らえば怪我はするか……出血量から、死に至るほど重傷ではないと分かっていたが、野崎は顔をしかめ、思い切り両手で膝を摑んだ。そうすることで、何とか痛みを追い払おうとするように。

「大丈夫ですか」長野が声をかけたが、心配している様子はこれっぽっちもなかった。野崎社長が少しでも離れれば、「ざまあみろ」と吐き捨てそうだった。

「膝が……」野崎が呻《うめ》く。私たちは彼をうつぶせに寝かせ、痛む膝の裏を確認した。高価そうなズボンはぼろぼろになり、血塗《ちまみ》れの皮膚には木片が幾つか、突き刺さっていた。

「何もしない方がいい」長野が忠告した。確かに。そもそも木片はどれも微細なもので、素手では抜けそうにない。ここは専門家に任せた方がいいだろう。

「怪我は大したことはありませんよ」

長野が告げると、野崎がうつぶせのまま必死に顔を起こし、「痛いんだ」と抗議した。

「すぐに救急車を呼びます。明日にはもう、歩けますよ」

「馬鹿な」

答えず、長野が携帯電話を取り出した瞬間、サイレンの音が遠くで鳴り始めた。誰かが気を利かせて、救急車と消防車を呼んだようだった。私と長野は、野崎の世話を愛美に任せて——彼女は殺意さえ感じられるほど嫌な顔をした——その場を離れ、現場の確認に向かった。さすがに粉の乱舞は収まり、今は少し粉っぽい程度になっている。

「ベンチはあれか」長野が大股で歩いて行った。

野崎が座っていたベンチは、ほぼ完全に破壊されていた。座面は吹き飛び、短い脚が三本、残っているだけ。爆弾はベンチの真下に仕かけられていたのだろう。素材は柔らかい木のはずで、野崎があの程度の怪我で済んだのは奇跡かもしれない。

「前の爆弾と同じようなものじゃないかな」

私が指摘すると、しゃがんでベンチの残骸を確認していた長野が立ち上がり、渋い声で「たぶんな」と答えた。その頃には、現場に張りこんでいた刑事たちも集まって来たので、長野が現場を保存すると同時に脅迫状を捜すよう、指示を飛ばす。前回、ホテルのケースと同じパターンだとすれば、犯人がまたメッセージを残していった可能性がある。

私も捜索に加わり、広場の中にある全てのベンチを改めた。何もなし。腰が痛くなってきた頃、救急隊員が木立の中を動き回っているのに気づいた。愛美が出て来て、私を手招きする。野崎が担架に固定され、運び出されるのを見送りながら、彼女の話を聞いた。

「たぶん、右の大腿骨《だいたいこつ》が折れています」

「重傷じゃないか」私は喉の奥が詰まるような感覚を味わった。

「ええ。洒落になりません」愛美が首を振る。長野と違い、こちらは純粋な怒りに突き動かされているようだった。「死んでいてもおかしくなかったですよ」

「一歩間違えば、な」まさにケツの下で爆弾が爆発したわけだ。唾《つば》を飲み下す。喉の奥に、まだチョークの粉の存在を感じた。

「これで、単なる脅迫から殺人未遂になりましたね」

「ああ」人が一人、殺されかけた。殺傷力のある爆弾――実際に怪我をしているのだから、悪戯では済まされない――をベンチに仕かけて、その上に人を座らせたのだから、言い逃れは不可能だ。

「これも野崎さんがやったんでしょうか」

「いや……どうも、彼のやり方じゃないような気がするんだ」

悪戯好きのマッドサイエンティスト。新井の説明を信じるとすれば、野崎は人に深刻な危害を加えるようなタイプではない。せいぜい、からかって喜んでいるだけだ。彼がこの公園に忍びこみ、密かに爆弾を設置している姿は想像もできない。だが、あれから五年が経っている。五年の歳月は、人をいかようにも変え得るのだ。明るい男が、世の中の全てに不満を持って呪詛《じゅそ》を吐く男に、暗い男が人前で歌うことに何より喜びを感じるエンターテイナーになる可能性もある。

「新しい局面に入ったな」

「ええ」愛美が顎に力を入れてうなずく。単なる脅迫から殺人未遂へ。この一件は今後もエスカレートするのだろうか、と考えるとにわかに不安になった。

二時間後、私たちはベッドに縛りつけられた野崎と病院で対面した。怪我は、やはり大腿骨の骨折と無数の擦過傷。骨折の治療よりも、両の太腿に食いこんだ無数の木片を除去するのに時間がかかったようである。治療のために局所麻酔されているだけだが、野崎の受け答えはどこかぼんやりしていた。

尋問は長野が担当した。他に、記録係の若い刑事が一人。さらに私と愛美が加わると、狭い病室の温度は確実に上昇した。予め医師から「十分だけ」と警告を受けていたので、長野がすぐに質問を始めた。

「どうして一人で行ったんですか。危ないと思わなかったんですか」

「会社のためだ……私の会社のため」ベッドの上で少し体を動かそうとして、野崎が大声で呻いた——悲鳴を上げた。聞きつけた医師と看護師がドアを開けて顔を覗かせたが、長野は首を振り、無言の圧力をかけて二人を追い払った。

「分かりました。英雄的な行為なのは認めますが、褒められたものじゃないですね。無茶です。こういう時は、早く警察に連絡してもらわないと困ります。我々は、出遅れているんですよ。時間があれば、いろいろなことができる……ところで、あそこで待っている間に、誰か見ませんでしたか？　不審な人物とか、あるいは顔見知りの人間とか」

長野が何を考えているか、手に取るように分かった。爆発した時には、犯人はまだ現場付近に潜んでいたのでは、と疑っているのだ。人通りの多い場所だから、何時間も前に爆弾を仕かけて、誰にも気づかれないとは思えない。それに野崎を殺そう、あるいは傷つけようという意図があったなら、現場を見届けようとするのではないだろうか。あの程度の爆発なら、少し離れていれば自分には被害が及ばないはずだ。長野はそれを見越して、直後に周辺の捜索を徹底させたが、怪しい人間は網に引っかかってこなかった。

「誰も見なかったんですね？」

もはや声を出す気力すらないのか、野崎は小さくうなずくだけだった。

「相手は本気だと思いますか？　その相手は野崎健生さんだと思いますか？」

今度は首を横に振る。確信できるだけの材料はないようだ。あるいは、警察には喋れないと考えているのか。

「現場では、本当に犯人からの接触はなかったんですね」長野がしつこく念押しする。

「ないです」

「今後具体的に金を要求してきたら、どうするつもりなんですか」

また力なく、野崎が首を横に振る。長野も酷な男だ。この状態で決断しろというのは無理である。

「終わります」

音を立てて、長野が椅子を蹴飛ばすように立ち上がる。野崎の顔を見下ろして、「また来ますから」と告げると、野崎は死刑宣告を聞くように唇を震わせながら目を閉じた。

病室を出るとすぐ、長野は「ふざけてるのか、あの男は！」と怒鳴った。医師と看護師が顔をしかめたが無視し、「自分で何とかできると思ってたのかね。だとしたら、完全な馬鹿だ。上場企業の社長とは思えない」と吐き捨てる。

「それぐらいにしておけ、長野」私は警告を飛ばした。「怪我人なんだから。今や完全な被害者なんだぜ」

「俺は、あの会社に関係する、あらゆることが気に入らない」

「だったらこのまま放っておくか？　それとも誰か別の人間に捜査を渡すか？」

長野が振り返る。拳を固く握り締めたまま、厳しい目つきで私を睨みつける。そのまほとんど口を開かず、「これは俺の事件だ」と宣言した。言われなくても分かっている。

誰かに無理矢理取り上げられない限り、長野が自分から手を引くことはあり得ない。しかし、彼の心の揺れが気になる。普段は、ある意味どんな時でも変わらない男なのだ――テンションが高いという点で。しかし今回は、あまりにも感情の起伏が激し過ぎる。被害者を悪く言うことなど、まずないのに……。

私たちはそのまま、日向総務部長の事情聴取に取りかかった。病院へ見舞いに駆けつけたのを摑まえ、所轄のワンボックスカーを取調室代わりに借りる。この車は現場指揮が取れるように改装されていて、運転席と助手席以外の座席は全て取り外されている。代わりに簡易テーブルと椅子が置かれ、無線機器などが壁を埋めていた。長野は日向を座らせると、向かいに腰を下ろしてすぐに責めたて始めた。

どうしてもっと早く連絡できなかったのか。社長を一人で行かせたのは何故か。さらに、社長にちゃんと生命保険はかかっているのかなどと、明らかに今回の事件には関係ない話まで持ち出して揺さぶりをかける。日向はほとんど泣き出しそうになっており、そこで私は長野の真意に気づいた。この男は、「良いお巡り、悪いお巡り」作戦を実行したいのだ。自分が進んで悪役をやることで、私に善人役のバトンを渡した。

「日向部長」私は彼の横に腰を下ろした。日向が身を固くするのが分かる。「当然、あなたたちは社長を止めたんですよね？」

「そうなんです」すがりつくような視線を投げかけ、日向が私の方に体を傾けた。「でも、まったく聞いていただけなくて……自分が決着をつけると言ってきかなかったんです」

私は長野と顔を見合わせた。決着？　あまりにも大袈裟な言い方だ。まるで長年の因縁を自分一人で断ち切ろうとでもいうような……五年前からずっと、野崎との悪い関係を引きずっているのだろうか。そうだとしたら、周りの人間が何も知らないのは不自然だ。

「失踪した野崎さんと、ずっと連絡を取り合っていたということはないんですか」

「ないです」即座に断言した後、一歩引く。「いや、少なくとも私は知りません」

「だったら、社長の一存で何かやっていた可能性はあるんですね」

「それは……否定できません」日向がうなずく。

「部長、そろそろ本当のことを教えてくれないかなあ」長野が粘っこい口調で詰め寄る。

「社長と野崎さんの間に、本当は何かあったんじゃないのか？　それが今でも尾を引いてるってことは考えられないですかね」

「否定も肯定もできません」日向が力なく首を振った。「私が知らないことだって多いんです」

「つまり、この件が全部、社長の独断である可能性もあるんだよな」長野が畳みかけた。

「誰か、社長の首に鈴をつけられる人はいないんですか？　このままじゃ、あの人、死ぬよ」

日向が慌てて顔を上げる。長野は腕組みしたまま、彼の顔を凝視するだけだった。日向の顔からゆっくりと血の気が引いていく。

「あのね、警察はおたくの会社を助けようとしてるんですよ。何と言っても被害者なんだから。だけどこっちに隠し事をしたまま、勝手に暴走されたらどうしようもない。責任は取れませんよ」

「しかし……」

あまりにも動揺が激しい日向に、私は助け舟を出した。

「日向さん、総研の会長にお願いしたらどうですか。実のお兄さんなら、説得できるでしょう。実際、いろいろなことで何度も話をしてきたと聞いていますよ」

「お前、何でそんなこと知ってるんだ」長野が不機嫌な口調で訊ねる。出し抜かれたと思っているのは明らかだった。

「今日、会ったんだ」

「そうか……」むすっとした表情のまま、長野が唸《うな》る。「まあ、だったら社長の首に鈴をつける役目は会長さんにやってもらいましょうかね。あんたの方から話をしてもらえますよね？」

日向が、首を痛めそうな勢いでがくがくとうなずいた。

「社長の怪我は、重傷ですが致命的ではありません」私は長野をフォローした。「話はできます。できるだけ早く、会長に連絡を取った方がいいですね。ご家族でもあるんだし」

「分かりました」

「ほら、さっさと動いて下さいよ」

長野が急き立てると、日向が慌てて立ち上がる。車の中で天井が低いので、頭をぶつけそうになった。彼が出て行くと、長野が椅子の背にだらしなく腕を預け、溜息をついた。

「何だか滅茶苦茶になってきたな」

「ああ」

「意味が分からん。お前、会長に会って何か分かったのか」

「具体的な話はない。ただ、社長が野崎さんを恐れていた、という情報がある」

「何だ、それ」長野がテーブルに覆い被さるように身を乗り出した。「野崎は当時から、脅迫でもしてたのか？」

「そうじゃない」私は苦笑しながら否定した。「社長は、野崎さんが自分の立場を脅かす人間じゃないかと思って警戒してたんだ。それだけ野崎さんは優秀だったからな。ただ、野崎さんはビートテクを経営することには興味がなかったらしい。自分の研究が存分にできれば、それで満足という人だったんだ」

「それを社長が勝手に勘違いしたってところか」

「ああ。一方的な被害者意識だよ」私はうなずいた。

「阿呆《あほ》らしい」吐き捨て、長野が立ち上がった。勢いでルーフに頭をぶつけたが、気にする様子もなく車を出して行く。

「痛くないんですかね」愛美が小声で私に訊ねた。「車、思いきり揺れましたよ」

「アドレナリンが出まくっている時は、痛覚が死んでるんじゃないか？　あいつの場合、普段からあんな感じだけど」

愛美がようやく椅子に腰を下ろし、脅迫状のコピーを手にした。わざわざ声に出して読み上げる。

「金を払う準備はできたか。こっちは映像をばらまく準備ができた。すぐに金を寄越せとは言わない。ビートテクにキャッシュフローがあまりないのは分かっている。取り敢えず、本気かどうかを確かめさせてもらおう。社長一人で、新宿公園まで来い。今夜八時。中央広場の、噴水のすぐ右隣のベンチだ。その時に、金額と受け渡し方法について説明する――ですか。これにも野崎さんの署名がありますね」

「話し合いをすると見せかけてどかん、か」私は腕を組んだ。

「それにしてもあの社長、本当に何考えてるんですかね」愛美が呆れたように言った。

「一人で行けば、向こうが納得するとでも思ったんでしょうか」

「あるいは、どうしても一人で行かざるを得なかったか」

「他の人に聞かれるとまずい話があった？」

「それだよ」

私が人差し指を顔につきつけると、愛美が露骨に嫌そうな表情を浮かべて鼻に皺を寄せた。今にも私の指をへし折りそうな機嫌だったので、慌てて指を引っこめる。

「社長と野崎さんの間に、本人たちしか知らない確執があったとしたら……しかもそれが、人に知られたらまずいことだとしたら、どうだ？」

「どうしますか」愛美が立ち上がる。

「野崎社長に張りついて話を聴くしかないな。その前に、日向部長をフォローしてやろうか。俺たちも会長と話をした方がいい」

16

野崎会長は、憮然とした表情で廊下のベンチに腰かけていた。周囲を総研の社員が固め、警察官も近づけないようにしている。長野が見たら怒鳴り出しそうな光景だ。しかし会長はさほど頑なな態度ではなく、私を認めると——愛美かもしれないが——軽く会釈してきた。こちらも頭を下げ、ゆっくりとベンチに近づく。傍《かたわ》らには、日向が青い顔をして立っていた。

「弟がご面倒をおかけして」低い、しゃがれた声。初めて会った時より体が縮んでしまった感じがする。

「怪我がそれほど重傷でなかったのは、幸いでした」

「これであいつも、少しは反省するんじゃないかな」

「何をですか」

会長が口を閉ざした。何を言い過ぎたと思ったのだろう。訝っていると、立ち上がり、私の腕にそっと触れて、病室の前から離れるよう促した。社員たちが付いてこようとしたが、首を振って制する。結局私と愛美が彼を両側から挟む形で歩き始めた。病室から十分離れたと思ったのか、野崎が別のベンチに腰を下ろす。私が右に、愛美が左に座った。野崎は両手で軽く腿を叩き、溜息を一つつく。

「弟は、子どもの頃から内に籠るタイプだった」遠い目をして、急に想い出話を始める。

「一緒に育った私でも、何を考えているか分からないところがあるんです。情けないが、それは大人になっても変わらなかった。話していても、本音を言っているのか嘘をついているのか、見抜けない」

「それが、今回のことと何の関係が——」

「関係ある」野崎が私の言葉を遮った。「あいつと健生の間に何かあったと考えるのが自然じゃないですか。私はずっと、弟が一方的に健生を恐れて遠ざけているだけだと思っていたが、きっと何かあったんだ。健生が本当にこんなことをしたとすると、相当の恨みなんでしょうな」

「それは否定できません」人を殺そうとするほどの恨み。それも姿を消してから五年も経ってから、なおも命をつけ狙うしつこさは、私の想像を超えたものだ。

「それが何だったのか、私は知らない。正直、弟が健生を恐れていたことだって、腹の中では笑っていたぐらいなんだ。何という臆病者か、とね。だけどあの時にもっと詳しく話を聞いておけば、こんなことにはならなかったかもしれない。そもそも健生も失踪しなかったんじゃないか」会長の声はかすかに震えていた。

「全て仮定の話ですよ。あまりご自分を責めない方がいい」

「健生をうちのグループに引っ張ってきたのは私だ。あれの父親は、グループ内で思う存分腕を振るえず、肩身の狭い思いもしてきた。だがそんなことは――本家だとか分家だとか、そんなことで諍いを続けるのは馬鹿らしい。健生はそんなことを気にしない男だし、あれの代で、そういう下らないことは終わりにすべきだと思ったんだ。しかし、弟の方で気にしていたとなると……計算違いだったな。今考えれば、健生とももっとよく話しておけばよかった。とにかく、弟とは話します」

目の端に溜まった涙を、野崎会長が指先で拭った。訳の分からないことばかりが起きる今回の事件の中で、唯一まともで信頼できる人間だ、と私は思った。ただしその彼も、具体的なことは何も知らない。

「すいません」愛美が遠慮がちに手を上げて割りこんだ。

「何ですか」野崎会長が彼女に何とか笑顔を見せる。

「まったく関係ないところで、社長が恨みを買っている可能性はないでしょうか。会社関係のトラブルとか、それこそ社長個人の問題、女性関係とか……野崎さんのことは何も関係ない可能性もあります。周囲の目を欺《あざむ》くためのダミーかもしれません」

「それは……可能性としてはあり得るでしょうな」野崎がうなずく。「ただし、私はそういう事実は摑んでいない」

「そうですか」愛美が言葉を切る。唇を堅く引き結ぶと、顎がきゅっと動いた。「野崎社長……弟さんは、社内で孤立していますね？」

今度は野崎の顎が引き締まった。一瞬愛美に鋭い視線を向けたが、すぐに目尻を下げて柔和な表情に変わる。

「経営者としての指導力は、家柄とかには関係ないからね。ビートテクを立ち上げた頃は前途洋々だったんだが……早くして世に出た人間は、尻すぼみになることもあるんだね」

ぱたぱたと軽い足音がして顔を上げると、日向がこちらに向かって来るところだった。やや血色がよくなり、顔には軽い笑みさえ浮かべている。

「社長とお話しいただけます」

「そう、か」野崎会長が音を立てて腿を叩き、立ち上がった。「では、話してみよう。どうなんだ？　今は落ち着いているのか？」

「ええ、何とか」

「君にも苦労かけるな」野崎が日向の肩に手を置いた。「どうだ。ビートテクからうちに出向しないか？　少しは気苦労も減るぞ」

「本当ですか？」

日向の顔がぱっと明るくなった。あの会社で、そんなに嫌な思いをしているのか……私は彼に対して深い同情を覚えた。


兄弟の対面に、私たちは同席しなかった。本音をぶつけ合うのに、警察官の存在は邪魔になるだろう。さすがの長野もその辺は分かっていて、同席しないことにしたようだ。私たちは一度、失踪課に引き上げることにした。考えていることがある。それを実現できるかどうか……。

車の中で、愛美はずっと静かにしていた。頰杖をつき、窓の外を流れる代々木《よよぎ》公園の暗い闇に目を凝らしている——いや、ぼうっと視線を投げていた。

「ああ、もう」いきなり声を上げ、髪をぐしゃぐしゃにする。しかし頭を一振りすると、すぐ元の髪型に戻った。殺しても手に入れたいと思う人もいるだろう、柔らかく滑らかな髪。

「何だよ、いきなり」

「何か引っかかってるんです」指先で、細い喉に触れた。「ここまで出かかってるんですけど、困ったな」

「そのうち思い出すよ。一生懸命思い出そうとしている時に限って、出てこないもんだ」

「忘れた頃に思い出す？」

「そういうもんじゃないか」

「そうですね……」納得できない様子で、愛美が顎を摘むようにした。「でも、こういうのって気持ち悪いですよ」

「分かるけどさ、今は今夜の飯のことでも考えた方がいいんじゃないか？」

「確かにそんな時間ですよね……」愛美が腕時計に視線を落とした。「今日も食べ損ねですかね」

「末永亭《すえながてい》でラーメンは？」渋谷中央署の近くにある、私たちの行きつけの店だ。

「そうですねえ……ラーメンって気分じゃないけど、仕方ないですかね」

「あそこ、美味いじゃないか」

「それはそうなんですけど、夕飯がラーメンって、気持ちが貧しくなりません？」

「否定はしないけど、仕方ない」

しかし、私たちのささやかな夕飯の計画は渋谷中央署に帰り着いた途端にボツになった。実に久しぶりに、真弓が居残っていたのである。元々夜は、本庁の人間との「外交」を盛んにこなしていたのだが、今は……忙しいわけではあるまいに、何をしているのか、私は不安を感じた。しかも、私たちが部屋に入るのを待ち構えていたように、室長室のドアを開けて顔を覗かせる。

「二人とも、ちょっといい？」

私は愛美と顔を見合わせ、首を傾げた。ろくな話でないのは想像できるが、こんな遅くまで待っている理由が分からない。「余計なことをするな」という命令を無視していることちらの動きはばれているだろうが、どうして今、説諭されなければならないのかが分からない。そういうタイミングではないはずだが……。

失踪課全体の照明は落とされているのに、室長室の中だけは煌々《こうこう》と灯りが点いていた。真弓は疲れた表情で自席につくと、私たちに向かって手を差し伸べ、「座って」と低い声で言った。私はすぐに腰を下ろしたが、愛美は座る寸前に足で椅子を後ろに押し、少しだけ真弓と距離を置いた。彼女にとって、苦手な相手であるのはわかっている。私から見れば、二人には共通点の方が多いのだが、似た者同士は反発するのかもしれない。

「一課から、正式に協力要請がきたわ」

そういうことか。私は背中に張りついていた重荷が急に軽くなるのを意識した。逆に言えば、今までは後ろめたさを感じながら動き回っていたわけだ。

「今夜、ビートテクの社長が殺されかけたのね」

「ええ」今さら隠すことはあるまいと思い、私は正直に打ち明けた。「実は、爆発した瞬間、現場にいました」

「そうだと思ったわ」真弓が私の顔を凝視し、次いで自分の髪の毛を触ってみせる。「まだ残ってるわよ。急に白髪が増えたみたい」

反射的に髪に触れると、目の前にチョークの粉が舞う。そのまま頭を振って払い落としたいと思ったが、さすがにここでは無理だ。粉が飛び散らないように、背筋をぴんと伸ばして頭を固定する。

「とにかく、長野君から一課長経由で、こっちに話が回ってきたわ。殺人未遂になったから、一課としても今まで以上に力を入れざるを得なくなった。それで、あなたたちが調べていた一件とリンクしているわけだから、ついでに、ということね……高城君、長野君に泣きついた？」

「いえ。あいつは忙しくて泣いてましたけどね」

「動ける理由ができてよかったわね」真弓が唇の端を持ち上げて皮肉に笑った。

「これはチャンスですよ。うちが野崎さんを捜し出せば、点数になります」まったく本音でない台詞を喋るのは、ひどく難儀だった。私自身は、点数を稼いで今のポジションから上に行くこととか、誰かに褒められることにまったく関心がない。「ここは全力で行きますから」

「無理しないで」以前だったら絶対に言わない台詞だ。「怪我しない程度にしておいて。一課がきちんとやっているんだから、いずれちゃんと野崎に辿り着くはずよ」

「室長……」

真弓が空ろな視線のままうなずいた。明らかに私たちを見ていない。以前ならここで発破をかけて、私たちを急き立てたのに……彼女の野心の材料にされてたまるか、と反発していたことが、今になると妙に懐かしい。

「とにかく、正式な話になりました。可能な範囲でやって下さい。話はそれだけ」両手を叩き合わせ、立ち上がろうとした。

「室長、田口さんに会いましたよね」

私はいきなり変化球を投げた。真弓がきっと唇を結び、もう一度椅子に腰を落ち着ける。

「どうしてあの人をここに受け入れることになったんですか？　拒否もできたはずですよ」

「私レベルの中間管理職に、そんな権限はないわよ」

「どうしようもない人みたいじゃないですか。刑事部の経験もないし」

「そこは慣れてもらうしかないわね」軽く肩をすくめる。「戦力は選べないから。いるメンバーで、淡々と仕事をこなすだけ」

「それでいいんですか」

「いいとか悪いとか、そういう問題じゃないわ」真弓の声がわずかに尖った。「私たちは組織の中の人間なんだから、余計なことを言っても無駄よ」

「……そうですか」

「それじゃ、これで話は終わり。無理しないで、帰れる時は帰ってね」

「分かりました」

「あの、室長？」愛美が座ったまま、戸惑いながら声をかけた。私と真弓は既に立ち上がっている。

「何？」真弓は愛美と目を合わせようともしない。

「これからラーメン食べに行くんですけど、一緒にどうですか？」

私は思わず目を見開いた。この二人が一緒に食事に行ったことがあっただろうか？　ましてや愛美の方から誘うなど……まったく記憶にない。

「悪いけど、食事は家でするから」即座に断りながら、真弓は一瞬戸惑っているようだった。誘ってくれたことに対して礼を言いたいのか、あるいは……それを確認できないのがもどかしい。もはや普通の会話もできないのかと、私は情けない思いで一杯だった。

翌朝、新聞各紙は新宿公園での爆発事件を取り上げていた。被害者が上場企業の社長ということもあり、扱いは大きくなっている。しかし、脅迫の事実はどこにも載っていなかった。広報の方で、巧みに隠蔽したのだろう。現段階では、複数回の脅迫があった事実が漏れるだけで、ビートテクは深刻なダメージを受ける。このままでは、野崎——脅迫者が、いずれ事態を公表する可能性も高いのだが。

各紙の記事をチェックし終えたタイミングを見計らうように、長野から電話がかかってきた。

「室長に話を通しておいたぜ」

「ああ。夕べ聞いた」

「そういうわけでよろしく頼む」

「そうだな……」

「何だよ、はっきりしないな」長野が不満そうに言った。「せっかく、お前が自由に動けるスペースを作ってやったんだぜ」

「それはありがたいけど、正直、この件に関しては困ってる。俺たちが捜し出すより先に、お前たちの方が行き着くんじゃないかな」

「珍しいな、お前が弱音を吐くなんて」そう言う長野の声は少しだけ優しくなっていた。

「だけどな、このチャンスを逃がしちゃ駄目だぜ」

「どうして」

「それぐらい、自分で考えろよ。ま、人間は自分のことになるとよく見えないものだけどな。じゃ、よろしく頼む」余韻もなく、いきなり電話が切れる。相変わらず、性急な男だ。

「長野さん？」コーヒーを出してくれた公子が、どこか嬉しそうに訊ねた。

「ええ」

「発破かけられちゃったんでしょう？」

「何で分かるんですか」

「朝からここへ何度か電話してきてたから。私に気合を入れても仕方ないのにねえ……でも、今回の野崎さんの件、ずいぶん気にしてたわよ」

「そりゃあ、向こうにすれば犯人ですからね」断定したくはなかったが、話を複雑にするのも面倒だった。

「そういう意味じゃないわよ」

「じゃあ、何なんですか？」

「高城さん、この件はちゃんとやらなくちゃ駄目よ」急に公子が真面目な口調になった。

「何年経っても、見つけ出せるってことを証明しないと」

「公子さん、それって……」

「ああ、忙しい。お喋りしてる暇はないわ」薄い笑みを浮かべて、公子がさっさと去って行った。

何年経っても、か。公子は本当にそんなことを考えているのだろうか。それこそファンタジーだ。

「高城さん、どうします？」

愛美が声をかけてきた。私は立ち上がり、その場で——真弓に隠す必要がなくなったので——指示を飛ばした。

「森田と六条は、ビートテクのＷＡ４実験で怪我をした人から、引き続き事情聴取。撮影していたのは、会社の人だけじゃないかもしれない。他に誰かが撮影したビデオが流出している可能性がないかどうかを探ってくれ。ファイル交換ソフトのチェックを忘れるな」

私は桜園以外の施設の名前と住所を告げた。桜園に関しては、職員や入所者がビデオ撮影をしていなかったことは確認されている。今後も脅迫材料として動画が使われる恐れはあるが、それならそれで、撮影した人間を特定しておきたかった。外部の人間でなければ、会社からの内部流出だと断定できる。

「醍醐と明神は、もう一度野崎の奥さんに当たってくれ。夕べの爆発のことはもう知っているはずだ。それでどんな反応を示すか、見て欲しい。できたら、母親にも会ってくれ」

「高城さん、詩織さんは……」愛美が自信なさげに言葉を濁した。昨日、ほとんど追い出されるように別れたのを思い出したのだろう。

「彼女もまだ何か隠しているかもしれない。嫌われない程度に絞ってくれ。ただし、母親優先だ」

「……分かりました」

「俺はもう一度、ビートテクのネタ元に当たる。事態が動いているから、向こうの内部事情も変わっているかもしれない――さあ、動いてくれ。連絡は公子さんのところへ集中させる」

「了解」公子が下手な敬礼の真似をする。彼女は事務職員だから、敬礼などする機会はないのだ。

刑事たちが散った後、私は自分のデスクに両手をついて、部屋の中を見回した。フリーハンドで動く権利は手に入れた。しかし今は、真弓の元気のなさが気になっている。思い切り弱音を吐いてみたかった。あなたがやる気を出さない限り、失踪課は沈没するだけですよ。俺には、あいつらをまとめる能力がないんです。

しかし、決して彼女に泣きつくことはないと分かっていた。酒がないと生きていけない、情けない私だが、意地ぐらいはある。少なくとも、失踪課に来てからそれを取り戻せたはずだ。

もはやなりふり構っていられない。私は新井の携帯電話に連絡を入れ、会社の外に呼び出した。それでも誰かに見られるのを恐れ、車に乗せて会社から離れる。路肩に車を停め、助手席を見ると、新井はいつにもまして蒼白い顔をしている。唇にも血の気がなく、わずかな時間のドライブで酔ってしまったように見えた。

「大丈夫ですか」

「大丈夫なわけないでしょう」蒼白な顔に笑みを浮かべようとしたが、失敗する。両手を太腿の間に挟みこみ、背中を丸めて恐怖に耐えていた。

「会社はどんな様子ですか」

「今日はもう、朝から仕事になりません。皆びびって、そわそわして……社長はどうなんですか？」

「命に別状はないけど、しばらく歩けないでしょうね。ケツの下で爆弾が爆発したんだから」

新井が右手を腿の間から引き抜き、口を押さえた。吐くかもしれないと思ったが、二度、三度と鼻から深呼吸をすると落ち着いたようで、ゆっくりと手を離す。いつの間にか、涙目になっていた。

「そんなにショックなんですか？」

「それはそうですよ。社長が殺されそうになって、会社はこれからどうなるか……」

「社長、社内で相当浮いていたんでしょう？」だいたいこの男も、露骨に悪口を吐いていたではないか。

「それとこれとは関係ないですよ」新井が声を荒らげる。「確かに反社長派の人間は多いけど、実際に死にそうになったんですよ。会社だって危ないかもしれない。そんなことになったら、誰だってショックでしょう」

「分かります……ところで、反社長派の人はそんなに多いんですか」

「というか、社長一人が孤立している……ビートテクを作ったのは間違いなく社長ですけど、カリスマ的なワンマンも、長く続くとろくなことにならないですよね。元々金持ちだからかもしれないけど、会社を完全に自分の私物だと思っている。社員も物扱いですしね」野崎社長に対する新井の悪口は、あっさり復活した。

「野崎さんも、物扱いされて参っていたんですかね」

「そう……今考えるとそうかもしれない。とにかく社長が悪いんですよ。野崎みたいに優秀な人間には、敬意を持って接するべきなんだ。それをあの社長は……」

「だから野崎さんは、姿を消したんじゃないですか」私の頭の中では、既にシナリオが出来上がりつつあった。社長から迫害されていた野崎は、他の会社や研究所への移籍を画策する。しかしそれが上手くいかず、会社に居続けるのにも耐えられなくなって、ある日臨界点に達す、何もかも投げ出して知らない街へ出奔した。しかし五年経っても会社――社長に対する恨みは忘れられず、ある日突然復讐を思いつく。あるいは何年も計画を練っていたのかもしれないが。今になって実行した理由は、おそらくＷＡ４の発表が近づいたと知ったからだろう。不完全な製品であり、実験で事故さえ起こしているＷＡ４。その事実を知って、会社に対する憎悪の念を燃えたぎらせた。

　このシナリオには、一つ大きな穴がある。野崎はどうやって、ビートテクの動きを知ったのか。動画の流出ルートの問題もある。

「今回の一連の犯行が本当に野崎さんの仕業だとして、どうしても社内に協力者がいるとしか思えないんですよ」

「考えられないな……例の事故現場の動画ですけど、社内のパソコンから流出した形跡はないんですよ」こちらを向いた新井の目は充血していた。

「物理的に持ち出すことは可能じゃないですか？　パソコンにＵＳＢメモリを挿《さ》してコピーすれば、形跡は残らないでしょう」

「機密保持のために、ＵＳＢメモリの穴は塞いであるんです。だから、パソコンに保存してあるファイルを持ち出すためには、ネットワーク経由でハッキングするしかない。でも、その形跡はなかったんです。そのことは私が調べたんだから、間違いないですよ」

「となると、いったいどうやって？」

「残念だけど、分かりません」野崎が首を振る。

「社長は、野崎さんを敬遠していたようですね」私は話を切り替えた。「自分の後釜を狙う人間として、恐れてもいたようです。野崎さんは優秀ですから、確実に実績を上げていけば、普通は立場も給料も引き上げざるを得ない。しかし、そうするとどんどん自分に近づいてくるわけで、それを避けるために人事面でも冷遇していた。普通の人間だったら、相当こたえますよ。いつか仕返ししてやろうという気になってもおかしくはない」

「野崎はそんな人間じゃない」

「じゃあ、どんな人なんですか」

「何度も話したじゃないですか。自分の立場とか、金とか、そういうことは気にしない男だった。研究さえ上手くいっていれば、それで満足だったんです。そんなことより何より、母親のために歩行アシストシステムを開発していたんだから。それさえ上手くいけば、自分に対する評判なんか、まったく気にもしなかったでしょうね」

「しかし彼には、時間がなかったはずですよ。母親はもう、七十歳近い。怪我の影響もあるだろうから、どこまで生きられるか……」

「失礼なことを言わないで下さい」新井の顔が怒りで真っ赤に染まった。「そんな、縁起の悪いことを……」

「すいません、口が滑りました」私は即座に謝罪して、一つ咳払いをした。「ただ、そんなに母親のことを思っていたなら、どうして失踪なんかしたんでしょうね。ビートテクを逃げ出せば、それこそ研究が続けられなくなるでしょう。それは彼にとっても、本意ではなかったはずだ。研究や開発には巨額の費用がかかりますよね？　彼一人でそんな費用を調達できるとも思えない」

「だから、何なんですか」

「新井さん、私がこだわっているのは動機なんですよ」私はハンドルを両手で握り締め、低い声で言った。「私は、いろんな失踪のケースを見てきました。百人いれば、百通りの動機がある。そして大抵の場合、失踪当時の状況と、どうして失踪したかが分かれば、行方が分かるものなんです。私は今回、野崎さんと社長の関係が背景にあるんじゃないかと思っている。本家と分家の関係から始まって、社内で冷遇されてきた状況が積もり積もって、彼の精神状態を悪化させたんじゃないかと……でも、母親のことが気になっている。野崎さんは相当変わり者だったんでしょうけど、家族の前では普通の夫であり、父親、そして息子でした。その家族に何も言わずに出て行くというのは、よほどのことじゃないかと思います。もしかしたら、綿密な計画を立てた上での失踪だったのかもしれない。ビートテクに、あるいは社長に復讐するために」

「それだけの理由で、五年も姿を消しているものですか？　それでずっとチャンスを狙っていた？　どう考えてもあり得ませんよ」新井が肩をすくめる。こちらの推理を馬鹿にしきった態度だった。

「だったらあなたは、何だったと思います？　彼はどこにいると思ってるんですか？」

「そんなこと、私に分かるわけがないでしょう。刑事はあなたなんですよ。ちゃんと捜して下さい」

「私にまだ何か隠し事をしていますね」私は彼の顔を凝視した。

「まさか」新井が怖い顔で吐き捨てた。「そんなことをしても意味はない」

「本当に野崎さんを見つけたいと思っているなら、知っていることを全部話して協力して下さい。新しい情報はいつでも歓迎です。しかしあなたが、どうしても協力してくれないというなら……」

「逮捕しますか？」新井が鼻で笑った。

「それは無理ですね」私は肩をすくめた。「警察に協力しなかったから逮捕、という罪状はない。犯罪に加担したなら話は別ですが」

「やっぱり俺を疑っているんでしょう。冗談じゃない……何で俺がこんな目に遭わなくちゃいけないんですか！」

叫ぶと同時に、新井はドアを押し開けて外へ出てしまった。大股で歩き出すその背中を目で追いながら、彼は間もなく後悔することになるだろう、と私はぼんやりと思っていた。会社から、二キロほど離れている。たっぷり三十分も歩くことになると、分かっているのだろうか。

17

新たな脅迫状が郵送されてきたのは二日後だった。同封されたＤＶＤの内容は、再生せずとも想像がついた。

野崎社長がまだ入院中のせいか、今度はタイムラグなしで警察に情報が寄せられた。私は、長野から連絡を受けてすぐにビートテクに急行した。愛美と醍醐も同行している。私たちが把握しているだけで、ＷＡ４による事故は三件。そのいずれでも会社側だけがビデオを撮影していたことは、既に確認されていた。今度はどの事故なのか……。

会社側が用意した広めの会議室で、私たちはスクリーンに視線を注ぎ、その瞬間を固唾《かたず》を呑んで見守っていた。

「これ、桜園じゃないですか」薄い闇の中、愛美が私の耳に唇を近づけて囁いた。

「ああ」場所は、やはりリハビリ室のようだった。壁の一角に、桜の花を簡略化したロゴマークがあり、「桜園」の文字も映っている。真っ先に事故を知らせてくれた日吉の妻の事故……私は思わず唾を呑んだ。

状況は、前回のビデオとほぼ同じだった。まず社員が自分でＷＡ４を装着して動き回ってみせる。続いて入居者の実験に移ったが、事故は二人目——日吉の妻の時に起きた。右に円弧を描くように歩こうとした瞬間、突然スピードが上がった。すぐにバランスが取れなくなり、体を右へ投げ出すようにしたために、その場で激しい音を立てて横倒しになってしまう。本人はまったく動かないのに、ＷＡ４を装着した左足だけがゼンマイ仕かけの人形のように動き続ける様は、どこかグロテスクだった。

部屋が明るくなった瞬間、私はつい数日前に見た場面のフラッシュバックのようだ、と思った。社長がいないだけで、顔を揃えたメンバーは同じ。またも一様に青い顔をして、苦い物でも呑みこんだように口をへの字に曲げている。しかし今回の仕切りは、総務部長の日向ではなかった。副社長の豊田《とよだ》が立ち上がり、両手をテーブルについて体を前に乗り出す。

「ご覧の通りで、小金井の桜園で起きた事故です」

「発生はいつですか」腕組みをしたまま、長野がぶっきらぼうな口調で訊ねた。この件の報告は、前回の脅迫状の時に受けており、当然彼の頭には入っているはずだが……向こうがどれだけ深刻に受け取っているかを計っているのだ、とすぐに分かった。資料なしでこの質問に答えられないようでは、脅迫を——あるいは事故を真面目に考えていないと取られても文句は言えないだろう。

「去年の十月十四日、午後二時頃です」

長野がゆっくりと腕組みを解き、うなずいて続けた。

「被害者の方は、右足骨折と聞いてますがね」長野が私に視線を寄越した。

「仰る通りです」うなずく豊田の右のこめかみから、一粒の汗が流れ落ちた。

「いくら払ったんでしたっけ？」

「治療費の実費、プラス慰謝料百万円です」

「桜園側には？」

「五十万円」

「あんたたちね、何でも金で解決しようとして、恥ずかしくないのかね」

長野の怒りがいきなり噴き出したので、私は彼の腕を摑んだ。長野は鼻から炎を吹き出しそうなほど顔を紅潮させていたが、それでも何とか気を落ち着け、音を立てて椅子の背に体を預ける。

「事故は、本当にこの三件だけなんですね？　これ以上はないと考えていいんですよね」

私は念押しした。この会社には、抜きがたい隠蔽体質がある。実はまだある、と打ち明けられても、今さら驚かなかっただろう。

「ないです」

豊田が断言すると、長野が「本当かね」と小声で悪態をついた。本人は聞かれないつもりで言ったのだろうが、どうやら耳にしてしまったらしい豊田がむきになって反論する。「間違いありません。実は、社長があんなことになってから、社内で何度か話し合いを持ちました」

「どういうことですか？」私は目を細めた。

「社長は……何を考えていたのかは分かりませんが、警察に協力する必要はないと思っていたようです。それであんな爆発に巻きこまれたわけで……これ以上、人的被害を出すわけにはいきません。我々は犯人と交渉しますが、警察にも全て情報を公開します。それで何とか、ビートテクを助けていただきたい」

豊田が頭を下げると、それが合図になったように、居並ぶ役員たちが一斉に伏した。ずらりと目の前に並んだ頭頂部を眺めながら、私はそもそも野崎が社長でなければ、こんなことにはならなかったのでは、と考えていた。

「結構です」長野がうなずき、話を先に進めた。「では、脅迫文の内容の検討に入ります」

私もコピーに目を通した。簡潔な文章だが、会社に対する乾いた恨みが滲み出ている。

『社長の件はお気の毒だった。だが、あれでこちらが本気だと分かったと思う。五千万円用意しろ。受け渡しは十三日午前零時、新宿公園で行う。先日、野崎社長が待っていたあの場所だ。現金は茶色のアタッシェケース一つにまとめ、女性社員に持たせろ。野崎社長も同席させるように。怪我が大したことがないのは分かっている。現場には二人だけだ。他の人間が張りこんでいたり、警察に知らせたりすればすぐに分かる。現場で再び指示する。なお、事故の動画は既にサーバー上に保存してあり、何かあったらすぐに流れるようになっている。メディアにも連絡がいく。止めるのは不可能だ。』

「野郎、女を使えって言ってきやがったな」長野が怒りを滲ませながら言った。「冗談じゃないぞ」

「ああ、危険だ」私も同調した。それに野崎社長を同席させろ、という要求も気になる。結局犯人の狙いは、金ではなく野崎本人なのではないだろうか。病院にいたら手出しはできないが、オープンスペースの公園なら何とでもなる、と考えたか。

「卑怯者が……」長野が歯嚙みする音がはっきりと聞こえた。「のこのこ出てきやがったら、必ず捕まえる。腕の一本や二本、へし折ってやるからな」

「落ち着け」私はまた、長野の腕を押さえた。強面《こわもて》で威勢のいい男だが、女性や子どもが事件に巻きこまれると、正気をなくしてしまう。だからこそ、綾奈がいなくなった時も、自分の時間を全て使って——この男が仕事をサボるのを私は初めて見た——捜索を手伝ってくれたのだ。

「分かってるって」鬱陶しそうに身をよじり、長野が私の手から逃れる。「心配するな、俺は冷静だから。しかし、明後日の深夜か……」

「午前零時だと、新宿公園にはまだ人がいるはずだ」

「だろうな」長野が、まだ立ったままの豊田に視線を向けた。「五千万円、用意できますか？　無理な場合、こちらでダミーを用意することも可能です」

「何とかします」豊田が無理矢理力強くうなずく。「ダミーを使ったと分かれば、犯人が何をしてくるか分からないでしょう。公開されたら……」

「あくまで事故の件は隠したいんですか」長野のこめかみに青筋が浮く。この問題は脅迫事件とは別で、立件してやろうと意気込んでいるはずだ。

「とにかく、犯人側から明かされるようなことは避けたいんです」豊田も引かなかった。

「その後は……タイミングを見て必ず公表します」

「本気ですか」長野が念押しした。

「本気です」豊田がまたうなずいた。「弊社ではこれまで、コンプライアンスの点で問題があったことは認めます。この辺りで、人心一新して、新しい気持ちで生まれ変わらなければならない」

「野崎社長を切るつもりですか」人心一新という言葉に反応して、私は低い声で訊ねた。

「社内のことですから申し上げられない事情もありますが、そう考えていただいても構いません」

豊田の覚悟が、会議室に重い沈黙を呼ぶ。私はふと、これこそが犯人の真の狙いだったのでは、と想像した。社内を引っ掻き回して野崎を社長の座から引きずり下ろすこと――いや、あり得ない。社内の意思決定がどのように流れていくか、外部の人間は知りようがないはずだ。とすると、やはり内部犯行？　目の前の役員たちの顔を一人ずつ見ていく。誰も私と目を合わせようとしない。全員が険しい表情で、豊田の発した「脱・野崎宣言」とでも言うべき言葉の意味を噛み締めているようだった。

もしもこの場に、五年前に消えた野崎がいたらどうしただろう。自分の頭を押さえつけていた重しが取れたと、小躍りして喜んだかもしれない。それとも俺には関係ないと、冷めた笑みを浮かべたか。

「では、基本線は五千万円を現金で用意するということで。ただし、女子社員に関しては、こちらが代役を用意します。リスクが大き過ぎる」長野が話をまとめにかかった。

「しかし、それがばれたら――」

豊田の反論を、長野は手を振って打ち切った。

「内部犯行でない限り、犯人が社員の名前と顔を全部知っているとは思えない。ダミーを使っても安全でしょう。もちろんこれから明日の夜中まで、社員の方からは徹底して話を聴きますよ。時間ぎりぎりまでね。最終的に判断するのはその後です」

再び沈黙。豊田は立ったまま固まっている。私はと言えば、隣に座る愛美が余計なことを言い出さないかとはらはらしていた——自分が女子社員の身代わりになる、と。

　役員たちとの話し合いを終え、私は長野と二人で車にたて籠った。

「明神が何か言い出すんじゃないかと思ったが」長野がぽつりと言った。私と同じことを考えていたのだ。

「ああ、俺も心配だった」

「名乗り出たら、やらせてもよかったな」

「おい——」

「リスクは少ないと思う。仮に犯人が野崎社長を狙っているんだとしたら、社長一人を呼び出せばいい。車椅子に乗って公園に登場、ということになるだろうがね。だけど、金を持ったもう一人の人間をその場に呼び出すということは、目的はやっぱり金なんだよ。野崎社長が一人で車椅子に乗って、金を抱えて公園へ行けるとは思ってないんだろう」

「つまり、女子社員は単なる運搬役か」

「そういうこと。もちろん、リスクゼロとはいかないと思う。犯人は相当爆発物に精通してるわけで、これまで以上に殺傷能力が高い爆弾を作ることも簡単だろうからな」

「だから俺は、あいつを行かせない。大事な部下なんだ」頭に血が上り、頭痛が忍び寄ってくる。

「それは分かるけど、上手くやれば明神にとってもいいチャンスになるんじゃないか？あいつ、失踪課に行って二年になるよな」

「ああ」長野の考えが読めたので、私は思わず渋い声を出してしまった。

「あいつは元々、捜査一課希望だ。何も好き好んできつい職場に来る必要はないと思うが……でも、本人が希望しているなら、一回はやらせてやってもいいんじゃないか。あんなことがなければ、そもそも今頃は一課にいるはずだったんだし」

あんなこと——愛美が失踪課に来ざるを得なくなった、不幸な事故のことだ。若い刑事の拳銃自殺が、複雑なパズルのように組み合わさっていた人事の予定を崩壊させてしまった。

「異動するには、何かきっかけが必要だと思う。あいつがよくやってるのは、俺は知ってるけど、勲章《くんしょう》つきで異動するには、もっとでかい事件が欲しい」

「その勲章が身代わりか」私は緊張と怒りで頭痛が忍び寄ってくるのを感じた。バッグの中から頭痛薬を取り出し、二粒、口に放りこむ。「あいつは一度、爆発事故でひどい目に遭っている。いざという時に体が動かないかもしれない」

「明神は強いぜ」長野が人差し指で下唇を撫でた。「お前が想像しているより、ずっと強い」

「俺は許可しない」

「この件は俺が仕切ってるんだ」やけに強情になって長野が言い張った。「最終的には俺が判断する」

「あいつは失踪課の人間だ。お前がどう考えていても、俺は全力で阻止するぞ」私も思わずむきになって反論した。長野の暴走は、今回は度を越している。

「あいつのことも考えてやれよ」長野が泣き落としにかかった。「まだ若いんだし、能力もある。失踪課じゃなくて、一課で腕試しをしたいと考えるのは自然じゃないか？」

「野心、か」

「ああ」

「野崎にはこういう野心はなかったんだろうけどな……何かおかしいと思わないか？　野心を持たない人間が、どうして会社を脅したり、金を奪ったりしようと思う？　そういうのは、気持ちを傷つけられた人間がすることだ。そして、野心を持たない人間は、侮辱されても傷つかない。復讐しようなんて気にはならないはずだよ」

「気になるなら、お前たちが野崎を捜し出して直接聴いてみてくれよ。失踪課の意地を見せてくれないか」

突き放したような長野の言い方に、一瞬、言葉に詰まった。どうせ失踪課。警視庁のお荷物。長野の頭にある認識も、所詮《しょせん》はその程度なのだろう。だからこそ、せめて若い愛美をここから救出しようとしているのだ。ベテランの中間管理職としては正しいあり方だが、自分たちの存在を否定されたようで頭にくる。

後部座席のドアが開き、愛美が車内に滑りこんできた。潮時だと思ったのか、長野が「それじゃ、よろしく」と声をかけて出て行く。

「長野さん、何だったんですか?」愛美が訊ねる。

「君のことだ」

「私?」バックミラーの中で、愛美が鼻に人差し指を当てるのが見えた。「何かしましたか?」

「これからの話だよ。確認するけど、社員の身代わりに立候補する気になっていないだろうな」

「立候補って……」愛美が笑い声を上げたが、そのわざとらしさが私を苛立たせた。愛美は普段、滅多なことではおどけたりしないのだ。

「仮に指名されても、断ってくれないかな」私は体を捻って、後部座席の愛美と目を合わせた。

「どうしてですか」

「何もわざわざ、危ないことをする必要はない。それにこれは本来、一課の仕事だ」

「それじゃ、室長と一緒じゃないですか。危ない橋を渡らなければ、手に入らない物もあるんですよ」

「一課へ行くための手土産とか？　君ももう、失踪課に二年だよな。そろそろ、本来目標にしていた部署に行きたいと思っても、おかしくはない」

「勝手に決めないで下さい」愛美の声に怒りが混じった。

「じゃあ、ずっとここでいいのか？　失踪課なんて、将来どうなるか分からないんだぞ」

失踪課については、発足したとほぼ同時に「廃止」を言い出す人間が出る有様だった。単に「行方不明者を捜しました」というアリバイを作るための部署など必要ない、と。

「私は何も希望してません」

「じゃあ、身代わりはやめてくれ」

「それとこれとは別問題でしょう。単なる仕事ですよ」

「俺は」私は言葉を切った。急に喉が詰まるような感じがする。「俺は……君に怪我をして欲しくないだけだ」

一瞬、愛美が大きく目を見開く。唇が薄く開いたが、言葉は出てこない。だが、きゅっと口を結んだ次の瞬間には、目を伏せながら「ありがとうございます」と素直に言った。

「そう言うなら、絶対に断ってくれよ」

「状況次第です」

「分からない奴だな」私は苛立ちをぶつけた。「うちは今、人員がマイナス一なんだぞ。これ以上人手が足りなくなったら、大変なことになる」

「そういう意味で言ったんですか？」瞬時に愛美の顔が紅潮した。「私……」

「とにかく、怪我厳禁。いいな？」私は慌てて念押しして、咳払いをした。

「さっさと出してくれませんか、運転手さん。やること、いっぱいあるでしょう」

愛美は後部座席でふんぞり返り、バックミラーに映る私の顔を睨みつけた。

おかしい。人気《ひとけ》のなくなった失踪課で一人煙草をふかしながら、私は先ほどから感じている違和感の源泉を探ろうと、記憶の奥に針を刺しこんでいた。

「禁煙だぞ、高城」

「オヤジさん」

懐かしい——既に懐かしく感じてしまったのが意外だった——声に顔を上げると、制服姿の法月が、にやにやしながらカウンターに肘をついてこちらを見ていた。私は携帯灰皿で煙草を揉み消すと、立ち上がってカウンターに向かった。

「泊まりですか」

「そうなんだよ」法月のにやにや笑いが苦笑に変わる。「制服を着て当直なんて、何十年ぶりかね」

「体、大丈夫なんですか」

「ああ、問題ない。実際、体調はいいぐらいだ」法月が胸の真ん中に掌を当てた。「それよりお前さん、えらいことになってるみたいだな。話は噂でしか聞いてないが」

「ええ」

「何だか、俺が事件の種を投げちまったみたいだな。よかったら話してみろよ。俺にも責任があるんじゃないか」

私は、たがが外れたように喋り始めた。自分がこれまで、どれほど法月を頼りにしていたかを意識する。彼は私にとって、鏡のような存在だったのだ。逆さに写ることで、見えてくる物もあった。愛美はセンスはいいが、まだ経験不足。醍醐は細かいところまでは気が回らない。ベテランの捜査官でもある真弓とは、まともな会話すら成立しなかった。

「それはおかしい」話し終えた瞬間、法月が私と同じ結論に達した。

「やっぱりそう思いますか?」意を強くし、私はカウンターの上に身を乗り出した。「俺もそう思ったんですよ。でも、どこがおかしいのか分からない……」

「お前さん、いきなり鈍くなったのかね」呆れたとでも言いたげに、法月が目を眇《すが》めた。

「稚拙《ちせつ》なんだよ、稚拙。この犯人はよほどの馬鹿か、捕まることを覚悟しているとしか思えないね、俺には」

深夜の新宿公園。私は足音を忍ばせて、ゆっくりと園内を回った。二十四時間後には、ここに現金を持ったビートテクの女子社員――もしかしたら愛美が――来ることになっている。寒気が首筋をくすぐり、思わず震えがきた。三月とはいっても、夜はまだまだ冷えるのだ。コートの襟を立てて風を遮断し、背中を丸めて歩みを進める。靴底から、土の冷たさが這い上がってくるようだった。

ふと、ベンチに寝転がっているホームレスの男に気づいた。妙だ……一時、この公園はホームレスの溜まり場になっていたのだが、しばらく前に排除されて——都庁の近くにホームレスがたむろしているのが誰かの怒りに触れたらしい——いたはずだ。段ボールを体の上に何枚もかけて、へたった毛糸の帽子を被っている。あれでは寒さは防げないが……違う、刑事だ。馬鹿者が、詰めが甘い。ぼろぼろの格好なのに、履いているスニーカーだけが真新しいのだ。神経を尖らせてこの公園にいる人間なら、すぐに怪しむだろう。

忠告しておくか……いや、その場面を誰かに見られたらまずい。もしかしたら今もここを監視しているかもしれない犯人が、注意力の散漫な人間であることを祈ろう。

よく見ると、ホームレスに扮した刑事は何人もいた。地味できつい捜査だが、犯人がまたここに爆弾をしかけるかもしれないのだから、予め刑事を配しておくのは当然の対策だ。それにしても、今晩の張り込み当番に当たった刑事にはつくづく同情する。徹夜の張り込みは、私も何十回と経験しているが、集中力を保っておくのが大変なのだ。車を使って、相棒がいる状態ならいい。話をしながら、眠気を追い払える。しかしあんな風にベンチの上に一人寝転がり、しかも眠ることも許されないというのは、一種の拷問だ。頭の中で彼らの努力に手を合わせ、広場を取り囲む木立に入る。

「高城」

声をかけられ、ぎょっとした。長野が木の陰から姿を現したのを見て、安堵の吐息を漏らす。

「何やってるんだ、お前」

「お前と同じだよ」

「こういう仕事を頼んだ覚えはないけどな……今夜は何もないぞ」

「張りつきの連中が可哀相だ」

「それで給料を貰ってるんだから、文句は許さん」

「最近の若い連中は、ちょっときついことをさせると辞めちまうぞ」

「そんなやわな奴は、俺のところにはいないよ……ちょっと歩こうぜ。こんなところで二人で話していると、目立って仕方ない」

歩き始めた彼の背中を無言で追う、何も考えていないようで、長野はそれなりに気を遣っているようだった。枯れ枝や枯れ葉が結構落ちているのだが、音がしない。

ようやく道路に出ると、長野が大きく伸びをした。都庁に近いこの辺りは、深夜になると車の通りが少なくなる。

「何か、あの公園の中にいると、頭を押さえつけられたような感じがしないか？」

「ああ」公園の中は、頭上は開けているのにどうしても緊張感が漂い、それに気持ちが絡め取られてしまう。

「車を用意してあるんだ。そっちで話をしようぜ。どうせ今夜は、帰らないつもりなんだろう?」

「たぶん、失踪課泊まりだな」

「お前にとっちゃ別荘みたいなものか」

「いや、本宅かもしれない」

長野が乾いた笑い声を上げた。

「よく分からんな。あそこに泊まっても疲れるだけだろう」

「家に帰るのが面倒なだけだ。お前だって、何もないのにずっと詰めてるじゃないか」

「俺の場合は、突発事件への対応だよ」言い訳して長野が走り出した。そういえばコートも着ていない。

長野が持ち出したのは、捜査一課の特殊班が現場指揮用に使うマイクロバスだった。一見したところは白い普通のバスなのだが、横の窓には全てスモークフィルムが張られ、外からは中が覗けないようになっている。ドアを開けて中へ入ると、長野は真っ直ぐ車の後ろに向かった。

車内は大幅に改造されている。先日日向の事情聴取に使った所轄の車と同じようなものだが、それよりもずっと大人数の使用に耐えられる。運転席と助手席以外のシートは全て取り外され、代わりに左側に長いベンチが設置されていた。空いたスペースには細長いテーブルが置かれ、ベンチの反対側の壁は通信機器などで埋まっている。エンジンはかかっていなかったが、車内は十分暖かかった。

「悪くないな」私も人心地がつき、ベンチに腰を下ろした。

「ああ、張ってる連中は、ここで交代で寝ることになってるから心配するな」

長野が顎をしゃくったのは、ベンチに向かってではなくテーブルに対してだった。これも警察の奇妙な伝統で、予想もしていない事件で急に泊まりこむことになると、何故かデスクの上に布団《ふとん》を広げる。広報課の連中などは、何もなくてもそうしているのではないか。確かに耳元で電話は鳴るから、緊急連絡を逃すことはないのだが……。

「テーブルの上か。よく眠れそうだな」

「悪くないよ。おい、酒はないけどコーヒーでもどうだ？」

「あるのか？」

「ポットにたっぷりお湯を沸かしてある。何だったらカップ麺《めん》ぐらいは食えるぞ」

「いや、それはいい。コーヒーを貰おうかな……煙草、吸っていいか？」

「窓を開ければ」

長野がコーヒーを用意してくれる間、私は窓を細く開けてから煙草に火を点けた。深く肺に溜め、ゆっくりと吐き出す。紫煙はあっという間に夜気に散り、見えなくなる。

「ここに置くぜ」長野の声に続いて、紙コップがテーブルに置かれる「かたり」という軽い音が聞こえてきた。

「悪いな」コップを取り上げ、ブラックのまま啜った。ひどく苦く、一発で眠気が吹き飛んでしまう。煙草とコーヒーは、私にとって二つの栄養源だ。これで酒があれば完璧なのだが……これぐらい濃いコーヒーなら、生のままのウィスキーをたっぷり入れてやっても、それぞれの味がぼやけない。

「気になることがあるんだ」

「分かってるよ」立ったままの長野がにやりと笑い、コーヒーを啜った。「だからこんな時間に公園にいたんだろう?」

「ああ」

「お前の疑問は、俺が心配していることと同じだと思う」

「たぶん」私は両手でコップを包んだ。熱さが掌に伝わり、ほっとする。「お前たちがこんな風に現場をチェックしていることぐらい、誰でも想像できるよな——当然、犯人も」

「ああ」長野が表情を引き締める。「心配するな。あの付近は、さりげなく徹底的に調べたから」

「犬を使ったな?」

「ご明察」長野がうなずいた。「爆弾探知犬を連れて歩いていても、犬の散歩をしてるようにしか見えないだろう」

「ヒットなし、か」

「ああ。チェックした後、すぐに張り込みに入った。もう、犯人はあそこには入れないぞ。俺たちは鍵をかけた」

「そうだろうな……しかし、犯人は詰めが甘い」

「お前もそう思うか」

「俺だけじゃない。オヤジさん——法月さんも同じ意見だ」

「話したのか？」

「今夜、当直でね。ただ俺は、話しているうちに別のことに気づいた」

「何だ？」

「あそこはスタート地点だろうな」

現場で再び指示する——脅迫状にあったその言葉が、頭の中で引っかかっている。新宿公園を受け渡し場所と指定しておきながら、「再び指示」するとはどういうことだ。しばし考えた後、私は犯人が金を持った人間をあちこち引き回す意図を持っているのではないか、という結論に達した。何らかの方法で指示を与え、警察の追跡をまいて金をどこかへ運ばせる。

その考えを話すと、長野は一度だけうなずいた。

「やっぱり、身代わりを使うしかないな。ビートテクの社員に、危ない橋を渡らせるような真似はさせられない」

「その役目を明神にっていう話なら――」

「誰にやらせるかは、まだ決めてないよ」長野がぴしゃりと言った。「だいたいお前、心配し過ぎだ。過保護なんだよ。明神ならちゃんとやれる」

この話題で長野と言い争う気にはなれなかったので、私は口をつぐんで新しい煙草に火を点けた。

「とにかく、余計な心配はするな」一転して、長野が鷹揚《おうよう》に言った。「明日は機捜と機動隊にも協力を貰ってる。最大限の人員で公園の周囲を固めるし、仮にここで逃しても、必ず捕捉できる」

「そうか」長野の自信には根拠があるのか？　刑事として、そして現場指揮官としては、百点満点の回答だろう。だが今回の事件の犯人は、私たちの想像を悪い意味で裏切るパターンを繰り返している。いや、パターンなどないのかもしれない。むしろ行き当たりばったりの動きに、こちらが振り回されているだけなのだ。常識が通用しない人間ほど、扱いにくい相手はいない。

「何か心配か？」

「俺たちがこっちを張ってる間に、ビートテクの本社を爆破するとか」

「俺がそこに気づかないと思ったか?」長野が唇の左端を持ち上げた。「ビートテクの社内も徹底して探している。今、あの建物の中は警視庁の庁舎内ぐらい安全になってるから、心配いらない」

「分かった」

そうは言ってみたものの、まだ何かが引っかかる。私も長野も、刑事としての常識に思考を、行動を縛られている。仮に犯人の狙いが、金を奪い取ることではなく、ビートテクの信用を失墜させることだったら——いや、それなら単に、入手した動画を流せばいい。マスコミが気づけば、大々的にニュースとして追いかけるだろう。成長著《いちじる》しい福祉分野——ある意味、二十一世紀の日本企業が生き残る道だ——の代表的な企業であるビートテクが事故隠しをしていたら、信用はがた落ちだ。何も危険を冒してまで金を奪う必要はないはずである。

犯人は何を考えているのか。公園に金を持ってこさせて、その後どうしようというのだろう。そして、車椅子の野崎社長を呼び出して、何をするつもりなのか。もしかしたら、野崎に止《とど》めを刺そうとしているとか——それだったら、前に爆弾を仕かけた時にも、十分やれたはずだ。あの時野崎社長は、まったく無防備な状態だったのだから。もしかしたら恐怖感を増幅させるため?　殺されかけた直後、また同じ現場に呼び出されてじりじり待つのは、精神的に耐え難いだろう。そうやって正気を失っていくのを、どこかで見て笑うつもりか？

「この周辺で、犯人が姿を隠せそうな場所はないのか？」

「何だよ、いきなり」長野が首を傾げる。

「いや、犯人は、金を持った人間をあそこに呼び出した後、どうやって指示するんだろう。動きが見えてないと、指示しようもないいんじゃないか」

「確かにな……」

「上も調べた方がいい」ふいに閃《ひらめ》いた。長野たちが「高城の勘」と呼ぶ、一瞬の閃き。

「上？」

「ああ。公園の周りには高いマンションが結構あるだろう。もしかしたら、あの場所が見える部屋があるかもしれない。そこに籠っていれば、犯人は安全に監視できるはずだ。一度公園を出てしまえば、また別の手を考えるかもしれない。共犯者がいる可能性もあるし」

「分かった」長野が真顔でうなずいた。「高城の勘だな？」

「そういうこと」

「いいだろう。俺は、そいつには全幅の信頼を置いてるんだ。明日の朝一番で、この辺のマンションを全部チェックさせるよ」

「そうした方がいい。俺たちも手伝う」コーヒーを飲み干し、立ち上がる。もう一つ、ずっと引っかかっていたことをふいに思い出した。愛美の顔が頭に浮かぶ。

「お前の勘、やっぱり錆びついていてないな。本当に、一課に戻るつもりはないのか？」

「俺はいいから、明神を引っ張ってやれよ。何も危険を冒してまで手柄を立てさせなくてもいい。あいつなら一課でも十分やっていける」

「考えておく」

うなずき、カップを握り潰してから外へ出た。カップはどこかへ捨てていこう。ゴミ箱ぐらいはあるはずだ。ゆっくりと駅の方へ歩き出した瞬間、ずっと引っかかっていたことに気づき、携帯電話を取り出す。遅い時間だが、構うものか。

愛美は、待ち構えていたように、呼び出し音が一回鳴っただけで出てきた。

「何かありましたか？」声に焦りが滲む。

「いや、何もない。今、公園を散歩中だ」

「そういうことなら、私も行ったのに――」

「長野が、たっぷり人を張り込ませてるよ。現場のことは心配いらない。それより明日、早目に出てきてくれないか？」

「何かやることがあるんですか？」

「ああ。君の疑問――気にかかっていることの答えが見つかるかもしれない。実は俺も、ついさっき気づいたんだ。答えにじゃないぜ？ 疑問にだ」

「何言ってるんだか、分からないんですけど」

「いいから、早めに出て来てくれ。待ってる」

「高城さん――」

愛美の呼びかけを無視して電話を切った。もう一か所、電話をかけなければならない。大きな借りができるが、これも仕事のうちだ。向こうも分かってくれるだろう、と自分を納得させる。

18

「何なんですか、いったい」愛美はいきなり不機嫌に第一声を放った。それが朝早いことによるものなのか、私が失踪課のソファで寝ていることによるものかは分からなかったが。

「すぐ出かけられるな？」

「それは平気ですけど……」言葉を切り、愛美が室内を見回した。「ここ、窓が開かないのが困りますよね」

確かに空気が淀んでいる感じがする。隣接する面談室の窓は開くのだが、ここまでは空気が通らない。私は毛布を丸めて立ち上がり、大きく伸びをした。

「それで、どこへ行くんですか」

「本庁」

「だったら、直行した方が早かったのに」

「直行したら、その後の足がないだろう。車を出しておいてくれないか？　顔を洗ったらすぐ行くから」

「コーヒー、買ってきましたからね」

「ああ、悪い」顔を擦り、私のデスクの上で細く湯気を立てているカップを眺めた。珍しく酒抜きで寝てしまったのに、目覚めが悪い。二日酔いよりも嫌な気分だった。その状態が当たり前になってしまっているからかもしれないが。

愛美が、壁にかけてある車のキーを取って、さっさと出て行った。私はロッカーに置いてある新しいワイシャツを出して着替え、顔だけ洗ってすぐに駐車場に向かった。助手席に滑りこむと同時に愛美が車を発進させたので、手に持ったコーヒーが揺れる。蓋《ふた》があるので零れはしなかったが、中で熱い液体が不安定に揺れたので、掌に熱が伝わってくる。今朝は車が少なかった。「だいたい、こんな時間に誰に会うんですか」明治通りを左折して、愛美がアクセルを踏みこむ。

「本庁で何があるんですか」

「ありがたいことに、超特急で分析をやってくれる人間がいるんだ。しかも昨夜電話したら、運よくまだ居残っていた」

「徹夜させたんですか？」

「結果的にそうなったんじゃないかな」

「誰をこき使ってるんですか」

「知り合い」私は腹のところでカップを保持したまま、目を閉じた。起き抜けで口の中が粘つき、かすかに吐き気がする。コーヒーを一口飲んで口中の不快感を洗い流し、もう一度目を瞑る。

「高くつくでしょうね」

「飯を一回奢り、かな」

「それぐらいで済めばいいんですけど」ハンドルを握る愛美が溜息をついた。今朝は明らかに緊張しており、ぴりぴりした雰囲気を漂わせている。十七時間後に迫った取り引きに思いを馳せているのかもしれない。その時が近づいても、絶対に彼女を危険な目に遭わせないよう、根回ししておかないと。

車の流れはスムーズで、三十分もかからずに桜田門《さくらだもん》に到着した。人気のほとんどない庁内を歩いて科捜研に入り、目当ての男を捜す。科捜研に勤務する人間は基本的に警察官ではなく研究員であり、一種のサラリーマンだ。そのため、緊急の用事がない限り残業も早朝出勤もなく、この時間帯だと部屋全体ががらんとしている。ここへ来るのは実に久しぶりで、席の配置が少し変わったことに気づいた。あいつは、昔はもっと出入り口に近い方にいたのだが……愛美を引き連れ、足早に室内を確認していく。

向こうが先に私に気づき、一瞬顔を上げて右手をひらひらと振った。横に立ってデスクに右手を置くと、疲れた顔に柔らかい笑みを浮かべる。

「どうもどうも、お久しぶりです」

「何年ぶりだ？」

「覚えてないほど久しぶりじゃないですか」

畠山省吾《はたけやましょうご》。文学博士号を持つ、文書鑑定の専門家である。自他ともに認める本の虫で、自宅の蔵書は一万数千冊に上り、床が沈んでいると聞いたことがある。大学、大学院時代の専門は書誌学。本当なら図書館の司書にでもなるべきところを、何故か警視庁に入って筆跡や文書鑑定の仕事をしている。どうもこの男は、文字にかかわっていられればそれで満足、という類の人間らしい。最初は単なる本好きだったのが、いつの間にか文字そのものを分析する作業に魅せられたのだ。捜査一課時代に、私も筆跡鑑定などで何度か世話になっている。

畠山が眼鏡を外し、拳で両目を擦った。童顔だが、もう四十歳は越えている。さすがに徹夜仕事はこたえるようだ。

「立ったままでも何ですから、そっちへどうぞ」畠山が立ち上がり、部屋の片隅にあるソファを指差した。私と愛美が並んで腰かけると、彼は近くの椅子を引いてきて向かいに座った。手には分厚いファイルフォルダ。別名「整理魔」と呼ばれる男で、コンピュータのフォルダシステムは、この男の整理術を基に開発されたものだ、という噂がまことしやかに流れている。

「お話の件ですけどね、こっちのミスでした」最初に畠山がいきなり頭を下げた。専門家としては希有《けう》なタイプだが、彼は自分のミスを認めるのを躊躇しない。

「ミスって、何が」

「専門が違うといえば言い訳にはなるんですけど、高城さんの疑問は、俺も感じていて然るべきでしたね」

鼓動が跳ね上がる。今の一言で、私の疑念は裏づけられたも同然だった。畠山が低いテーブルの上でフォルダを開け、すぐに目当ての物を見つけ出した。

「これはオリジナルか?」目の前に現れた三通の脅迫状。

「いや、オリジナルは別途保管してあります。これは自分用に取ってあるコピーですよ。筆跡鑑定なら、コピーでもそれなりにできますから」

「これのことなんですか、高城さん?」愛美が疑わしげな声を上げた。

「そうだ。ヒントをくれたのは君だぜ」

「私ですか?」

「違和感があるって言ってただろう。俺も後からそれに気づいたんだ」

「何がですか?」どうやら愛美は、違和感の源泉にまだ気づいていないようだ。惜しかった。もう少し考えている余裕があったら、私より先に問題を掘り出していたはずである。

「こっちも気づいておくべきでした。いや、本当に面目ない」畠山が後頭部を掻く。

「それで、どうだったんだ?」

「ハイブリッドでした」

畠山は格好をつけて「ハイブリッド」などという言葉を使ったが、要は「この紙は古い」という結論だった。紙というか、署名が。

「そうか、そういうことだったんですね」愛美が納得したように言った。「言われてみれば納得できます」

「ゴール間近まで来てたんだけど、惜しかったな」

「いや、そう簡単に気づかれたら、こっちが商売上がったりですから」慰めるように畠山が言った。「こんな風にワープロで文書を作っても、署名だけは手書きという人、いるでしょう」

「ただし脅迫状だったら、そんなことをするのはおかしい。まさに自分の痕跡を残すようなものだからな」

脅迫文自体はワープロ打ちなのに、署名は手書き。愛美が最初に気づき、後から私もおかしいと思ったのは、そのことだ。何故わざわざ犯人は、署名を手書きする必要があったのか。野崎が生きていて、今回の犯行を企んだとアピールするため、としか考えられない。しかし、わざわざ自分が生きていると会社に知らしめる意味は何なのだろう。衝撃を与えるため？　悪戯好きな彼のやりそうなことではあるが……。

「紙がどれぐらい古いものかは、はっきりとは分からないんです。最近の紙は質がいいし、保存状態によってはなかなか劣化しませんからね。でも、手書きの署名の場合は違う。結局手で書いた文章は指紋のようなもので、人の個性が表れると同時に、様々な情報を残してくれるんです」畠山がすらすらと説明した。文字に対する認識の深さと愛情に溢れた言葉だった。こんな殺伐とした場所で仕事をしているよりも、大学で教鞭《きょうべん》を取る方が似合っている。「この署名ですが、三通とも万年筆で書かれています。おそらくインクはモンブラン純正のブルーブラックだと思いますが、その鑑定にはもう少し時間がかかります。筆跡自体は、サンプルのものと同じと断定して構いません。九十パーセントの確率というのは、ほとんど当たり、ということですよ。特徴を説明した方がいいですか？」

「いや、いい」私は苦笑しながら首を振った。放っておくとこの男は、延々と喋り続ける――それこそ、出来の悪い学生に講義するように。「君が九十パーセントと言うなら、間違いないだろう。それより古さの方なんだけど」

「インクの乾き具合、その部分の紙質の変化なんかを見れば、少なくとも新しいか古いかぐらいは分かります。ワープロの文字の方も、インクの具合で同様に判別できます。これはインクジェット式のプリンタで印刷されたものですけどね。久しぶりに顕微鏡なんか見て、疲れましたよ」

「それで、署名はどれぐらい古いものなんだ?」

「残念ですが、正確にどれぐらい前のものかは言えません」それがよほど悔しかったのか、畠山が唇を嚙む。「でも、最近ということはありません。それこそ、脅迫状が届いた直前ではあり得ませんね。一方でプリントされたのは、間違いなく最近です」

「つまり」愛美が息を弾ませて結論を口にした。「元々署名があった紙に印刷されたもの、ということですね」

「どうもそういうことみたいなんですねえ」畠山がうなずく。「署名だけしてある紙が何枚か用意してあって、そこに印字した、ということなんでしょう。意図は分かりませんが」

「それだけで十分だ。報告書を作って、一課の長野の手に渡るようにしてくれないか」

「いいですよ。急ぎますか?」

「ああ」私は壁の時計を見上げた。既に八時。金の受け渡しまであと十六時間だ。「できるだけ早く、頼む」

「分かりました」うなずくと、それ以上深入りして突っこもうとせず、畠山が立ち上がる。この男は、目の前の謎の分析には全力を注ぐが、その背景には興味を持たない。刑事ではないのだから当然かもしれないが、あまりにも近視眼的だ。ただしそういう姿勢が、様々な難問を解決してくれたのは間違いない。

「助かった」私も立ち上がり、頭を下げた。既にかなりの数の職員が出勤してきており、朝のざわめきが部屋を暖め始めている。「本当は、こういう物理的な問題は専門じゃないのにな」

「ですから、もう一度専門家に鑑定させますよ。これに気づかなかったのはこっちのミスでもありますから。できるだけ早くやります」

私はもう一度壁の時計を見上げた。

「頼む……タイムリミットはあと十六時間なんだ」

「何なんですか、いったい？」畠山が目を見開く。いくら目の前のこと以外には興味がないといっても、自分が分析した文書の絡む事件については知らないのだろうか。

まあ、いい。話すと長くなる。この男を素早く動かすためには、簡潔な説明と丁寧なお願いだけで十分なのだ。あとは、知的好奇心を刺激する材料さえあれば……考えてみれば畠山は、野崎と同じようなタイプかもしれない。文系、理系を問わず、近視眼的な集中力を持った人間でないと、一つの分野で結果は出せないのではないだろうか。

「一つ、謎が解けたな」車に戻ると、私は助手席に落ち着いた。ずっと持ち歩いていたコーヒーはすっかりぬるくなっており、蓋を外して残りを一気に喉に流しこんだ。

「もっと早く気づいておくべきでしたけどね」後悔の台詞を吐きながら、愛美の声はわずかに弾んでいた。「でも、ご褒美を貰ってもいいかもしれませんね」

「ご褒美？」

沈黙が流れる。愛美は車の流れが激しくなっている道路へ車を出すタイミングを見計らっていた。強引に割りこむとアクセルを一気に踏みこむ。私の背中はシートに強く押しつけられた。

「もしも身代わりを使うなら――」

「その話はもう終わってる。もしかしたら、取り引きの時間までに決着がつくかもしれないし」

「どういうことですか？」

私は、公園を取り囲むマンションの話をした。話し終えると、愛美が一言、「あくまで想像ですよね」と反論する。

「そうだけど、可能性はある」私の勘が鈍っていなければ、だが。

「やっぱり、金と身代わりは用意しておいた方がいいでしょうね」冷静な声で愛美が告げる。

「あのさ」胸ポケットから煙草を取り出し、くわえた。火は点けない。愛美が怒るからではなく、煙を逃がすために窓を開けると、大声で怒鳴り合わないと話ができなくなるからだ。「どうしてわざわざ、危険なことをやりたがるんだ？　こんなところで点数を稼いでも、怪我でもしたら何にもならないんだぜ」

「分かってますよ」ハンドルを握ったまま、愛美が肩をすくめる。

「そんなに手柄が欲しいか？」

「そういうわけじゃないんですけど、たまには体を動かしたいじゃないですか」

答えになっていない。私は首を振り、煙草をパッケージに戻した。

「爆発で吹き飛ばされたこと、忘れたのか」

あの時、意識を失って蒼白になっていた彼女の顔、抱え上げた時の軽さは、今も私の記憶に根強く残っている。

「あの時のことって、よく覚えてないんですよ。一瞬だったし、すぐに気を失いましたから。だから、怖かったっていう記憶が全然ないんです。高城さんの方が、よほどトラウマになってるんじゃないですか」愛美がさらりとした口調で言った。

「ご両親も心配する」

「親は関係ないですから」愛美の口ぶりが強張る。

「そうもいかないだろう」

「私の人生ですよ？　自分で切り開いていかなくてどうするんですか」

やはり手柄が欲しいのか。そして伝説の刑事としての一歩を踏み出し、一課に迎え入れられたいのか。君なら、そんな危ない橋を渡らなくても、口の悪さだけ直せば一課でも歓迎されるはずだ――そう思ったが、何故か口に出せなかった。自分の人生は自分で決める。力強い台詞を久しぶりに聞いたので、動揺してしまったのかもしれない。

私たちはそのまま新宿公園に向かい、長野たちと合流した。今朝方雨が降ったようで、地面はしっとりと濡れている。長野は用心深く、指揮車を別の場所に移動させていたので、見つけ出すのに少し手間取った。明け方に交代したらしいホームレス役の刑事たちが起き出すタイミングで、マイクロバスの中は男臭い、どんよりした空気に支配されている。男の私でも鬱陶しいぐらいだから、愛美には拷問のようなものだろう。私は長野を外へ引っ張り出した。長野が思い切り伸びをすると、体のあちこちでばきばきと嫌な音が響く。

「寝たのか？」

「多少、な。あの中は寝心地がよくないね。今度、改装するよ……しかし、お前は元気だなあ」不満気に目を細め、私の顔を見やる。

「よく寝たから」

「長野さん、言ってやって下さいよ」愛美が零した。「上司が自分の都合で勝手に勤務先に泊まりこんでるのって、迷惑なんです。朝、のっそり起きてくるところを見ると、心臓に悪いんですよ」

「確かに、朝一番でこいつの顔は見たくないよな」長野が含み笑いを漏らし、私に顔を向けた。「お前もいい加減、そういうことを卒業しろよ。疲れるだけだろう」

「全然疲れてないんだけど」私はラジオ体操の真似事をして、両手を振り回した。「それよりマンションのチェック、やるんだろう？　こっちも手伝うよ」

「野崎の手がかりは？」

「残念ながら……そもそもこの件は、野崎の犯行じゃないかもしれない」

「どういうことだ」長野が目を細める。

　これまで積み重ねてきた捜査を全てぶち壊しにされたような気分だろうな、と思いながら、私は脅迫状の一件を説明した。

「すぐに、科捜研から正式なリポートが届く。でも、現段階でもほぼ間違いなく、あの署名は古いものだと分かっている」

「とすると、犯人がどこでそれを手に入れたかが問題だな……」長野が、無精髭に覆われた顎をゆっくりと撫でた。「家族か」

「ちょっと待て」私は長野の暴走を予期し、早目にストップをかけた。「俺の感触では、家族は野崎さんの居場所を絶対に知らない」

「だけど、署名を手に入れる機会はあったんじゃないか？　お前は家族を叩き足りないんだよ」

「俺たちは、明白に犯罪を犯した証拠がない限り家族を叩かない」私は次第に怒りが満ちてくるのを意識した。

「お前、一課のやり方を忘れちまったのか？」吐き捨てるように言って長野が凄んだ。

「犯罪の八割から九割は家族絡みだぞ。まず家族を疑うのが常道じゃないか」

「お前が言ってる統計上の話は、殺しに関してだ。今回は当てはまらない」

「さあ、どうかな。例えば家族が野崎の意思を継いで、会社に復讐しようとしているとは考えられないか？　うん……悪くないぞ、この線は。相手は犯罪に関しては素人さんだからな。こういう穴だらけの計画しか立てられないのも理解できる」

「長野」低い声で忠告したが、彼は既に暴走モードに入ってしまっていた。

「俺が野崎の家族を叩きに行く。これは一課としてやるからな」

「家族は被害者なんだぞ」私は長野の腕に手をかけた。怒りと興奮で筋肉が盛り上がっているのが分かる。

「こういう場合、被害者と言っていいものかね。とにかく話を聴かないと、何も判断できない。こっちに任せろ」

「だったら俺も行く」私は、歩き出そうとした長野の前に立ちはだかり、両腕を押さえた。

「俺はあの家族に何回も会ってるんだ」

「それとこれとは関係ないだろう」両腕の自由を奪われた状態でも、長野の眼光は鋭かった。

「いいから、俺も行く」

「マンションの調査はどうするんだ」

「明神、ここへ残ってくれ。一課の連中を手伝って、周辺の高い部屋を探すんだ」

「分かりました」素直にうなずく愛美の顔は、緊張で強張っていた。友人同士だとばかり思っていた二人が、目の前で激しく遣り合っていれば、どうしても緊迫感が伝染するだろう。

長野が無言で、マイクロバスに入って行った。空いているパトカーを呼ぶつもりだろう。私はバスのボディにもたれかかり、煙草に火を点けてから小さく溜息を漏らした。

「長野さん、まずい方に暴走しましたね」愛美がすっと近寄って来た。

「こっちの言い方もまずかった。もう少し気をつけるべきだったよ……とにかく俺は、あいつを抑える。家族に迷惑はかけられないからな」

「そうですね……あの」

「何だ？」

「高城さんも冷静になって下さい。態度はともかく、長野さんの言い分にも一理あるんですよ」

まったくもって彼女の言う通りだ。私は忙《せわ》しなく煙草を吸いながら、自分はこの事件の犯人に接触しておきながら、今までまったく気づかなかった馬鹿者という烙印《らくいん》を押されるのだろうか、と不安を覚えた。

長野は初めから疑念を全開にして、家族の尋問を始めた。満佐子は動揺を隠せず、すぐに涙で声が震え始めた。

「会っていないんですよ、五年間も」

「しかしですねえ、あの署名がどこからどうやって出てきたのか、こっちとしては非常に不思議なんですよ」回りくどい長野の言い方は、さらに満佐子を畏縮《いしゅく》させたようだ。人は、すぐに理解できないような言葉を投げかけられると、疑心暗鬼になって怯えてしまう。

「どこかに、そういう紙――署名した紙が取ってあったんじゃないですか」

「そんなもの、ありません」

「だったら筆跡を真似たとか。息子さんですから、字はよく分かっているでしょう」

「どうして私がそんなことをしなくちゃいけないんですか」少し強い声を取り戻して満佐

子が抗議する。

「その理由を、私たちも知りたいと思ってるんですけどねえ」

「長野……」

声をかけると、長野が凄まじい表情で振り向いた。邪魔するな、と無言で圧力をかけてくる。

「無礼があったらすいません」

長野を無視して、私は満佐子に声をかけた。ガラス製のダイニングテーブルに突っ伏すようにしていた満佐子が、のろのろと顔を上げる。

「ただ、事態は急を要するんです。今夜にも大きな動きがあるかもしれません。私たちはそれを阻止して、犯人に辿り着かなくてはいけないんです。だから、どんな小さな手がかりでも欲しい」

「息子は何もしていません！」満佐子が悲鳴を上げた。

「息子さんのことじゃないんですよ」長野がねちっこく攻撃を再開した。「あの署名がどこから出たか、という話なんです。そこを勘違いされたら困りますよ」

「私は何もしていません！」満佐子がまた声を張り上げたが、次の瞬間にはテーブルの上に崩れ落ちてしまった。慌てて詩織が駆け寄ってくる。

「お義母さん！」体を揺すり始めたので、私は慌てて立ち上がり、詩織の両肩を摑んで動いている。

きを止めた。

「動かさない方がいいです」

「だけど！」振り返った詩織が必死で抗議した。目には涙が浮かび、その奥で怒りが渦巻いている。

「救急車を呼びましょう」

満佐子の肩が規則正しく上下しているのは確認できたが、何が起きたかは分からない。専門家の治療が必要だった。

「一一九番して下さい」

私が低い声で指示すると、詩織が慌てて満佐子から離れる。手首を取って脈を確認してみたが、安定していた。ということは、心臓は大丈夫だろう。興奮し過ぎたために、貧血になったという感じだが……予断は許さない。長野は憮然とした表情を浮かべたまま、目の前の満佐子を見ていた。

この男はいったい、どうしてしまったのだろう。いつも乱暴だし強引だが、女性、それも年寄りに対してこんな態度を取る男ではないはずだ。今の一件に限らず、今回の事件での長野は、あまりにも無謀に前に出過ぎる。野崎の家族から事情聴取するのも、本当は部下に任せておけばいいのだ。係長が自分で飛び回っていては、現場は混乱するばかりである。

「救急車、呼びました！」

悲鳴のような声で詩織が報告する。うなずき返すだけで、私は他に何もできなかった。せめてもと満佐子の背中をさすり続けたが、意識を取り戻す気配もない。

「病院へ行く準備をしておいて下さい。ここは私たちが見ておきます」

慌てて、詩織が階段の方に消えていった。救急車が満佐子を運び出すまでの間、長野は終始無言だった。


二人が家からいなくなってしまったので、私たちも居残っているわけにはいかなくなった。救急車を見送った後、互いに覆面パトカーのボディに背中を預けて、無言の時を共有する。

冗談じゃない。

私は体の向きを変えて、両腕をルーフにかけた。

「長野、どういうつもりなんだ」

「何が」体を捻って顔の右半分を私に見せながら、長野が訊ねる。

「ああいうのはお前のやり方じゃない。女性や年寄りには、いつも気を遣ってるじゃないか」

「緊急時だからな」

それで全てが許されるだろうとでも言いたげに、長野がぼそりとつぶやく。そんなはずがない。緊急時だろうが何だろうが、この男には気配りをするだけの気持ちの大きさがあるはずだ。二人とも口をつぐむ。車の上に張り出した街路樹の枝が風で擦れ合い、かさかさと乾いた音を立てた。そのささやかな音さえ、今は不快だった。日が翳《かげ》って冷たい風がルーフの上を流れ、私たちの間の空気を凍えさせる。

「何があった」

「何もない」今度はこちらに顔を向けようともしない。

「何もないわけないだろう。何年つき合ってると思ってるんだ。お前の考えてることなんか、全部お見通しだよ」

「だったら、俺が今何を考えているか、当ててみろ」

長野がさらに体を捻り、私と相対した。その目には、予想していた怒りではなく、苦悩の色が深く滲んでいる。こんな長野を見たことはなかった。私は内心の動揺を何とか抑えこみ、静かな声で告げた。

「……いや、正直、今のお前が何を考えているかは分からない。だから困ってるんだ」

「下ろされるかもしれないんだ」長野がぽつりと言った。

「どういう意味だ？」

「車に入ろうか」長野が自分の腕を激しく擦った。「今日は冷える」

実際は、小春日和という言葉が似合う、暖かい朝だった。しかし長野がさっさと運転席に滑りこんでしまったので、仕方なく私も助手席に座る。長野は腹の上に手を置いたまま、じっとフロントガラスを凝視していた。

「らしくないな。何があったんだ」

「三か月ぐらい前の、池袋の強盗殺人、覚えてるか」

「あれか……」一瞬で事情が呑みこめた。長野が手がけた事件なら、頭に入っている。部署は別でも、いつも気になる男なのだ。その事件のことを思い出すと同時に、私は彼が置かれた苦境について、あっさり見当がついた。

事件そのものは単純だった。去年の十二月の初め、午前三時頃、閉店間際のスナックに強盗が入った。ちょうど客がいなくなった切れ目を狙ったような犯行だった。犯人は一人で、マスターを包丁で刺し殺して店の売上金十五万円を奪って逃げた。所轄と機動捜査隊が到着した時には、被害者のマスターはまだ息があり、犯人は元従業員だ、と告げた。そう証言してから一時間後、出血多量で死亡したのだが……連絡を受けた長野は、機動捜査隊の隊員と自分の部下を引き連れ、犯人の自宅を急襲した。ところが、玄関のドアを開けさせることには成功したものの、犯人はすぐにドアを閉ざして施錠し、ベランダから身を投げてしまったのだ。部屋は十二階。犯人は下の駐車場にあった車のフロントガラスに頭から突っこみ、即死した。大きなガラス片で首が切り裂かれ、ほとんど頭が体から離れそうになっていたという。

　私が知っているのは、この事件の概要だけだ。だが、長野が激しい叱責を浴びたのは容易に想像できる。安易に部屋をノックすべきではなかったのではないか。所在を確認したら、家を出てきたところで身柄を確保するのが捜査の基本ではないか。マンションの周囲にも人を配し、万が一の事態に備えるべきだったのではないか――最後の指摘は明らかに見当違いだ。十二階のベランダから飛び降りようとする人間を、どうやって止めろというのだ。それは、警察ではなくはしご車を持った消防の仕事になる。

「やばいのか？」

「相当な……ま、全部俺の責任だが」わざとらしい軽い調子で言って、長野が肩をすくめる。「調子に乗り過ぎたのかもしれん。今まで俺は好き勝手にやってきて、失敗はほぼゼロだった。そういう状態だと、自分が無敵みたいに思えてくるよな？　何をやっても失敗するわけがない、他の人間ができないことでも、俺がやれば何とかなる、なんてさ……それが間違ってるとは思わないが、今回の失敗はきつかった。クソ野郎をぶちこんでやれなかったわけだし」

　結局この男の落ちこみは、庁内政治に起因するわけではなく、刑事としてのミスが原因だったのか。思わず苦笑してしまった。それに気づかない長野の言葉からは、威勢のいい口調が消えている。

「このままだとやばいだろうな」

「どこかへ飛ばされそうなのか？」

「三月の人事で何もなかったのは奇跡だと思う。今でも首の辺りがひんやりするよ」長野が首の後ろを平手で叩いた。

「それで、この事件でしゃかりきになってるわけか」

「当たり前だ。ミスは手柄で取り返さないと」長野が両手をきつく握り締める。

「馬鹿だな、お前は」

「何だと」長野の声に、普段はない棘が感じられた。

「普通、そういう時は嵐が過ぎ去るまで首を引っこめてるもんだよ。何も自分から、騒動の中に飛びこんでいかなくてもいい」

「性分なんだ」憮然とした口調で長野が断じる。「この年になると、もう絶対に直らない。それに、俺たちもあと十三年で終わりなんだぜ？　十三年なんてあっという間だ。自分を変えようとするよりも、このまま変わらないで突っ走った方が楽だろうが」

「分かった。お前が飛ばされないように、せいぜい協力するよ。ただし、明神は貸さない。あいつに危険なことはさせられない」

「お前、それは本当に上司として言ってるんだろうな」長野の声にはたっぷりの疑念がまぶされており、粘っこい取調官の顔が覗いていた。

「どういう意味だ」私は拳を握りしめた。

「どうもこうも……俺に苦手な話をさせるんじゃないよ」

「その手の話は俺も苦手だ。だからこの件は、これで打ち切りだぞ」

しかし偶然というのはあるもので、打ち切りと言った途端に愛美から電話がかかってきた。私はかすかな胸騒ぎを感じながら電話に出た。

「どうした」

「一か所、持ち主の分からない部屋があります」

「すぐそっちへ行く」

私が電話を切るより先に、長野は車を発進させていた。

19

愛美たちが見つけてきたマンションは、新宿公園の西側にある十二階建ての建物だった。広い道路を挟んでいるだけで、他に障害物はない。隣室に入れてもらって確認したのだが、ちょうど木立が切れており、広場全体がほぼ見渡せた。問題の隣の部屋も、同じような状況だろう。

「いい場所だ」私は双眼鏡を覗きこみながら言った。ベンチで寝ているホームレス役の刑事が鼻を掻いているのまで、はっきりと見える。夜中だと明るさが問題になるが、園内の灯りは一晩中点いているので、ある程度はそれが助けになるだろう。もちろん、高性能の双眼鏡を持ちこんでもいい。

「明神、他の建物はどうなんだ？」私は訊ねた。

「マンションはいくつもありますけど、どれも木立に邪魔されて広場が見えません。そうじゃなければかなり距離があるか、です。オフィスビルは、窓側が公園を向いている建物が一つもありません。非常階段の位置もよくないですね」

愛美の言いたいことはすぐに分かった。結局ここが、現場の観察には一番適した場所なのだ。もちろん、この近辺の会社に勤めている人間が犯行を計画し、遅くまで残業するふりをしながら監視する可能性もあるが……考え過ぎだ。手を広げると、話は拡散してしまう。

「隣の部屋の人が誰か、分からないんですか」私は振り返り、この家の主婦に訊ねた。

「そうですね、見たこともないです……住んでいるのかどうかも分かりません。音もしませんし」

「間取りは同じなんですか」この部屋は２ＤＫだ。

「だと思います」彼女が左頬に手を当てた。「でもこのマンション、結構古いですから。うちも完成した時に入ったんじゃなくて、中古で買ったんです。だから、他の部屋がどんな感じになっているかは分かりません」

確かに、結構古い。自分が立っているベランダの手すりを見てみたが、塗装は既にぼろぼろで、床も波打っているようだった。高所恐怖症だったのを思い出し、真下を見ないように気をつけながら部屋に引き返す。

「ディベロッパーは、三友《みつとも》不動産ですね？」

「そうですけど、うちは別の不動産屋さんから買ったので、昔のことは分かりません」

隣に誰が住んでいるかを調べる手は、幾つかある。一番手っ取り早いのは登記簿を確認する方法だが、それでは「持ち主」が特定できるだけであり、実際に誰が使っているかまでは分からない。それこそ、近所の人たちの証言の方が確実だったりするのだが……今、刑事たちが全戸の聞き込みに回っているが、隣家――１２１０号室――の居住者が割れる可能性は高くない。

先ほどの落ちこみようが嘘のように、長野がてきぱきと指示を飛ばす。聞き込みを続行するとともに、管轄の法務局へ急行し、登記簿を確認。ディベロッパーと近くの不動産屋でも聞き込み。私は現場に残り、もう一度公園を見下ろした。犯人が本気なら、やはり隣室を使うとしか考えられない。目が見えない状態で相手に指示を与えることはできないのだから、何らかの形での監視は必須なのだ。しかも自分は公園に入れないとなれば……上空から、としか考えられない。そういう目で見てみると、金を持った社員を犯人がどう動かすかが想像できた。ここから見下ろせる広場は、幅の広い通路で正面出入り口につながっており、道路に出るまでがはっきりと見える。そこまで誘導して、次にタクシーでも拾わせるのではないだろうか。あるいは共犯が出てきて金を奪う。

しかし、そもそもどうやって野崎社長と連絡を取るのだ？　予め、運搬役の社員の携帯番号を知ることはできるかもしれないが、そこに一々電話を入れて指示していては、犯人側の存在も丸分かりになる恐れがある。通話していると、自分の居場所を教えてしまうことになるのだ。

犯人は、法月が指摘したように本当に稚拙なタイプか、あるいはこちらが予想もしていない手を用意しているかのどちらかだ。ふと私は、犯人は馬鹿であって欲しくない、と願っている自分に気づいた。単なる愉快犯だとしたら、会社に実害を与えぬまま、何度でも――それこそ捕まるまで繰り返すだろう。それにつき合うのはうんざりだった。緻密《ちみつ》に用意をしている人間なら、逃げられてしまう恐れもあるが、一方でこちらが逮捕できる可能性も高くなる。計画は緻密になればなるほど、細部に綻びが生じるからだ。

お前は誰なんだ？　本当は何を企んでいるんだ？　私は影も見せない犯人に向かって、心の中で呼びかけた。

部屋の持ち主が割れた瞬間、私は凍りついた。

所有者、野崎健生。

法務局へ走った愛美からの情報を伝えた瞬間、長野は何ともいえない表情を浮かべた。

「要するに奴さんなのか、そうじゃないのか？」

彼の質問に答える術《すべ》を、私は持っていなかった。

登記によると、野崎があの部屋を購入したのは行方不明になる半年ほど前で、ローンは組んでいない様子だった。購入先はマンション近くの不動産会社で、すぐに一課の刑事たちが確認に走ったが、売買契約の書類が出てきただけで詳細は分からなかった。当時野崎を担当していた営業マンは、四年ほど前に会社を辞めて、その後は行方が分からないという。

さらにあの部屋では、電気もガスも一度も使われていなかったことが明らかになった。つまり、購入しただけで、その後実際に部屋に住んでいた形跡はない。

「二千百万円したそうです」

「二千百万円……」私の言葉に、電話の向こうで詩織が絶句した。

「そんな大金を簡単に用意できるほど金を持っていたんですか、野崎さんは」

「あったかもしれません。彼の個人口座がどうなっていたか、私はよく知らないんです。

お義父さんの遺産の関係で、自由に使えるお金は相当あったはずですけど……でも、二千百万円ですか?」

「ええ」

このマンションは、JR新宿駅から徒歩十分というロケーションにある。利便性からいえばもっと高い値がついてもおかしくないのだが、何しろ築三十年で、部屋の広さも四十平方メートルほどしかない。野崎に部屋を仲介した不動産屋によると、今は居住用と事務所用が半々ぐらいではないか、という。

「謎ですね」

「謎です」詩織が私の言葉を繰り返した。いったい野崎は何のために、あんな場所に部屋を買ったのか。それに不在の五年間、固定資産税や都市計画税の支払いはどうしていたのだろう――誰かが代わりにやっていた、としか考えられない。その人間が野崎の共犯者という線は十分あり得る。

「主人はその部屋にいるんですか」突然詩織が訊ねた。論理が飛躍しているが、私はそれを、家族故の期待と受け取った。

「分かりません。まだ部屋の中は確認していませんから」

「確認できないんですか? 管理室に合鍵ぐらいはあるでしょう」詩織の声に焦りが滲む。

「それが、鍵は取り替えているようなんです」

特に古い物件の場合、防犯上の理由でマンションの鍵を勝手に替える入居者は少なくない。

「もしかしたら、家に書類を残しているかもしれません。売買契約書とか……もう一度、探してもらえませんか。手がかりになるかもしれません」

「分かりました」

詩織の声に、初めて聞く力強さが混じる。私はかえって暗い気分になった。期待させて何も出てこなければ……詩織の落ちこみはさらに深くなるだろう。

お前の仕事は何なのだ、と自問する。誰かが失踪すれば家族は悲しむ。だが長い歳月が経てば、一人が欠けた状況を日常として受け入れるようになり、不幸な記憶も次第に薄れていくものだ。そこへいきなり警察が乗りこんできて「捜す」と宣言する——薄れた記憶は一気に鮮明になり、誰もが再会を期待するはずだ。諦めかけていたが故に、期待はかえって膨らむ。だがそれで、「結局見つかりませんでした」という結論になったら……傷はさらに深くなるだろう。一度治りかけた傷のかさぶたをはがし、鋭い刃物を刺しこむようなものだ。

電話を切り、私は溜息をついた。この仕事では報われることも多いが、無駄に終わって関係者をさらに傷つけてしまうことも少なくない。失踪人捜し——こんな仕事に向いている人間がいるのかどうか、分からなくなっていた。

時間はひたすら早く、しかも無駄に過ぎていくようだった。結局マンションに関する情報はそれ以上分からず、本人が立ち寄るかもしれないというわずかな可能性に賭けて、若い刑事たちが張り込みをしている。一方私たちは、野崎社長を病院から引っ張り出すのに一苦労していた。

足の怪我は、当然まだ治っていない。移動するには車椅子が必要なのだが、本人はベッドから降りようとせず、一度も車椅子を使っていなかった。社員ではなく女性刑事を同行させるにしても、一人で現場まで押して行けるかどうか……。

「そこは任せろ」愚図る野崎に対する説得を一時中断し、廊下へ出た瞬間、長野が言い切った。そもそも「絶対に行かない」と言い始めたのは野崎社長本人であり、そこで話はストップしてしまったのだ。

「何か手があるのか」

「ああ。安生《あんじょう》を手配した」長野がにやりと笑った。とっておきの隠し球を自慢している様子である。

「安生って、安生小雪《こゆき》か？」

「そう」自信満々の表情で長野がうなずいた。

安生小雪、刑事総務課勤務の巡査部長――というよりも、世間的には柔道女子七十キロ級で世界選手権三連覇、オリンピックの銀メダリストと言った方が通りがいい。元々柔道で警視庁に採用された人材だが、現役引退後は刑事総務課に籍を置いている。これはあくまで人事的には臨時の措置で、近い将来は教養課に異動して、柔道の指導者になるはずだ。

「大丈夫なのか？　彼女《そち》は刑事じゃないぞ」

「関係ないさ。俺やお前よりもよほど役に立つんじゃないか」

「そうかもしれないけど……」素直に賛同はできなかった。安生はいわば警視庁の「顔」であり、怪我などされると大変なことになる。

「本人は了承してるし、刑事部長レベルでもＯＫが取れてる。何かあっても、あいつなら上手くやってくれるだろう。その辺の刑事よりは、よほど反射神経がいいはずだ」

「そうか」ここで言い合いを始めても何にもならないと、私は口をつぐんだ。それに、愛美が駆り出されて怪我をするよりはましではないか。

軽い足音に気づき、そちらに目をやった。野崎会長が難しい顔つきで歩いて来る。お供はいなかった。私たちに気づくと軽く会釈をしたが、表情は緩まない。

「会長……今日はどうしたんですか？」立ち止まった彼の方を振り向き、訊ねる。

「あいつは了解しましたか」野崎会長が冷たい声で言った。

「いや、それがまだなんですが……」

「ちょっと話をさせてもらっていいだろうか。あいつは、会社に対して責任を取らなくてはいけない立場だ。それが社長の仕事なんだから。愚図愚図言っているようなら、尻を蹴飛ばしておきますよ。それに、危ないことはないんでしょう?」

「警戒態勢は十分以上です。警護の人間にも、最高の人材をつけました」

「結構です」野崎会長がうなずいた。「だったら、あいつはあいつの責任を果たさなければならない。よろしいですか?」そう言いながら、既にドアに手をかけていた。

「会長」ふいに思いつき、私は彼に歩み寄った。怒りと真剣さが熱になって伝わってくるようだった。「一つ、社長に確認して欲しいことがあるんです。大事な話なんです」

自分の疑念を告げると、野崎会長の顔がすっと白くなった。

「分かりました。あいつが喋るかどうか、保証はできませんがね……入ってよろしいかな?」

長野がうなずいて入室を許可する。野崎会長は音もなくドアを開け、病室に身を滑りこませた。

「説得できると思うか?」長野が親指を倒して病室を指差した。

「たぶん」

「だったら、俺たちは待ちだ」ベンチに力なく腰を下ろし、欠伸をする。だるそうに手を持ち上げて腕時計を見ると、「まだずいぶん先だな」とつぶやいた。

待つだけの時間は長い。だが、この後急に時の流れが速くなるのは分かっていた。私は廊下の壁に背中を預けたまま、閉じた病室のドアを凝視する。その中でどんな会話が交わされているかは、想像するしかないのだが、実兄とはいえ野崎会長はかなり手を焼いているのではないだろうか。あの社長には覚悟が足りない。もちろん、会社を立ち上げるのは大変なことであり、彼も全精力を注ぎこんできたのだろうが、今の状況は、起業家の根性程度ではどうしようもないことなのだ。殺されるかもしれないと分かっていて、五千万円と一緒に現場に向かう——私が同じ立場だったら、と考えると寒気がした。まして彼は、一度吹き飛ばされて、体と心に恐怖が染みついた人間である。

たっぷり三十分ほども待たされた後、ようやくドアが開いて会長が顔を見せた。入った時よりも明らかに顔色が悪く、目が淀んでいる。説得に失敗したのだな、と私は最悪の状況を予想したが、彼の口から出てきたのは、私の想像とは正反対の言葉だった。

「了解させました」

「そうですか」

長野がほとんど叫ぶように言って、勢いよく立ち上がる。満面の笑みを浮かべ、今にも野崎会長の手を取りそうになったが、私は彼の浮かない表情が気になった。実弟の身を危険に晒すことになるかもしれない——それを心配しているだけとは思えなかった。

「分かったんですね？」

訊ねると、野崎会長がゆっくりと首を動かして私の顔を見る。その目には、救いを求める無言の願いがこめられていた。やがてゆっくりと開いた彼の口から、そもそものきっかけが語られ始めた。

狭い指揮車の中に、長野の鋭い声が飛ぶ。

「高城、了解か？」

「ああ」話は半分しか聞いていなかったが、私は相槌を打った。作戦実行の直前には、長野はくどくなる。どうせ同じ話をしつこく繰り返しただけだろう。今さら変更すべきことなどないはずなのに。

「よし」長野が腕時計を見た。「あと一時間で、向こうが指定してきた時刻だ。配置の準備をしてくれ……飛田《とびた》、社長の様子はどうだ？」

若い刑事が自信なさげに首を振った。

「待機中ですが、落ち着かない様子です」

それはそうだろう。覚悟ができても、笑みを浮かべて現場に赴くのは不可能だ。

「社長のスタートは、指定時刻の二十分前とする」

「早過ぎないか？」私が指摘すると、長野は首を振った。

「遅れるよりはいい。向こうが何を考えてるか、分からないからな」

しかし、今日は冷えこむ。野崎社長は、北極探検にも使われたというカナダ製のダウンジャケットを用意していたが、怪我した身には寒さはこたえるだろう。まあ、それぐらいは耐えてもらわなくては困るか……ところが彼は、まだ覚悟を固めていないようだった。現場付近に爆発物などがないことははっきりしているのに、死にに行くように顔を白くしている。

誰かが指揮車のドアを激しく叩く。近くにいた飛田がしかめ面でドアを開けると、総務部長の日向が真っ青な顔で乗りこんできた。

「どうしました」長野が低い声で訊ねる。ほとんど叱責しているようなものだった――日向は関係者だが、この指揮車には警察官しかいない。

「これが……」日向が息を切らし、震える右手を差し出した。携帯電話を握っている。

「それがどうしたんですか」長野が立ち上がった。苛立ちが声と顔に表れている。

「会社の夜間受付に置いてあったんです」

刑事たちが一斉に立ち上がる。気圧されて、日向はステップを下りて地面に足をつけてしまった。長野が近寄り、手を伸ばして受け取る。睨みつけるように携帯を凝視してから顔を上げ、険しい表情で日向を詰問した。

「どういうことですか」

「ですから、夜間受付に置いてあったんです。警備員が巡回している隙を狙ったんだと思うんですが」

何という隙だらけの会社なのか……長野が私の顔を見て、素早くうなずいた。携帯電話をひっくり返すと、裏側に貼りつけてあった付箋《ふせん》のメモを読み上げる。

「この電話を社長に持たせろ」

長野が電話を素早く操作し、電話番号を告げた。飛田が急いで書き取り、自分の電話を取り上げる。

「プリペイドの可能性が高いが……とにかく購入者を割り出すんだ」

プリペイド携帯の購入は以前ほど簡単ではなくなり、本人確認などが面倒になったが、それでもネットなどで転売されて犯罪に使われることがある。

「こういうことか」長野が携帯をテーブルに置いた。かたん、と乾いた音が響き、緊張感が高まる。長野が私に視線を向け、答えを求める。誰だと思う？　何も言わずとも、彼の考えは分かった。警備員が巡回するタイミングを知っている人間——社内の人間がこれを置いた。

「作戦は続行。携帯については、ぎりぎりまで調べる……以上だ」

長野の声にはもはや戸惑いも迷いもなかった。この一件を、自分を地獄の縁から救い出す命綱だと感じているのは間違いないだろうが、それを意識して怯える瞬間は既に乗り越えた。考えてみれば、長野があんな弱気を私に見せたのは初めてである。ダメージは大きいはずだが、そこで立ち止まらないのが、長野の長野たる所以《ゆえん》である。

彼の視線は力強く、迷いは感じられなかった。

二十分後、計画が動き出した。指揮車の近くに停めたワゴン車から、野崎社長が出て来る。社員二人に肩を支えられて辛うじて立っている状態で、車椅子に腰を下ろしても顔は暗いままだった。

「大丈夫ですよ」長野が声をかける。「現場に爆弾はありませんから」

「狙撃《そげき》されるかもしれない」かすれた声で野崎がつぶやく。

「周辺の高いビルも全て潰しました。狙撃できるようなポイントはありません」

野崎が長々と息を吐いた。まだ安心できないようで、泣き出しそうな目つきで長野を見る。いい加減鬱陶しくなってきたのか、長野は目を逸らして小雪に視線を投げた。小雪は現役を引退してもまだがっしりした体格を誇っており、いかにも頼りがいがありそうだった。しかしこの状況に戸惑いを感じているのか、現役時代の迫力――私はオリンピックの試合をテレビで見ただけだが――はない。濃紺のパンツスーツを選んできたのは、闇に溶けこもうという狙いだろう。片手にアタッシェケースをぶら下げてじっと立っていたが、さすがに緊張の色は隠せない。「小雪」という名前から連想されるような可憐さはなく、むしろ凛々《りり》しい顔だちではあるが、今にも表情がひび割れそうになっていた。

「何かあっても、周りに十分な数の刑事を配置している」長野が冷静な声で小雪に告げた。

「もしもやばそうだったら、腕十字固めを許可する。折ってもいい。遠慮するな」

小雪が唇の端を持ち上げてかすかに笑った。素早くうなずくと、野崎の背後に回り、アタッシェケースを車椅子の背に上手く乗せてから押し出した。急に動き出し、しかもスピードが予想以上だったのか、野崎が短い悲鳴を上げる。

「肝の据わってない野郎だぜ」長野が吐き捨てる。

「こういう状況じゃ仕方ないだろう」

私はたしなめたが、長野は納得できない様子で、次第に遠ざかる車椅子を睨み続けた。社員が二人、依然として寄り添っているが、一緒に行けるのは公園の出入り口までである。そこから先は小雪に任せなければならない。野崎のことをあれこれ言っているような暇はないはずだ。

車椅子が、出入り口のスロープに差しかかる。わずかな傾斜が気になったのか、野崎が体を左右に揺すった。その瞬間、バランスが崩れて車椅子が大きく揺れる。慌てて小雪が押さえようとしたが、アタッシェケースが気になったのか、反応が遅れてしまう。二人の社員がサポートしようとしたがこれも間に合わず、小雪は車椅子に跳ね飛ばされる形でスロープに叩きつけられた。

「まずい!」叫んで長野が走り出す。私も後に続いた。

小雪は左の足首を押さえてその場でうずくまっていた。蒼白い顔で必死に痛みをこらえながら、長野の顔を見上げて「たぶん、脱臼《だっきゅう》です」と告げる。

「何だって？」長野が目をむき、その場にしゃがみこんだ。

「前にもやったことがありますから、分かります」

「歩けないか」

「すいません……足首なので」小雪が下唇を噛んだ。

「クソ」長野が、殺意を感じさせる視線で車椅子の背を睨んだ。お前が余計なことをするからだ、とでも言いたそうだったが、野崎の方では気にする様子もない。自分がトラブルを招いてしまったことを自覚していない様子だった。長野が飛田を呼び、二人がかりで小雪を立たせる。小雪はスロープの手すりを使って何とか一人で立ったが、左足は浮かせたままだった。どう考えても任務は遂行できそうにない。

私は周囲をゆっくりと見回した。愛美が近づいて来る。その目には、「私しかいないでしょう」と宣言する強い意志が浮かんでいた。

愛美が公園の中に消えるのと同時に、私は公園を見下ろせるマンションの部屋の近くで張りこんでいる醍醐に電話をかけた。体の大きい男だから、そこにいるだけで目立ってしまうのだが、猫のように素早い一面も持っているので、こういう時には欠かせない。

「醍醐です」押し殺した声。おそらく、あの部屋を監視できる非常階段の辺りで待機しているのだろう。

「明神が金を持っていった」

「何ですって？」思わず声を張り上げてしまい、すぐに沈黙する。一段と低い声で訊ねた。

「何でそんなことになったんですか」

　私は小さなアクシデントについて説明し、醍醐の溜息を誘ってしまった。

「何かあってもあいつなら何とかできると思うけど、そっちもよろしく頼む」

「了解です」醍醐の声には、苛立ちと不安が忍んでいた。愛美が巻きこまれた爆発事故の時、醍醐もすぐ側にいて一部始終を見ていたのだ。

　電話を切り、腕時計で時刻を確認する。十二時まであと十二分。多少のタイムロスはあったものの、何とか指定の時間には間に合った。私は近くで張りこもうとしたのだが、長野に止められた。「若い連中に任せた方がいい」の一言がこたえる。確かに捜査一課だけではなく、機動捜査隊、所轄の若手二十人が現場を取り囲んでいるのだから、私たちの出る幕はないと言っていい。

　指揮車内には、現場の様子が映し出されていた。広場の端にセットした隠しカメラから送りこまれる映像は粗く、ほとんど静止画のように動きがないが、現場の様子はよく分かる。愛美はアタッシェケースを膝の上に置いて、ベンチに座っていた。急遽身代わりになったので、いかにもＯＬらしく見える服は間に合わず、ジーンズに動きやすいフライトジャケットという男のような服装である。車椅子の野崎はその脇。愛美のジャケットにつけたピンマイクが音を拾っているが、彼女も野崎も無言で、先ほどからノイズのような風の音しか聞こえない。

五分前になり、愛美がちらりと腕時計に視線を落とした。特に緊張した様子はなく、貧乏揺すりをするようなこともない。ただひたすら、じっとその時を待っていた。一方野崎の方は落ち着きがなく、左右を見回したり、車椅子のホイールを撫でたりしている。隙を見て逃げ出そうとしている感じだった。

三分前、愛美が突然立ち上がる。アタッシェケースをベンチに置いて車椅子の背後に回り、野崎に対して「落ち着いて下さい」と声をかけた。野崎が何か言い返したようだが、ピンマイクは彼の言葉までは拾わない。

無線に他の声が混じった。

『マスコミが……』

「なんだと」長野の眉が吊りあがる。「情報は漏れていないはずだぞ！」

『テレビ局が何社か……新聞の連中もいるようです。公園周辺で確認しました』

「排除しろ」長野がマイクに向かって怒鳴った。「理由は言うな。とにかく公園から遠ざけるんだ。逆らう奴がいたら――」

『――確保！』

いきなり別の回線から怒鳴り声が響き、長野が口を閉ざした。愛美もそれを聞いたのか、隠しカメラのある方を凝視した。彼女の位置からは遠いのだが、困惑した表情がモニターの中でも見て取れる。

『マンションの部屋の前、男を確保！』

「どういうことだ？」

「醍醐だ」私は長野に告げた。彼の顔に戸惑いが広がる。

「1210号室に誰か来たんだ。このタイミングだぜ？　どう考えても……」

「どうする？」

「俺が行く。ここは頼むぞ。マスコミの連中、上手く抑えろよ」

「分かった」

車を飛び出す私の耳に、「全員、そのまま配置を継続！　状況確認中！　マスコミに対しては、『訓練中』で誤魔化せ」と指示を飛ばす長野の声が飛びこんできた。

問題のマンションは、直線距離では公園から数十メートルしか離れていないが、幅の広い道路が間に横たわっているため、横断歩道を経由していては時間がかかる。公園の脇に、テレビ局の中継車が二台停まっているのを見て、私は冷や汗が流れ出すのを感じた。クソ、誰かが情報を漏らしたのだ……車が少ないのを見て取って、一気に走り出す。クラクションが横から襲ってきたが、無視して突っ走る。ガードレールを飛び越し、マンションのホールに飛びこんでエレベーターのボタンを叩く。動き始めてから醍醐の携帯に電話を入れようとしたが、圏外になってしまった。古いエレベーターは動きが遅く、目的地が最上階なのでなかなか到着しない。壁を拳で叩きながら、何とか気持ちを落ち着かせ、扉が開くと同時に飛び出す。

部屋の前では、醍醐が仁王立ちし、ドアに背を預けてへたりこんでいる男を見下ろしていた。この男が犯行に関係しているのかどうか……反射的に腕時計を見ると、既に十二時を二分過ぎている。

「公園の状況は？」荒い呼吸を整えながら醍醐に訊ねる。

「何もないようです」

ということは……私は醍醐の横に立ち、手錠こそされていないものの、実質的に自由を奪われた男を確認した。

新井。

20

廊下で話をするわけにもいかず、どこかへ連行している時間ももったいない。私は、取り押さえられた時に新井が落とした鍵を使って、野崎の部屋に入った。電気がきていないので、真っ暗。闇に目が慣れる間もなく、玄関に続く短い廊下に新井を押しこめて話を聴く。

「この件をしくんでいたのはあんたなのか？」

新井は無言で、廊下の壁に背中を預けて立っていた。ベランダを調べに行っていた醍醐が戻って来て、「望遠鏡がセットしてありました」と報告する。その一言で、新井の緊張感は崩壊したようだった。背中を滑らせてずるずるとへたりこみ、両膝を抱えてしまう。廊下は二人が向き合って座れるほど広くないので、私は仕方なく、彼の横で胡坐《あぐら》をかいた。醍醐がマグライトをつけ、辛うじて彼の顔が見えるようになる。顔面は蒼白で、きつく嚙み締めた唇には血の気がない。

「新井さん、ここは野崎さんの部屋なんでしょう？　彼が購入したことは確認できているんですよ」

「……そうです」

「そこの鍵をあなたが持っている。しかもベランダには、公園を監視できる望遠鏡がある。どういうことなのか、説明してもらえますか」ともすれば怒鳴りそうになってしまうのを抑え、低い声で私は質問をぶつけ続けた。

「俺は……」

「言いにくいなら、一つだけ確認させてくれ。共犯はいるのか？」

「俺だけです」

「だったら、今夜はもう何も起こらないな？　現場に何もしかけていない？」

「ああ」

「つまり、あんたが全部一人でやったんだな？　今現場にいる野崎社長は、もう安全なんだな？」

無言で新井がうなずく。実質的な自供。私は醍醐に目で合図した。醍醐はすぐに無線に向かって、「犯人確保、警戒解除！」と短く報告する。頼もしい彼の声で、私は緊張感が一気に抜け、背中を汗が伝いだすのを感じた。新井を確保できたこともそうだが、愛美に何もなかったことでもっと大きな安堵を得る。もっとも現場の愛美は、活躍の場がなかったと不満を訴えるかもしれないが……これでいいのだ。最後の最後で誰も怪我をせず、無事に終わった。これ以上の結末はない。

だが、本番はこれからなのだ。私は顔を膝の間に埋めるようにうなだれる新井に目をやった。錯綜《さくそう》した事件の全貌をこの男の口から引き出せるのだろうか。

「野崎さんがどうして失踪したのか、理由が分かってきた」

私が言うと、新井がのろのろと顔を上げた。空《うつ》ろだった目に、次第に力が籠ってくる。首を捻って真っ直ぐ私の顔を見つめ、説明を待つ。私は、総研の野崎会長から聴いた話をぶつけた。

「野崎さんは、給料アップや特別ボーナス、研究予算の積み上げではなく、歩行アシストシステムに関して得た特許に対する、金銭的な対価を求めた。よくある話です。会社の仕事で得た特許は、誰に帰属するのか――もちろん会社なんですが、最近は、開発者も特許に対しては然るべき金銭的対価を得るべきだ、という傾向がありますよね。しかし、野崎社長は完全に拒否した」

野崎会長が聞き出してくれた、本当のトラブル。新井もうなずき、事実関係を認めた。

「社長は、会社の金で研究しておいて、どうして個人に余計な金を払わなくてはいけないんだ、という考えでした。だいたい、歩行アシストシステムは、今でも会社に利益はもたらしていないんだから。将来は大きなビジネスになるかもしれませんけど、現段階では何ともいえないんです。ライバル社が完成度の高いものを出してくれれば、あっさり負けるかもしれないし。だから、余計な金を払う理由はないというのが会社の言い分でした」

犯行が発覚した直後だというのに、新井は動揺した様子も見せず、口調は滑らかだった。

私はかすかな違和感を覚えながら質問を続けた。

「野崎さんはいくら要求したんですか」

「五億」新井がぱっと右手を広げた。

「五億って……」私は言葉を失った。いくら何でも高額過ぎはしないか。気を取り直して訊ねる。「本当に金が必要だったら、どうして裁判で争わなかったんですか？」

「あいつは、そういう面倒なことが嫌いなんです。要求すればすぐに手に入ると思っていて……甘いんですけどね。ガキなんですよ。常識が分かっていない。もしも、特別ボーナスとして常識的な額を要求していたら、社長も呑んでいたかもしれないのに」

「野崎さんが移籍を画策していたのも、特許の件で会社に拒絶されたからなんでしょう？」

「時間軸としては、同時並行的だったんです」

「でも、どちらも上手くいかなかった。その結果……」

「あいつは切れたんです。自分の要求は通らず、移籍もできない。その結果、怒りの矛先を会社に向けて、脅した」

「五年前に？」

「そうです」

現在と同じように……新井の動機は想像できたが、私はそこには突っこまず、五年前の状況について喋り続けるよう、彼を促した。

「実は、五年前にも事故があったんです。ＷＡ１を開発している頃ですけど、人工筋肉のコントロールシステムに欠陥があって、装着実験で二人、怪我をしています。いずれも外部の人でした。病院と、老人ホームと……今回と同じです。会社はその時も、金を払って話を封印した。野崎は、自分の要求が認められなければ、その件を世間に公表する、と脅す計画でした。実際、金の受け渡しをするところまで話は進んでいたんです。ところが、その現場に向かう途中であの事故が起きて」

例の、首都高での事故。野崎がどこへ行くつもりだったかは分からないが、道路が通行止めになり、何より自分が事故に巻きこまれて車が使えなくなったので、約束の時間に間に合わなくなってしまったのだろう。

私は徐々に怒りが込み上げるのを意識した。

「会社側はどうしたんですか」

「その後、野崎は姿を見せなかったわけで……」

会社側が、急に野崎捜索に対する情熱を失ってしまった理由が分かった。行方をくらました後、野崎は金を要求してきたに違いない。だがその後、行方不明……寝た子は起こすな、という気になってもおかしくはない。おそらく、幹部級の人間は全員、事情を知っていたのだろう。知っていたからこそ、今回の件に関して態度が定まらなかったのだ。野崎が幽霊のように姿を現したと思ったか、別の人間が絡んでいるのか……疑心暗鬼になって、警察への協力などできようはずもない。

「彼はどうしたんだ？　どこにいるんだ？」

答えは、夜が明けるまで待たねばならなかった。

町田《まちだ》市と多摩市、川崎市の市境には、緑深い丘陵《きゅうりょう》地帯が広がっている。特に川崎市内側は、山の中に水田が広がり、とても首都圏のものとは思えないひなびた光景が広がっている。午前七時、私たちはほとんど眠らないまま、新井が告げた場所に来ていた。もちろん、新井も同行している。

「ここか……」私はつぶやき、手錠をかけられて横に立つ新井の顔を見た。風が彼の髪を揺らし、寒さのせいで頬が赤くなっている。小さい体がさらに小さくなってしまったようだった。

現場は一面に水田が広がり、正面にある小高い丘で道路が切れて行き止まりになっていた。丘のふもとには、ほとんど朽ち果てたような平屋がある。

「ここが研究所だったんですか？」

「ええ」新井の声が風に吹き飛ばされそうになった。

「どうしてこんな辺鄙《へんぴ》なところに」

「会社も、最初の頃は金がなかったんですね。ここも元々は、大学の研究施設だったのを譲り受けて、そのまま使っていたんです。ほとんど居抜きでしたね」

「野崎さんも、こっちに詰めていることが多かったんですか」

「あいつにとっては、第二の家みたいなものですよ」新井の視線は、今や使う者がいなくなり、静まりかえった建物に注がれていた。彼にとっても想い出深い場所なのだろう。

「あの事故のせいで脅迫に失敗して、野崎は絶望しました。元々、感情的に突っ走るところがあった男だから……自分がやろうとしたことの重大さに気づいて、落ちこんだんです。落ちこんだというか、もう……」

新井の肩が上下した。小さく溜息をつき、手錠で自由を奪われた両手をきつく拳に握る。周囲では、捜索に協力する神奈川県警の機動隊員たちが待機していた。

「高城」長野が声をかけてくる。振り返ると、疲れた表情でその場に直立していた。両手を後ろに組み、まるで罰を受けるように顔を寒風にさらしている。「そろそろ……」

「もうちょっと待ってくれ」申し訳ないと言う代わりに右手を顔の前まで上げ、再び前を向く。

「自分の馬鹿さ加減に気づいたんでしょうね」新井がぽつりと言った。「だから……」

「自殺した」

自分の言葉の重みが胸に沈みこむ。結局私は、五年も前に死んだ人間を必死に捜し回り、他の刑事たちと一緒に、幻影に踊らされていただけだった。何とも空しい二週間であり、重い疲れが背中に張りついているのを意識する。

「五年経ってるんですよ」私の声は風に吹き飛ばされそうだった。「どうしてあなたは野崎さんの真似をしたんですか。あなたも会社に恨みを持っていたんですか」

「そういうわけじゃない。私は、野崎ほど切れるわけじゃないから……あいつみたいに切れる人間は、先が見えてしまう。それに、自分が正当に評価されていない現状に耐えられない。プライドが許さないんです」

「野崎さんは、本当に金に執着していたんですか？　あんなマンションを即金で買うぐらいの余裕があったわけだし。脅迫する理由が分からない」

「特許の対価を求めたのは、あいつなりの保険でもあったんです。野崎はもう会社を辞める決心を固めていて、自分で会社を——研究所を興《おこ》すしかないと決めていたんです。自分の研究所なら、思う存分やりたいことができますからね。新宿のあの部屋も、独立の拠点にするつもりで、密かに購入していたんです」

「家族にも知らせずに？」

そこが私には理解できないところだった。野崎は相当な変人ではあったが、家族にだけは素直な自分を見せていたのではないだろうか。会社を辞めて、自らが主役になって研究所を作る――そんな大事なことを、家族にも言わなかったのはどうしてだろう。実際詩織は、野崎が交わした契約書の類を一切見つけられなかった。自宅ではなく新宿の部屋に置いてあったのだから当然である。

「恥ずかしかったんだと思います」遠慮がちに新井が打ち明けた。「会社でトラブルがあったことを、家族に言い出せなかったんです。極めて順調に、自分の思い通りにやっている、ということにしたかったんでしょう。それもあいつなりのプライドでした」

「だけど、あなたには打ち明けていた」

「友だちですから。私も、あそこを買う時に半分金を出しているんです。一緒に研究所を始める予定でした。あいつが誘ってくれたんです。二人で一緒に、歩行アシストシステムを完成させようって……あいつに言われたんですよ？　信じられなかった。そんなに自分を買ってくれているとは思わなかったから」そう言う新井の目は、誇りでわずかに輝いていた。それを聞いて、私はほぼ納得した。新井にとって野崎は、崇拝の対象だったのだろう――それは今までの彼の言動の数々を思い出せばすぐに分かる。独立を計画した時に声をかけられ、舞い上がってしまったのではないか。

「一千万？」

「独身の技術者なんて、金を使う暇がありませんからね」

「それであなたは、友だちのために会社に復讐しようとしたんですか」私は無意識のうちに声を尖らせた。

「会社は、五年前と同じ失敗をまた繰り返したんですよ」新井の声が冷たくなる。

「WA4の事故のことですね？」

「ハイダの追い上げを意識するあまり、一刻も早く発表にこぎつけようと思って無理な実験をして、その結果三件も立て続けに事故が起きたんです。それは我々技術陣の責任でもあるんですけど、それより問題だったのは、会社が五年前と同じように事故隠しをしたことなんです」

「あなたはそれを許せなかった」

「五年前、私は知っていて見逃した。何もしなかった。野崎が、自分のエゴのためとはいえ、会社の不正を明るみに出そうとしている意味が理解できなかった。だって、そうでしょう？　内部告発すれば、自分の身の置き場がなくなる」

「保身、ですか」

「私は野崎じゃない。あいつみたいな天才なら、生きていく道はあったでしょうけど、私は会社がないと駄目なんだ。だけどあいつを失って、いろいろ考えて……このまま見逃しているのは、人間として間違っていると思ったんです」

「だったら、正式な形で内部告発すればよかったじゃないですか。あなたは社内の情報を握っていた。事故の瞬間を撮影した動画も手に入れてたんでしょう？」ハッキングの証拠はない、と言っていた。だが、それをやった本人が調査をすれば、結論を捻じ曲げるのは簡単である。「それを使えば、会社の欺瞞《ぎまん》を暴けたはずだ」

「騒ぎを大きくしなければいけなかったんです。ただビデオを公表するよりも、会社が脅されているということにした方が、マスコミの注目も集まる……」新井が唇を歪める。「私の頭の中には、いつでも野崎のことがあったんです。あいつがやれなかったことを、自分が引き継ぐべきなんじゃないかって。あいつの悔しさを晴らしてやるべきじゃないかって。五年前には、あいつを助けてやれなかったんですから」

私は首を振った。夕べ遅くまで、新宿のマンションの捜索が行われ、あそこが新井のアジトになっていたことが分かった。動画編集用に使っていたノートパソコン、野崎の筆跡で書かれた数枚の紙が出てきた。野崎が、会社を脅迫するために用意していた脅迫状の下書きを、新井が再利用していたのだった。それで、署名だけが古かったことの説明がつく。野崎には奇妙な癖があったようで、脅迫文をプリントアウトする前に、何故か署名を済ませていたようである。

「中で説明してもらえますか」

私は彼の背中を押した。背後から腰紐を握った制服警官がゆっくりと付き従う。

建物は平屋建てで、元々白かったはずの外壁は長い歳月雨と風に打たれ続けたせいで、茶色く汚れていた。あちこちに罅《ひび》が入り、大きな地震がきたら崩れ落ちてしまいそうに見える。ドアには鍵もかかっておらず、吹きこんだ土埃《つちぼこり》で床が白くなっていた。私たちが足を踏み入れた瞬間、土埃が舞って視界をあやふやにする。前腕で口と鼻を押さえて埃が収まるのを待った。落ち着くと、室内の様子がようやく分かってくる。

全ての什器や事務機器はとっくに運び出され、中はがらんとした、屋根の低い体育館のようだった。奥行きは二十メートル、横幅は百メートルほどもある。窓は丘側にずらりと並んでいたが、全て磨りガラスのせいか、朝の光はあまり中に入ってこなかった。床は板張りで、一歩進む度にぎしぎしと嫌な音を立てる。

「ああ……」新井が突然、感慨深そうな嘆息を漏らした。「ここだった」

「何ですか」

「私の席が窓際で、隣が野崎の席で」手錠をしたままの不自由な手で、新井が窓を指差した。「入社したばかりの頃、二人でここで席を並べていたんです。あいつ、邪魔だって言ってるのにいつもべらべら私に話しかけて……それにいつの間にか、あいつの物が私のデスクに溢れてくるんですよ。だらしなくて、煩い奴だったな。だけどあの頃からあいつには、明確な目標があった。母親を、もう一度自分の足で歩かせてやりたいって言っていたんです。そう言う時だけは真面目で、目がきらきらしててね。あいつの最終目標、何だったか分かりますか？　夢みたいな話じゃなくて、自分が生きている間に実現できる夢という意味ですよ」

「さあ……ノーベル医学賞じゃないんですか？」

「埋めこみ型の歩行アシストシステムですよ。今の状態だと、自分の足で歩くためには、一々装着したり外したりしなくてはいけない。それでも最初の頃に比べるとずいぶん便利になりましたけど、所詮は機械ですからね。もっと小型化して、足に埋めこむような形にできないかと言っていたんです。それこそサイボーグみたいなものですけど、実現不可能な話ではなかった。あいつの目は未来を見つめていたんです」

「あなたはそういう夢を引き継いだわけでしょう」

「残念ながら、私はそれほど優秀じゃなかった」新井が両手を上げたが、腰縄のせいで自由がきかず、胸の辺りまでしか上がらない。仕方なく背中を丸め、首を傾けて拳を両目に押し当てた。私は新井の背中に掌を押し当てたまま、彼の動揺が収まるのを待つ。しばらくしてから、新井がゆっくりと上体を起こした。まるでまだそこにデスクがあり、過去の自分たちが並んで仕事をしているように、窓際に視線を投げる。

「しかし、彼の代わりに会社に復讐——思い知らせてやろうとしたのは、事実としては間違いない。結局は野崎さんのためなんでしょう？」

「それは……否定できません。あいつの最後を看取ったのは私ですから……この場所で」

新井の喉仏が大きく上下した。「電話があって——あの事故から何時間か後でした。『失敗した。俺はもう終わりだ』って。その時あいつは私に、計画を全て打ち明けてくれました。早まることはないって説得したんです。事故のせいで脅迫は失敗したかもしれないけど、会社に思い知らせてやる方法はあるはずだし、家族もいるんだからって……でもあいつは『もう顔向けできない』って言って電話を切ってしまったんです。捜しました。あいつの行きそうな場所、あちこちを回ってみたんです。最後に思いついたのがここで、もう夜中になっていました」

「彼は、ここで死んでいたんですね」

「薬を飲んだようです。薬瓶と酒の瓶が散らかっていました。私は新宿のマンションの鍵を回収して……」

「どうしてその時点で警察に届けなかったんですか」

「どうしてでしょうね」新井が寂しげに微笑む。「死んだから、かもしれません。遺体があれば、警察はあれこれ調べるでしょう。あいつが何を企んでいたのか、表に出すわけにはいかないと思った……この理屈、変ですかね」

「変ですけど、人間、理屈だけで生きてるわけじゃない」

野崎がまさにそうだったのだ。理詰めの人生。夢のような理想に至る方法は全て、綿密に考え抜かれたものだっただろう。しかし予定が壊れ、行く先が見えなくなった時に、野崎はおよそ冷静な技術者らしからぬ暴走をした。もしも彼を逮捕していたら、動機面の解明には大変な苦労をしただろう。

それは新井にも当てはまる。友情のため……会社の不正を暴くため……一つ一つの理由は理に適《かな》っているように見えて、微妙に常識からずれている。計画自体が稚拙だったのもその証拠だ。

「本気で会社を脅したんですか？　あなたの計画は穴だらけでしたよ。昨夜失敗しても、いずれ私たちはあなたに辿り着いたはずだ」

「社長にダメージを与えたかったんです。気の弱い人だから……引っ張り回されれば、それだけでダメージが大きくなる。ばれるとかばれないとか、そういうことは考えていませんでした。あの社長を参らせることができれば、それでよかったんです。結局、あの社長が野崎を殺したようなものなんですよ。正当な評価をせず、外様の人間だということで邪険に扱って。そんな男に、思い知らせてやりたかった」

「金を取るつもりはなかった？」

「万が一上手く金を奪えれば、WA4の実験で怪我をした人に渡すつもりでした」

「個人的な賠償として」

「別に、私は金なんかいりませんから……でも、結果的に私は成功するんですよ」一瞬、新井の顔に不敵な表情が浮かんだ。「こういう事件になって、大騒ぎになっているでしょう」

それは間違いない。新井は自分を悪役にすることによって、会社の不正を際立たせようとしたのだ。

滅茶苦茶である。

この男の取り調べは、私の担当ではない。しかし彼の気持ちに分け入ることができないのは、不満ではなかった——むしろ安心する。新井の思考方法、行動パターンは私の常識を超えたものであり、上手い結論が導き出せる自信はなかったから。私たちの仕事は失踪人を見つけ出すことであり——結果的に今回は失敗したのだ。五年前に終わっていた事件を無駄に引っ掻き回していただけなのだ。

「遺体はどこに？」訊ねたのは、ほとんど義務感によるものだった。

「あいつのデスク……デスクがあった下です。床板をはがして、地面に穴を掘りました。それほど深くはないです」

「案内して下さい」

新井がゆっくりと歩き出した。確信を持って立ち止まり、「ここです」と短く告げて、うなだれた。零れ落ちる涙が、床に積もった埃に黒い点をつける。

「野崎……ごめんな」かすれた声が空気をわずかに震わせる。「こんなところで……ごめんな」

沈黙が埃っぽい室内を覆う中、私は新井の涙が染みた床を見下ろした。ここに五年。新井は当然、死体遺棄容疑でも取り調べを受けることになる。自殺した遺体を家族の許へ返さなかった——それは重大な罪なのだが、私は新井と野崎の間に、二人だけにしか分からない絆《きずな》があったのではないか、と想像した。家族——野崎にとっては、もしかしたら鬱陶しかったかもしれない「家」以上の大事な関係が。それに新井は、間違いなく後悔している。もしかしたら五年間、ずっと心に重荷を背負い続けて苦しんできたのではないか。そういう事情が裁判で考慮されるかどうかはともかく、私は理解してやりたい、と思った。

「よし」突然長野が声を張り上げる。いつの間にか室内に入って来ていたのだ。「死体遺棄現場はここで間違いないな？」

「死体」それに「遺棄」。二つの言葉に反応して、新井がぴくりと肩を震わせる。だが、やがて意を決したように顔を上げ、私と長野に向かってうなずきかけた。一度動きを止め、今度はさらに深々と、膝に頭がつきそうになるまで頭を下げる。

「神奈川さん、お願いします！」

長野が号令をかけると、スコップやつるはしを持った機動隊員が、二列の隊列を組んで整然と屋内へ入ってきた。長野が指示を飛ばし始めるのを聞きながら、私は新井を動かして外へ出た。清浄な空気を浴び、室内の埃っぽさが少しずつ薄れ始める。ほどなく、室内で激しく何かを打つ音が聞こえてきた。力自慢の機動隊員たちが、床をはがしにかかったのだろう。すぐに遺体に辿り着くはずだ。

「新井さん」

背後から声をかけられ、新井が振り返る。長野が建物の出入り口のところで、ズボンのポケットに両手を突っこんで立っていた。床をはがし始めたので埃は一段と激しく舞い、彼の背後で薄暗い後光のような影を作っている。長野がゆっくり建物から離れると後光も薄れ、彼が現実世界に戻って来たように感じた。新井の横に立つと、振り返って建物越しに、枯れ木が目立つ丘に目をやる。

「あんたのしたことは絶対に許されない。会社に対する脅迫行為、野崎社長に対する殺人未遂。覚悟はしておいてくれよ」

「長野、今それを言わなくてもいいだろう」私は彼を止めようとしたが、自分の声に力がないことを意識した。

「どうせこれから辛い目に遭うんだ。覚悟するのは早い方がいいだろうが」

「長野……」

「俺はな、最初からこの件が気に食わなかったんだ。社員のあんたにこんなことを言うのは気が進まないが、あそこはクズみたいな会社なんじゃないのか？　事故隠しは、社会的責任のある会社として、絶対に許されないことなんだぜ。だからな、あんたの件が片づいたら、必ず会社には相応の責任を取らせてやる」

「長野、それは……」

「この人のためじゃないぜ」長野が、突き刺そうという勢いで新井の胸を人差し指で突いた。「俺はあの会社のやり方が許せないだけだ。それにこれは、俺の点数にもなるからな。俺はこんなところで零れ落ちるわけにはいかないんだよ」

吐き捨て、長野が大股で去って行った。背中と肩を怒りで膨らませ、覆面パトカーに乗りこむと、音を立ててドアを閉める。後部座席に閉じ籠って腕組みをするその姿は、まるで失敗の意味を嚙み締める指揮官のようだった。結果的にこの事件で、長野は全てのミスを帳消しにする手柄を立てたことになるのだが……だけどな、長野、もう少し素直になれ。容疑者を安心させたいなら、普通に声をかけてやればいいんだ。

もっとも、ひねくれもののあの男が、私の忠告を素直に聞くとは思えない。私は制服警官に新井の身柄を任せ、建物の方を振り返った。激しい音と、舞い上がる埃。神奈川県警の奴ら、まさか建物ごと破壊しようとしてるんじゃないだろうな……やがて音と埃が静まる。床をはがし終えた、土がむき出しになっているだろう。目を閉じると、スコップが土を掘り返す湿った音が聞こえるようだった。

どれだけ長く、その場に立ち尽くしていただろう。聞こえるものといえば、自分の耳の横を通り過ぎる風の音、それに覆面パトカーの方から時折流れてくる無線の声だけだった。「発見！」の声が屋内から聞こえてきたのは、午前も半ばになった頃だった。

「じゃあお前さん、結局遺体が出てくるまでつき合ったのか」

呆れたように法月が言い、口に運びかけた杯《さかずき》をカウンターに戻した。渋谷中央署に程近い、日本酒専門のバー。日本酒好きの法月に合わせてこの店を選んだのだが、私は少しずつ、舐めるように酒を口に運ぶだけにしておいた。基本的に日本酒は苦手なのだ。カウンターの右隣では、愛美が無言で杯に口をつけている。小柄で童顔なくせに、案外酒は強い。

「けじめですから」

「うちの——失踪課の仕事じゃないのにな」

「かかわった事件は、最後まで見届けたいんです」

「そんなことしても、お前さんの点数にはならないぜ」

「俺は点数で仕事してるわけじゃないですよ」格好つけの台詞だ、と恥ずかしくなり、一気に杯を干した。明日の朝は間違いなく、最悪の二日酔いに悩まされるだろう。

「でも、最後の美味しいところは醍醐さんに持っていかれちゃって、残念でした」愛美がぽつりと漏らした。

「馬鹿言うな。あの現場では何もなかったんだから、それで良かったんだよ」かすかに酔いが回ったのを意識しながら、私は強い調子で言った。

「そんなに私のことが心配だったんですか?」

「君が怪我をしたら、室長の出世の道は完全に絶たれるだろうな」

「心配してたのは、私より室長ですか」

「どうでもいいよ」手酌で杯を満たす。「とにかく無事に終わったんだから」

「依存、かもしれないな」法月がぽつりと言った。

「依存?」

「その、新井って男だが……野崎に依存していたのかもしれない。身近に、自分は絶対に敵わない天才がいたら、どうする? その天才のやり方に全面的に共鳴して、崇拝するしかない。完全な依存だよ。だからこそ、悶死《もんし》した野崎の気持ちを継いで復讐しようとした。健康的な話じゃないな」

自分も同じではないか、とふと思った。現在の失踪課の状況に関して真弓に文句を言い、事件で壁にぶち当たった時は法月に泣きついてしまった。チームとして何とかする、ということではなく、自分の弱さを曝《さら》け出《だ》してしまっただけではないか。

「それで高城、お前さんはどう思ったんだ?」

「どうって、何がですか」

「鈍い男だな」法月が舌打ちした。「俺が伊達《だて》や酔狂で、あんな事件を調べろって言うと思うか」

「違うんですか？」私は目をむき、体を捻って、自分の左側に座る法月を見た。

「違う」

「だったらどうして……」

「お前さんが愚図愚図してるからだ」

「何ですか、それ」むっとして杯を一気に干す。まだ周囲の光景が二重に見えるほどではないが、間もなく話の筋をまともに追えなくなるだろう。私は空になった杯をカウンターに伏せ、右手で上から押さえた。温まった陶器の感触が心地よいが、同時に掌に食いこんでくるような、かすかな痛みも感じた。

「お前さんが失踪課に来た時な、俺はチャンスだと思った」

「チャンス」我ながら感情の抜けた声で繰り返す。

「嫌なことを言うがな」法月がすっと息を呑んだ。「お前さんは、七年……もう九年か、あのことから逃げられていない」

あのこと——消えた綾奈。私はさらに強く、杯を押さえこんだ。どうして今、こんなことを言い出す？　もう、誰かと話したいことではないのだ。自分の胸の中だけにしまっておいて、二度と見たくない現実。

「逃げるというのは変かな。忘れるというのもおかしい。何というか、俺は、正面から向き合って欲しかったんだ。失踪課に来たのはいいチャンスだったはずだぞ。ここでは人捜しのノウハウを学べる。スタッフもいる。改めてあの件に取り組むには、これ以上の環境はないはずだぞ」

「そうかもしれません」

「失踪課に異動してきてから、二年経ったな。だけどお前さんは、動こうとしなかった」

「いろいろ忙しかったのは、法月さんも知ってるでしょう」

「お前は事件を引っ張ってくる性格みたいだから」法月がにやりと笑った。「そういう奴、いるよな」

「確かに、事件の神様には好かれているみたいですね」私は煙草に火を点け、二人の方に煙が流れないよう、カウンターの奥へ向かって煙を吐いた。

「とにかく俺は、歯がゆくてならなかった。もちろんこんな風に、説教することはいつでもできた。お前さんが聞く聞かないはともかく、な。だけどそうしないまま、俺は異動になっちまった。だからこそ、あの事件をお前さんに渡したんだよ」

「どういうことですか」

「あの一件は、不可解な事件だったたな。怪我を負った人間が、事故現場からわざわざ姿を消すなんていうのは、明らかにおかしい。いわゆる謎の事件ってやつだ。探りがいがあっただろう?」

「それは否定しませんけど」

「何より、五年も前の事件だ。普通は、もう見つかるはずがないと思って、手をつけない。だが俺は、お前さんならできるんじゃないかと思った。誰もできなかったことを……野崎を捜し出せると思った。いや、確信していたと言っていいな。お前にはそれだけの能力がある」

「よして下さいよ」苦笑を隠すために、私は盛んに煙草をふかした。

「実際、見つけたじゃないか」

「失踪課としては、成功とはいえませんよ。新井があんな計画を立てていなかったら、何も分からなかったかもしれない」

「こういう風にも考えられる」法月が、冷酒のコップをどかして、小皿を私の前に置いた。「これが新井という男――その気持ちだ。五年間、友だちが死ぬ原因になった会社のことを恨み、怒りが膨れ上がっていたかもしれない。だけどその臨界点がどこにあるかは、本人にも分からなかっただろうな。いつ爆発するのか。明日か、一か月後か、一年後か……もしかしたら一生、何もないかもしれない。とりあえず五年は何事もなく過ぎたわけだ。ところがそこへ、お前さんという不確定要素が入ってきた」コースターを滑らせるように動かし、小皿にぶつける。小皿は私の前を離れ、愛美の方まで滑っていった。「な？　一つの力が働いただけで、こんな風に気持ちは動き出すんだよ。お前さんが野崎さんのことを訊ねに会社に行った。その時新井が接触してきて、その結果、彼の気持ちが変わってしまったとは考えられないか？」

「理屈はそうかもしれませんけど、新井の気持ちの動きは、そんなに簡単には説明できませんよ」

「いや、俺はお前さんの動きが何らかの触媒になったんだと思ってる。お前さんが動かなければ、何も始まらなかったんだから」

「だったら、脅迫事件も殺人未遂も、全部俺の責任っていうことになるじゃないですか」

「結果的に、会社の隠蔽工作も表に出たぞ」

その件は、長野が新井との約束を反故《ほご》にせず、張り切ってやっていた。いつものように他人の仕事を分捕るようなやり方には、裏で相当文句の声が上がっていたようだが、本人は意に介する様子もない。ここぞとばかりに失地回復に努めているのだが、実際に今の彼を突き動かしているのは、ビートテクに対する怒りなのだ。

「そうかもしれませんけど……」

「はっきりしない奴だな」法月が私の背中を平手で叩いた。ついぞ経験したことのない、彼の本気の力。「お前は五年も行方が分からなかった人間を捜し出したんだ。その結果をよく見ろ。やればできるんだよ。どうして綾奈ちゃんを捜してやろうとしない」

「高城さん」両手で杯を包みこむようにしていた愛美がぽつりと言った。「私たち、いつだって協力しますよ。実際、いつ高城さんが頭を下げてくるかと思って待ってたのに」

「君たちに頭を下げるようになったら、俺はおしまいだ」私は唇を歪めて笑った。

「茶化さないで下さい」

愛美が拳を固め、私の肩を打つ。こちらもかなり本気の殴り方で、鈍い痛みが体を突き抜けた。

「私も醍醐さんも、室長だって……」

「六条と森田はどうした。あいつらは当てにならないのか」

「あの二人だって、話せばきっと協力してくれます」愛美の口調は真剣だった。「私が話します。失踪課は、いつも忙しいわけじゃないんだから。時間を作って、綾奈ちゃんの捜索を始められますよ」

「それは君たちの仕事じゃない。私事で、税金を使うわけにはいかないんだ」

「そういう問題じゃないでしょう」

「いや、誰かに依存する気持ちが強かったら、何もできない。やるなら一人で頑張らないといけないんだ」私は杯を元に戻し、手酌で酒を満たした。覗きこむと、揺れる酒の表面に映る自分の頼りない目が見返してくる。「五年間、行方不明だった野崎さんは見つかった。だから、どれほど時間が経っていても、失踪者は捜し出せるのかもしれない。でもな、死体と再会することになるかもしれないんだぞ」

私は、死体遺棄現場で崩れ落ちた詩織と満佐子の姿を思い出した。特に満佐子はひどかった。野崎が行方不明になった後、かつて研究施設であったこの廃屋を何度か訪ねていたのだという。私が気づいていれば……もっと早くここから助けだしてあげられたのに。悲痛な叫び声は私の胸を貫き、二度と消せない傷を刻んだ。

「何年も離れていた人と再会した時……相手が死んでいたら、どれだけショックだと思う？」

重い沈黙がカウンターに漂った。すっかり短くなった煙草を揉み消し、新しい一本に火を点ける。煙は天井に向かってゆっくり立ち上り、埋めこまれた照明の付近で渦を巻いた。

「高城さん、怖いんですね」愛美が遠慮なく訊ねる。

「たぶん」

「怖がってたら、一歩も前へ進めませんよ。このままでいいんですか？　それに、父親として可能性も信じてあげないのは、綾奈ちゃんにとっても不幸なことじゃないですか」

君に何が分かる、と言いたかった。二人の思いやりを振り切って、この場を立ち去ってしまいたかった。しかし何かが、私の尻を椅子に貼りつける。可能性。便利な言葉だ。結果を見ないうちは、あらゆる可能性が残っていると言っていい。だが経験上、一パーセントしかない可能性は一パーセントに過ぎないのは分かっていた。綾奈が生きている確率は……一パーセントよりはるかに低いだろう。それを追い求めるのは、馬鹿げた行為としか言いようがない。

だが、何もしないのは卑怯だ。父親として、刑事として。仲間の期待を裏切るのも辛い。

「高城さん……」愛美の声が溶ける。

私は煙草を揉み消し、背筋をすっと伸ばした。

時は来た。

この作品はフィクションで、実在する個人、団体等とは一切関係ありません。
本書は書き下ろしです。

DTP　ハンズ・ミケ

中公文庫

波《は》　紋《もん》

——警視庁《けいしちょう》失踪課《しっそうか》・高城賢吾《たかしろけんご》

2011年2月25日　初版発行

著　者　堂《どう》場《ば》　瞬一《しゅんいち》

発行者　浅海　保

発行所　中央公論新社

〒104-8320　東京都中央区京橋2-8-7
電話　販売 03-3563-1431　編集 03-3563-3692
URL http://www.chuko.co.jp/

印　刷　三晃印刷

製　本　小泉製本

Published by CHUOKORON-SHINSHA, INC.
Printed in Japan　ISBN978-4-12-205435-6 C1193

定価はカバーに表示してあります。
落丁本・乱丁本はお手数ですが小社販売部宛お送り下さい。
送料小社負担にてお取り替えいたします。

各書目の下段の数字はISBNコードです。978－4－12が省略してあります。

中公文庫既刊より

と-25-7
標《しるべ》なき道
堂場瞬一
「勝ち方を知らない」ランナー・青山に男が提案したのは、ドーピング。新薬を巡り、三人の思惑が錯綜する――レースに全てを懸けた男たちの青春ミステリー。〈解説〉井家上隆幸
204764-8

と-25-10
焔《ほのお》 The Flame
堂場瞬一
大リーグを目指す無冠の強打者と、背後で暗躍する代理人。ペナントレース最終盤の二週間を追う、緊迫の野球サスペンス。〈解説〉芝山幹郎
204911-6

と-25-14
神の領域 検事・城戸南
堂場瞬一
横浜地検の本部係検事・城戸南は、ある殺人事件の真相を追ううちに、陸上競技界全体を蔽う巨大な闇に直面する。あの「鳴沢了」も一目置いた検事の事件簿。
205057-0

と-25-18
約束の河
堂場瞬一
法律事務所長・北見は、ドラッグ依存症の入院療養から戻ったその日、幼馴染みの作家が謎の死を遂げたことを知る。記憶が欠落した二ヵ月前に何が起きたのか。
205223-9

と-25-21
長き雨の烙印
堂場瞬一
地方都市・汐灘の海岸で起きた幼女殺害未遂事件。ベテラン刑事の予断に満ちた捜査に疑いをもった後輩の伊達は、独自の調べを始める。〈解説〉香山二三郎
205392-2

い-74-5
つきまとわれて
今邑彩
別れたつもりでも、細い糸が繋がっている。ハイミスの姉が結婚をためらう理由は別れた男からの嫌がらせだった。表題作の他八編の短編集。〈解説〉千街晶之
204654-2

い-74-6
ルームメイト
今邑彩
失踪したルームメイトを追ううち、二重、三重生活を知る春海。彼女は、名前、化粧、嗜好までも変えて暮らしていた。呆然とする春海の前にルームメイトの死体が？
204679-5

い-74-7
そして誰もいなくなる 今邑 彩
名門女子校演劇部によるクリスティー劇の上演中、連続殺人は幕を開けた。台本通りの順序と手段で殺される部員たち。真犯人はどこに？ 戦慄の本格ミステリー。
205261-1

い-74-8
少女Aの殺人 今邑 彩
深夜の人気ラジオで読まれた手紙は、ある少女が養父からの性的虐待を訴えたものだった。その直後、三人の該当者のうちひとりの養父が刺殺され……。
205338-0

い-74-9
七人の中にいる 今邑 彩
ペンションオーナーの晶子のもとに、二十一年前に起きた医者一家虐殺事件の復讐予告が届く。常連客のなかに殺人者が⁉ 家族を守ることはできるのか。
205364-9

い-74-10
i《アイ》 鏡に消えた殺人者 警視庁捜査一課・貴島柊志 今邑 彩
新人作家の殺害現場には、鏡に向かって消える足跡の血痕が。遺された原稿には、「鏡」にまつわる作家自身の恐怖が自伝的小説として書かれていた。傑作本格ミステリ。
205408-0

お-75-1
予告探偵 西郷家の謎 太田 忠司
一九五〇年十二月のある日、三百年以上続く由緒ある旧家・西郷家に一通の手紙が届いたことから事件は始まった。あなたはこの〝難攻不落のトリック〟を解けるか？
205410-3

く-19-1
白骨の語り部 作家六波羅一輝の推理 鯨 統一郎
死後一年が経過した女性の白骨死体が発見された。だが昨日、彼女は生きていた⁉ 民話の郷・遠野で起こる忌まわしき事件の謎に作家・六波羅一輝が挑む！
205214-7

く-19-2
ニライカナイの語り部 作家六波羅一輝の推理 鯨 統一郎
海の彼方にあるという楽園〈ニライカナイ〉伝説が残る沖縄の村で、殺人が‼ 容疑者は死者⁉ 六波羅一輝の推理が冴え渡るシリーズ第二弾。〈解説〉西上心太
205265-9

く-19-3
京都・陰陽師の殺人 作家六波羅一輝の推理 鯨 統一郎
一輝の元へ「鬼に恋人を殺された」女性から手紙が届く。陰陽師が出した犯行声明によれば、殺害方法は「呪詛」、実行犯は「式神」⁉ 鯨流旅情ミステリ、舞台は怨念渦巻く京都へ。
205370-0

コード	タイトル	サブタイトル	著者	内容紹介	ISBN
く-19-4	小樽・カムイの鎮魂歌(レクィエム)	作家六波羅一輝の推理	鯨 統一郎	小樽運河に浮かんだ美女の他殺体。彼女は一年前に自殺した親友の遺言に従い「アイヌの秘宝」を探していた。六波羅一輝は事件の真相と秘宝にたどり着けるか!?	205411-0
け-3-1	君が殺された街		軒上 泊	一九九四年、一人の男が沖縄・万座毛から墜死した。父の遺骨をおいたまま、娘も行方不明に。二人の消息を追う「私」は十一年前の海難事故にたどりついた……。	205296-3
こ-40-1	触発		今野 敏	朝八時、地下鉄霞ヶ関駅で爆弾テロが発生、死傷者三百名を超える大惨事に。内閣危機管理対策室は、捜査本部に一人の男を送り込んだ。	203810-3
こ-40-2	アキハバラ		今野 敏	秋葉原の街を舞台に、パソコンマニア、警視庁、マフィア、そして中近東のスパイまでが入り乱れる、ノンストップ・アクション&パニック小説の傑作！	204326-8
こ-40-3	パラレル		今野 敏	首都圏内で非行少年が次々に殺されていく。いずれの犯行も瞬時に行われ、被害者は三人組で、外傷は全く見られない。一体誰が何のために？〈解説〉関口苑生	204686-3
こ-40-7	慎治		今野 敏	同級生の執拗ないじめで、万引きを犯し、自殺まで思い詰める慎治。それを目撃した担当教師は彼を見知らぬ新しい世界に誘う。今、慎治の再生が始まる！	204900-0
こ-40-8	とせい		今野 敏	日村が代貸を務める阿岐本組はちょっと珍しく任侠道を弁えたヤクザ。その阿岐本組長が、倒産寸前の出版社経営を引き受けることに……。〈解説〉石井啓夫	204939-0
こ-40-9	復讐	孤拳伝1	今野 敏	九龍城砦のスラムで死んだ母の復讐を誓った少年・剛は苛酷な労役に耐え日本へ密航。暗黒街で体得した拳法を武器に仇に闘いを挑む。本格拳法アクション。	205072-3

各書目の下段の数字はISBNコードです。978-4-12が省略してあります。

こ-40-10
漆黒　孤拳伝2　今野敏
松任組が仕切る秘密の格闘技興行への誘いに乗った剛は、賭け金の舞う流血の真剣勝負に挑む。非情に徹し、邪拳の様相を帯びる剛の拳が呼ぶものとは！
205083-9

こ-40-11
群雄　孤拳伝3　今野敏
修行の旅の途中、神戸で偶然救った女実業家に雇われ、暴力団との抗争に身を投じた剛は、戦いの真の意味を見出せず、いつしか自分を見失っていく……。
205110-2

こ-40-12
覚醒　孤拳伝4　今野敏
迷いの中、空手発祥の地・沖縄に向かう剛。偶然出会った老空手家の生き方に光を見る。剛は「本当の強さ」を見つける事ができるのか——感動の終幕！
205123-2

こ-40-13
陰《おん》陽《みょう》　祓師《はらいし》・鬼龍光一　今野敏
連続婦女暴行事件を追う富野刑事は、不思議な力を駆使する鬼龍光一とともに真相へ迫る。警察小説と伝奇小説が合体した好シリーズ第一弾。〈解説〉細谷正充
205210-9

こ-40-14
憑《つき》物《もの》　祓師・鬼龍光一　今野敏
若い男女が狂ったように殺し合う殺人事件が続発。現場には必ず「六芒星」のマークが遺されていた。恐るべき企みの真相に、富野・鬼龍のコンビが迫る！
205236-9

こ-40-15
膠着　今野敏
老舗の糊メーカーが社運をかけた新製品は「くっつかない接着剤」⁉ 新人営業マン丸橋啓太は商品化すべく知恵を振り絞る。サラリーマン応援小説。
205263-5

こ-40-16
切り札　トランプ・フォース　今野敏
対テロ国際特殊部隊「トランプ・フォース」に加わった元商社マン、佐竹竜。なぜ、いかにして彼はその生き方を選んだか。男の覚悟を描く重量級バトル・アクション第一弾。
205351-9

こ-40-17
戦場　トランプ・フォース　今野敏
中央アメリカの軍事国家・マヌエリアで、日本商社の支社長が誘拐された。トランプ・フォースが救出に向かうが、密林の奥には思わぬ陰謀が⁉　シリーズ第二弾。
205361-8

各書目の下段の数字はISBNコードです。978－4－12が省略してあります。

と-26-9
SRO Ⅰ 警視庁広域捜査専任特別調査室
富樫倫太郎
七名の小所帯に、警視長以下キャリアが五名。管轄を越えた花形部署のはずが――。警察組織の盲点を衝く、連続殺人犯を追え！ 新時代警察小説の登場。
205393-9

と-26-10
SRO Ⅱ 死の天使
富樫倫太郎
死を願ったのち亡くなる患者たち、解雇された看護師、病院内でささやかれる『死の天使』の噂。SRO対連続殺人犯の行方は。待望のシリーズ第二弾！ 書き下ろし長篇。
205427-1

に-18-1
聯《れん》愁《しゅう》殺《さつ》
西澤保彦
なぜ私は狙われたのか？ 連続無差別殺人事件の唯一の生存者、梢絵は真相の究明を推理集団〈恋謎会〉にゆだねるが……。ロジックの名手が贈る、衝撃の本格ミステリ。
205363-2

に-18-2
夢は枯れ野をかけめぐる
西澤保彦
早期退職をして一人静かな余生を送る羽村祐太のもとに、なぜか不思議な相談や謎が寄せられる。老いにまつわる人間模様を本格ミステリに昇華させた名作。
205409-7

ほ-17-1
ジウⅠ 警視庁特殊犯捜査係
誉田哲也
都内で人質籠城事件が発生、警視庁の捜査一課特殊犯捜査係〈SIT〉も出動するが、それは巨大な事件の序章に過ぎなかった！ 警察小説に新たなる二人のヒロイン誕生!!
205082-2

ほ-17-2
ジウⅡ 警視庁特殊急襲部隊
誉田哲也
誘拐事件は解決したかに見えたが、依然として黒幕・ジウの正体は摑めない。捜査本部で事件を追う美咲。一方、特進をはたした基子の前には謎の男が！ シリーズ第二弾
205106-5

ほ-17-3
ジウⅢ 新世界秩序
誉田哲也
〈新世界秩序〉を唱えるミヤジと象徴の如く佇むジウ。彼らの狙いは何なのか？ ジウを追う美咲と東は、想像を絶する基子の姿を目撃し……!? シリーズ完結篇。
205118-8

ほ-17-4
国境事変
誉田哲也
在日朝鮮人殺人事件の捜査で対立する公安部と捜査一課の男たち。警察官の矜持と信念を胸に、銃声轟く国境の島・対馬へ向かう。〈解説〉香山二三郎
205326-7